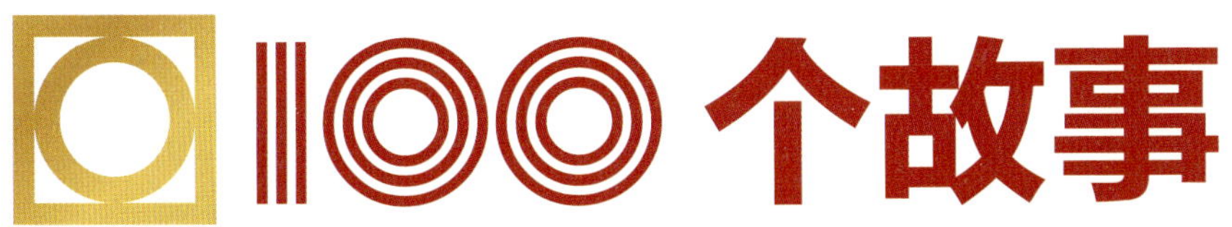

正大集团百年发展史采撷

（下）

薛增一　主　编
赵　铭　副主编

中国华侨出版社
·北京·

正大与康地携手合作的往事

李绍庆

故事 058

我们正大集团是1921年创办于泰国的以农牧业为主业的跨国公司，美国的康地集团也是一家从事农牧业的跨国公司，我们两家很早就有业务往来，互相交流、学习、合作。谢国民资深董事长跟康地集团的老板也老早就很熟悉。

我们集团1969年就到印度尼西亚投资建设了第一个海外的现代化饲料厂，到了20世纪70年代初中期，正大在印度尼西亚的业务已经发展得很不错，有了一定的基础。我记得是1977年，有一次谢国民资深董事长提出来要邀请康地到印度尼西亚与正大合作，共同发展，我们就请康地到印度尼西亚来考察、商谈合作项目，后来因为种种原因这个项目没有谈成。

1978年12月，中国开始改革开放，外资可以到中国来投资，谢国民资深董事长就决定我们正大集团要到中国去投资发展。谢国民资深董事长眼光远大又海纳百川，他说中国市场很大，可以大有作为，我们正大有自己的优势，康地也有他们的优势，那么我们两家应该合作，一起到中国去投资发展，所以就再次向康地发出了邀请，这个我记得很清楚。

基于对谢国民资深董事长的信任，所以谢国民资深董事长的提议，康地立即就同意了。

我们两家在中国香港地区设立了“康地正大国际投资有限公司”，作为到中国内地投资的总部，双方各占 50% 的股份，公司设董事会和执行委员会，董事长由康地集团派人担任，执行委员会主席由正大集团派人担任，并商定在香港的公司康地排在前面，在内地的公司正大排在前面。我那个时候是正大集团农牧企业的副总裁，所以谢国民资深董事长就委派我担任正大康地执行委员会的第一任主席，负责在中国投资的具体落实和营运工作。

1979 年，我们在谢国民资深董事长的带领下到广东考察。其间，美国康地集团也派了三位主管跟我们一起，其中一位是他们的财务长，一位是他们法务部门的主管。我记得有一次我们在广州跟广东省政府有关方面的负责人谈了一个晚上，康地的人也参加了，因为那个时候中国刚刚改革开放，对外资来中国投资发展没有经验，我们对中国的政策也不了解，所以双方有很多事情要谈。康地集团有比较丰富的国际合作经验，他们做事又很严谨，所以合作条款一条一条要怎么做，谈得很细。

在深圳特区考察、商谈合作的时候，我记得当时接待我们的是深圳的畜牧部门，一开始局长是林中平先生，后来是廖汉标先生。他们跟我们谈合作，在深圳怎么做都谈得比较细。这些事都是我们正大在谈，康地的人参与的不多，他们也没有人常驻，主要是由我们正大在主导。

正大和康地商定双方各出资1500万美元，在深圳投资设立了第一家公司，原名为“正大康地有限公司”，后来因为又在汕头、珠海等地投资其他公司，就更名为“正大康地（深圳）有限公司”。正大康地（深圳）有限公司的第一届董事会由七人组成：董事长方苞（时任宝安县委书记，中国广东籍）、副董事长Donald Lafayette Staheli（康地集团，美籍）、董事Thomas Harold Dean（康地集团，美籍）、董事李绍庆（正大集团，泰籍）、董事黄正纲（正大集团，中国香港籍）、董事李守芬（时任深圳经济特区发展公司常务副总经理，中国广东籍）、董事廖汉标（时任深圳畜牧局局长，中国广东籍），并由我出任第一任总裁，康地集团Thomas Harold Dean担任财务长。正大集团和康地集团合作几十年了，我们双方的关系一直很好，彼此都十分信任。

合同签订之后就要找土地了。政府对此给予了大力支持，就对我们说你们要多少土地就多少土地。那时候我们也觉得不需要那么多的土地，所以找来找去、选了很多地方，最后选定了在深圳郊区南头的两块靠近马路边的土地，面积大概有900亩，其实这900亩土地原来是一个坟地，那个时候从深圳到南头大概七八千米，全都是泥土路，没有柏油路、水泥路，从市区过来颠颠簸簸的要坐较长时间的车。

那个时候我们到海边去找土地的时候，因为路程较远，当地的工作人员说你要带上吃的东西，我问为什么，他们说餐馆下午几点几点就关门了，你们回来没有饭吃。所以我们下午出去的时候，就自己带点吃的，因为回来得很晚。

南头的这900亩土地拿下来以后，我们进行了规划，前面做饲料厂；后面分成两部分，一部分是养猪场，另一部分是种鸡场和孵化场。

开始建设的时候很辛苦，因为那个时候我们是第一家外资企业，当地政府从来没有经办过，我们需要向政府办理各种报批的正式文件，速度很慢。但是政府也有办法，就是他们可以临时批给我们先建，正式的手续继续办。所以我们一开始就先在靠近马路边的前面这块土地建一个很小的饲料厂作为过渡，是从香港正大饲料厂运送过来的一个组装好的小饲料厂，只有混合机，没有制粒机。我们一边建设，一边就把我们在香港正大饲料厂生产的饲料运过来开发市场。这个小的工厂我们大概用了几个月的时间就组装好了，1980年投产，公司的营业执照是1981年1月拿到的，就是那个载入史册的“深外资证字0001号”批准证书。那个时候中国的工业饲料市场是空白的，没有人做，我们是全价配合饲料，有先进的配方，品质很好，虽然是粉状但是很受欢迎。我们就是用这种方法开始的。

第一个管饲料厂的是我哥哥李绍华，他20世纪60年代从泰国来中国天津留学，学的是机械专业，那个时候我们正大在香港的饲料厂是他在管，我们要在深圳建现代化的饲料厂就把李绍华调来负责。

小厂建设的同时，我们的大饲料厂也开始筹建了，从国外引进了全套的饲料加工先进设备过来，1983年建成投产，5月21日正大康地（深圳）有限公司举行了盛大的开幕典礼。大厂建好投产了，小厂就不用了，拆除了。

饲料厂投产以后，我们就按照规划，在后面这块土地上开始投资建设养猪场、种鸡场和孵化场。

这就是我们泰国正大集团和美国康地集团在广东一开始合作投资建设的简况。

谢国民资深董事长是一个很有远见的领导，当我们还在广东投资建厂的时候，他就提出来我们应该到广东以外的省区也去投资发展。有两个地方是我们一开始就想要去的，一个是四川，另一个是吉林。

为什么去四川呢？因为谢正民董事长、谢大民董事长抗日战争时期在四川生活过，对四川很有感情，所以我们 1980 年就到了四川。四川政府很欢迎，我们跟成都市委书记宫韫书谈得很好。但谈到最后，有一个没有办法解决的问题，就是那时候中国没有外汇，所以政府说你们来投资可以，但是赚了钱没有外汇、拿不出去。所以就暂时搁置了，大家再想想看要怎么做。这是第一个地方。

第二个地方是吉林。因为吉林是我们中国的粮仓，饲料的原料玉米、大豆各方面吉林都非常理想。到吉林谈了以后跟四川一模一样，赚了钱没有外汇、拿不出去，因此也就暂停了。

谢国民资深董事长有远大的眼光和胸怀，他那个时候就觉得应该继续在中国投资，应该要做，不应该停，他说中国的发展形势绝对是继续改革开放，绝对不会回到老的地方去，所以我们不管到中国的哪一个地方去投资都没有问题，我们拿钱进去投资，赚了钱外汇拿不出去我们就不拿出去，我们就在当地继续扩大投资，我们为什么还要拿钱回来，不应该拿回来，应该为国家作贡献。有了谢国民资深董事长定下来的这个方针，1982 年、1983 年我们就在四川、吉林又开始洽谈投资了，吉林正大有限公司1984年7月6日拿到营业执照，手续最先办好，1985年5月7日成都正大有限公司也拿到了营业执照。同时，我们在广东的汕头、珠海等地投资建厂。这些企业都是当地的首家外商投资企业，领取的都是当地的0001号外商投资企业营业执照。

大家可能会问一个问题，正大和康地合作在广东省投资建厂，而正大到四川、吉林等广东以外的省区投资为什么没有康地呢？这个事情我们一开始跟康地也商量了，说我们应该到广东以外的省区去投资，但是有一个问题就是赚的钱没有外汇、拿不出去，康地说如果是这样，他们暂时不想做，因为这样不符合他们集团的投资政策，并不是针对某个具体的地方。因此，我们就与康地商量好，除了在广东省内我们双方继续合作发展，广东以外各省区我们双方就各自发展。这就是为什么除了广东省以外的其他省区的投资，正大没有再跟康地合作的原因。

改革开放是中国人民和中华民族发展史上一次伟大革命，泰国正大集团与美国康地集团合作在深圳投资设立的正大康地（深圳）有限公司，成为进入中国大陆第一家外商投资企业，为中国的改革开放事业作出了历史性的贡献，我们感到十分荣幸和自豪。

在新的历史时期，我们正大集团持续看好中国的发展前景，将继续坚持在中国扩大投资和发展，为中国的经济建设和社会发展作出更多更大的贡献。

不忘初心　砥砺前行
百年正大　创新永不停歇

罗家顺

故事 059

光阴似箭，岁月如梭，由“正大庄种籽行”起始，正大集团风风雨雨行程百年，全球投资遍及 21 个国家，拥有员工超过 35 万人。正大集团在商业领域取得的这些成绩，无疑应归功于谢国民资深董事长的英明决策：他在中国改革开放之初带领集团秉持三利原则（利国、利民、利企业）、快速优质、化繁为简、接受变革、不断创新、正直诚信的六条价值观，在多领域进行投资经营并获得巨大成功；在世界经济及科技发生巨变的今天，他高瞻远瞩，提出正大应成为人类能源的制造与供应者；他敦促每个事业线之间协同合作，积极创新，并建立集团领导力学院为集团培养未来年轻领导人……谢国民资深董事长带领正大人创造了一次又一次的辉煌业绩！

为适应越来越激烈的竞争局面，迎合国内商业地产开发需求，我们与全国地产知名集团——上海绿地集团联手合作，在全国多个城市打造以“正大乐城”为名的社区多功能场所，成功实现了正大商业“品牌管理输出”及“轻资产运营”的双赢合作模式。同时，在保持上海正大广场继续成功经营的同时，抓住市场发展契机，迅速布局，2019 年洛阳和合肥正大广场相继成功开业，2021 年乐清正大广场也盛大开业，迅速拓宽了正大集团在商业领域的版图及影响力。

在地产领域，形成了“产业地产”和“城市更新”两大业务主线。在团队的通力合作下，地产板块协同正大集团其他板块优质资源，以三产融合发展的独特手法，导入智慧新城和农业特色小镇（城）等产品系，提升城市在国家、都市圈发展战略中的新高度、新地位。同时，依托城市更新政策，对集团具备商住发展潜力的产业用地进行二次开发，积极参与中国新型城镇化和高质量共建“一带一路”，用国际化的可持续发展理念重塑区域发展新格局。重点布局长三角经济圈、粤港澳大湾区、中原经济圈、长江经济带，并先后进驻洛阳、乐清、汕头、南宁、慈溪、成都等城市。

正大集团秉承“利国、利民、利企业”的经营宗旨，首先考虑到国家及顾客的需求后，自然会给企业带来益处，这是成功的方程式。因此，无论在商业还是地产领域，正大集团都注重打造“共商、共建、共享”的合作环境，切实考虑合作伙伴的利益，成为实实在在的“命运共同体”，他们的生存会直接影响到集团的生存。

乘风破浪二十载 商业创新升级，换道超车

正大广场扎根上海浦东的 20 年，也见证了中国商业日新月异的 20 年。全国各地商业密度越来越高，有竞争就会有进步，行业不断迭代升级，不仅仅是商业内容的转型，更要凸显科技应用的转型。要想在激烈的竞争中立于不败之地，必须充分发挥“人无我有，人有我优，人优我特”的创新精神，使商业体的内涵提质升级。

正大广场于 2017 年开始启动了自开业以来最大规模的改造升级，主动求新求变，首先完成的是 2000 多平方米，面向年轻中产女性的“Venus 生活方式主题区”，涵盖鞋包、珠宝配饰、香氛、咖啡等综合性业态，成为上海引领国际消费潮流的风向地标。随后打造了 4000 多平方米，满足亲子家庭的“Kids’ 3rd Home 儿童的第三个家”主题区，为儿童打造除家庭和学校之外的第三个家，注入更多寓教于乐和体验的元素。最新完成的是占地 6000 多平方米，美食与共享办公空间品牌“eat n work”，这个项目缘起我在参与首届进博会时意识到，参展商要想顺利将展品变商品，不得不在上海找一个短期落脚点进行办公和调研，而上海也有大量创业公司有着类似需求，因此“eat n work”这种全国首创商业模式应运而生，旨在帮助创业者实现“eat well，work well”的全新生活方式。为打造一流的品质，我们与上海著名的餐饮集团——MUSE 集团合作，在短短几个月的时间内将“eat n work”打造成为上海的潮流地标。

2019 年 11 月 29 日，正大商业地产的又一创新之举——“正

大乐影城”在洛阳正大广场盛大开幕。作为集团自主投资经营的高端影院品牌，“正大乐影城”以电影文化为核心，整合资源加强跨界合作，成为国内首家“复合式”的多业态影院，涵盖创意书吧、餐饮美食、艺术空间、共享办公等精品项目，将观影、休闲娱乐、艺术、生活融为一体，对电影消费进行再定义。

此外，数字智能化方面的创新也在稳步开展中。2020 年 5 月，上海正大广场作为首批签约单位之一，与上海电信签约建成申城首个“三千兆商场”，加速拓展 O2O 智能化创新型消费体验新模式，在全国率先打造 5G 示范购物中心样本。机器人应用、VR 科技等越来越多的数字化已经成为现实场景，我们的目标也已经明晰，从早期的“规模领先”升级成为全方位的“内容领先”，成为所有人必打卡的地标性场所。

上海正大广场将建成申城首个“三千兆商场”（照片由上海正大广场提供）

正大商业地产在城市级地标商业、生活体验式商业等不同产品形态上不断创新，为满足人民对美好生活的向往孜孜不倦地探索，得到政府和市场的充分支持和肯定。

践行企业社会责任　打好商业复苏攻坚战

2020 年初，新冠疫情凶猛来袭，给整个行业带来了灾难性的打击。我当时在泰国与家人共度新春，疫情发生后立即回到工作岗位主持工作，并率先为旗下租户累计减免租金超 1 亿元，帮扶租户共渡难关。

在疫情依然全球肆虐的情况下，作为上海商业地标的正大广场，至今未发生一起病例，浦东新区各级部门给予我们高度评价，上海市政府还特别给予书面表扬，使我和同事们备感自豪。

上海市副市长许昆林（右二）与罗家顺在“国际品质生活节”上的合影（照片由上海正大广场提供）

在疫情平稳后的经济复苏阶段，我们积极地开展数字化转型，并与政府机构合作。2020年5月，上海正大广场联合浦东新区商务委举办“浦东国际品质生活节”，汇聚二十余家国际知名品牌，其中半数来自全球500强跨国公司在浦东地区的总部，正大商业地产也积极整合各类资源，创新“线下逛展+线上直播带货”新模式，帮助企业和商户借此机会积极转型，增强品牌影响力。

人才科技全面整合升级　迎接下一个百年

一个企业要保持旺盛的生命力，必须重视人才培养，人才是企业发展的本钱。为此，正大商业地产近几年来广纳人才，尤其是年轻人才，不仅积极派遣他们参与集团“小老板”计划，而且自行建立“管理培训生”培训项目，积极吸收、培养、激励和发展认同集团理念和价值观的未来领导者。在年轻人的选拔上，优先选择党员或者学生干部，注重个人品德修养，挑选懂得感恩、孝敬父母、能吃苦耐劳、有奉献精神的人。遵循谢国民资深董事长的要求，安排年轻人在洛阳正大广场、乐清正大广场和慈溪地产项目的一线岗位工作；安排有经验的领导从旁指点和指导，为他们营造和谐的工作环境、良好的学习发展机会以及充分施展才华的舞台，为集团下一个百年储备优秀的人才。

总结语

综上所述，我的个人成长与集团的发展息息相关。感谢正大集团，感谢谢国民资深董事长、领导及同事，以及国家政府对我的培养、帮助和支持。每次的困难和挑战，于我来讲都是一次次成长和磨砺的机会，未来只会越来越好，面对愈加广阔、精彩的商业赛道，每一个正大商业地产人都必须居安思危。现在我们已经开始了线上到线下的数字化智能转型，通过数据积累和分析，将商场的顾客、商品、场景数据化，在商业流量运营中精准营销，精准触达消费者，以此提升运营效率；同时运用先进的 5G 网络，构筑无处不在的沉浸式千兆购物体验，使数字赋能消费新时代；即将呈现的全新旅游特色主题式街区，集民俗、美食、文化多位一体，引入传统工艺品零售、民俗特色餐饮、文创产业、非遗体验等复合型综合业态，传承中华民族文化，激发消费者的文化认同和精神共鸣；还有新业态、新品牌的引进，商业地产项目拓展至全国各地，以及一系列“人无我有，人有我优”的创新活动将在各个正大系的购物中心内落地开花。

过去的成就亦是新的起点，我们将牢记谢国民资深董事长“成功只满意一天”的教导，始终保持谦逊的心态，砥砺前行、奋勇拼搏，为正大集团的下一个百年增光添彩，谱写新篇章！

不忘历史　继续奋斗

俞中德

故事 060

2021 年，正大集团以辉煌的业绩欢庆 100 周年诞辰的到来。抚今追昔，作为老员工，不禁感慨万千，浮想联翩，从小小的“正大庄种籽行”到如今成为知名跨国企业的“正大集团”，一百年历程曲折蹉跎，来之不易。今天，集团新一代年轻人正以昂扬的斗志，充沛的活力，继承和发扬正大之精神，坚守正大的六条价值观，朝着谢国民集团资深董事长指引的方向，努力续写正大更加灿烂的未来！

历史是不能忘记的，唯有了解历史，方可对过去的辉煌加以珍惜和继承，这恰恰是我们庆贺集团诞生百年的真正意义。为此我细细整理了逐年的记忆，在集团百年发展进程中的那段惊心动魄的 1997 年亚洲金融危机是如何冲击集团的生存与发展，集团资深董事长又是如何运筹帷幄，以超人的胆略和气魄战胜危机，让正大这艘巨轮向着胜利的彼岸再次乘风破浪的历史又浮现于脑海。

1997年，正大集团在中国的投资已达数十亿美元，业绩斐然，其中创造了不少“中国第一”，“正大康地”是领取深圳外资0001号批准证书成为中国改革开放后进入大陆的第一家外商投资企业；“正大国际财务公司”是中国第一家外商投资财务公司；正大投资的“大江集团有限公司”是中国第一家外商投资的上市公司；正大合资的“德富泰银行”是第一家总部设在中国的外资银行；“正大广场”是当时中国面积最大、设施最先进的第一家外商投资的“shopping mall”；“正大综艺”是中国第一个外商投资的电视综艺栏目；等等。

也就是1997年，亚洲金融危机来势凶猛，正大集团又恰恰处于危机的重灾区——泰国，受到了严重的波及与影响。俗语说“树大招风”，当时国内外媒体纷纷关注“正大”，一时间诸多不符实际的新闻相继出现在个别小报上，此时以集团资深董事长为首的集团决策层，并不急于澄清，他们相信事实必将胜于谬误，相信稍有投资经营常识的人不会相信这些与事实不着边际的“新闻”，他们将精力集中于应对金融危机对集团造成的伤害与影响，他们当机立断，缩小经营范围，调整经营结构，加强内部管理，确保集团主业，尽早走出困境。并果断地有条不紊地实施“双稳固”战略，首先竭力稳固集团的三大主业：一是经营近80年具有世界领先地位的农牧业；二是具有集团长远发展战略意义的电讯业；三是涉及国计民生的商业零售业。与此同时，珍惜和稳固几十年来集团赖于不断发展的良好的社会信誉。为此集团对所辖产业作大刀阔斧的调整，当广大员工流露出对集团前景不安和担忧时，我记得集团资深董事长感慨地回应“留得青山在，不怕没柴烧”！

亚洲金融危机客观上致使正大债务增加，其中最突出的是在泰国投资的“亚洲电讯”和在上海投资的“正大广场”。以美元贷款建设，而以泰铢营业收入还贷的“亚洲电讯”，因金融危机使泰铢大幅贬值，1997 年 4 月至 1998 年 8 月，泰铢兑美元汇率从 25.9 狂泻至 42.2，致使“亚洲电讯”债务猛增。而正大集团融资 4.5 亿美元建造的“正大广场”因金融危机造成泰国 8 家银行组成的银团中有两家倒闭，从而断绝了后续资金而停工 14 个月，造成巨大损失。面对突然袭来的危机，集团决策层没有惊慌失措而是沉着应对，为实现“双稳固”，谢国民集团资深董事长以掌舵人的非凡胆略作出战略决策，正如他后来感叹的“有生以来最难做出的决定”，即将正大集团旗下最有价值的股权忍痛转让，其中有泰国境内“易初莲花”的部分股权，“亚洲电讯”的部分股权，“亚太通讯卫星有限公司”中所持有的股权，“7-11”部分股权，“上海易初摩托车有限公司”所持股权，“上海民乐啤酒有限公司”所持股权，以及出让正大所属泰国境内汽油销售业，等等。正是由于集团资深董事长推行的这些有步骤的、慎重的、有明确目标的股权转让，使集团很快偿还了因亚洲金融危机造成的债务和相关的债务重组，快速从危机的阴影中走了出来，使正大主业稳固，事业依然蒸蒸日上，经过亚洲金融危机考验与洗礼后的正大集团，更加健康地在新时期中昂首阔步。当时有媒体采访集团资深董事长，如此快地走出金融危机的秘诀是什么？他很形象地比喻“一条大船要经历大风浪，必须减轻负重”。最让全体员工无比欣慰的是，那些因金融危机转让的最有价值的股权，如今已逐渐回到正大的怀抱。

正大集团在应对金融危机中的出色表现和投资中国所取得的

骄人成就，很快引起经济界的高度重视与赞赏。1998年，世界著名经济刊物《远东经济评论》评定正大集团为泰国百强企业之首和“亚洲最具活力企业”，评定谢国民集团资深董事长为“亚洲最有才能与远见的企业家”。特别令人兴奋的是，亚洲金融危机并没有使正大支柱产业——农牧业遭受损害，相反，仅1997年至1998年，正大农产品及食品的年销售额大幅增长62%，鸡肉出口增长21%；另外，自1979年投资中国的大量资产，在亚洲金融危机中没有任何缩水且经营良好。最值得一提的是，集团在华投资的最大项目“正大广场”，因金融危机造成资金短缺而停工一年零两个月，就此李绍祝资深副董事长亲临坐镇，在上海市政府的支持与帮助下，集团再自筹2亿美元资金，“正大广场”终于于2002年10月开业，成为正大商业旗舰和上海又一道亮丽风景线。

正大集团之所以能够劈波斩浪，不断成功发展，很大程度上归功于掌舵人谢国民集团资深董事长卓越的组织才能和深谋善断的气魄。亚洲金融风暴后，集团资深董事长将主要精力置于正大的未来发展上，他常说：“我每天工作内容中有95%是在思考和制定未来五年、十年，甚至十五年、二十年集团的发展方向与计划。”亚洲金融危机后，他为正大指明了新的战略方向——成为“世界厨房”和“人类能源（食品）基地”，他风趣而又精辟地说：“正大的农牧、食品业其实是人的能源，石油是机械的能源，我们所做的事业是什么？是人类的能源，是吃的，这个吃的事业可以无穷无尽地扩大，粮食与食品比石油更重要，没有石油我们可以生存，没有粮食与食品，没有人能够生存。”“正大要将美味价廉、方便即用的食品送到世界各地、千家万户，成为‘世界厨房’。”为此，集团资深董事长将投资中国作为其未来宏伟战略规划的重要组成部分，14亿人口的中国，正是“人类能源”和“世界厨房”的最大市场。在他发表于日本的一篇文章中写道：“中国拥有14亿人口，如果10%的人口达到日本的人均收入水平，这就相当于形成了一个完整的日本市场。如果20%的人口达到美国的人均收入水平，那中国的购买力就可以与美国媲美。如果我们再将这14亿人口剩余部分的购买力考虑进去，那么我们可以看到中国经济为外商投资者所提供的且具有巨大潜力的投资机遇，这种趋势可能持续相当长时间。”在幽默和不经意间，集团资深董事长为正大的未来，描绘了一幅既实际又宏大的蓝图。

亚洲金融危机不但没有阻碍集团事业的发展，反而逐年增长与扩大。至2020年，正大在全球的销售额达820亿美元，员工超过45万人，在世界粮食与食品企业中名列前茅。

以上所述，只是正大百年的一粟。

回顾过去，让我们，特别是让年轻一代员工了解，集团的今日来之不易。在庆贺集团诞辰百年之际，恰逢世界百年未有之大变局，但经过亚洲金融危机、SARS、非洲猪瘟等考验后的正大集团更加坚固和顽强，全体员工将遵照集团资深董事长提倡的“成功面前只开心一天”的戒骄戒躁、不懈努力的精神和“利国、利民、利企业”的经营宗旨，在谢国民集团资深董事长和谢吉人集团董事长的率领下，不畏前进道路上的艰难险阻，为开创正大集团下一个、更加灿烂辉煌的百年而继续奋斗。

正大集团在上海的重要历史时刻

故事 061

俞中德

光阴荏苒，正大集团是中国改革开放以来最早进入中国的华裔跨国公司，迄今已 40 年（截至 2018 年）。谢国民集团资深董事长怀着满腔爱国热情，在 1979 年中国改革开放伊始便投资中国，拿到了中国外资 0001 号批准证书。谢国民集团资深董事长对上海情有独钟，他说："来中国如不来上海等于没来中国。"

正大集团与上海汽车

1985 年，正大集团与上海拖拉机汽车公司（现上海汽车集团）合资成立"上海易初摩托车有限公司"，注册资本 4500 万美元（后又三次增资），是当时上海最大的合资企业之一。企业引进日本本田技术，一时"幸福牌"摩托车成为中国最好的摩托车而风靡大江南北并率先进入国际市场，为中国摩托车工业的进步作出很大贡献。"上海易初摩托车有限公司"的成立与发展，也为中国合资企业的发展贡献了许多宝贵经验，由当时中国外经贸部推广至全国：第一，合资企业成立不辞退因确定生产规模而多余的、原国营企业的员工，以扩大生产规模的方式加以消化；第二，合资企业确立人才本地化的用人原则，不仅大大降低了公司成本，而且为公司培养了大量本地人才。

“易初摩托车”的成功不仅为正大投资上海工业开了先河，贴合正大集团“利国、利民、利企业”的经营宗旨，也使正大集团与上海汽车集团建立起相互信任、精诚合作的基础；之后，正大集团与上汽集团再次合资成立“上海易初通用机器有限公司”，引进国外先进技术，为生产先进的汽车压缩机以及上海汽车工业的发展再作贡献。正大集团投资上海至今已 33 年，见证了上海汽车工业由小到大、由弱变强的历程。2015 年，正大与上汽集团再次携手，助力上汽集团“走出去”，在泰国先期斥资 18 亿元人民币合资建立“上汽正大有限公司”，共同为上汽 MG 自主品牌轿车打开泰国及东南亚市场而竭诚努力。2018 年初，在泰国制造的 MG 汽车在同排量车的销量中已超越在泰国一直占绝对优势的日本丰田、本田和马自达汽车，占据泰国市场第一位，实现了上海汽车走出国门、发展国外市场的战略目标。正大集团为上海汽车及上海的改革与进步不断地贡献力量，正大集团资深董事长谢国民先生和担任上述所有合资企业董事长，为合资企业的建立与发展作出杰出贡献的正大集团资深副董事长李绍祝先生，均被上海市政府授予“荣誉市民”称号。正大集团与上汽集团及上海制造的合作必将继续前进，结出更丰硕的成果。

正大集团参与浦东开发并建立正大商业帝国

1990 年，中国宣布开发开放浦东，那时，正大集团在上海的投资已经红红火火地展开——“上海易初摩托车有限公司”的“幸福牌”摩托已经风靡中国、走向世界；“上海大江有限公司”的现代养鸡技术正改变传统养鸡方式，由于经营出色，也成为中国第一家外资企业的上市公司。但 20 世纪 90 年代初，上海外滩万国建筑博览群对面的浦东仍是灰色厂房和绿色农地，黄浦江两岸景色难以融合。

1992 年，正大集团资深董事长谢国民先生响应上海市政府的号召，和“陆家嘴开发有限公司”一起，义不容辞地承担起浦东陆家嘴 CBD 核心区 40 公顷土地的联动开发。谢国民集团资深董事长叮嘱属下，一定要将浦东开发作为责任，千万不要将大片土地留予自己。开发伊始，为完成配套，正大集团首先出资近 2 亿元人民币建造黄浦江首条长 2 千米的滨江大道，成为如今 40 千米滨江大道建造之起源与楷模。为完成陆家嘴 CBD 核心区的商业配套，正大决定出资 4 亿美元建造核心区唯一的商业项目——正大广场。1994 年，正大广场项目正式立项，这对浦东开发的协调与促进，对浦东与浦西的衔接和两岸商业发展联动，同时对正大商业集团的建立与发展，均具有里程碑意义。从这个意义上讲，正大是陆家嘴第一企业，可谓实至名归。

1998 年，亚洲金融危机给正大广场的建设带来极大困难，但正大没有半途而废。2002 年，正大广场建成开业，成为上海首个与国际接轨的真正意义上的购物中心，楼高 10 层，面积 25 万平方米，是当时南京路商业面积的总和，成为又一条更现代的、立体的南京路。为使正大广场建在浦东而不落后于世界潮流，正大斥巨资请美国捷得公司设计，使其具有时尚领先的国际风范，正大广场首创集购物、餐饮、娱乐、休闲于一体的“一站式”经营服务理念，出色兑现了浦东开发开放乃至上海市政府对正大广场建立的初衷：成为中华第一商业街——上海南京路的精彩延伸。正大广场从建成开业起，始终认真营运，不断创新，已成为浦东乃至上海的标志性建筑，也成为正大的商业旗舰。正大商业旗舰奠基人是均为“上海荣誉市民”的集团资深董事长谢国民先生和资深副董事长李绍祝先生。如今，指挥正大商业旗舰的是正大集团谢吉人董事长和罗家顺集团资深副董事长，由于他们对上海的付出与贡献，上海市政府授予他们“白玉兰纪念奖”和“白玉兰荣誉奖”。

在上海市及浦东新区政府的关心与支持下，正大集团在参与陆家嘴开发的同时，1997 年将“国外大卖场”概念引入浦东，在浦东开设第一家占地 2 万平方米的“卜蜂莲花”超市，几万种商品集于一店，“日日新鲜，天天低价”的经营模式与服务宗旨让浦东再次率先与国际接轨。第一家购物中心“正大广场”在浦东建立，第一家大型超市“卜蜂莲花”在浦东诞生。至今，正大集团下属商业地产拥有“正大广场”“正大乐城”两大品牌，有 107 家“卜蜂莲花”，总投资近 200 亿元人民币、员工近 2 万人的正大商业版图由此建立起来。

正大集团百年庆典　沧海一粟点滴回忆

故事 062

龚论

2021 年，是正大集团具有重要纪念意义的一年，集团将迎来百年华诞！作为一名为集团服务了 25 年的员工，我有幸参与并见证了一个百年集团四分之一的光辉历程。难掩激动心情之余，也深感荣幸和自豪！点滴往事随之涌上心头……

易初莲花

1979 年，集团迈出了坚定的一步，率先在深圳设立正大康地公司，并获得批准证书“深外资证字 0001 号”，成为进入中国大陆的首家外资企业。至 20 世纪 90 年代初，经过十几年的发展，集团的农牧饲料企业已遍布全国各省份。就在那时，谢国民集团资深董事长深感国内百货零售业比较落后，没有像样的大型商场、购物中心，没有大型超市，连锁百货业亦未成型。为了带动零售业的发展，繁荣商业流通领域，1993 年，谢国民集团资深

国内第一家易初莲花超市开业（照片由龚论拍摄）

董事长委派蔡绪锋先生（现任集团资深副董事长，CPALL 执行董事长；时任集团资深副总裁，7-11 连锁便利店有限公司总裁）带队，考察国内商业情况并接洽商业投资事宜。上海市政府对此给予了特别的支持和关心，随即于 1994 年，集团便在上海设立了泰国卜蜂商业有限公司上海代表处。因当时商业领域还未对外资开放，政策要求外资企业必须与中方企业合作经营，所以我们与上海市商业局下属的蔬菜公司组成了合资公司——易初商贸（上海）有限公司，进而开始并完成了第一家易初莲花大型超市的审批、选址、招员等一系列的筹备运营工作。

1997 年 6 月，中国区第一家易初莲花超市正式在上海浦东塘桥开业（1997 年 6 月至 2007 年 12 月称“易初莲花”，此后更名为“卜蜂莲花”）。开业当天，塘桥地区的居民纷纷到现场驻足观望，可以说是人山人海，热闹非凡。谢国民董事长出席开业典礼。时任中国国内贸易部副部长何济海、时任上海市副市长冯国勤、泰国商务部部长 Mr.Chucheep Hansawat（นายชูชีพ หาญสวัสดิ์）以及上海市委原第一书记陈国栋等领导和嘉宾均莅临现场表示祝贺。谢国民董事长热情接待了各位领导并陪同参观。仪式开始前，谢国民集团资深董事长十分关心并亲自检查会场及开业仪式的程序安排，并慰问大家，可见他做事之严谨认真，对下属之关怀。开业仪式由时任正大集团总裁谢中民（现任 Advisory 董事长）致辞。易初莲花首任董事长蔡绪锋代表企业在仪式上向上海红十字会捐赠了 10 万元人民币善款。自此之后，在我们易初莲花的门店中都会有这样一个捐款箱，以募集善款之用，回赠社会，传承大爱，从而进一步体现“爱是正大无私的奉献”。

易初莲花作为第一家大型连锁超市，它的开业吸引了众多消费者的目光。它为消费者提供了全新的购物体验、舒适的购物环境和天天低价的高质量商品。不仅极大地方便了上海本地居民的购物，甚至江浙周边的居民都会开着车来我们的门店采购商品。在带动国内零售业发展、繁荣商业流通领域的同时，也有利于广大消费者。不仅开当年国内大型连锁超市之先河，也充分体现了“利国、利民、利企业”的三利原则。

谢国民集团资深董事长（前排左）陪同时任中国国内贸易部副部长何济海（后排中）和泰国商务部部长 Mr.Chucheep Hansawat（前排右）在易初莲花开业仪式现场（照片由龚论拍摄）

谢中民 Advisory 董事长在易初莲花开业仪式上致辞（照片由龚论拍摄）

易初莲花首任董事长蔡绪锋（左）代表企业向上海市红十字会捐款（照片由龚论拍摄）

正大广场

为了响应国家开发开放浦东的战略，集团与上海陆家嘴开发公司合作成立“上海富都世界发展有限公司”，共同开发陆家嘴金融贸易区。公司在陆家嘴储备了诸多地块，后来香格里拉酒店、花旗银行和震旦大厦等的建设地块均是由我们提供的。由于当时上海还没有一座集购、吃、喝、娱、乐于一体的大型商业综合体，所以上海市政府向谢国民集团资深董事长提出希望正大能够在国内建一个可引领21世纪潮流的现代建筑，建一个大型国际化都会购物中心。为了打造这样一个商业广场，集团决定建设正大广场。当时集团也一直在沪选址，拟建一幢高层建筑作为中国区总部大厦，最后选中黄埔江畔的陆家嘴富都世界 1-A 地块（现正大广场地块）作建设之用。根据拟建设正大广场的需求，结合建设中国区总部大厦的设想，原本是打算建一幢高层建筑，上层用于商务办公，中低层用于商场购物。但当时政府规划部门希望从浦西外滩看向浦东，应形成梯形递进式逐步往高层的建筑群格局，所以提出在陆家嘴沿江带不能建高层建筑，否则沿江布满高层，将会遮挡后面浦东方向的建筑群。为了响应政府的要求，集团放弃高层建筑的构想，将正大广场建设规模调整为地上 10 层、地下 3 层。今天我们再来看正大广场，在陆家嘴高楼林立的包围圈中显得低矮，也是有些许遗憾的。

正大广场签约仪式现场（照片由龚论拍摄）

谢国民集团资深董事长（右）与泰国驻沪总领事在签约仪式上（照片由龚论拍摄）

1996 年 4 月，正大广场完成了奠基仪式，可是未承想，建设未满一年，1997 年就发生了亚洲金融危机，这给投入这么大资金的一个项目带来了极为严峻的考验，究竟是上还是下？谢国民集团资深董事长为国家利益考虑，丝毫没有动摇继续做下去的决心。为了做好此项目，坚持选择一流的设计公司，用最好的建筑材料，克服重重困难，先后历时 5 年多，最终建成了上海首座与国际接轨的真正意义上的购物中心。2002 年 10 月，正大广场迎来了盛大的开业典礼。

广场在规划建设的同时，也在为今后的经营考虑。当时集团与上海国有三大商业集团之一的友谊集团共同成立了中外合作企业“上海友谊正大有限公司”，作为正大广场以百货为主题的经营企

勿忘初心

江吉雄

故事063

日初出，人初生。
正大光明，如是莲花。
玉碧丝缕，真心芬芳。
正大中国，正气浩然。
大业千秋，无畏惊涛。
中流砥柱，屹立不摇。
国富民福，善心吉人。
日日月月，生生不息。
百年福寿，万古流芳！

编者注：这是江吉雄先生为庆祝正大集团成立100周年创作的歌词，已由潘伟韵作曲。

泡面与感恩

故事 064

魏启响

2021年1月18日，在正大集团愿景会议上，谢国民集团资深董事长和谢吉人集团董事长都强调了集团的感恩文化，感恩是正大文化的底色。两天前，有新同事要我讲正大的感恩故事，我给他们讲了“泡面与感恩”。

依稀记得是2009年6月的一天，那天的天气晴好，我们陪同正大集团农牧食品企业中国区何炎光资深副董事长（当时是副董事长）和周永顺资深副董事长（当时是总裁）去看市场和养猪场。临近中午时，我提议找个地方吃中餐，何副董说：“不用，到猪场吃泡面。”车行到一个杂货铺附近时，他们叫停了车，周永顺总裁下去买了大约7盒泡面。我们走到宜昌当阳猪场，已经是快到下午1点钟了。我们赶快烧水，水烧开后，我拆开了一盒泡面，撕开调料包往面盒里撒。何副董叫停了我的做法，对我说：“阿魏呀，看来你吃泡面还不专业，来，跟着我和周总学。”然后他一边操作一边对我们说：第一步，洗手并清洁泡面包装。第二步，从开口处拉开盒盖封装纸盖，只拉开 60% 左右。第三步，取出调料包和叉等（只留面在盒内）。第四步，倒上开水，不要封盖，等 1 分钟左右，搅动面块，将水倒出。第五步，拆开调料包，根据自己需要添加。第六步，倒上开水（一般为面的二倍左右），覆盖泡 3 分钟左右。第七步，揭开盖子，开吃。

吃泡面时，他对我们说："正大是一个很好的集团，集团注重人性化关怀，加入正大是我们职业生涯的幸运。集团对我们有擢用之恩，我们要心怀感恩……"吃完泡面，我们就更衣消毒洗澡，去猪舍了……这盒泡面，我吃得特别美味。我在心里感慨：吃泡面都吃到这么专业，鲜有。事后我到网上查，也没找到他说的这样细致和专业。中国有一句俗话叫作"熟能生巧"。他们肯定是常常以泡面为餐，忘我工作。后来国庆节前，他来湖北看市场，电话里对马川主任说，假期这几天就帮我买些泡面放到宿舍。难怪四川重庆的经营业绩一直很好，我对他们的敬仰之情油然而生。与君吃泡面，胜读十年书。

何炎光资深副董事长离开我们已经九年多了，但这个泡面与感恩的故事场景时常在我脑海浮现，激励我竭力敬业，积极前行。

贺百年正大续辉煌　庆三十而立从头越

——在正大工作三十年有感

故事 065

唐贻林

2021 年是正大集团成立 100 周年，恰好也是集团事业落地重庆发展 30 周年，我在正大服务满 30 周年。学习正大百年发展史，回顾自己在正大 30 年来的点点滴滴，思绪万千，感慨良多。有创业的艰辛，有成长的快乐，也有收获的喜悦，更有一份身为正大人的自豪。作为庆祝正大百年的献礼，结合自己在正大 30 年的经历和感悟，结成此文，以为正大百年华诞庆。

、正大是一个一切皆有可能的平台

正大集团的发展历程证明了正大是一个一切皆有可能的平台。正大集团从 1921 年在泰国曼谷的“正大庄种籽行”起步，历经百年发展成为业务遍及全球的大型跨国集团企业，位列全球 500 强，本身就是一部传奇史。这一传奇的发展历程，充分展现了集团领导国际化的视野、敏锐的商业洞察力、卓越的领导力、博大的胸襟和敢为天下先的魄力。

正大集团在重庆的发展历程也证明了正大是一个一切皆有可能的平台。1991 年，正大集团在重庆成立了第一家合资企业——重庆正大有限公司，后来陆续成立了重庆双桥正大有限公司、广安正大有限公司和贵阳正大有限公司。除贵阳正大有限公司饲料厂是正大集团投资兴建的现代化、自动化、智能化的标准工厂外，其他三家公司饲料厂都是与当地国有企业合资建立。初始的工厂都是设备落后，年产能只有几万吨的小厂。

重庆正大有限公司江北区石马河老厂（照片由正大集团重庆贵州区办公室提供）

重庆正大有限公司搬迁涪陵区新厂（照片由正大集团重庆贵州区办公室提供）

重庆双桥正大有限公司合资时的饲料厂（照片由正大集团重庆贵州区办公室提供）

重庆双桥正大有限公司改造后的老厂及新建的饲料厂（照片由正大集团重庆贵州区办公室提供）

广安正大有限公司合资时的饲料厂（照片由正大集团重庆贵州区办公室提供）

广安正大有限公司改造后的饲料厂（照片由正大集团重庆贵州区办公室提供）

2014年建成投产的贵阳正大有限公司饲料厂（照片由正大集团重庆贵州区办公室提供）

饲料在当时还是一个新鲜事物，不被社会和消费者了解，当时人吃的大米 0.5 元 / 斤，稀有的饼干才 0.78 元 / 斤，而我们生产的猪饲料要 0.9 元 / 斤。记得当时的报纸还专门发表了一篇文章《比饼干还贵的猪饲料卖得出去吗？》。

作为公司的第一批销售员，我们真是“压力山大”呀！但是我们坚信集团的投资眼光，相信我们的产品是广大养殖户所需要的，我们的产品质量是过硬的，我们的产品是能够给他们带来价值的，我们所从事的事业是对社会有贡献的。正是秉持这样的初心和信念，我们历尽千辛万苦，走遍千山万水，走进千家万户。作为重庆正大有限公司的第一批销售员，全重庆 1000 多个乡镇，我走过了 80% 以上。就这样我们一步一个脚印地走了出来。重庆正大有限公司于 1992 年 2 月正式投入生产，当年全年的销量不足 1 万吨，2021 年重庆正大有限公司单月销量 24000 吨，全区 4 家饲料公司销量突破 726000 吨。在饲料业发展的同时，我们还着力打造蛋鸡和生猪两条全产业链，特别是在蛋鸡产业的发展中，我们根据集团“世界的钱都是我们的钱，世界的人才都是我们的人才”“从空气中赚钱”的理念，充分发挥轻资产、重营运的策略，在集团没有投资一分钱固定资产的情况下，全部利用社会资金、资源，实现了 100 多万羽蛋鸡养殖存栏，年销售品牌鸡蛋万余吨，成为当地销量第一、影响力最大的鸡蛋品牌。

我自身的成长历程也证明了正大是一个一切皆有可能的平台。作为公司的第一批销售员，集团事业一步步发展，自己也从销售员、技术员、组长、副科长、科长、经理助理、副经理、经理、总经理助理、副总经理、常务副总经理、总经理、助理副总裁、副总裁、资深副总裁、总裁、资深总裁、副董事长一步步成长起来。同时，还受聘为西南大学兼职教授，当选重庆市江北区第十七届人大代表，当选行业协会改制后首任重庆市饲料工业协会会长，获评重庆市第六届“创业优秀企业家”、首届“重庆市杰出企业家”。这是我当初怎么也没有想到的。当然，这些荣誉的取得，不仅仅是我个人的成绩，更是社会各界对正大集团在重庆对社会、对行业发展所作贡献的认可。我的成长除了自身的努力，首先得益于正大集团这个平台，得益于集团的人才本地化战略，得益于集团持续的培养和培训，得益于集团、地区、公司历届领导的帮助与鼓励，得益于渝黔区全体同事的支持与努力付出。离开正大这个平台，我也不可能取得这样的成绩、获得这样的荣誉。

所以，在正大这个平台，真的是心有多大，舞台就有多大；奋斗就有回报，一切皆有可能。

二、正大是一个心正行远的平台

之所以说正大是心正行远的平台，主要体现在以下两个方面。

一是“三正”：正确、正直、正规。

正确：首先正大的价值观正确。正大集团的六条价值观——利国利民利企业的三利原则、快速优质、化繁为简、接受变革、不断创新、正直诚信，不仅是企业的指南，对社会、对个人来说也是非常正确的价值导向。

其次正大是在做正确的事。我们从事的是农牧食品行业，是与民生息息相关的行业，是造福人类的事业。重庆双桥正大有限公司风景亭悬挂着一幅集体智慧创作的对联：民生有计，自古稼穑为根本；大道无形，从来管理在人心。可见我们所从事行业的重要性。

最后正大是在正确地做事。一步一个脚印，不走捷径。谢国民集团资深董事长时常教导我们，要做别人做不了的事、别人不愿意做的事，把困难的事做成了就成功了。这一点在我们发展蛋鸡事业中得到了充分的体现。2008年，我们就对鸡蛋生产提出了无激素、无抗生素、无色素、标注生产日期的“三无一新鲜”生产标准。不在饲料中添加化工合成色素，而是通过选用优质玉米，添加玉米蛋白粉来改善蛋黄颜色，这样饲料的成本要比添加化工合成色素高近200元/吨；同时，我们提出来要在鸡蛋上标注生产日期，让新鲜看得见。这些在当时增加了物流成本，对销售工作提出了更高的要求，造成了一时的销售困难。但我们认为我们是走在正确的路上，虽然有暂时的困难，走得慢一点，但我们一定会到达终点，取得成功。因此我们坚持标准不动摇，经过近8年的努力，把正大品牌鸡蛋做到了重庆市销量第一、品牌第一。一句“正大鸡蛋好，天然玉米黄”广为流传，建立了消费者对好鸡蛋的认知标准，得到消费者认可，树立了口碑，塑造了品牌。

正直：六条价值观中“三利原则”是天，“正直诚信”是地。企业不讲正直诚信，经营就失去了根基；人不讲正直诚信，就失去了立身之本。

在饲料行业发展过程中，也有不注重质量、蛋白含量不达标、饲料水分超标、用劣质原料等赚快钱，欺骗消费者。更有甚者仿冒正大饲料，怪象不一而足。

但正大始终坚持质量第一，用户至上。我们的理念是：营销成功务必诚信互惠比价值，服务至善贵在真诚感动看细节。这里讲一个真实的小故事：曾经有合川区某单位的职工购买了正大的猪浓缩料，由于当时销售缓慢，放在库房中就给忘记了，过了一年才发现，结果饲料都生虫了。这位职工觉得丢了又可惜，于是就免费送给亲戚喂猪，没想到猪吃了以后不仅没有发生什么问题，还长得又快又好。养殖户很高兴，说放了一年的生虫饲料效果都这么好，这个饲料质量肯定信得过，从此成为正大饲料的铁粉，并很好地带动了那个地区的饲料销售。

转型生产食品以后，我们更是把产品质量视为企业的生命线。我们认为食品产业是一个良心产业。我们坚持的底线就是我们自己生产的食品，我们的员工喜不喜欢吃？我们自己吃不吃？我们给不给我们的家人、小孩吃？例如我们正大鸡蛋承诺了“三无一新鲜”，就从饲料生产、蛋鸡养殖、检验检测等各个环节严格把控，确保承诺了就一定要做到，绝不欺骗消费者。

正规：我们一直倡导的是堂堂正正做人，规规矩矩做事。正大在任何地方的经营都是正大光明的，严格遵守国家和当地的法律法规，保证我们经营的业务是正规的，我们的经营行为是正规的。不投机取巧，不走歪门邪道。

二是“三大”：走大道、成大业、显大爱。

走大道：正大集团一直扎根于农牧食品行业，这是一个与人类共存的事业，有无限的空间和可能，发展无止境。

成大业：做世界的厨房，人类能源的供应者。是民生事业、民心事业。

显大爱：爱是人类共同的语言，爱是正大无私的奉献。正大从事的事业是大爱的事业，正大做事也彰显着大爱。

这里也说一个小故事：正大在四川省西昌投资建设了葡萄园和葡萄酒厂。当地的农民不知道酿酒的葡萄不能吃，就去拿葡萄园的树苗回家种，公司的员工去阻止，但屡禁不止。谢大民集团永远荣誉董事长知道此事后，就对员工说："你不要阻止他们，要跟着他们去看，帮助指导他们种植，等葡萄成熟后，我们再收购回来，这样农民有一些收入，我们也有酿酒的葡萄，不是一举两得吗？"

我的座右铭是："量宽容众，志广安人；德厚载物，心正行远。"我之所以能在正大服务30年，就是因为在集团价值观潜移默化的影响下使自己树立了正确的价值观、人生观。志同道合，深感正大是一个有远大发展前景，能够实现人生价值的平台。

三、正大是一个有使命感、有担当的平台

正大集团从第一代领导人起，作为爱国华侨，就在集团中植入了爱国基因，正大集团的三代领导人都有浓厚的爱国情怀。当中国刚刚改革开放，外界都持怀疑和观望态度时，正大集团毫不犹豫地第一个进入中国投资建厂，取得了深圳外商投资0001号批准证书，对国家招商引资起到了巨大的示范带动作用。

1997年，正大集团了解到四川省广安县还没有一家外资企业时，当即决定到广安投资建厂，当年就合资成立了广安正大有限公司。尽管当时交通不便，市场容量也不大，但经过几年的努力，广安正大由一个年产3万吨的饲料厂，发展成为川东地区销量最大、效益最好的饲料公司。公司先后被评为"农业产业化省级重点龙头企业""四川省企业质量信誉等级A级企业"，被授予"优秀民营企业"等荣誉称号，得到当地党政和职能部门的充分肯定和广泛

认可。

正大集团本着对社会负责，对人类负责的使命感，积极贯彻可持续发展理念，集团成立了可持续发展部，贯彻节能减排方针，制定碳中和、碳排放目标，全力在集团事业中推行低碳环保发展。

由于正大集团始终在经营中秉持三利原则，所以在取得良好经济效益的同时，也取得了良好的社会效益。企业发展得到各级党委和政府的充分肯定和大力支持。

正大集团重庆贵州区在事业发展的同时，回馈社会，热心公益事业，积极捐资助学，抗灾救灾，扶危济困，帮助农民改善生产生活条件。据不完全统计，历年来累计捐资金额超过1600万元。

四、正大是一个能够安身立命的平台

正因为正大是一个一切皆有可能的平台，是一个心正行远的平台，是一个有使命感、有担当的平台，所以正大也是一个能够安身立命的平台。

正大集团始终坚持以人为本，尊重人、关心人、培养人、成就人。在正大这个平台上，每个人都能发挥所长，在为企业作贡献的同时，成家立业，实现个人的人生价值。

我始终相信，管理的终极至善是改善他人的生活。因此重庆贵州区在经营管理实践中，深入贯彻集团人才发展的理念，以人为本，人尽其才，承认人的个性，尊重人的价值。我们始终认为管人重在管心，正如我们前面提到的一副对联的下联所讲的那样："大道无形，从来管理在人心。"用行为控制的方式管理员工，是无法真正将员工管理好的，更不能充分调动他们的自主性、自觉性、创造性。管理的最高境界是让员工自己管理自己，管住了人心也就管住了一切。

因此我们在企业管理中推行透明化管理、简单化管理、自主化管理。努力建立起使企业中每一个人都有施展才能的机会的激励机制，创造一个有利于培养和提高员工的知识、技术、能力以及良好的心智模式的环境。通过了解和满足人的需要，注意工作中人的关系的沟通和相互作用，营造出互相尊重、和谐、愉快、合作、积极向上和不断进取的企业氛围，使员工工作开心、生活舒心，从而使员工的主动性、积极性及想象力、创造力得到充分的发挥，在企业员工潜力释放和自我价值的实现过程中促进企业的发展，达到人与企业的高度和谐。

关爱员工，就要让员工在正大不断进步，不断增值。正大集团重庆贵州区一直持续不断地开展员工培训培养工作。

公司初创阶段，当时招聘的部分销售人员没有畜牧兽医专业知识技能，公司就与四川畜牧兽医学院（现西南大学荣昌校区）联合举办“正大兽医班”，帮助他们学习专业知识和技能，并取得国家承认的大专学历证书。

随着事业的发展、经营项目和范围的扩大，为培养管理骨干和经营人才，我们又与清华大学、中国人民大学和重庆大学等高等院校联合举办了“工商管理硕士课程培训班”，累计参训人数超过100人。

公司一直鼓励员工自主学习，不断进步。为此专门制定了奖励制度，对于取得国家承认的学历，取得国家兽医执业资格证书等专业技术职称的员工给予奖励。

关爱员工，不仅体现在对员工工作的关心和个人成长的培养中，也体现在平时的生活中，及时帮助员工解决生活中的困难，体现正大爱的文化。

2012年，广安正大有限公司一位同事因不慎从高处跌落，造成颅内出血和水肿，情况十分危急，连续做了两次开颅手术。这位员工上有70余岁老母，下有几岁的小孩，爱人因照顾家庭也没有工作，一时困难重重。在这种情况下，公司一边帮助员工解决就医手术困难，同时向全区员工发起了捐款倡议，得到全体员工积极响应，共得捐款8万多元，极大地缓解了该员工所面临的困难。因为治疗及时，治疗效果良好，经过后续治疗，员工得以康复。下面摘录部分捐款员工的感言，至今读来，仍让人感动不已。

“我进正大公司十几年了，是正大让我养成了不抽烟不打牌的好习惯，同事需要帮助时我是心甘情愿去做的，这比抽烟抽掉、打牌输掉好多了。”

“作为一名正大员工，在同事需要帮助的时候伸出援手，也是很快乐、很幸福的事情。”

“有如此温暖的大家庭，如此强大的团队，还有什么后顾之忧呢？我们只需要安安心心、认认真真做好自己的工作就行。”

“这是一个可以信赖的组织，这是一个可以依赖的团队，我为此而感到骄傲和自豪！”

2019年，重庆正大农牧食品有限公司一位年仅30岁的员工不幸患肝癌去世，留下妻子和年幼的小孩。公司除了在员工治疗期间给予大力帮助外，在员工去世后，考虑到其妻子和孩子今后的生活，结合公司的用人需求，把员工的妻子招聘到公司安排了工作，解决了他们的生活问题。

这两件事情，只是我们多年来倡导的爱心文化的部分体现，这样的事例还有很多。据统计，多年来，因员工或家属发生重疾、意外等特殊情况，各公司同事及时伸出援助之手，累计爱心捐款达到 506800 元。也正是有这样的爱心文化，员工十分珍惜正大这个平台的工作机会，将我们提出的业余变专业、专业变职业、职业变事业、事业变人生的号召，化为员工自觉自愿的行动。

重庆贵州区现有员工 1128 人，其中工作 30 年以上的 9 人，占比 0.8%；工作 20 年以上的 126 人，占比 11%；工作 10 年以上的 352 人，占比 31%。在正大已退休的 83 人。正大这个广阔的平台，让广大员工安身立命，安居乐业。

回顾历史是为了展望未来，站在集团第二个一百年的新起点，我们心潮澎湃，信心百倍。我们深信，在集团领导的正确引领下，一定会实现集团新的发展目标，百年正大一定会再续辉煌！

弘扬节约精神　传承克俭美德

——忆 2002 年卢岳胜集团资深副董事长视察青岛正大有感

王爱竹

故事066

在历史的长河中，中华民族凭借勤俭节约的精神创造了世界瞩目的文明，同时也把勤俭节约的传统美德不断发扬，形成了特有的民族文化。“历览前贤国与家，成由勤俭破由奢”，勤俭节约小到影响我们的日常生活，大到关乎国家安全和社会发展。

世界性粮食安全问题

2020 年，由于新冠疫情，很多国家和地区的农牧业生产活动受到不同程度的影响，部分地区洪涝、旱灾极端天气的出现和蝗虫等农作物害虫的肆虐，又进一步加大了对全球粮食安全的威胁。在这样的背景下，节约粮食更应成为人人自觉的行动，全社会更应切实培养起节约的习惯。

2021 年，恰逢正大集团成立 100 周年，同时也是我进入集团工作20周年。回忆20年来的工作历程，有一件亲身经历并且终生难忘的事情，在这个特殊的背景下有必要分享给大家并以此共勉。

正大领导的节俭精神

2002年，我任职于青岛正大有限公司食品事业部，并分管行政工作。6月中旬，时任正大集团农牧食品事业董事长卢岳胜先生（现任正大集团资深副董事长）视察青岛正大，当时公司领导要我负责卢岳胜集团资深副董事长的接待工作。当时的青岛正大市场定位是“外向型”企业，产品以出口为主，公司经常需要接待国外客户，因此安排接待也是我的日常工作之一。

卢岳胜集团资深副董事长的节俭我们早有耳闻，但却没有人熟悉他的生活习惯。如果比照接待外宾的规格，担心受到他的批评；而降低接待规格，作为下属感觉对集团领导会有怠慢之嫌，因此在接待方案上我们做得很是纠结。事实证明，我们的顾虑是完全没有必要的，我们的接待方案甚至都没有派上用场。

视察工作进行得很顺利，工作上的细节我已印象不深，但卢岳胜集团资深副董事长平易近人的性格和生活上节俭的精神给我们青岛正大的各级主管都留下了难忘的记忆，其中最为深刻的就是他对用餐的要求。每到用餐时，他都坚持在公司食堂进行，而且要尽量简单，吃多少做多少，不允许有一点浪费。我们只得安排后厨备好菜品，见一个空盘才做一道菜，用餐结束时卢岳胜集团资深副董事长要见到桌上全部空盘他才满意，后厨没有用上的食材也要拿到食堂大灶使用。

这样的情景就发生在世界著名的大型跨国企业领导的身上，就发生在我的眼前，着实给我和在场的青岛正大各级主管上了一堂生动的勤俭节约课。在他的身上，我看到了正大集团老一辈创业者对每一份劳动成果都无比珍惜的那种优秀品质和高尚情操，这种精神是值得我们所有人敬佩和学习的。

正大集团的社会责任

联合国2020年7月发布的《2020年世界粮食安全和营养状况》显示，年内或将新增1.3亿饥饿人口，或有25个国家面临严重饥饿风险。而正大集团作为一家业务遍及全球100多个国家和地区，拥有约35万名员工的多元化跨国公司，一直倡导和从事的“从农场到餐桌”的全产业链现代化、集约化、智能化农牧食品生产事业，本身就是节约农业资源、优化资源配置、提高生产效率的伟大事业。2020年6月，正大集团CEO谢镕仁更是提出了“2030年成为零二氧化碳排放企业”的可持续发展战略目标，充分体现出了正大集团对全球社会的责任与担当。

100年来，正大集团在三代领导人的带领下，从无到有、从有到大、从大到强，创造了无数辉煌的业绩，为开展业务的国家、人民和正大员工创造了无尽的幸福。品鲈鱼美勿忘“出没风波里”的艰辛，食盘中餐须记“田家秋作苦”的汗水。站在正大集团第二个一百年的起点，全体正大人更应秉承“做世界的厨房，人类能源的供应者”的美好愿景，珍惜当前取得的成绩，学习卢岳胜集团资深副董事长等领导的优秀品质，弘扬节约精神，传承克俭美德，担当更多社会责任，创造更多社会价值，促进全社会的可持续发展。

最后，祝愿正大集团在第二个一百年里再攀新高峰、再谱新华章、再创新辉煌！

第一家外商投资企业诞生记

故事 067

薛增一

1979年11月，谢国民先生带领正大集团的第一批先遣人员，从泰国取道香港来到深圳，开启了正大集团在中国发展的崭新篇章。

谢国民先生在中国改革开放的第一时间就来中国大陆投资、发展，泉出四源：

第一，谢氏家族的爱国情怀。1978年12月，党的十一届三中全会召开，决定以经济建设为中心，对内改革、对外开放。消息传到海外，谢易初先生当即决定要回到中国去。

1979年1月，他到香港主持召开正大集团高层会议，讨论回中国大陆投资发展，他对“正大中国”（谢正民、谢大民、谢中民、谢国民）四个儿子说：“无论如何也要到中国去。正大在世界各地做得再好，若对祖国无贡献，我将死不瞑目！”他嘱咐道：

“我们回去，一定要把事业搞成功，要多想想怎样对国家、对农民、对消费者都有好处，不要只想赚多少钱拿回来。”

1979 年 3 月至 4 月，广交会期间，谢易初从香港到广州，这是他“文革”前离开大陆后第一次回到家乡。广东省委书记吴南生在华侨大厦亲切会见了谢易初，谢易初表达了急切希望来大陆投资发展、报效国家的心愿，吴书记表示真诚欢迎正大集团来国内投资办企业。

第二，尼克松的点赞加分。1979 年 9 月的一天，一架飞机将美国前总统尼克松带到了中国，这是尼克松第三次访华。前两次是 1972 年 2 月作为美国总统的那次“改变了世界”的访问，以及 1976 年 2 月受毛主席特别邀请到中国的访问。这一次中国之行后，尼克松直接从中国去了泰国。

在泰国，尼克松邀请了包括谢国民在内的泰国 33 位知名人士召开座谈会。在这次会议上，尼克松对刚刚访问过的中国，特别是中国开启的改革开放，给予了积极乐观的评价，他说：“我看中国的改革一定会成功。”尼克松的讲话，愈加加深和坚定了谢国民尽快回国的信念。

第三，张伟烈大使的热情邀请。出席尼克松座谈会后，谢国民急切地来到中国驻泰国大使馆拜会张伟烈大使，向张大使提出：“我想回中国投资发展，可以吗？”张大使十分肯定地当场表示：“当然欢迎啊，谢先生。”第二天，张大使就派专人送达他为谢国民访问中国发出的正式邀请。

第四，吴南生书记的指示和建议。谢国民果断决策、快速行动，立即于9月当月即赴广州拜访吴南生书记，向吴书记当面汇报了正大集团支持改革开放、投资企业、报效祖国的计划，听取吴书记的指示和建议。吴书记充分肯定和高度评价正大集团支持改革开放、来大陆投资发展，并给予了具体建议。

谢国民抓紧联络美国康地集团，基于对谢国民的信任，在谢国民先生的主导下，双方达成协议，决定各占50%，共出资3000万美元，第一期800万美元，来中国投资发展。

与此同时，谢国民先生在泰国挑选了一批会讲普通话的华裔干部，组成了第一批进入中国的骨干，他特别叮嘱大家："我们在中国做事不能只想着对集团有利，要树立一个标准，就是三有利——第一对国家有利，第二对老百姓有利，第三对集团有利。"这正是正大集团著名的"三利原则"。

谢国民先生提前飞到香港，在香港筹备并设立了向中国内地发展的正大集团香港总部。

有文字记载的"深圳"作为一个地名最早出现于1410年，当时是一个小村子。"圳"在广东方言里是田间水沟的意思，"深圳村"因为村边田间有一条深水沟而得名。1931年，民国政府设深圳镇，属宝安县管辖，当时县政府设在南头。1953年，县政府迁到深圳镇。1979年3月，撤宝安县，沿用深圳镇的名字设立深圳市。1979年8月，中央决定在深圳市境内划出395平方千米设置经济特区。

一切水到渠成。1979年11月的一天，谢国民先生带领考察团一行从香港出发，乘火车在罗湖站下车，坐上了广东省经济特区发展公司接送外商的一辆小面包车，在经济特区发展公司领导的陪同下，开始了一系列的考察、洽谈、选址等。

几经选址，最后选定了深圳经济特区南头公社的红朱岭为第一家公司和厂址所在地。

那时的宝安县是一个较为落后的边陲农业县，有一段民谣反映了当时的境况，“宝安（深圳）只有三件宝，苍蝇、蚊子、沙井蚝”。尤其是南头公社红朱岭一带，更是一片荒芜，一眼望去，稀疏的农田掩映在没膝的荒草中，没有任何的交通、通信、水电等基础设施。

正大康地公司的老职员陈健礼先生回忆建厂初期的艰苦条件时说：公司每天要到 7 公里外的蛇口码头购水，一天三车水，每车 300 元港币，拉回来供食堂做饭、员工喝水，人员洗漱限量，每人每天一桶，洗澡只能用脸盆盛水，往身上撩水、擦身。为了解决通信问题，南头公社为公司安装了一部手摇电话机，电话打进打出都要通过南头公社的电话总机转接，打一次电话经常需要等待两三个小时，而且通话质量很差，要大声喊对方才能勉强听见，一次电话下来“嗓子都喊哑了”。建厂初期，全厂人员都住在简易宿舍里，外籍职员住铁皮房，国内员工住竹席棚，购买生活用品要到 5 千米以外的南头公社所在地去买。

刚刚改革开放的时候，国家和地方既没有现成的经验可学，也没有现成的道路可走，都不知道怎么办，正大康地（深圳）有限公司的谈判、选址、报批、报建等很费了一番周折。

当年，谢国民先生委派他的得力助手、泰籍华人李绍庆先生担任公司第一任总裁，具体主持领导投资建设各项工作的全面推进和落地。

李绍庆先生后来回忆这一段难忘的经历时说：“我是带着且喜且惧、将信将疑的心情进入中国的。那时，外国的投资商还站在香港那边向内地观望，倾听并研究深圳这边每一次‘咳嗽的声音’。我来时，心里也没底，我想，反正我们正大是华侨企业，万一以后发生变化，投资就等于对祖国作贡献了。”

还好，有国家改革开放的大方向、大政策，有地方党政领导和各级政府的大力支持，正大康地（深圳）有限公司终于在 1981 年 1 月 18 日领取了《中华人民共和国台港澳侨投资企业批准证书》外经贸深外资证字〔1981〕0001 号。这份珍贵的批准证书，成为一份记录中国改革开放的历史文献而载入史册。正大康地（深圳）有限公司，作为中国改革开放后第一家外商投资企业，成为中国改革开放的一个里程碑。

1981 年 4 月，一个年产 24 万吨的中国第一家现代化饲料厂破土动工了。同时期先后动工建设的投资项目还有：一个拥有 20 栋大型鸡舍、存栏 8 万羽的父母代种鸡场；一个年孵化量 1400 万羽的自动化孵化场；一个拥有 26 栋猪舍、存栏 600 头、从美国引进的杜洛克曾祖代瘦肉型原种猪场。所有饲料厂、养殖场、孵化场的技术和设备，全部从瑞士、德国、美国等进口，是当时世界最先进的装备。

1983 年 5 月 21 日，正大康地（深圳）有限公司饲料厂举行了盛大的投产典礼。

中华人民共和国台港澳侨投资企业

批准证书

CERTIFICATE OF APPROVAL

FOR ESTABLISHMENT OF ENTERPRISES WITH INVESTMENT OF TAIWAN, HONGKONG, MACAO AND OVERSEAS CHINESE IN THE PEOPLE'S REPUBLIC OF CHINA

批　准　号　　外经贸深外资证字（1981　）0001 号

进出口企业代码　4403618824554

批　准　日　期　　一九八一年一月十八日

发　证　日　期　　一九九八年五月十二日

外商投资企业 0001 号批准证书

（照片由正大集团北京总部宣传中心提供）

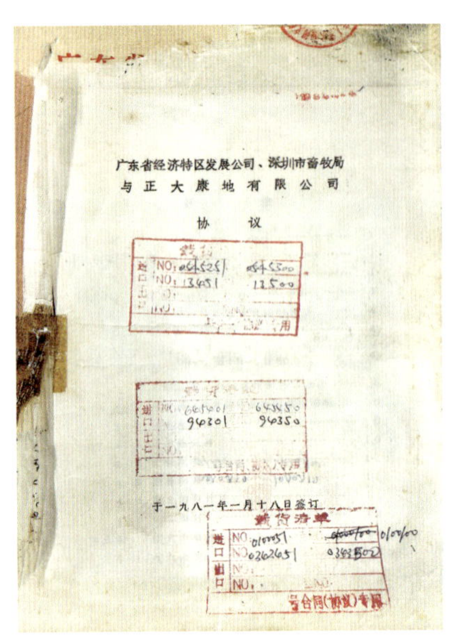

广东省经济特区发展公司、深圳市畜牧局
与正大康地有限公司

协议

于一九八一年一月十八日签订

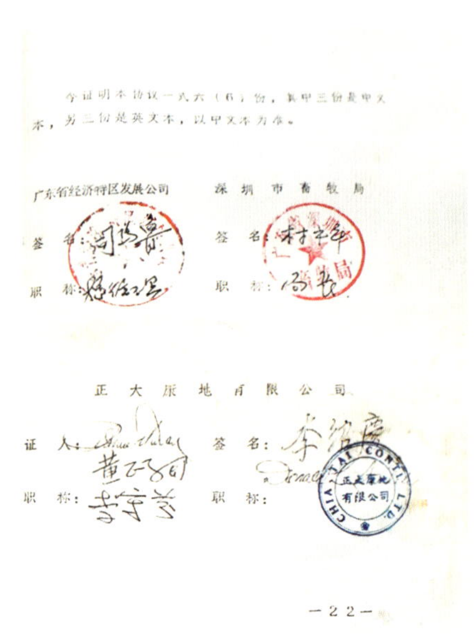

兹证明本协议一式六（6）份，其中三份是中文本，另三份是英文本，以中文本为准。

广东省经济特区发展公司

签名：

职称：

深圳市畜牧局

签名：

职称：

正大康地有限公司

证人：

职称：

签名：

职称：

—22—

广东省经济特区发展公司、深圳市畜牧局与正大康地有限公司协议原件，李绍庆代表正大康地方签字（照片由正大康地提供）

1982 年，正大康地（深圳）有限公司饲料厂边生产边建设（照片由正大集团北京总部宣传中心提供）

1983 年，谢国民再次来到深圳，原深圳市南头公社书记潘锦容向谢国民介绍投资环境（照片由正大集团北京总部宣传中心提供）

1983 年 5 月 21 日，正大康地（深圳）有限公司饲料厂正式投产典礼（照片由正大集团北京总部宣传中心提供）

1986年，时任广东省委书记吴南生视察正大康地（深圳）有限公司（照片由正大集团北京总部宣传中心提供）

1986年，谢国民、谢中民参观正大康地饲料厂控制室（照片由正大集团北京总部宣传中心提供）

正大康地，创造了中国的若干个第一：第一家进入中国大陆的外资企业，第一座现代化饲料厂，第一座现代化孵化场，第一座现代化种猪场，第一次引入被称为“全价配合饲料”的具有科学配方的工业饲料体系，第一家在农牧行业引入国际先进的、现代化的技术、人才、管理、模式，等等。

正大康地，被业内誉为中国农牧行业的“黄埔军校”，真是实至名归。

还记得“时间就是金钱，效率就是生命”这句口号吗？这就是 20 世纪 80 年代初深圳作为改革开放的前沿阵地和排头兵，喊出的突破思想束缚、催人奋进革新的“深圳速度”。正大康地第一家饲料厂所在地红朱岭原址，就是今天深圳市最繁华的深南大道，当年的第一家饲料厂如今早已被“深圳速度”日新月异地旧貌换新颜了，1999 年饲料厂搬迁到深圳蛇口工业区的正大康地（蛇口）有限公司合并生产，取而代之的是汉京集团大厦、腾讯大厦等一批现代化的高楼大厦。

改革开放 40 多年来，在中华人民共和国成立后 30 年发展基础上取得了更大的进步和成绩，改变了中国，影响着世界。其中，正大集团为中国的经济建设和社会发展作出了自己的努力和贡献，是中国改革开放的参与者、见证者、贡献者，也是受益者！

2018 年 11 月 13 日至 2019 年 3 月 20 日，中共中央宣传部、中央改革办、中央党史和文献研究院、国家发展和改革委员会、商务部、中央军委政治工作部、新华社、北京市委，在国家博物馆共同举办了“伟大的变革——庆祝改革开放 40 周年大型展览”。2018 年 12 月 17 日，我和我的同事前往参观，欣喜地看到正大康地 0001 号外商投资企业批准证书（复制件）列展其中。

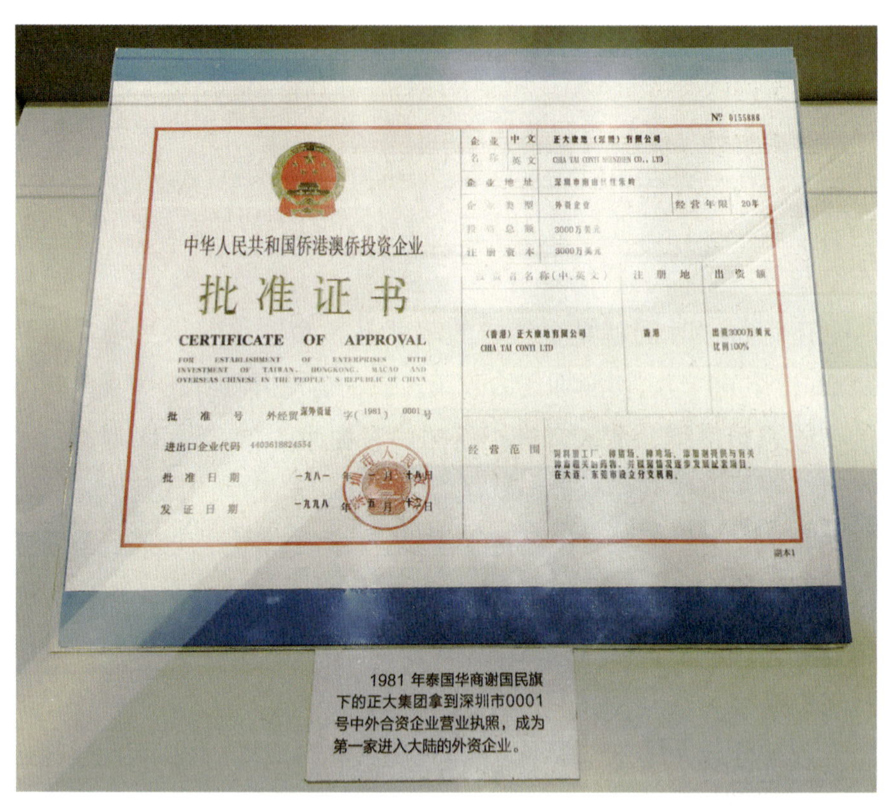

在“伟大的变革——庆祝改革开放 40 周年大型展览”中正大康地 0001 号外商投资企业批准证书（复制件）列展其中。下方图片说明文字为：1981 年泰国华商谢国民旗下的正大集团拿到深圳市 0001 号中外合资企业营业执照，成为第一家进入大陆的外资企业（照片由薛增一拍摄）

2019 年 9 月 24 日至 12 月 31 日，“伟大历程，辉煌成就——庆祝中华人民共和国成立 70 周年大型成就展”在北京展览馆举行。展览由国家发展改革委、中共中央宣传部、中央军委政治工作部、北京市委主办，中央广播电视总台、央视网承办。我特别感兴趣的是展览中精选展出的共和国 150 多个“第一”：第一台蒸汽机车、第一个大型化肥厂、第一颗原子弹、第一座长江大桥、第一个大油田、第一台电子显微镜、第一次研制成功乙肝疫苗，等等。它们是新中国无数个“第一”的代表，是新中国艰苦奋斗的缩影。令人十分惊喜的是，正大集团也为国家创造了一个“第一”。在陈列的展品中有一块展板，上面有一张边建设边生产的正大康地深圳饲料厂的老照片，展板上的大字写着“正大集团成为第一家进入中国大陆的外资企业”。2019 年 10 月 23 日，我和我的同事前往参观，看到了这个展品非常自豪，大家点赞拍照、合影留念。

正大集团为改革开放创造了一个“第一”：正大集团成为第一家进入中国大陆的外资企业（照片由正大集团北京总部宣传中心提供）

连续两届国家级的大型展览，都将正大集团作为第一家进入中国大陆的外商投资企业列展其中，多么难得和珍贵啊！这是党和国家对正大集团的充分认可和褒奖，是对谢国民先生的充分认可和褒奖。作为正大人，我们感到无比自豪！

（本文刊于《海内与海外》杂志）

忆 37 年往事　愿伴你到永远

陈健礼

故事 068

2019 年，是正大康地成立 40 周年，我也已在正大康地工作 37 年，是工龄最长的员工。当年的深圳蛇口工业区还是偏远郊区，现在已经是高楼林立的自贸区。将近 30 年的正大蛇口工厂也有了全新变化，正在大力建设“花园式工厂”，打造环境友好型、社会友好型企业，为庆祝集团进入中国四十周年献礼。

1983 年进入公司以来，从参与建设第一个工厂正大康地有限公司开始，我经历了公司发展变迁，见证了公司辉煌时刻，许多往事历历在目，这些我几天几夜都说不完，只能在工作之余跟同事讲述分享，被同事称为“活档案”。感谢公司对我的关怀与厚爱，能够继续为公司服务，并能把脚印留在深圳这块神奇的土地上，我深感荣幸。预祝正大康地 40 周年再踏征程，开创第二次辉煌！

初遇正大康地

1983 年的春天，在亲戚的介绍下，我带着探亲的边防证，搭上了汕头开往深圳经济特区的旅游包车。因天气不佳，连续一个月暴雨，导致路况很差，而当时汽车又只能走国道，一路颠簸，我从早上 6 点半坐车出发，到晚上 7 点多才到达深圳沙湾检查站。在接受边防武警人员的检查后，我平生第一次踏上了深圳经济特区。当晚 8 点入住罗湖的华侨旅社，与十几个人一起睡大床铺。第二天早上，我坐上了开往南头汽车站的公交车，到站后背上行李包往回走上了红朱岭。到达目的地之后，只见门口旁竖着一块大招牌，写着“正大康地有限公司”，目之所及，可谓一片荒凉、百废待兴。

当时公司还在建设中。心情忐忑的我带着一封介绍信，在用铁皮搭建的临时办公室里，见到了时任公司办公室主任的林先生。在我说明来意之后，林先生给我安排了面试，结果很快就出来了，我如愿加入了正大康地，在办公室担任办事员。

从此，我见证并亲历了正大康地几经风雨、一路征程的峥嵘岁月。

0001 号诞生

1979 年的一天，由泰国正大集团和美国大陆谷物公司（美国康地集团）组成的考察团，在时任正大集团董事长谢国民先生的带领下来到深圳。深圳经济特区发展公司的领导陪同考察团一行在蛇口、南头转了几圈后，考察团考虑到蛇口码头是货物进出的便利门户，最终决定将公司选址定在南头红朱岭，正大康地集团应运而生，标志着国内先进技术饲料产业从此开始。

当时深圳南头红朱岭十分荒芜，到处都是稀稀疏疏的农田和没膝的荒草，就在这块土地上，经过 1979 年到 1980 年的考察、洽谈、选地、报批、筹建等一系列前期工作，正大康地于 1981 年 4 月破土动工，建起了年产能达到 24 万吨的中国第一家现代化饲料厂；建起了可养 8 万羽父母代种鸡的种鸡场，共 20 栋大型鸡舍；从瑞士进口了一套国际最先进的自动化孵化柜，建立起了年孵化量可达 1400 万羽小鸡的自动化孵化场；还建立起了一座有 26 栋猪舍、可养 600 头曾祖代瘦肉型原种猪的种猪场，专门从美国引进了“杜洛克”原种猪。

1981 年，正大康地获得了深圳市人民政府颁发的批准证书：外经贸深外资证字〔1981〕0001 号。

1983 年 5 月 21 日，这是一个值得纪念的日子，正大康地有限公司正式举办投产庆典。我记得现场布设比较简朴，在饲料厂的空地上搭建了一个主席台，在地面上铺上了红地毯，周围插上彩旗，营造了一派喜气洋洋的景象。当时深圳市人民政府的主要领导、合作单位的主要负责人、香港客户、内地代销商，还有当地边防驻军领导纷纷到场庆贺。有很多客户闻讯，骑着单车前来见证这个重要时刻。

正大康地是中国改革开放后第一家外资企业，第一个实施国际先进的企业管理模式，第一个应用现代化饲料生产工艺设备，第一个引入工业饲料的概念……这些都见证了正大康地在中国饲料业发展历程中的卓越贡献。

从1985年起，公司的饲料就开始供不应求，客户必须排队购买。当时公司要求门口保安每天发放排号单以控制进入厂内的货车数量，销售经理不敢在自己的办公室办公，要躲起来，不然很多客户肯定围着他，可见销售情况多么火爆。我曾经问一位前来购货的福建客户，为什么不就近在刚成立的正大康地汕头厂购买呢？他说："我们就认定红朱岭生产的饲料。"也就是说，饲养户认准了包装袋上印有生产地址为红朱岭的饲料，这也导致各地出现了很多伪冒的"正大康地产品"。

从那时候开始，红朱岭在客户心目中已经是品质优质、稳定、高效的象征和保证。后来公司领导要求把"红朱岭"这三个字申请注册商标，也就是现在正大康地的著名品牌——红朱岭。当时，中国粮油食品进出口总公司在全国各地属下的国营养猪场、养鸡场全部采用红朱岭生产的饲料，中粮油也成了当时正大康地国内最大的客户，这也进一步加快了正大康地的发展速度。

1986年，集团领导决定将香港元朗的卜蜂饲料厂搬到红朱岭来合并生产。1987年产量迅速上升，但生产工人短缺的问题随之出现，我马上联系了澄海县驻深圳劳力站的林站长，与当地劳动局落实了相关事宜之后，我和生产部张副经理到汕头市澄海县面试招聘40多名生产工人，既解决了公司员工短缺的问题，也为当地提供了更多就业机会。

中国饲料业"黄埔军校"

当时国内管理人才和技术专业人才稀少，为了实现谢国民集团资深董事长提出的"逐步实现管理人员本地化"的目标，公司从各部门、各岗位的实际情况出发，采用了“传、帮、带”的做法，由外籍管理人员树立带头示范作用，传授经验以及专业技术，帮助本地人才进步。公司的人才选拔开始从基层做起，并逐步提拔国内员工担任领班、副主任、主任、助理经理、副经理、经理等职务，使每位员工都有晋升的机会。这样一来，每个人都怀着认认真真做事、踏踏实实做人的态度工作。

公司还会不定期举办各级别、各类型的专业培训，并通过人的道德、知识、能力以及对企业的贡献等多个维度来考核员工。正大康地培养了很多管理人员和技术人员，推动了公司的可持续发展。一些同事离开正大康地之后，成为很多企业的骨干精英，共同推动了行业进步。正大康地也赢得了中国饲料业“黄埔军校”的美誉。

这种影响并不止于正大康地员工。比如1983年，为公司供应玉米的人群中，就隐藏着一个后来国内大名鼎鼎、无人不知的企业家——王石。新希望集团董事长刘永好在个人自传里透露，当年看到正大康地火爆的销售场面后，才下决心从鹌鹑养殖转为饲料生产与销售。正大康地的现代饲料生产与经营理念，深深地影响了他。还有很多养殖户和经销商，在公司的帮扶下，实现了个人成长与事业发展。

正大饲料　始终保持行业领先

故事069

唐朝晖

改革开放初期，正大集团与中央电视台合作的《正大综艺》节目家喻户晓，风靡全国，人们口口相传“不看不知道，世界真奇妙”的口号，家家传唱“爱是正大无私的奉献”的主旋律。正大集团是与改革开放的中国共同成长的，始终秉承“利国利民利企业”的经营宗旨，深耕中国，40多年来，创立了“正大饲料”“正大食品”“正大鸡蛋”“正大种子”“正大制药”“大阳摩托”“正大优鲜”“正大广场”“卜蜂莲花”等知名品牌。其中“正大饲料”的创立，开启了中国现代饲料产业发展的先河。

泰国正大集团联合美国康地公司建立的正大康地，是中国改革开放后的第一家外资企业，批准证书为“深外资证字〔1981〕0001号”。在改革开放初期的20世纪80年代，正大饲料一改家禽家畜的传统饲养方式，带领千百万农民实施科学配方全营养饲养，提高了我国养殖行业的生产效率，有效保障了肉品品质和食品安全。

40 多年来，正大集团持续投资近 100 家饲料厂，引领了中国饲料加工行业的快速发展。在正大饲料的引领下，我国的猪肉、鸡肉、鸡蛋等肉类食品，极大地丰富了城乡居民的“菜篮子”，是农牧食品行业里深受大家尊敬的企业。2018 年，在第四届中国农业品牌年度颁奖盛典上，被授予“改革开放 40 年 · 中国农业十大年度品牌”。

40 多年来，究竟是什么样的产品使正大饲料事业能够始终保持行业领先，长盛不衰呢？产品又是如何制造出来的呢？删繁就简来讲，可用三个词来高度概括：科技、管理、创新。

一、正大饲料是高科技产品

饲料产品属于生产资料，是影响下游养殖场实现价值增值的关键要素。只有精准的饲料配方，加上科学的饲喂方式，饲料产品才能帮助养殖场实现经济效益最大化。

正大集团为研发营养精准、稳定的饲料（饲料符合不同种类和阶段的动物需求），在中国成立了“正大研究院”，并由全球著名营养专家领衔，集合数百名中、美、泰籍专家学者，运用国际最前沿的动物科学技术、最现代化的化验手段、最精准的配方算法，统一管理饲料配方研发和动物营养研究。随着正大饲料厂遍布全国各地，40 年来，通过对各地原料详细的化验分析，正大集团北京总部的饲料数据库资料内容也随之更加全面，为正大饲料常年保持“性能先进、适口性好、造肉成本低”的特性奠定了理论及实践基础。

正大集团长期致力于高科技的开发与应用，集团总部有中国最早且品种最齐全的企业饲料数据库，只要输入原料的常规化验指标，数据库就能自动选择最接近的营养参数供配方师使用。不仅如此，饲料厂的生产系统采用的是集团自主研发的生产全程控制系统软件 CPS，其技术领先、数据安全、便捷高效。CPS 软件涵盖饲料厂全部生产过程，满足饲料厂细节需求，实现精准控制，同时数据做到真实保密。系统采用拉动式生产理念，使用全屏控制、自动进料、自动粉碎、自动配料、制粒自控、自动打包和机器人码包等先进技术，大大减少了用工数量，生产数据一目了然。在使用过程中不断升级，实现数字化及智能化控制，打造正大 4.0 饲料厂。饲料厂控制系统还可以在全产业链模式下运行，通过采集生产过程数据、实时监视和数据驱动控制，实现饲料厂内生产过程透明和全程可追溯，对大数据进行统计分析，对生产进行优化减少失误、提高效率；对外实现饲料厂养殖场食品厂产业链数据信息互通。

在先进的技术支持下，正大饲料是不折不扣的高科技产品。同时作为跨国公司，正大在药物和饲料添加剂的使用上，不但遵守中国的标准，还遵守国际的标准，全程使用正大饲料喂养的动物肉品，其安全是有所保障的。

二、正大饲料是精益生产管理的产品

正大集团坚持全产业链发展模式，实施从农场到餐桌的全过程食品安全管控，实现从原料到终端消费的全程可追溯管理。正大饲料厂全部通过 ISO9001、ISO22000 体系认证，充分利用国际管理标准搭建工厂精益生产管理架构，从厂房基础建设到设备设施管理，从原料来料验收到饲料出厂检测，通过对每个环节的风险识别和管控，确定风险管控措施和验证方案，严格遵守农业部《饲料质量安全管理规范》及国际体系要求。

正大集团自 2003 年开始，在中国区饲料事业中实行“条块结合”的管理方式，生产、技术、财务、人事、采购等实行总部职能线的专业化管理，经营和销售由各公司总经理负责，既发挥总部专业人才的作用，使近百家饲料厂有统一的工作标准和技术持续的进步，同时也使各公司总经理承担起经营成败的责任。

饲料生产职能线自 2003 年成立以来，有效发挥专业化管理能力，建立了正大饲料厂管理的完整制度体系，由以下九部分内容组成：

1.SHE 管理部分（38 文件）；

2. 生产要求部分（36 文件）；

3. 配方保密部分（5 文件）；

4. 地磅管理部分（6 文件）；

5. 工程管理部分（5 文件）；

6. 饲料厂人员标准、岗位职责、权限、管理大纲部分（8 文件）；

7. 品管部分（13 文件）；

8. 物料管理部分（20 文件）；

9. 集团文件部分（11 文件）。

通过以上体系和制度深入贯彻，正大饲料在产品质量、食品安全、生产成本和效率等方面都始终保持着行业领先。

饲料生产职能线在制度和体系建设的同时，积极开展生产现场管理的持续升级。

2003年，推行设备预防性维修PM；

2006年，启动节能工作并建立标准作业程序PCS；

2008年，开展饲料厂标准化检查；

2010年，组织全员创新活动INNOVATION；

2011年，推行精益生产活动LEAN；

2012年，整体推进全面质量管理体系ISO；

2014年，推进“六化”建设（散装化、机械化、自动化、可视化、饲料安全化、安全生产标准化）；

2017年，参与行业标准委员会，主持编制两项国家标准；

2019年，推出新时期“四个转变”（由重成本向重防疫转变、由劳动密集型生产向技术导入型转变、由混合生产向专业化生产转变、由学习贯彻标准向自创标准转变）；

2020年，全面推动正大集团全员设备维护体系CPPM。

在饲料生产职能线前瞻性、持续性的策略引导下，正大中国区饲料厂各级人员形成了求真务实的工作作风，一步一个脚印地推进了各项生产指标持续改善，确保了正大饲料在市场上品质稳定、有口皆碑。时至今日，饲料生产职能线推动的以上措施，仍然是同行不断学习和借鉴的样板。

三、正大饲料是不断创新的产品

正大集团长期以来高度重视创新发展。“不断创新”是正大集团六条价值观之一，正大集团全球各事业线持续不断进行创新投入，自2010年开始，中国区饲料事业就积极参加正大集团在泰国总部举办的全球创新博览会，在会上展示、交流、分享创新成果，

表彰创新人才。饲料厂创新项目数量呈现指数型增长，这些项目都产生了丰厚的经济收益，促进了集团事业可持续发展。

在产品创新方面，石格立博士提出了“产出 =（遗传 + 环境 + 营养）× 管理”，这个公式在饲料行业已经耳熟能详。比如猪的营养，正大饲料不单单是强调某种或某阶段的饲料营养，而是讲求全程、全体系的精准营养，包括母猪营养体系、仔猪营养体系和育肥猪营养体系。为了适应中国猪场的快速转型升级，正大集团与时俱进，进行了大量的研发投入，研制出了猪前期料三个阶段的产品，市场上称为“正大猪三宝”。其中的代乳宝又叫教槽料，是作为小猪从吃奶到吃饲料的一种过渡料，这种饲料香味浓郁，味道有点像燕麦饼干。该饲料加工精细，原料包括乳清粉、乳糖、膨化玉米、进口蒸汽鱼粉、益生素等高档优质原料，运用先进的二次粉碎、低温制粒、双调制等加工工艺，减少营养流失的同时增加产品消化吸收率。“正大猪三宝”一方面为养猪户带来了较好的经济效益；另一方面，“猪三宝”的成功也带动其他企业加强了研发和产品升级，由此也推动了饲料行业技术水平的不断提高，带动了整个饲料行业的发展！

在工艺创新和生产创新方面，饲料生产职能线一直把“创新”作为考核各饲料厂工作的一项 KPI。在创新工作“五个有利于”的指导下（有利于现场改善、有利于安全生产、有利于品质保障、有利于节能降耗、有利于提高生产力），饲料厂创新工作取得了喜人的成绩。据 2020 年统计数据，当年创新项目完成 1256 项，产生价值 3560 万元；创新推广项目完成 188 项，产生价值 1679 万元；累计评选出创新家 898 人，真正实现了全员创新。

谢国民集团资深董事长（一排中）出席中国区2011年度饲料厂优秀创新项目表彰大会（照片由李芳提供）

回首正大饲料在中国40多年的发展历程，正大集团秉承“利国、利民、利企业”的经营宗旨，为中国的改革开放、丰富城乡居民的肉食品种类、饲料行业跻身世界领先的地位，作出了历史性贡献。2022年是正大集团第二个百年的开局之年，面临着经济环境的不确定性，以及数字经济的浪潮，正大饲料事业已经开始新的探索和新的征程。猪博士APP是专门为养殖户开发的养殖综合服务平台，用户可以使用这款软件实时关注最新的价格行情，同时可以快速录入猪场数据，并进行数据统计分析，提供线上咨询、预约兽医等功能，帮助养殖者学习很多实用的养殖知识。

正大饲料厂4.0建设，也已经树立了几个样板，实现了饲料厂、养殖场数据的连通，实现了饲料厂内部营业的“一卡通”，实现了饲料生产过程的智能化运行，反应更快、决策更准、成本更省。

饲料是肉类食品全产业链的前端环节，饲料品质领先是食品安全的最重要一环。从满足城乡居民对美好生活的向往的视角来说，饲料行业是永远的朝阳行业。正大饲料自推出以来，以可靠的原料品质、先进的配方技术、优良的加工工艺、严格的品质控制、额外的增值服务和超强的养殖效益，广受客户好评。饲料厂是基础制造业，要用高科技行业技术，降维解决饲料厂的基本问题。

正大饲料要用高科技、精益生产和不断创新，始终保持不断进步和行业领先。在新的百年征程中，正大饲料，大有可为！

泰国正大集团投资河南 36 年历史印记

故事 070

张献忠

以河南省洛阳市至开封市一带为中心的黄河中下游地区，古称“中原”，是华夏文明和中华文明的发祥地，是华夏民族的摇篮，被视为天下中心，是中国建都朝代最多、建都历史最长、古都数量最多的地区，先后有 20 多个朝代、300 多位帝王建都或迁都于此。中原地区过去一直是中国政治、经济、文化和交通中心，自古就有“得中原者得天下”之说，逐鹿中原，方可鼎立天下。历史发展到今天，中原地区又成为海内外众多商家的投资竞争之地。

1978 年中国改革开放，泰国正大集团作为第一家进入中国大陆的外资企业入驻深圳后，各地都在想方设法引进外资企业，以获取国外资金和技术，带动地方经济发展。

一、借改革东风，开辟河南现代农业新篇章

改革开放如一缕春风，吹绿了古老的中原大地。河南省作为中部地区的主要省份，是改革开放行动比较迅速的内陆省份之一，也是正大集团投资合作项目比较早和比较集中的地区之一。这首先得益于河南省主要领导的先觉意识和敏捷行动。

（一）省委书记亲自招商，项目成为外资企业样板

1981 年，时任河南省委第一书记刘杰在香港出差时，会见正大集团高层，热情地欢迎正大集团到河南投资。之后，开封市政府率先响应，组织了由市委、市政府、粮食局、计委、财政局、环保局、城建局、外经贸委组成的项目团队，请粮食部门出身的王鸿煊任牵线人，与正大集团进行对接商谈。随后，正大集团马伟钊（泰）副总裁曾多次来到河南多地进行实地考察，最终选定了开封市杏花营。1985 年 4 日 27 日，豫大畜牧饲料有限公司（1992 年更名为“开封正大有限公司”）正式成立，正大集团开始了在河南发展现代农业的新篇章。

改革开放初期，外资企业稀缺。项目落户“七朝古都”开封后，开封的改革开放形象为之焕然一新，一时间受到省部级领导的高度关注和关心，河南省委原第一书记刘杰及其他省领导到开封正大考察时，经常主动询问企业有无困难，并鼓励企业做好经营工作。

公司第一任董事长是袁世民（中方），副董事长兼总经理为马伟钊（泰）。项目启动时，谢国民集团资深董事长和夫人一同来到开封参加了公司的奠基仪式。谢正民集团永远荣誉董事长、谢大民

集团永远荣誉董事长均到开封正大实地检查指导公司经营工作。

当时，河南省还没有一家现代化的饲料生产企业，所以开封正大公司一经投产，饲料产品与食用油产品立刻得到了广大消费者的喜爱，厂区周围车水马龙、人声鼎沸，产品供不应求。公司经营绩效好，公司员工工资待遇高，开封人都为能成为开封正大的一员而自豪。公司在不断的发展中，先后获得了多项国家及省、市荣誉。

（二）初战成功，引来投资合作“蝴蝶效应”

1989 年 4 月，王鸿煊任公司董事长，1992 年 9 月，公司更名为“开封正大有限公司”。1996 年，受时任开封市委书记梁绪兴的邀请，谢国民集团资深董事长偕夫人第二次来到开封，正大集团决定在开封扩大投资，建设第二饲料厂、肉鸡孵化场及一、二、三种鸡场等。

开封正大合资项目，用世界最先进的技术，崭新的企业理念和管理，创造了崭新的经营业绩。开封合资项目的成功，产生了极大的合资示范效应，各地深受鼓舞，纷纷邀请正大集团洽谈合资业务。之后，正大集团先后与河南省的其他地方政府和企业（河南省粮油，现属华润集团）合资合作。1991 年，合资成立了驻马店正大有限公司；1994 年，合资成立了平顶山正大有限公司；1995 年，合资成立了河南东方正大有限公司；1996 年，合资成立了南阳正大有限公司等，进行现代化饲料加工和现代化养猪业务。其中，河南东方正大有限公司中牟养猪厂是正大集团在中国区的第一个养猪企业（1995 年投产）。

与此同时，在其他产业领域，正大集团也开疆拓土。1992 年，正大集团在洛阳市，与中国兵器装备集团洛阳北方企业集团有限公司合资成立了洛阳北方易初摩托车有限公司，生产“大阳”牌两轮摩托车、三轮摩托车、电动车、四轮低速电动车和通用机械，是当时河南省最大的中外合资企业。公司发展受到中央、省、市各级政府的高度关注与支持。1996 年，正大集团在驻马店市合资成立了驻马店华中正大有限公司，生产饲料添加剂金霉素及动保、酶制剂、混添产品药等。

这些合资企业一经落地，就在短时期内产生了良好的经济效益和社会效益，为当地的经济社会发展作出了突出贡献，得到了社会各界的广泛赞誉。“正大饲料”“大阳摩托”品牌也由此一举名扬中原大地。

二、全方位合作，结出多产业发展新硕果

进入 21 世纪，随着 2001 年中国加入世贸组织（WTO），中国的产业对外开放进入一个划时代的全新阶段。各地政府招商引资力度空前加大，各级政府把招商引资作为主要政绩，作为带动地方经济社会发展、产业升级转型的新动力。正大集团河南区遵循集团“利国、利民、利企业”的经营宗旨，广泛同当地政府展开全方位的项目合作。

（一）多产业合作呈现新局面

2008 年 11 月，应正大集团的邀请，时任河南省委书记徐光春考察集团泰国总部；2009 年 8 月，时任河南省省长郭庚茂考察集

团泰国总部。河南省主要领导均认为，正大集团在现代农牧食品发展方面的模式、经验和做法，对河南很有启发，也很符合河南的希望和要求，邀请正大集团在河南扩大投资规模，同时选择有基础、有条件的市、县与正大集团会商洽谈，落地新的农业产业链项目，支持正大集团进一步扩大新的投资合作领域。

2010 年 6 月 24—25 日，谢国民集团资深董事长应邀到河南考察，受到时任河南省省长郭庚茂的热情接待。谢国民集团资深董事长表示，正大集团非常希望与河南省在发展现代农业和实现农业产业化经营方面开展合作。相信在长期友好合作的基础上，双方合作一定会开创新的局面。2010 年 6 月 25 日上午，谢国民集团资深董事长在郭庚茂省长的陪同下，从郑州一起乘坐高铁，到洛阳市出席了洛阳正大国际城市广场开工奠基仪式，成为当时行业内规格最高、声势最大、盛况最为空前的工程开工仪式。10 年后的今天，该项目已成为洛阳市新区的地标性建筑，成为洛阳市的一道靓丽城市风景线和网红打卡地。

2010 年 6 月 25 日下午，河南电视台“对话中原”栏目对谢国民集团资深董事长进行了一次专题采访，节目播出后产生了良好的社会反响和舆论影响，得到河南省主要领导的高度评价，指示做好对正大集团的全面报道和宣传。同年 12 月，河南电视台记者采访团一行 8 人，应邀到泰国实地采访报道正大集团在泰国的发展，受到了谢国民集团资深董事长的热情接待。采访团先后拍摄了集团在泰国的 43 家企业，对正大集团在泰国的现代化饲料厂、现代化种猪场、现代化大虾养殖场、肉鸡食品厂、猪肉食品厂、大虾食品厂、7-11 便利店及配送中心、现代化大米厂、True Visions 有线

电视台等进行了实地采访拍摄。12 月 17 日上午，正在泰国采访的河南电视台“对话中原”记者，在泰国曼谷的正大集团电视演播中心再次对谢国民集团资深董事长进行了专访，随后制作了介绍正大集团全面事业发展的 6 辑专题片《正大启示录》，并在春节期间安排在河南电视台黄金时间段连续播放。在高层领导互访及媒体传播的推动下，正大集团的立体形象和跨国实力，深度传播影响到河南社会各个阶层。同时，集团领导又多批次邀请多地主要领导，到集团总部参观、考察、商谈合作项目。双方各个层次的项目互访交流不断，推动了集团投资河南的第二波高潮。

（二）新思路形成，新项目如雨后春笋

集团领导投资河南的战略思路一经形成，就会在实践中产生巨大的落地效应。

2004 年，在河南落地了河南区第一个商业连锁企业——郑州卜蜂莲花超市有限公司。2010 年，落地了河南区第一个养猪企业——河南正大畜禽有限公司。同年，落地了第一个商业地产企业——洛阳正大置业有限公司。2012 年，落地了河南区第一个猪肉食品加工企业——洛阳正大食品有限公司。2013 年，落地了河南区第一个金融服务企业——河南正大农牧融资担保有限公司、第一个河南区蛋种鸡企业——正大禽业（河南）有限公司。2014 年，落地了河南区第一家种植企业——正大桑田（洛阳）农业发展有限公司项目。2015 年，落地了河南区第一个肉鸡食品加工企业——正大食品（开封）有限公司项目，等等。之后，大规模的生猪产业链、蛋鸡产业链、肉鸡产业链合作项目在全省展开。

正大集团从1985年投资河南第一家企业——开封正大有限公司开始，到2020年，在河南省发展到30家法人企业，涵盖了农牧食品、摩托车、地产、生物制药、商业零售五大领域，已累计投资近180亿元人民币，拥有员工近万人，累计销售收入超过100亿元人民币，成为集团在中国投资最多、产业最全、投资最集中的区域之一。

更重要的是，正大集团在河南投资的企业，不断改革创新，始终保持了持续、健康、旺盛的发展活力。

洛阳北方易初摩托车有限公司自1992年成立以来（到2020年底），共生产销售了1300万辆摩托车、20万辆四轮低速电动汽车，实现产值352亿元人民币，缴纳税收21亿元人民币。2002年，公司聘请著名国际影星巩俐作为“大阳摩托”形象代言人，卓越的产品和国际巨星迷人的笑颜相得益彰。“心随我动，大阳摩托”的广告语响彻大江南北，产生了巨大的市场效应。大阳品牌多次入榜“中国500最具价值品牌”排行榜，2021年品牌价值305.72亿元。

驻马店华中正大有限公司自1996年成立以来，共生产销售金霉素45万吨，实现产值39亿元人民币，缴纳税款2.5亿元人民币，创造了良好的经济效益和社会效益，成为当地高质量发展的样板企业，为正大集团赢得了荣誉、赢得了信任、赢得了市场、赢得了民心。

（三）新动力推动，农牧食品零售业发展迅猛

谢国民集团资深董事长对正大集团在河南的事业给予了极大支持、关注与推动，并提出了奋斗目标——河南的农牧食品零售板

块要做到集团在泰国的水平。因为，河南是中国的人口大省，人口超过 1 亿，市场容量大，是中国第一农业大省、第一粮食大省、第一粮食加工大省。此外，还是重要的畜牧业大省，其牛、羊、猪饲养量分别居全国第一、第二、第三位，农牧资源丰厚，产业发展空间巨大。

正大河南区以创造性的工作思路，加快农牧食品零售产业布局，主动策划多层次的、与地方政府的项目商务活动，推动项目落地建设投产。正大集团农牧食品板块在河南累计实现销售收入 555 亿元人民币，缴纳税款 5 亿元人民币。其中，销售饲料 1220 万吨，生产生猪 220 万头、肉鸡 3.2 亿只、蛋鸡 900 万只、蛋品 1.2 万吨、食品 35 万吨，创造了巨大的经济效益和社会效益。正大集团把世界上最先进的饲料加工技术、养殖技术、食品加工技术带到河南，使这些企业很快成为当地和行业的标杆，对河南农牧食品产业的升级转型和发展，起到了重要的示范、引领、带动和辐射作用，对中原经济崛起产生一定的助推作用。

新时代，尤其是以 500 万头生猪产业链、1000 万只蛋鸡产业链、1 亿只肉鸡产业链——“三条龙”项目为标志，正大集团在河南开始书写集团现代农牧食品零售事业的新篇章。

2018 年 5 月 4 日，谢国民集团资深董事长应时任河南省省长陈润儿的邀请，再次到河南考察，受到陈润儿省长的热情接待。陈省长说，河南要实施乡村振兴战略、美丽乡村建设和农牧业升级转型，非常需要正大集团这样的国际龙头企业来投资和带动。谢国民集团资深董事长深情地说，河南是谢氏的宗亲地，投资河南也是我回报家乡。中国的农业要实现现代化，要通过现代化把农民带富。

中国农业要超越欧美，不是追赶，而是必须走产业链发展道路。从种植开始，发展养殖、食品加工、食品深加工、商业零售、物流配送，最后到老百姓餐桌。把高品质的农产品变成高附加值的安全食品。产业链的形成，可以为社会创造大量的就业机会和税收源头，又可以带动餐饮业、零售业、商业、物流业的发展。同时，种养结合、三产融合、产业链集约、工业化、现代化、商业化同时带动了传统农业转型的发展，这样农业可以形成良好的造血功能。

高层互访给予项目合作以全方位的推动力，河南区大力调动地方政府资源和社会资源，项目发展不断结出丰硕成果。

500 万头生猪产业链项目——已落实 400 万头。洛阳 100 万头生猪产业链项目，也是集团在中国的第一个 100 万头生猪产业链项目，已基本建成投产。洛阳正大食品有限公司成为各级领导到洛阳考察工作必到的标杆企业，每天来公司参观考察的人员络绎不绝。公司生产的猪肉食品已进入博鳌亚洲论坛、香港澳门市场；第二个 100 万头生猪产业链项目在商丘市，正在加快建设养殖项目；第三个 100 万头生猪产业链项目在南阳市，正在积极筹备建设中；第四个 100 万头生猪产业链项目在开封市，养殖项目在筹备建设中；还有 2 个 100 万头生猪产业链项目正在紧密洽谈。

1000 万只蛋鸡产业链项目——已落实 500 万只。漯河市 300 万只蛋鸡产业项目，正在筹备建设中；开封市 100 万只蛋鸡产业链项目已开工建设；周口、南阳、平顶山的 30 万只蛋鸡项目，均已建成投产；南阳 100 万只青年鸡项目也在建设之中；还有 3 个 30 万只蛋鸡项目在筹划之中。

1 亿只肉鸡产业链项目——已落实 6000 万只。开封（兰考）

3000 万只肉鸡产业项目已建成投产，兰考肉鸡食品厂成为全国各地、各级领导到兰考学习考察必看的样板企业，每天参观考察的人员络绎不绝，起到了极大的产业示范作用；南阳 3000 万只肉鸡项目正在实施之中；新的 5000 万只肉鸡产业链项目正在洽谈之中。

为配合“三条龙”全产业链发展，正大集团在河南的商业零售业务也全面发力。洛阳卜蜂莲花超市 2019 年投入运营，“正大优鲜”店在郑州市、洛阳市、开封市、平顶山市、漯河市等城市（已开设 70 家）全面开设。正大集团“从农田到餐桌”全产业链式（种植—饲料—养殖—加工—连锁专卖）的“世界厨房”事业，在中原大地全面展开。“有利于国家、有利于人民、有利于企业”的企业发展理念，在中原大地上犹如雍容华贵的牡丹花，靓丽绽放。

乘风破浪潮头立，扬帆起航正当时！正大集团在河南的各项事业正蓬勃向上、奋力发展！正大集团河南区正朝着谢国民集团资深董事长预定的奋斗目标，扎实有效推进！

发扬百年底蕴　共铸正大辉煌

——记正大集团在四川的发展

故事 071

白宇飞

引言

正大集团自 1985 年进入四川，迄今（2021 年）已经走过了 37 年的发展历程。我作为一名 1989 年加入集团的正大人，有幸参与并见证了集团在四川从饲料到养殖、食品、零售牧工商一体化发展的全历程，作为第一批投资建设的农牧食品企业，秉持三利原则，践行行业先行、技术引领、质量领先之路，为四川省农牧食品事业的飞跃发展作出了重要贡献。伴随集团事业的发展，我自己也从一名饲料销售员，一步步成长为中国区资深副董事长，目前负责西南区业务工作，感恩正大。在正大集团 100 年庆典到来之际，回首过去感慨良多，谨以此文记录集团事业在四川的发展历程，以及与同事们携手并肩共同奋斗的点滴。

云程发轫，开拓立业

我 1989 年加入正大集团，至集团建立 100 周年之际，我已在集团工作 32 年。这期间是我们国家改革开放高速发展时期，我们经历了国家的进步，也见证了集团在中国的事业发展。正大集团是改革开放后进入中国大陆的第一家外资企业，同时也是第一家进入四川的外企，于 1985 年投资兴建了成都正大有限公司。

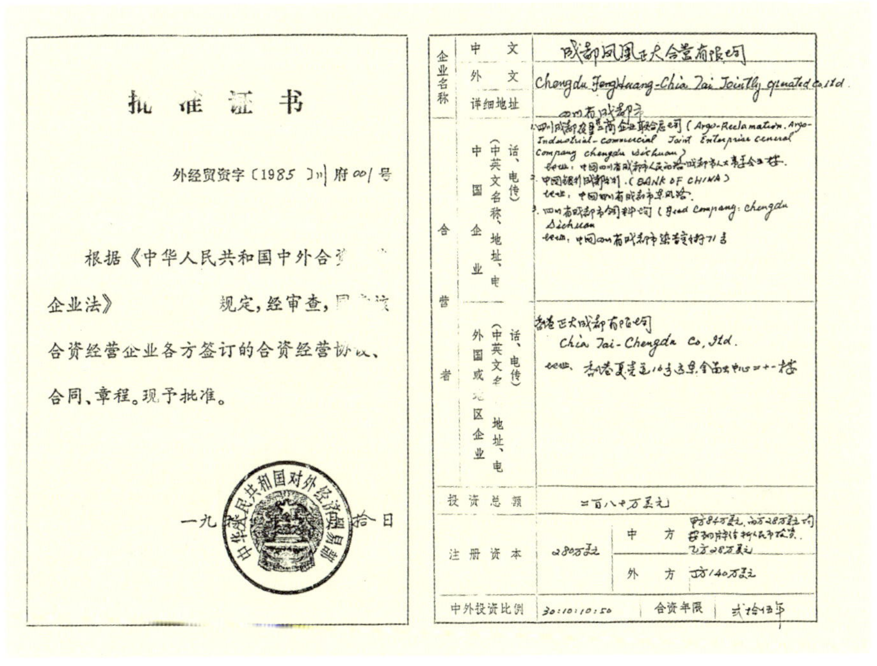

批准证书

外经贸资字〔1985〕川府001号

根据《中华人民共和国中外合资……企业法》规定，经审查，同……合资经营企业各方签订的合资经营协议、合同、章程。现予批准。

企业名称	中文	成都凤凰正大合营有限公司
	外文	Chengdu FengHuang-Chia Tai Jointly operated Co. Ltd.
	详细地址	四川省成都市
合营者	中国企业（中英文名称、地址、电话、电传）	1. 四川成都农垦工商企业联合总公司（Argo-Reclamation. Argo-Industrial-commercial Joint Enterprise General Company Chengdu Sichuan） 2. 中国银行成都分行（BANK OF CHINA） 3. 四川省成都市饲料公司（Feed Company: Chengdu Sichuan）
	外国或地区企业（中英文名称、地址、电话、电传）	香港正大成都有限公司 Chia Tai-Chengdu Co. Ltd.
投资总额		二百八十万美元
注册资本	280万美元	中方：甲方84万美元，丙方28万美元，乙方28万美元 外方：丁方140万美元
中外投资比例	30:10:10:50	合资年限：贰拾伍年

成都正大有限公司批准证书（图片由成都正大有限公司提供）

当时四川地区的饲料工业发展水平滞后，设备简陋，质量低下，主要生产简单的混合饲料，没有全价饲料；养殖水平也低，以农户分散饲养为主，没有大规模集约化养殖场。因此，成都正大创建伊始，就确定了以生产优质饲料和良种肉鸡为主的经营方向，于1986年7月，从加拿大引进孵化设备系统，建成占地100多亩，10幢鸡舍的父母代种鸡场，年饲养艾维茵（Avian）父母代种鸡6万套只，年产商品代鸡苗450万只。父母代种鸡生产的商品代肉鸡以其生长快、耗料少、抗病力强、成活率高等特点，赢得了广大养殖户的信赖。一时间，成都近郊县区前往公司购买肉种鸡苗的饲养户络绎不绝，掀起了一股前所未有的养鸡热潮。此举不但丰富了老百姓的“菜篮子”，也解决了农村大量剩余劳动力，而且为当时的农村脱贫致富开辟一条新路子，造就了一大批十万元，甚至百万元的养鸡专业户。

父母代鸡场的投产，只是成都正大迈出的第一步。1987年9月，成都正大公司饲料厂建成投产，饲料厂引进美国哈佛公司成套先进饲料生产设备，一开始便采用集团60多年精华的科学配方，几经中外员工的努力，终于研制成功“威特”牌系列猪、鸡、鸭等全价颗粒饲料。这标志着四川不能生产全价饲料的历史已经结束，缩短了四川饲料工业与国际先进水平的差距，翻开了四川饲料工业发展史上新的篇章。

一个新产品刚刚问世，自然喜在心头，但面向生产水平相对落后，思想观念较为传统的广大农村，要想打开市场，谈何容易？当时不仅缺饲料和养殖技术，还十分缺人才，而我们集团历来注重人才的招聘和培养，20世纪八九十年代，成都正大饲料销售员就全部招聘大学生（当时的大学生非常少），我就是当时入职的一名销售员，入职公司以后被送到养鸡场实训3个月，培养合格后，再到各地去帮助农户。我们销售员不畏艰苦，不畏困难，吃住在农

村，整天与猪、鸡打交道，为农户推荐正大饲料，传授养殖技术，提供兽医服务，帮助农户提高收益。通过试验，当地养殖户惊奇地发现，以前用传统的养鸡方法，6～10个月才长3～4斤，养猪一年才出栏一头猪，而用正大全价饲料，养鸡56天长4斤，养猪5个月就出栏，省时、省工、省料、省燃料。鲜明的对比改变了养殖户的传统思维，他们被优质高效的正大饲料所折服，被真诚服务的正大人所感动，纷纷选择与正大合作的致富之路。成都正大以点带面，在周边县区全面开花，迅速打开了销售市场。

踵事增华，发愤图强

成都正大的成功吸引了越来越多的养殖户选择正大饲料，众所周知的新希望集团，当时也是正大的客户。成都正大门口常常排满了来自全省各地购料等货的汽车，甚至出现抢购的场面，饲料产销量保持连年直线上升，一步一个台阶，以每年20%的速度递增。1992年，集团决定扩大正大饲料在川的生产规模，在各地政府的大力支持下，相继建立了内江正大、双流正大、绵阳正大、温江正大畜禽、广汉正大饲料科技有限公司、四川正大食品有限公司等，在集团内首创专销商模式（50千米以内大力发展直销户和专销商，50千米以外建立正大经营部），使饲料产销量成倍增长。经过多年的发展，1994年，正大饲料以其卓越的品质、最佳的饲养效果、良好的市场信誉，荣获四川省首届畜牧食品博览会四个金奖，产品遍及全省100多个县市、10000多个经销专卖店，正大饲料已走进巴山蜀水的千家万户。

发展也不总是一帆风顺，20世纪80年代，四川的特点是农村人口多、人均耕地少，家家户户分散养殖几头猪、几只鸡，然而随着改革开放中国城市化、工业化进程，越来越多的农民外出打工，打工以后大家都会算成本，发现在家务农并不合算。到 20 世纪 90 年代末期，农村的青壮劳动力已经大量流失，集约化养殖渐渐形成一种趋势。这种趋势和潮流使我们原有的客户群急剧缩小，面对这样的市场变化和挑战，“接受变革、不断创新”的集团价值观指引我们作出经营调整：一是积极利用集团推出的“猪三宝”营养套餐进行推广，抛弃旧有方式和经验；二是于 2009 年底成立正大四川区猪场开发专业团队，聘请养猪专家、兽医疾控专家和技术型场长，通过技术托管、养殖条件改造、猪种改良等技术服务手段，大力开发四川的规模化养猪场；三是大力发展社会主义新农村项目，通过销售鸡苗、猪苗，全程使用我们的饲料，最后回收农户的产品。深刻的变革一方面促进正大四川区经营业绩屡创新高，另一方面也对四川集约化养殖作出了突出贡献。

乘风破浪，大展宏图

从农场到餐桌，在四川实现正大农牧食品全产业链一体化持续发展成了 2000 年以后我们主要经营目标和发展方向。

相较于饲料事业，四川的猪养殖起步较晚，到 2000 年才开展，一开始不懂养猪，我们派遣人员到集团、到欧美国家学习先进建设标准、养殖模式和技术，回国以后一方面组织学习交流，开办养猪学校，邀请外国专家，海外学成归来的兽医、场长开展瀑布式教学；另一方面严格按照集团谢国民资深董事长“两高一低”要求（高投入、高效率、低成本），对标当今世界先进工艺及设备标准先后在四川多地建设标准种猪场和育肥场，并且致力在适合地区集中打造正大生猪全产业链发展项目。先进的软硬件和管理水平让正大成了当地标杆，政府对我们赞叹不已，称赞正大在四川有最先进的技术，在养猪行业首屈一指，同行企业也纷纷向正大学习，改变了四川以往养殖水平低、粗放不环保的格局。四川正大猪养殖从零开始扩大到现在年出栏 80 万头的规模，发展迅速。

禽类方面，2005 年我们在四川建设投产了第一个规模化的蛋鸡育雏场，独家发展正大青年蛋鸡，养育 16 周龄青年蛋鸡，把周期中养殖风险最大的阶段（包括疫病死亡、意外）交由正大来做，避免了养殖户的风险，养殖户完全没有了后顾之忧，培养了上百养殖户与公司合作。四川蛋业是集团最早做“正大品牌鸡蛋”城市化营销的企业，“正大 DHA 鸡蛋”“正大富硒鸡蛋”“正大初产鸡蛋”等正大品牌鸡蛋一经推出，“安全、美味、健康”的美誉口碑就得到了消费者的广泛认可和欢迎。于是 2019 年，我们在四川眉山建设了 300 万羽蛋鸡项目，目前已经投产，年产蛋达 5.4 万吨，该项目将进一步带动四川农业现代化，造福四川人民。与此同时，集团 2020 年在四川遂宁收购了 3000 万羽肉鸡项目，在四川眉山规划建设 5000 万羽肉鸡全产业链项目，相信不久的将来，正大鲜鸡将同正大鸡蛋一样，成为四川人民家喻户晓、信赖认可的品牌产品。

正大在四川快速推动全产业链布局，除了大力发展饲料、养殖，同时也向屠宰、食品深加工、商业零售延伸。当前，我们正在四川绵阳梓潼建设 50 万头生猪屠宰公司，在成都温江建有午餐肉、酥肉等传统食品和蒸饺现代食品工厂，优鲜门店也在成都等城市落地开花。民以食为天，食以安为先，正大四川区非常重视产品质量和食品安全，严格遵守国家法律法规，全产业链确保质量并可追溯，口碑声誉非常好，一说正大食品，消费者都认为健康安全。

未来，我们计划在五年内基本搭建起全产业链整合联合平台，深化创新与协同，加快企业和产品的升级迭代、“换道超车”，加速进入 4.0 时代，切实遵照谢国民集团资深董事长的战略指导，力争在 2025 年实现正大四川区“区域为王”的战略发展目标。

继往开来，百年正大

在着力打造正大农牧食品全产业链的同时，我们时刻牢记谢国民集团资深董事长说的“一定要做国家需要、人民需要的事业”，始终坚持“利国、利民、利企业”的经营原则。科技兴企、富裕农村、服务城市，让我们赢得了政府和百姓的认可，先后获得“四川最大规模 50 强”“四川省最大市场占有 10 强”“全国饲料行业百强企业”“四川农副食品加工业工业企业最大规模 10 强”“纳税明星企业”“省级在蓉企业增值税守法纳税大户”“集团化发展先进企业”“节能减排先进企业”等称号。而我也是随着集团事业在四川发展，从一名销售员一步步做起，直到今天成长为中国区资深副董事长，负责西南区业务工作。2017 年，我有幸荣获“推动四川省饲料工业发展 1987—2017 功勋人物”的光荣称号，当时被授予“功勋人物”的有新希望集团董事长刘永好、华西希望集团董事长陈育新、通威集团董事局主席刘汉元等。我能和他们几位一起获奖，证明正大集团对推动四川饲料工业发展作出了突出贡献，引领着行业发展。

白宇飞（右四）荣获“推动四川省饲料工业发展 1987—2017 功勋人物”庆典现场（照片由成都正大有限公司提供）

此外，集团在四川公益慈善、扶贫救灾等履行社会责任方面做了大量工作，35 年来在川捐款、捐物，设立奖学金、助学金累计金额超亿元。其中在 2008 年汶川大地震捐款、捐物达 3000 余万元；2012 年凉山州特大洪灾捐款 500 万元；2013 年雅安芦山地震捐款 2000 万元。还捐建了 12 所正大希望小学，修建了凉山州贫困山区水电站和宜宾高县公路。产业扶贫方面，1996 年为带动凉山州农民脱贫致富，解决部分就业问题而投资兴建了西昌正大酒业有限公司，1997 年在四川省名山县投资兴建名山正大茶叶有限公司，经过二十几年的发展，两家公司均已成为当地产业扶贫的典范。而我们在绵阳梓潼 50 万头生猪全产业链项目创立了

荣获四川省政府“2016 四川十大改革转型发展案例”（照片由成都正大有限公司提供）

“1+5”产业扶贫模式，走出了可持续发展的创新之路，直接带动当地贫困户 780 户、2335 人参与，让农户一步跨入现代农业，一年实现脱贫，永不返贫。该模式荣获四川省政府“2016 四川十大改革转型发展案例”，开启了生态循环理念助力现代农业发展的新红利，并在 2017 年荣获由中国外商投资企业协会评选的“中国外商投资企业履行社会责任案例”，获得了非常好的社会评价。

时至正大百年之际，正大集团在四川已经形成涵盖饲料生产、畜禽养殖、食品加工、商业零售、易初明通、正大茶酒等共计 14 家公司的经营格局，回顾这几十年来正大农牧食品企业在四川的发展历程，我认为离不开以下几点。

第一，集团领导重视。谢国民集团资深董事长、谢大民集团永远荣誉董事长等集团各级领导历来对正大在四川的发展都非常重视，经常来川视察和指导工作，帮助我们解决经营发展中的问题、指明前进方向。

第二，价值观。在四川我们发展集团的事业，始终坚持“三利原则”等六条价值观。我们正大有非常好的企业文化，“利国利民利企业”的“三利原则”让我们赢得了政府的肯定和人民的信任，能够顺利推动各项事业发展；“接受变革、不断创新”让我们企业在中国改革开放的浪潮中与时俱进，可持续发展。我相信这是正大集团为什么能够成为百年企业，我们的事业为什么能够欣欣向荣、不断发展壮大的重要原因。

第三，人才培养。事业发展离不开人才，“人才第一，以人为本”是集团的人才理念。集团历来非常重视人才，为行业培养了大量人才，培养的人才主体继续在集团发展，推动各项事业可持续发展；也有的离开正大，后来成为农牧行业各公司的高管，在农牧行业正大被誉为“黄埔军校”。

谢国民集团资深董事长提出正大要做“世界的厨房，人类能源的供应者”的发展愿景，为正大农牧食品企业未来的发展指明了方向，我们要继续坚持“三利原则”做企业，坚持“快速优质、化繁为简”做事业；坚持“正直诚信”做人，坚持“接受变革、不断创新”做事。脚踏实地、戒骄戒躁，进一步开放眼界、合理规划，这样我们的未来就是可期、可知、可见的，我们的发展目标就一定会实现，在这里与诸位正大同人共勉。

最美好的礼物

——记《正大综艺》初创时期的珍闻

薛增一

故事 072

《正大综艺》是泰国正大集团与中国中央电视台合作的一个闻名中国的综艺节目。

节目于 1990 年 4 月 21 日开播，一炮走红，每周一期，到 2020 年已经连续播出 31 年了，成为中央电视台播出最早、时间最长、数量最多的大型电视益智类综艺栏目，在中国家喻户晓、广为人知。

然而，您知道《正大综艺》是怎么诞生的吗？您知道是什么机缘使得正大集团与中央电视台携手合作的吗？您知道《正大综艺》这个名字是怎么来的吗？您知道《爱的奉献》这首歌的来历吗？您知道《正大综艺》的节目形式源于哪里吗？您知道杨澜成为《正大综艺》的女主持人经历了哪些波折吗？等等。

2020 年 10 月 30 日，我独家专访了《正大综艺》的创办人之一——江吉雄，并结合查阅有关资料，撷取《正大综艺》初创时期那些历久弥新而鲜为人知的故事，首次披露给读者。

一、《正大综艺》的发起人、创始人和投资人是谢国民

《正大综艺》是谢国民献给中国观众的一个最美好的礼物。

1979 年，改革开放的春风刚刚吹拂中国大地的时候，谢国民就率先领导正大集团从泰国来到中国大陆投资发展。

对比他熟悉的海外电视节目，他感到当时大陆的电视节目太单调、太封闭，因此他想做一个面向世界的综艺节目，来丰富大陆观众的文化和娱乐生活，寓教于乐。

1988 年，他找到他的好朋友、台湾广播电视界的著名人物翁炳荣，翁炳荣又介绍了台湾著名导演、电视制作人江吉雄。

谢国民对他们说："我是做企业的，但是要回馈社会，我请你们来一起帮我做一件事情，就是跟中央电视台合作，做一个好节目，做一个给中国的老百姓带来很健康、很快乐、很有爱心的节目，给他们带来微笑、带来爱的节目。你们不是帮我赚钱，你们是帮我花钱，但是要花得有意义，所以你们一定帮我做好这件事情。"

谢国民既是一位企业家，更是一位为国为民、充满社会责任感的商界领袖，他创立的正大集团"利国利民利企业"的三利原则，得到社会各界广泛而高度的认同和赞扬。同时他还是一位"文艺青年"。20 个世纪 50 年代初，他的父亲谢易初安排他从泰国到祖籍地汕头市读小学和初中的时候，他就特别喜爱文艺，那时候他还曾经梦想长大了当一名电影导演呢。他还很喜爱看越剧，看《梁祝》时，他甚至随着剧情的发展而动情地为主人公的命运流泪。

所以，谢国民有这种为国为民的情怀，有这种承担社会责任的使命，有这种为观众着想和服务的爱心，也有这种喜爱文艺的情愫。

缘于此，在谢国民的发起下，《正大综艺》诞生了。

人物简介（1）：谢国民，《正大综艺》节目发起人、创始人、投资人。1979年他领导泰国正大集团在中国深圳创办了改革开放后第一家进入大陆的外资企业，为中国改革开放的伟大事业作出了历史性贡献。

人物简介（2）：翁炳荣，广播电视专家，中国台湾省人。1988年翁炳荣受谢国民之邀，出任香港正大综艺电视制作有限公司董事长，在谢国民的领导下，负责《正大综艺》节目相关事业，是《正大综艺》节目的创办人之一。

人物简介（3）：江吉雄，著名电视导演，中国台湾省人。1988年经翁炳荣引荐，与翁炳荣一起代表正大集团与中央电视台合作创办了著名节目《正大综艺》，是《正大综艺》节目的创办人之一。

二、正大集团与中国中央电视台的合作，缘于谢国民的好朋友傅春安

我过去听过一种说法，说《正大综艺》最初是跟上海电视台合作的一个节目，后来送到中央电视台审查的时候，被中央电视台看好，就“横刀夺爱”，把这个节目移到中央电视台来了。我问江吉雄，真实的情况究竟如何呢？江吉雄说，完全不是这么回事，这是民间误传。

江吉雄介绍说，正大集团跟中央电视台的联络，最先是通过新加坡的傅春安。傅春安是谢国民的好朋友，也是翁炳荣的好朋友。

傅春安是新加坡人，他领导的傅长春集团在新加坡的物流运输事业做得很大。20世纪60年代，傅长春公司的家族运输事业在新加坡已经初具规模。但是傅春安并不满足，他立志要把家族的事业做大。他敏锐地认识到行业的发展离不开技术支援，于是善于学习的傅春安决定赴当时在亚洲技术最先进的日本考察、取经。那时翁炳荣正旅居日本，傅春安受惠于翁炳荣的帮助和引荐，在日本的考察、学习十分顺利，掌握了日本运输业的先进管理方式和最新技术，回到新加坡后领导了傅长春公司家族事业的第二次腾飞。所以翁炳荣是他事业发展壮大的三位贵人之第二位。第一位贵人是新加坡糖厂的老板张泗川和张泗发两兄弟，第三位贵人是新加坡船务公司的老板欧石吉。

改革开放后，傅春安来到中国，在中国大陆做生意，主要还是做物流、做船运。他太太包娜娜是中国台湾著名歌星，而他本人也是一名音乐爱好者，还是一位著名音乐制作人。所以他就先行一步，在大陆与中央电视台合作制作唱片，专门介绍港澳台和亚洲其他地区的歌星进入大陆音乐市场。当时大陆的对外事务管理还很严，而傅春安因为这项工作跟中央电视台很熟。

谢国民领导正大集团来大陆投资发展之初，想制作一个能给刚刚改革开放的中国大陆打开一扇海外风采的窗口，给大陆观众带来健康、快乐、充满爱心的节目。

傅春安知道了谢国民的这个想法后，就介绍谢国民跟中央电视台的领导王枫、黄惠群等认识了。谢国民请来了翁炳荣和江吉雄，并聘请傅春安为顾问，经傅春安居中联络，翁炳荣、江吉雄很快与中央电视台国际部黄一中、王录、徐起等构建了十分融洽的合作关系。从此开启了中央电视台与正大集团合作制作《正大综艺》节目的辉煌历程。

谢国民在香港注册成立了“香港正大综艺电视制作有限公司”，聘请翁炳荣出任董事长，江吉雄担任副董事长兼总经理，具体负责与中央电视台合作制作《正大综艺》节目的各项事务。

当时傅春安的办公室就设在北京的奥林匹克饭店，因为这个饭店是由新加坡商人经营的，所以最初正大集团与中央电视台合作的办公机构也设在了这里。

人物简介（4）：王枫，1982年至1988年任中央电视台台长，1987年任广电部副部长兼中央电视台台长，是《正大综艺》节目筹备和初创时期的中央电视台主要领导。

人物简介（5）：黄惠群，1985年任中央电视台副台长，1988年至1991年任中央电视台台长，是《正大综艺》节目创办初期的中央电视台主要领导。

人物简介（6）：黄一中，《正大综艺》筹备和创办初期曾任中央电视台国际部主任，主管《正大综艺》节目，是《正大综艺》节目的创办人之一。

人物简介（7）：王录，《正大综艺》创办初期曾任中央电视台国际部主任，主管《正大综艺》节目，是《正大综艺》节目的创办人之一。

人物简介（8）：徐起，《正大综艺》筹备和创办初期曾任中央电视台国际部副主任，具体负责《正大综艺》节目，是《正大综艺》节目的创办人之一。

人物简介（9）：傅春安，新加坡著名企业家、著名音乐制作人。曾任《正大综艺》节目顾问，参与了《正大综艺》节目的创办。

人物简介（10）：包娜娜，傅春安的夫人。中国台湾省人，台湾著名实力派女歌手，1988年在中央电视台春晚上演唱《三百六十五里路》名传大陆。

三、《正大综艺》节目的名字是江吉雄起的，而《正大综艺》节目诞生的前奏曲是李绍祝创办的电视节目《正大纵横》

正大集团在中国与媒体间的合作，在谢国民的领导下，最早是由李绍祝负责的。当时，李绍祝代表正大集团参与了香港、台湾与上海电视台合拍的1990年播出的电视剧《封神榜》。同时期，还做了一个综艺节目叫《正大纵横》，1989年3月开始在北京、上海、福建、广东四家电视台播出。

这个《正大纵横》节目，是正大集团出资，把从海外买来的综艺节目片，在香港请了一家公司剪辑、配音、制作，然后提供给内地的四家电视台播出。

《正大纵横》节目的制作，是在谢国民邀请翁炳荣和江吉雄之前，是《正大综艺》节目的引子，或者说是前奏曲。

我问江吉雄：《正大综艺》节目的这个名称是怎么来的？他告诉我说是他起的。因为正大集团先前已经有了一个《正大纵横》的电视节目，所以江吉雄就为这个新的电视节目起了《正大综艺》这个开创了中国大陆新型电视综艺节目新纪元并享誉全国的名字。

“综艺”这个词，在中文世界里不知道是什么时候兴起的，我没有考究过，查了一下也没有找到答案。但我推测对这个词的使用台湾早过大陆，至少在1990年前的那个时候还不被大陆广泛使用，因此一开始正大集团制作的综艺电视节目叫《正大纵横》，其后由于翁炳荣和江吉雄的加入，把“综艺”这个词从台湾移植到大陆，冠名“正大”而成就了一个誉满中国、载入史册的电视综艺节目——《正大综艺》。我的这个推测，有待专家学者指正。

人物简介（11）：李绍祝，泰籍华人，《正大纵横》节目创办人，现任正大集团资深副董事长，并担任泰中促进投资贸易商会会长等社会职务。

四、《爱的奉献》是翁炳荣的杰作，歌曲演绎和诠释了谢国民真善美的本质

爱是love，爱是amour，爱是rak，爱是爱心，爱是love，爱是人类最美丽的语言，爱是正大无私的奉献。我们都在爱心中孕育生长，再把爱的芬芳撒播到我四方。我们要在爱心中大声地歌唱，再把爱的幸福带进每个人的身上。爱会带给你无限温暖，也会带给你快乐和健康。爱是love，爱是amour，爱是rak，爱是爱心，爱是love，爱是人类最美丽的语言，爱是正大无私的奉献。

这首广为传唱的《爱的奉献》，就是《正大综艺》节目的主题曲。

当年《正大综艺》节目初创的时候，江吉雄提出需要创作一首可以永久传唱的主题歌，引起了谢国民和翁炳荣的共鸣。

翁炳荣根据谢国民的心愿，领会谢国民“这个节目要把欢乐和健康带给大家，要把爱带给大家”的真善美的本质和慈心仁爱之意，分别用华语的“爱”、英语的“love”，法语的“amour”，泰语的“rak”，这四种不同语言而词义同为“爱”作为歌曲的主题，执笔创作了《爱的奉献》这首歌词，并请了他的一位朋友、日本作曲家宫本一谱曲。

《爱的奉献》，经翁炳荣的女儿翁倩玉优美卓绝的歌唱演绎之后，这首词意感人、曲调优美的《爱的奉献》，便随着《正大综艺》节目的播出，迅即传遍全中国，成为一首至今广为社会各界传唱、充满爱心的著名的公益性流行歌曲。

《爱的奉献》这首歌，江吉雄的提议、谢国民的心愿、翁炳荣的作词、宫本一的谱曲、翁倩玉的演唱，是一个完美的结合，歌曲所表达的“爱”的主题意境，最能代表谢国民真善美的情操和大爱。其中的“爱是正大无私的奉献”，已经成为正大集团企业文化的重要组成部分，是正大集团践行“利国利民利企业”三利原则、服务社会、奉献社会的真实写照和主旋律。

人物简介（12）：翁倩玉，翁炳荣的女儿，《正大综艺》节目主题歌《爱的奉献》演唱者。

五、《正大综艺》的节目形式，来源于江吉雄在台湾创办的《绕着地球跑》

谢国民常常说，要站在巨人的肩膀上前进。就是说要敞开胸怀向世界上最先进的人和事学习，在这个基础上，还要想方设法做得更好，最后超越学习对象，成为引领潮流的新榜样。

《正大综艺》的诞生正是如此。

据中央电视台著名导演和制片人辛少英的著作《在记忆与制作中穿行》记载："可以说我们在筹备节目时，对《正大综艺》的节目特性并不十分了解，当时我们是借鉴了台湾的同一类节目《绕着地球跑》的节目形式，把这一节目形式带过来的是一位台湾资深的电视制作人江吉雄先生，而此时的他已经加盟了正大集团，他是以正大集团影视部门负责人的身份与我们合作的。""在看到令我们新奇的《绕着地球跑》之后，我们并不是一味地模仿，而是不论从节目的构成上，还是从演播室的形态上，都进行了一定的改革和创新。""《绕着地球跑》现场的嘉宾只坐在一侧猜题，而第一版的《正大综艺》是四位嘉宾在一侧，对应的还有四位普通观众猜他们对家的答案是否正确，这就形成了两轮猜谜。"

杨澜在这本书的序言中也写道："《正大综艺》最初是参照了台湾的《绕着地球跑》，以国际旅游节目及猜谜为主。"

从以上回忆中可以看出，《正大综艺》的母版是台湾的《绕着地球跑》，这是当年江吉雄在台湾的电视制作公司——丽群公司采制的一个综艺节目。这个节目是台湾丽群电视制作公司借鉴和学习日本 NHK 的《世界原来如此》这个节目，派出摄影师和外景主持人到世界各地拍外景，由台湾丽群公司制作，在台湾电视台播出的一个著名的综艺节目。

1988年，当谢国民请翁炳荣帮忙的时候，翁炳荣就陪同李绍祝到台湾丽群公司考察，得到李绍祝赞同后，就把江吉雄引荐给了谢国民。

江吉雄一开始只是受聘担任正大集团影视节目的顾问，负责《正大综艺》节目的筹备工作。一年后，《正大综艺》节目已经基本成型了，谢国民希望江吉雄能够全身心地投入《正大综艺》节目上来，在谢国民的盛情邀请下，江吉雄正式加入了正大集团，并把自己在台湾的丽群公司的产权无偿送给了近100位的公司全体员工，自己每年分得一份红利而已。这个公司至今还在台湾。

《世界真奇妙》原本是台湾丽群公司《绕着地球跑》这个节目的一个翻版，两个节目的名字不同，但内容基本一样。江吉雄就把这个节目带到了中央电视台，《正大综艺》节目组在这个节目的基础上进行了改革和创新，站在巨人的肩膀上更上一层楼。

由于当时中央电视台工作人员的出国报批手续办起来环节多、时间长，所以《正大综艺》节目所需的影视资料，到1993年12月26日播出了全部由中央电视台自己采制的国内地方专辑《正大综艺 江西专辑》、1994年10月9日播出了全部由中央电视台自己采制的国外专辑《正大综艺 广岛亚运会专辑》之前，都是正大集团提供、由台湾丽群公司到世界各地拍摄外景采制而成。正如赵忠祥在《我与正大综艺》中写道："《正大综艺》的许多节目已经事先从境外录好，我们已无法加以任何改变，它给我们主持留下的空间主要是串场词。"外景主持人也由丽群公司聘请的三位台湾高素质、高颜值的美女主持人李秀媛、谢佳勋、曲艾玲担纲。她们清新靓丽、花样别出的主持风采，令大陆电视工作者和广大观众耳目一新，好评如潮，而她们的外景主持人角色，更是成为一代青年人羡慕的职业。

正大集团把节目在境外采制好以后，由中央电视台进行审查、剪辑、编排，因为有的词汇台湾与大陆的不一样，需要重新配音、配字幕，最后由中央电视台《正大综艺》节目组录制剪辑成《世界真奇妙》的播出节目。

最初的《正大综艺》节目由两部分组成，先播出的是一个小时的《世界真奇妙》，并加上一首非常好听的“名歌金曲”，接着播出的是一个半小时的《正大剧场》，一共两个半小时。

《正大剧场》的诞生，是央视提出来的，希望给大陆观众介绍一批国外优秀电影，由正大集团在海外选择一批电影，央视派人在香港审核通过后，再由正大集团出资购买，然后配音和后期制作，再经央视审核通过后播出。

《正大综艺》节目从第 5 期开始，增加了由正大集团出资在海外购买的一组《五花八门》，后来又增加了《真真假假》，但《世界真奇妙》还是整个节目的核心。

在《正大综艺》节目组开始录制节目的时候，作为录制现场总导演的辛少英发现，导播和主持人姜昆、杨澜之间的衔接始终找不到感觉，经验丰富的江吉雄提出“那就让他们（主持人）说一句提示性的话，导播一听到这句话就切出小片子”，于是就有了姜昆和杨澜的标志性动作和语言，两位主持人两手一伸、口中说道：“不看不知道，世界真奇妙！”导播就切出《世界真奇妙》的片子。没想到，这句话就成了《正大综艺》的标志性语言。

说到辛少英的第一次导播，也很有趣。辛少英当时是栏目组的总导演，但她没有做过导播，开始是请了央视文艺部的胡淼导演来协助，担任导播。经过观摩学习，从第 6 期节目开始，辛少英亲自坐到了导播台前，但由于是第一次导播，十分紧张。辛少英在书中写道："江吉雄先生走过来，拍拍我的肩膀说：'不要慌，谁都有第一次，到时我坐在你的旁边。'我知道他是台湾娱乐节目最好的导播，开录前，他坐在我的旁边，手把手地教我导播的技巧。"真正开录的时候，辛少英又紧张起来了，但很快镇静了下来，在四位摄像师的默契配合下，迅速进入了导播角色，她发出口令，指到哪里，摄像师就即刻"打"到哪里。在节目顺利录制完成后，一直坐在辛少英旁边，准备时刻提醒或代替辛少英工作的江吉雄起身向她表示祝贺。

人物简介（13）：辛少英，中央电视台著名编导和制片人，《正大综艺》节目的创办人之一，《正大综艺》节目第一任总导演。

人物简介（14）：姜昆，著名相声演员和主持人，《正大综艺》节目第一任男主持人。

人物简介（15）：赵忠祥，中央电视台著名主持人，曾担任《正大综艺》男主持人。

人物简介（16）：李秀媛，中国台湾省人，著名电视节目主持人，《正大综艺》节目外景主持人之一。第一份职业是航空公司地勤工作人员。

人物简介（17）：谢佳勋，中国台湾省人，著名电视节目主持人，《正大综艺》节目外景主持人之一。第一份职业是航空公司空姐。

人物简介（18）：曲艾玲，中国台湾省人，著名电视节目主持人，《正大综艺》节目外景主持人之一。

六、为什么是杨澜

《正大综艺》的节目形式定下来之后，选择主持人就成了节目组的头等大事。

对女主持人的选拔，当时经历了如下几个主要步骤和环节。

第一次，是面向社会公开招聘。在上千人的应聘者中，节目组没有找到节目所需的合适的主持人。

第二次，是在北京的高校中寻找。节目组先后在北京大学、中国人民大学、广播学院、电影学院、戏剧学院、北京师范大学、北京语言学院寻找，还是没有找到。

第三次，是在北京外国语大学在校生中寻找。从上百位来应聘的在校大学生中，初选了包括杨澜、许戈辉在内的四位。

第四次，在最后圈定的杨澜、许戈辉中，央视国际部和节目组觉得两位都很优秀，难以取舍。最后决定再进行一次试镜，最终决定选谁。

第五次，就是这次试镜中，由于许戈辉和同学去了杭州旅游，而那时电话不普及，写信和打电报也不可能，所以无法联系到许戈辉，只有杨澜一个人来试镜了。

第六次，就在许戈辉缺席、杨澜被认定了以后，又出现了一次重大的波折。原来，央视国际部的副主任徐起有一个女儿叫徐一虹，当时正在读大学，经常来台里找她父亲，过去台里的人也常常见到她，但都没有引起注意，而这次徐一虹又来台里找她父亲，被正在寻找主持人的节目组好像突然发现就藏在身边而没有被意识到的宝贝那样，觉得徐一虹就是他们要找的人。辛少英说"她有着高挑匀称的身材，漂亮得让人过目不忘的面容，同时她还透出一股逼人的青春朝气，她正在读大学"。一边是千挑万选出来的杨澜，一边是央视负责《正大综艺》节目的国际部副主任的女儿，大家颇有些不知道怎么办才好。最后，由主管国际部的中央电视台副台长洪民生组织国际部主任和副主任，正大集团的江吉雄、陈玉赐等几位节目负责人，一起对杨澜和徐一虹再进行了一次面试，最后选定了杨澜。

杨澜后来以自己无与伦比的出色风格和能力，赢得了广大电视观众的喜爱，从而证明她就是《正大综艺》节目的最佳女主持人。

杨澜为什么能被选中？辛少英谈到一个细节。当杨澜和徐一虹做着面试前最后几分钟的准备时，徐一虹请教杨澜面试中有关英语的问题，杨澜放下自己的准备，耐心地用英语帮助徐一虹组织语言。这一幕被辛少英看到了。辛少英想，杨澜是一位难得的有修养、有自信、乐于助人的人。而辛少英认为，主持人是节目的灵魂，主持人需要的是不加修饰的本色，因而主持人的人品和修养是第一位的。

采访中江吉雄告诉我，他在央视选拔《正大综艺》节目女主持人的会议上发言，提出了自己的见解，他说："第一，女主持人一定要用新人，不用旧人。第二，选女主持人的三个标准：一个是男人喜欢，太太不吃醋；第二是老人喜欢，公公婆婆眼里的好媳妇；第三是青年人喜欢，青年学生的好榜样。这三个标准是老中青通吃，符合这三个标准就是一个好的主持人。”江吉雄说：“我发言后，当时央视的领导都笑了，因为那时没有人照我这样讲，但大家也都觉得我讲得很有道理、接地气。最后选定了杨澜，是大家都喜欢的。”

杨澜选定之后，央视考虑要选一位有经验的男主持人与杨澜搭档，最后选定了姜昆。姜昆由此被杨澜称为“启蒙老师”。

事实证明，杨澜与姜昆联袂主持的《正大综艺》节目第一年，为《正大综艺》节目的一举成功立下了汗马功劳。

杨澜在其著述《凭海临风》中讲述了她从一名北京外国语大学的大四学生成为《正大综艺》主持人的故事。在回顾这段难忘的历程时，她写道：“《正大综艺》，已经永远地留在了我的人生里，抹也抹不去。它改变了我的人生轨迹，却没有改变我的个性。相反，它让我更清楚地知道了我想做什么样的人，做什么样的事，为了这些，我感谢《正大综艺》。我既不以它带给我的荣誉而满足，也不因我过去的稚气而羞愧。这是我社会人生的起步，是我事业的开始。我曾经全身心地投入过，而且过得很充实。”

许戈辉虽然最初与《正大综艺》节目擦肩而过，后来还是以其出色的能力和风采入职央视。1991 年，她还成为《正大综艺》节目来自大陆的第一位外景主持人。

先后担当《正大综艺》节目主持人的还有戴宗显、方舒、方卉、袁鸣、程前、姜丰、王雪纯、张政、吉雪萍、朱迅、林海、郑毅、史强、高博、涂经纬、李思思、黄炜等。真是群星灿烂，人才荟萃。

人物简介（19）：杨澜，1990 年至 1994 年担任《正大综艺》节目第一任女主持人。

人物简介（20）：许戈辉，《正大综艺》节目外景主持人之一。

人物简介（21）：洪民生，1980 年任中央电视台副台长，1988 年兼任总编辑，《正大综艺》节目筹备和创办初期的中央电视台主要领导之一。

七、《正大综艺》的创新地位

辛少英在书中写道："记得在第一次录像后的总结会上，江吉雄先生曾非常严肃认真地对我们说：'你们意识到了没有，你们将在中国开创一个电视的新纪元。'我当时觉得他说话的语气非常庄重，但我想这话未免说得大了一些。其实，这是我当时对《正大综艺》将要在观众中引起的冲击波的力度估计不足。尽管我想到了这个节目会在观众中引起轰动，但那时我无论如何也没有想到日后的《正大综艺》会持续数年地成为如此重要、深入人心的一个栏目。"辛少英评价说，"多年来，《正大综艺》带给观众的不仅是开始播出时的形式新颖的冲击波，更多的是带给了人们一种综艺娱乐的某种特定形式，它影响了许多人的观念。"

是的，《正大综艺》节目在观众中引起轰动的波长一直持续到 31 年后的今天，而当时高达 23% 的收视率，显示了节目轰动的波峰有多么令人惊喜的高度啊！

《正大综艺》节目在中国电视界开创了很多个第一，诸如：

《正大综艺》节目是中国中央电视台第一个外资介入、与外资企业合作的节目。

《正大综艺》节目是中国中央电视台第一个用企业名字冠名的节目，开创了以企业名称冠名电视节目的先河。

《正大综艺》节目是中央电视台播出时间最长、播出数量最多的综艺节目。

《正大综艺》节目是大陆电视界第一次引进和借鉴了台湾的节目，独创了中央电视台的一种崭新的节目类型。以至于在《正大综艺》红遍全国的时候，中央电视台要给《正大综艺》评奖而不知道该归到哪一类节目中评奖，它既不是文艺类，不是智力竞赛类，不是新闻类，不是专题节目，也不是社教类，可是它的收视率却高达23%。无奈，在《正大综艺》播出的第三年，在好评如潮的情况下，在高收视率的支持下，央视只好将它暂时归入社教类参加评奖，当年就获得了最佳栏目奖，且以后年年获奖。它是真正的“综艺”。

《正大综艺》节目是第一次让名人嘉宾不以表演者的方式出场，而以观众参与者的身份，把他们生活的一面展现在观众面前，增加和调动了观众对名人嘉宾世俗化寻常生活层面的好奇心和知晓欲，带给了观众更多贴近百姓生活的话题和乐趣。

《正大综艺》节目是第一次把观众由单纯的接受者变为娱乐节目的主体，有些观众还成为节目的参与者，与嘉宾联合“作战”，成为主角，突出了观众的参与和互动，提升了观众对节目的关注度，增加了节目与观众之间的亲近感。

《正大综艺》节目是第一次将声画合一的电视音乐MTV引进

登上大陆电视荧屏的。

《正大综艺》节目中的小栏目《动物神趣》，是正大集团最早从日本引进的一套对动物进行猜谜的节目，是北京电视台播出的《东芝动物乐园》前身。

《正大综艺》节目是第一次把一种新的综艺节目形态带给中国的电视观众，标志着具有现代娱乐精神的综艺节目在中国的电视屏幕上登台亮相。

张子扬在其 2000 年主编的《正大综艺·世界之旅》的序言中写道："十年前，《正大综艺》栏目刚刚呈现于中国的电视屏幕的时候，作为观众的我便非常喜欢，它其中的'世界真奇妙'子栏目令人目不暇接地体验和感受到了世界的多姿多彩与意想不到。"他说，"发现和展现自然世界的奇山妙水，发现和展现人文世界的奇思妙想，进而让电视观众在轻松有趣的审美过程中得到启智与益智的收获，这始终是《正大综艺》栏目品格定位不曾改变的初衷。"张子扬所言，正是谢国民的初心。

人物简介（22）：张子扬，曾任中央电视台文艺中心副主任兼国际部主任，是《正大综艺》节目的主管领导人之一。

八、正大集团和中央电视台因《正大综艺》而友谊长存

1990 年，因谢国民的发起，正大集团与中央电视台合作，诞生了《正大综艺》。31 年来，正大集团和中央电视台每年签约一次，续写着源于《正大综艺》节目的深情厚谊。

2006 年，翁炳荣 83 周岁时，因年纪和身体状况辞去了香港正

大综艺电视制作有限公司的董事长职务。因此，正大集团对公司领导成员进行了调整，由正大集团董事长谢吉人兼任香港正大综艺电视制作有限公司董事长，江吉雄继续担任副董事长，增加了杨小平兼任副董事长。

国家广电部和中央电视台先后有多名领导分管或具体领导《正大综艺》节目，他们都为《正大综艺》节目的诞生、成长、辉煌和发展作出了英明的决断、切实的努力和重要的贡献。

在采访结束时，江吉雄特别向我说了他心中的四个感谢：

2017 年 9 月 11 日，在泰国曼谷正大集团总部，正大集团与中国中央电视台签订了《正大综艺》第 28 年度的合作协议。时任中央电视台副台长魏地春（左）与正大集团董事长谢吉人签约后合影留念（照片由正大集团北京总部宣传中心提供）

“首先，我们必须非常感谢中央电视台，是中央电视台为我们集团提供了这个平台，把这个时段给了《正大综艺》这个节目，没有央视的重视和工作人员的付出，就没有《正大综艺》，31 年来他们都很支持我们。第二个，要特别感谢直接跟我们合作的单位，就是中央电视台的国际部、《正大综艺》剧组的所有同人，我们之间很有感情，他们跟我们合作，大胆创新，艰辛探索，开创了大陆电视节目的崭新形式。为了拍摄好节目，他们走遍全世界、走遍全中国，非常辛苦地采制、编导、付出，才有了观众非常喜爱的《正大综艺》节目。第三个，要特别感谢中央电视台综合频道和央视创造传媒，在《正大综艺》节目改组后，他们日夜奔波，在全国各地拍摄《正大综艺 · 动物来啦》，他们的辛苦付出，使《正大综艺》迎来了一个新的高潮和发展阶段。最后，我要特别地、必须说的是非常感谢我们正大集团的资深董事长谢国民先生。正因为谢国民先生的发起，才有我们集团跟中央电视台的合作，才有《正大综艺》节目。我是翁炳荣先生介绍跟谢国民先生认识的，当初他找翁先生和我来的时候，就是说他是做企业的，但是要回馈社会，要给中国的老百姓做一个很健康、很快乐，给他们带来微笑、带来欢笑的事情，带来充满爱心的事情。他对社会、对观众的爱心，对社会的责任和使命，深深感动着我，我才放弃了自己的企业，加入正大集团，投到他的麾下，来为他实现这件事。在和央视的合作过程中，我们始终遵照谢国民先生的指示，就是一定要服从央视的领导和指导，遵守央视的策略和方向，只要是央视提出的意见、想法，我们要全部服从、遵守、配合，不要站在企业的立场上，不要有抵触，我们要无条件地配合、支持。这是谢国民先生给我的指示，很朴实，但是很重要，我也一直是按照谢国民先生的宗旨在执行，生怕辜负了他的期望，所以我们跟央视的合作很圆满，直到今天。”

令我十分感动的是，10 月 31 日，也就是我 30 日采访江吉雄之后的第二天上午，又接到了他打来的电话，他可能忘记了昨天已经给我讲过的四个感谢，或者是为了强调他的四个感谢，再次向我叮嘱了他的四个感谢，可见这四个感谢在他心目中的分量是多么的厚重啊！

人物简介（23）：谢吉人，泰籍华人，谢国民长子，现任正大集团董事长，是正大集团第三代核心领导人。谢吉人还担任中国泰国商会会长、中国侨商联合会常务副会长等社会职务。

人物简介（24）：杨小平，现任正大集团资深副董事长兼中国区 CEO，并担任清华大学中国农村研究院副院长和北京市外商投资企业协会会长等社会职务。

人物简介（25）：杨伟光，1985 年任中央电视台副台长，1991 年至 1999 年任中央电视台台长，2000 年任广电部副部长，是《正大综艺》节目前期的中央电视台主要领导。

人物简介（26）：赵化勇，1993 年任中央电视台副台长，1999 年至 2009 年任中央电视台台长，并任总编辑，是《正大综艺》节目中期的中央电视台主要领导。

人物简介（27）：魏地春，2010 年至 2019 年任中央电视台副台长，是《正大综艺》节目中期的中央电视台主要领导之一。

人物简介（28）：慎海雄，现任中宣部副部长、中央广播电视总台党组书记兼台长，是《正大综艺》节目推出《动物来啦》新版节目的中央电视台主要领导。

人物简介（29）：张华山，曾任中央电视台国际部副主任、中央电视台副总编辑等，是《正大综艺》节目的主管领导之一。

人物简介（30）：秦明新，从 2002 年起先后任中央电视台国际部副主任、主任等，《正大综艺》节目的编导和主管领导之一。

人物简介（31）：过彤，早期曾任《正大综艺》节目组导演、制片人，现任央视综合频道节目部副主任等，策划推出了《正大综艺·墙来啦》《正大综艺·谢天谢地你来啦》《正大综艺·吉斯尼中国之夜》《正大综艺·动物来啦》等节目。

人物简介（32）：张平，1984 年入职央视，曾任《正大综艺》制片主任。

附记　独家专访江吉雄

《最美好的礼物》这篇故事，是我编写正大集团百年发展史 100 个故事中不可或缺的一个重要篇章。

但是我感到要把这篇文章写好，难度不小。因为这个节目太有名了，这个节目的故事太有名了，这个节目的主持人太有名了，这个节目的合作双方太有名了。人们常常听到这样的说法，“《正大综艺》影响了几代人”“我是看着《正大综艺》长大的”。可不是嘛，我本人就是其中之一呢！

为了写好这篇故事，我前后读了多本有关《正大综艺》的书，还查阅了多类有关《正大综艺》的文章和资料等。

但我还是没有立刻找到下笔的感觉，原因还是要回到前面的那句话：这个节目太有名了，这个节目的故事太有名了，这个节目的主持人太有名了，这个节目的合作双方太有名了。有关《正大综艺》的故事，由于《正大综艺》节目本身，以及借助与它相关的书籍、文章、谈话和电视访谈节目，等等，广为人知啊。

我想，我要写好《正大综艺》这篇故事，应该避开人云亦云的套路，另辟蹊径，挖掘那些历久弥新但不为人知的珍贵旧闻。因此，必须采访一个人，他就是江吉雄，他是《正大综艺》节目最重要的创办人之一，也是最重要的亲历者之一，至今仍然是《正大综艺》正大集团方面的直接主管，并担任着香港正大综艺电视制作有限公司副董事长。当然，我也很想采访谢国民和谢吉人，但他们领导着35万员工的正大集团，为“利国利民利企业”的大事操劳着，实在太忙了。

要采访江吉雄，但我跟他并不熟悉。虽然我们同在正大集团工作，而且他是我们的老领导也是前辈，但一方面由于工作的领域不同，他代表正大集团与中央电视台合作，我在集团农牧食品企业工作；另一方面工作地点也不同，他常在上海，我常在北京，所以我们互相之间只在集团的上海工作会议上见过几面，在北京见过一面。

而我的同事也是好友张曙晖与江吉雄私谊关系密切，所以我请张曙晖帮我约江吉雄。

我2020年7月21日就写好了一份采访提纲，请张曙晖帮忙转给了江吉雄，计划约他在上海正大广场他的办公室采访他，并请他在正大广场的某一家美食餐馆午餐或晚餐。

先是由于疫情，7月之前他一直在台湾，暂时没有返回大陆。其后8月初他返回上海后，我们双方的时间又总是对不上，未能见上面。

终于因为我要到上海组织集团参加进博会的事，而江吉雄正好这几天也得空，我就于 10 月 29 日晚上在参加了集团在厦门召开的水产事业工作会议之后飞到上海，30 日上午在上海参加了一个有关集团展览馆的筹备会议，30 日下午准备如约到正大广场采访江吉雄。

然而，江吉雄却盛情邀请我们到他在上海的家中采访，以便他在家中准备晚宴，请我们品尝，颇令人感动。

于是我在曙晖的陪同下，于 10 月 30 日下午 3 点来到他家，开始了两个多小时的访谈。

谈话中，江吉雄提到一个细节，就是正大集团坚持不在《正大综艺》节目里做广告，以保持我们初衷的单一和纯净，即谢国民就是想要回馈社会，为大陆观众打开一扇世界的窗口，带来一个很健康、很快乐、充满爱心的节目。是的，我和曙晖都是做经营管理的，时而从客人那里听到的是："哦！原来你们就是《正大综艺》的正大集团啊？！"相对于正大集团和正大集团的产品而言，消费者更知道《正大综艺》的还真不在少数。

10 月 30 日在江总家，既完成了采访，也喝了江总的鼓励酒、吃了江总的奖励饭，但这之后我真的忙得不可开交，谢毅资深副董事长交办的好几项重要的工作在我手中交织推进着，常常一天工作十几个小时，还奔波于北京、上海、南京、徐州、西安、成都、合肥等好几个地方出差，更由于写这个故事有些难度，因而还是迟迟没有动笔写。

虽然没有动笔，但是只要我脑子稍微空闲下来了，就一直在琢磨这一篇文章的构思和画面，旅途中也常常是在阅读和搜寻有关的资料。

终于，通过以采访江吉雄得到的资讯或线索为主，结合查阅的书籍和资料，在 12 月中下旬我挤出了一些时间，也想好了，就开始动笔形成了这一篇文章。

请读者朋友们批评指正。

人物简介（33）：谢毅，现任正大集团资深副董事长兼正大投资股份有限公司 CEO，并担任中国饲料工业协会副会长、中国畜牧业协会副会长和中国侨商联合会副秘书长等社会职务。

重庆正大硬件建设迈上新台阶

李雪梅

故事 073

1991 年 8 月 27 日，重庆正大有限公司成立。重庆正大由泰国正大集团所属正大（中国）投资有限公司和重庆市农业投资集团有限公司合资创办，是重庆市最早成立的外商投资饲料工业企业。

重庆正大至今已成立 27 年（截至 2018 年），一直关注行业发展前沿，紧跟工业化变革和行业发展转型升级的步伐，始终引领重庆畜牧产业的发展转型，经营规模不断扩大，生产设备历经三次升级换代——

第一代：传统饲料生产车间（1991—1994 年）

重庆正大成立时，仅有一座中方合资入股的传统饲料厂。该厂占地 30 亩，硬件设施包括一条从匈牙利进口的 TK-6 饲料生产线、三个储量 1000 吨的圆筒仓，生产线由一台制粒能力为 8 吨 / 小时的制粒机、一台混合能力为 1 吨 / 批的混合机、两台粉碎能力为 7 吨 / 小时的粉碎机及其他配套设备组成，年产能为 3 万吨配合饲料。

公司合资后，引进正大集团先进的生产管理理念和国际领先的饲料配方技术，生产的正大牌饲料品质优良，深受广大养殖户欢迎，产品供不应求。饲料年产销量由 1992 年的 0.9 万吨猛增到 1994 年的 5 万吨。公司被重庆市外经贸委评为“外商投资先进技术型企业”，被四川省政府评为“50 家最大规模三资工业企业”“10 家最大市场占有率三资工业企业”。

为了满足广大养殖户对正大饲料的需求，1994 年，公司各方股东追加投资，对原有饲料厂进行了改扩建，引进美国 20 世纪 90 年代最先进的双轴桨叶式快速混合机以及 CPM 制粒机、F-3000 电脑自动控制系统及其他辅助设施，年产能扩大为 14 万吨，是重庆市第一家生产全价颗粒饲料的工厂。

第二代：膨化饲料生产车间（1995—2017 年）

1995 年，重庆正大在原饲料厂对面开山平坝兴建了一座年产能为 12 万吨的配合饲料新厂，从丹麦引进了具有 20 世纪 90 年代世界先进水平的膨化饲料生产线。公司发展成为占地面积 94 亩，拥有 2 座饲料厂、4 条生产线，19000 吨圆筒仓存储能力，年产能达到 26 万吨的重庆市第一家生产膨化饲料的工厂，也成为重庆市及川东地区生产规模最大、产品规格品种最齐全、自动化程度最高的大型现代化饲料工业企业。

1996 年，重庆正大先后推出 751 乳猪膨化饲料、951 乳猪膨化颗粒饲料。由于膨化饲料具有配方先进、糊化度高、适口性好、

吸收转化率高、料肉比低等特点，一经问世即受到广大养殖户的欢迎，成为公司的拳头产品。2001 年，重庆正大被评为“重庆市名牌产品”，是当时饲料行业唯一一个名牌产品。至今十余年，重庆正大的猪饲料、禽饲料连续多次被评为“重庆市名牌产品”，乳猪配合饲料、猪浓缩饲料也多次被评为“重庆市名牌农产品”；产品畅销重庆市及川东地区，年销量由 1995 年的 5 万吨迅速提升到最高 25 万吨，年利税由 1995 年的 100 万元提升到最高 5900 万元，连续多年位居重庆市同行业榜首，成绩斐然。

与此同时，重庆正大紧跟行业发展转型的步伐，逐步扩大销售区域和业务经营范围。首先立足饲料事业扩大销售区域，推动并先后成立了重庆双桥正大有限公司、广安正大有限公司、贵阳正大有限公司；在此基础上扩大业务经营范围，向养殖事业和食品事业方向延伸产业链，推动并先后成立了重庆正大农牧食品有限公司、贵州正大农牧食品有限公司、重庆正大蛋业有限公司、贵州正大蛋业有限公司、正大食品企业（上海）有限公司重庆分公司、正大食品企业（上海）有限公司贵州分公司、重庆正大好一点餐饮有限公司。

截至 2017 年，重庆、贵州区各公司总投资额近 7 亿元，年营业额超过 20 亿元。其中饲料产销量、蛋鸡存栏量、鸡蛋产销量、肥猪出栏量均在当地行业排名领先。由于始终坚持将产品质量视为企业的生命，经过多年的辛勤耕耘，品牌价值已深深根植在广大消费者心中，目前正大鸡蛋在重庆的销售量已超过 1 万吨 / 年，位居重庆市第一名。

第三代：高端饲料数字化生产车间（2018 年至今）

2015 年，重庆正大为了配合城市发展规划，响应国家生产企业进入工业园区的号召，启动迁建涪陵新厂项目，再次开启重庆正大生产车间升级换代和优质饲料生产基地化发展的新征程。

涪陵新厂项目位于重庆市涪陵工业园区，占地面积 55 亩，设计产能为 18 万吨 / 年，于 2017 年底建成投产。项目采用世界上最先进的中美合资 WEM–4000 配料系统，进口全自动高精度微量秤、药物秤和高效低耗破碎机，配置自动调压辊制粒机、混凝土方仓、无人操作自动打包机、码垛机械手、上车系统和地磅无人值守发货系统等 21 项新设备和新技术，是目前行业内自动化、智能化、机械化、专业化程度最高的现代化新型饲料厂之一，也是重庆市饲料行业的标杆工厂。

2018 年 6 月，涪陵新厂参加重庆市经信委推出的 2018 年重庆市数字化车间认定项目，通过区、市两级经信委审查、专家评审、社会公示等严格的审核程序，从数百家企业中脱颖而出，排名第 28，被成功认定为高端饲料加工数字化车间，也是成功认定的 76 家企业中唯一一家饲料生产企业，并获得重庆市政府 50 万元的奖励，充分奠定了重庆正大作为重庆市饲料行业标杆和龙头企业的重要地位。

正大集团进入中国 40 年来，始终把“重视科技，提升品质”作为发展理念。2018 年，谢吉人集团董事长在“正大集团 2018 年战略方向”中明确提出全面迈进“正大 4.0 时代”，并将数字技术、生物科学技术、可再生能源等作为集团全新的未来业务战略投资方

向。重庆正大紧跟集团经营理念和发展步伐，积极践行集团价值观中“不断创新”的要求，引进先进技术，不断升级换代，特别是涪陵新厂的建成投产，标志着重庆正大有限公司引领重庆饲料行业正式迈进工业 4.0 时代。

实现北易新跨越　再创大阳新辉煌

李飞舟

故事 074

洛阳北方易初摩托车有限公司（简称“北易公司”）是中国兵器装备集团洛阳北方企业集团有限公司与泰国正大集团易初投资有限公司合资经营的机械制造企业，也是河南省最大的中外合资企业之一。北易公司于 1992 年 3 月开业，投资总额为 10597 万美元，注册资本 5631 万美元，合资期限 30 年。2021 年 12 月 2 日，中外双方股东签署合同，北易公司合资续期 30 年。合资续期合同签字仪式举行当日，正大集团资深副董事长、易初工业集团董事长李绍祝致函北易公司指出，“北易公司走过了 30 年的历程，总体上讲是成功的，企业投资不但得到了收益，更重要的是对社会也有回报；通过这 30 年的发展，我们积累了很多经验，培养了众多人才，这是我们的优势和财富，我对北易公司的未来充满信心，相信北易公司将会迎来下一个辉煌”。

2022 年 3 月 1 日，是北易公司成立 30 年的日子，也是合资续期 30 年的开局之年。30 年风雨兼程，30 载春华秋实，作为一个中外合资企业，北易公司经历和见证了中国改革开放的辉煌成就，走出了一条国有企业引进外资、“嫁接”改造、转换机制、创新发展的路子。回顾北易公司的创新发展成长之路可分以下几个阶段。

一、利用“外资”，引进“技术”，与国际接轨的第一次创新

北易公司初期生产设施，是在合营中方股东中国洛阳嘉陵摩托车厂原有摩托车生产线基础上建立发展起来的。原有产品和生产设施落后，不能适应合资企业的发展。因此，利用“外资”，引进国外先进的摩托车产品和生产技术，对原有生产设施进行技术改造，从“新”做起，成为合资初期的首要任务。这个时期从 1992 年开始。鉴于中国摩托车产业处于起步发展阶段，北易公司先后投资数千万美元，进行了合资后的第一次创新改造。1992 年 4 月 18 日，北易公司与日本本田公司签订了关于引进制造两轮摩托车技术合作合同，引进了 C100N-CH 两轮摩托车产品、技术及发动机生产线。同时，也引进了欧美一些国家和地区先进的生产设备，对原有生产设施进行了大规模的技术改造，完成了摩托车总装配线、焊接线、涂装线、发动机机加线、铝压铸和浇铸线等技术改造项目，建成了 20400 多平方米的发动机、成车联合厂房和 11000 多平方米的涂装厂房。形成了年产摩托车 50 万辆的生产能力。自此，北易公司实现了在摩托车生产技术、工艺装备、产品性能和企业管理等方面与国际水平接轨的大跨越。

北易公司开业暨引进日本本田 C100 摩托车生产线开工庆典（照片由李飞舟提供）

二、扩大规模，增强实力，发展壮大的第二次创新

北易公司经过了 20 世纪 90 年代初期和中期的强势发展，也经历了 20 世纪 90 年代末期和 21 世纪初期的经营低潮，从 2002 年开始进入了复苏发展期。2005 年以后，北易公司逐步进入快速发展阶段。但是北易在产能规模、生产效率和管理等方面与中国摩托车行业的发展尚有差距。因此，扩大规模，增强实力，发展壮大，成为北易公司发展的重点。自 2007 年开始，北易公司进行了新一轮的以扩大产能为主要内容的技术改造，先后投资数亿元人民币，新建了 25000 多平方米的摩托车总部装厂房，11000 多平方米的铝合金铸造厂房及车架电泳涂装线、金属涂装线，9000 多平方米的综合经营大楼，4500 多平方米的摩托车检测中心大楼等，形成了

年产100万辆摩托车和120万台摩托车发动机的生产能力，为北易大阳品牌摩托车2008—2012年连续多年销量突破百万辆奠定了基础。

三、调整产品结构，自主研发，跨越发展的第三次创新

自2010年开始，中国摩托车行业发展进入饱和期，摩托车产品产销量开始逐年下滑，再加上两轮电动车和家用汽车等产品的冲击，摩托车企业举步维艰。面对这一现实情况，北易公司开始寻求产品结构调整和市场的突破。经过充分的市场调研和反复论证，北易公司确定了“以摩托车产品为基础，以四轮低速电动车为产品扩型升级突破点，通过与新能源动力及电机、电控制造优势企业合作，实现生产新能源四轮低速电动车和新能源汽车的发展目标”，实施了以调整产品结构、自主研发、跨越发展为核心的第三次技术改造。北易公司从2012年开始，先后投资数亿元，建成了新能源车辆研究院及新涂装工房、冲压焊接工房和四轮车总装及检测线、机器人涂装线、机器人焊接线等，并对厂区内相关生产线进行了扩能改造。2013年8月，北易公司成功推出第一代大阳CHOK四轮低速电动车，产品以其绚丽的视觉冲击和灵动的驾乘感受，为消费者提供了新型的出行方式，开启了崭新的交通工具消费热潮，同时，大阳巧客的面世，迅速受到全行业的关注。在河南省及洛阳市各级政府的大力支持下，北易公司大胆探索，稳步发展，五年来，大阳巧客及巧酷系列产品相继面世，北易公司成功实现了产品结构调整，在行业内产生巨大反响，取得了较好的经济效益和社会效益，也奠定了北易公司低速电动车行业领军地位。目前，北易公司

形成了年产大阳系列四轮低速电动车10万辆以上的生产能力，为北易公司形成新能源车辆生产基地，实现百亿梦想的发展目标，打下了坚实的基础。

2019年以来，北易公司不断地升级产品，丰富产品系列，用心打磨每一款产品，先后发布了多款经典产品：2019年，先后推出了大阳天昴DY200-6拉力、DY200-8复古、V锐300、V锐250等新品；2020年，公司再接再厉，突破技术壁垒，发布了搭载Vi-Core动力平台的V锐150、V锐125、VIBALL125等新科技产品；2021年，北易公司推出大阳ADV150和大阳ADV350两款新品。

按照发展规划，到2025年，北易公司将实现摩托车产销70万辆，低速四轮车和新能源汽车产销50万辆的目标，实现北易公司的百亿梦想，创造企业新的辉煌。

时间是最忠实的记录者，也是最客观的见证者。时间永远不会忘记北易人与企业风雨兼程、披荆斩棘，不断克服种种艰难的日子。

弹指一挥间——

30年激情岁月，我们共同走过；

30年创业诗篇，我们共同谱写；

30年喜怒哀乐，我们共同分享。

30年，我们携手并肩跨越雄关漫道；

30年，我们风雨同舟克服艰难险阻。

成绩已成过去，发展新篇章的序幕已经拉开。2021年12月2日，中国兵装集团洛阳北方企业集团有限公司、泰国正大集团易初投资有限公司签署洛阳北方易初摩托车有限公司合资续期 30 年合同，这标志着北易公司迈上了新的发展历程。

“长风破浪会有时，直挂云帆济沧海。”北易人不忘初心，坚定前行，以坚定的步伐昂首阔步迈向下一个 30 年——实现北易新跨越，再创大阳新辉煌！

上海正诚的“前世今生”

邵来民

故事 075

正大集团伴随中国改革开放的步伐而快速发展的故事，大家已经耳熟能详。如果说正大集团于1979年投资正大康地深圳饲料厂属于开山之作，那么之后在农牧食品行业其实经过了两轮大规模的投资活动。第一轮大规模投资是20世纪90年代的饲料厂密集投资，从1990年持续到1997年，其间共投资了30多座饲料厂。第二轮大规模投资开始于21世纪第二个十年，以养殖场、养鸡场、食品厂为主，至今仍在持续。集团在饲料、养殖、食品这些主营事业上的发展，开时代先河，可谓万众瞩目、有口皆碑。

其实，除了在主营事业领域的举措大开大合，在相关附属领域，集团也做了很多引领潮流的创举，引起的效应虽然无法与在主营事业领域的轰动相比，但它们就像大江大河中激起的朵朵浪花，也映衬出集团事业迅猛发展的壮丽辉煌。上海正诚机电制造有限公司是集团事业洪流中的一朵浪花。我两次在上海正诚公司工作，前

后共 10 年，几乎见证了上海正诚发展的全过程，有必要把上海正诚的“前世今生”介绍给大家。

缘起

如上所述，集团在 20 世纪 90 年代决定在中国大规模投资建设饲料厂，但当时我国的饲料机械行业还很落后，产业布局分散，各地的国有粮食机械厂产品低端，饲料厂工艺设计更落后。谢国民集团资深董事长高瞻远瞩，决定成套引进美国的设计、工艺、设备，以至全套钢结构厂房这一轮设备引进工作，历史性地落在上海正诚的投资主体——正大美国公司（CP–USA）肩上。CP–USA 是集团早期在纽约设立的贸易公司，坐落在纽约曼哈顿世界贸易中心大厦（9·11 恐袭事件中被毁，幸好公司员工毫发无损）。这一时期引进美国全套设备而建成的饲料厂共 35 座，它们是：吉林德大一厂、黑龙江、吉大小南厂、沈阳、北京二厂、石家庄、开封二厂、洛阳东方、南阳、武汉、襄阳、宜昌、岳阳二厂、怀化、长沙、内蒙古、陕西、兰州、乌鲁木齐、绵阳、双流、内江、桂林、南宁、昆明、青岛、连云港、南通如东、合肥、滁州、芜湖、南昌、九江、宁波、福州大福。

第一轮大规模投资的后期，CP–USA 报请集团批准，决定在中国投资属于正大自己的机械加工厂，在消化吸收美国工艺和设备的基础上实现饲料机械的自主制造，上海正诚应运而生。谢中民 Advisory 董事长亲自为公司题写名字，“上海正诚机电制造有限公司”几个遒劲的金色题字，至今仍然牢固地镶嵌在公司的大门上。据我所知，这也是集团在中国的投资项目中，最高层领导仅有的几个亲笔题字之一。“正诚”，摘取自《大学》中“格物、致知、诚意、正心”，寓意“正直诚信”，也就是集团六条价值观之一。

历程

上海正诚于1994年成立后，紧锣密鼓地投入饲料厂的承包建设工作中，1995—1997年，先后建设了重庆、葫芦岛、天津农牧、唐山、梅河口、敦化、佳木斯、吉林预混料、广汉预混料、永吉、赣州、淮阴12座现代化饲料厂，为集团节省了大量建设资金，开创了中国饲料机械行业的先河，使中国也具备了建设现代化饲料厂的能力（江苏牧羊集团、江苏正昌集团，这些当今的国内行业领军企业，当时还没有掌握这些技术；瑞士布勒公司也还没有进入中国饲料机械领域）。当时，上海正诚缺少懂得如何使用和建设现代化饲料厂的人才，我有幸被集团从饲料厂经理的位置上调到上海正诚，负责饲料设备销售和饲料厂建设工作。

在那个火热的年代，上海正诚几乎承办了历次中国区饲料厂厂长会议，每年两次，为集团饲料事业的发展作出了历史性贡献。在集团内取得成功之后，上海正诚也为同行业承建了十几座现代化饲料厂。

1998—2003年，随着我国饲料行业进入无序竞争时代，整个饲料行业投资放缓，集团在我国第一轮密集投资热潮业已消退，上海正诚的业务随之也走入低谷。此后，集团决定把制造养鸡设备的“天津正大机械公司”搬迁到上海，并入正诚；从此，上海正诚开启了养殖机械制造的时代。正诚依然走引进、消化吸收、替代进口的发展之路，为集团养殖场提供配套服务。

更生

量变积累成质变。2015年，谢国民集团资深董事长批准上海正诚承包养殖场建设项目。正诚采用国际上先进的EPC（Engineering Procurement Construction，即设计、采购、施工、试运行总承包）建设模式，目前已经为集团内和同行业成功建设二十余座大型养殖场，成为养猪行业公认的三大一线品牌（另两个都是欧美企业），为集团节约大量建设资金的同时，也为集团贡献了商业利润，实现了二十年后的更生。正诚近几年获得的荣誉和资质包括：“上海市高新技术企业”“上海市金属结构行业诚信企业”“钢结构工程专业承包二级资质”“建筑工程施工总承包三级资质”“十大猪场环保模式高效践行品牌”“CPS计算机智能配料系统软件著作权”，以及30多项国家专利。

上海正诚在深耕养殖场建设的同时，恢复了传统的饲料厂建设业务，也正在按照谢国民集团资深董事长的指示探索食品厂设备的开发，并正在建设致力于集团4.0战略的自动化和人工智能研发中心。2016年，以上海正诚为主体，结合上海正宜机器工程技术制造有限公司、上海鑫百勤专用车辆有限公司，成立了正大农牧食品企业中国区下属的“机电事业线”。

新时代，机电事业的使命——

我们为养殖场/饲料厂/食品厂提供精良的成套设备和总包交钥匙工程服务

我们的高性价比设备和服务，帮助用户实现经营生产的高效益

促进中国肉类食品行业向环境友好／资源节约方向快速良性发展

机电事业的愿景——

做正大集团农牧食品业的设备保障平台

做中国农牧食品企业的一流设备供应商

机电事业的管理理念和经营思想——

以奋斗者为本，与奋斗者为伍

销售是龙头、技术是核心、质量是生命、资金是血脉

增长是王道，追求客户、股东、员工三方共赢，实现员工收入与能力双提高

以人为本、以奋斗者为本，机电事业注重团队建设，设立了“传习大讲堂”，举办了“英才班”，初步建立了适应未来十年发展的核心队伍。2017 年，制定了机电事业五年发展规划——到 2022 年，成为三位一体的产业群（机电制造 + 成套工程 + 专用车辆）、年产值 20 亿元（进入中国畜牧饲料机械前 5 名）、劳动生产率 300 万／人／年（高出同行业一倍）、为中国区饲料厂／养殖场／食品厂提供设备咨询和维护保养服务。

在正大集团事业 4.0 的征程中，机电事业责无旁贷，在集团领导的统筹布局下，我们正在与欧洲、美国、日本、泰国，以及国内先进企业寻求合作，力求技术上兼收并蓄，推动落实谢国民集团资深董事长“人养设备，设备养鸡（猪）”的前瞻性理念。

机电事业全体员工正在勤学苦练、日夜兼程。

勺海有涯情无边

——记创建北京大学正大国际中心的历史往事

薛增一

故事 076

北京大学的校园内有一个叫“勺园”的地方，坐落于北京大学校园的西侧。

明朝万历年间，北宋著名书画家米芾的后裔，明代著名书画家、政治家米万钟在原是荒原的这块土地上修建了一处园林，面积百亩，“细流潆洄，湖泊连属，岗峦起伏，林木幽深”。因其水源来自西边的湖泊海淀，故以“海淀一勺”之意，给园林起了一个独具特色的名字叫“勺园”，故址在今北京大学勺园群楼的北侧，目前尚有池塘、曲廊、假山等，多为近现代所建。

清初，勺园翻新重建，名“弘雅园”，1793 年英国派遣的马戛尔尼使团来中国的时候就居住在这里，勺园因此成为中国最早接待外国使团的食宿场所。

十分巧合的是，如今的勺园，也是一处以食宿接待为主的场所，隶属于北京大学会议中心，由北京大学会议中心统一管理和经营，是一处以接待外国学者、留学生为主的综合性国际交流和接待场所。

目前的勺园一共由 9 栋楼组成。其中的 7 号楼、8 号楼、9 号楼组成了勺园中的“北京大学正大国际中心”。

那么，“北京大学正大国际中心”是怎么个由来呢？

且听我慢慢道来。

2020 年 10 月 21 日上午，我按照约定的时间，来到北京大学正大国际中心，拜会和采访了已退休多年、北京大学原外国学者留学生处处长的黄道林老师。

黄老师 1938 年出生于广东省潮州市饶平县，1958 年考入北京大学物理系读书，毕业后留校当老师，一直工作到退休。

我于 8 年前的 2012 年 7 月 12 日和黄老师见过一次面，那时北京大学正大国际中心管理委员会召开会议，正大集团方面李绍庆先生、谢毅先生、吴汉泉先生、马钧先生，还有我，一起参加了这次会议。今天再见面时，看到已经 82 周岁的黄老师还是那样的精神矍铄、健康干练，我十分高兴地向他问好、致意！

事先，我给黄老师发了一个拟就的采访提纲，看来起了作用，黄老师带来了一大本他收存、保留的有关正大集团与北京大学交往的资料和照片，十分珍贵难得。

寒暄之后，我们坐下来，黄老师笑容可掬、和蔼谦虚地结合着他带来的资料和照片，为我们娓娓讲述了他亲身参与、操办的创建北京大学正大国际中心的难忘故事。

1992 年，北京大学为了适应国际交流的日益扩大和国外来北大交流的学者及读书的留学生不断增加的实际情况，计划建造勺园 7 号楼、8 号楼。7 号楼、8 号楼总投资当时估算约为 3680 万元。可是当时学校资金紧缺，没有这笔钱。为了筹措资金，校方先后与多家海内外的企业、学校、团体联系，商谈筹资捐款事宜，但均因对方开出的条件过高或资金不足等原因，没有谈成。

最后，经北京大学多渠道努力和商榷，为项目动工筹措了两笔启动资金。

一笔是 1992 年 6 月与日本一所大学商谈，由日本这所大学预付留学生学费、住宿费等费用 80 万美元，在七年内用日本这所大学派来的留学生所需的各项费用冲抵。1993 年双方签订了合作协议。

还有一笔，是经香港的捐赠方同意，暂借了香港一家企业捐赠给北京大学作为对外教育交流基金的 100 万美元。北京大学与捐赠方约定，分五年由北京大学勺园管理处将这笔钱全额归还给北京大学对外教育交流基金账户。

这两笔合计 180 万美元的资金，按照当时约 8.6 的汇率计算，相当于 1500 万元人民币。

有了这两笔启动资金，1993 年勺园的 7 号楼、8 号楼就先行动工了。

但是，这两笔启动资金本身就是预付或借来的，借款要按时归还；与此同时还差大约 2200 万元的资金没有着落。

结果，工程建设不到一半，钱就没有了。为此，1994 年 8 月 1 日，北京大学基建处和勺园管理处联名向罗豪才副校长、李安模副校长，以及北京大学财务处写报告，称目前缺口的投资仍然没有着落，建设资金已经严重影响了工程进度，在争取境外捐款无望的情况下，恳请学校尽快采取贷款措施或其他应急办法，以保证工程不停工，能够顺利进行。

在这之前的 1994 年 1 月，北京大学罗豪才副校长随全国政协华侨委员会考察团访问泰国，其间参观访问泰国正大集团曼谷总部的时候，见到了时任正大集团董事长的谢国民先生。罗豪才副校长向谢国民先生提出，希望正大集团能够支持北京大学的建设和发展，谢国民先生当即表示可以考虑。

就在罗豪才副校长收到这份基建处和勺园管理处联名写来的申要建设资金的报告时，他再次想到了正大集团。1994 年 9 月 19 日，罗豪才副校长提笔给正大集团永远荣誉董事长谢大民先生写了一封信，希望正大集团能够资助勺园 7 号楼、8 号楼的建设。我听黄老师讲，当时北大方面想，能够请正大集团捐赠数十万美元，就算达到目的了。

谢大民先生收到这封信后，经正大集团谢正民先生、谢大民先生、谢中民先生、谢国民先生四位领导商议，同意帮助北京大学建设勺园 7 号楼、8 号楼，希望北京大学进一步提出项目预算和捐赠合作方案。

北京大学收到这个信息后，立即向正大集团提交了 442 万美元的总预算，按当时约 8.6 的汇率，大概折合人民币 3800 万元。

正大集团当即同意给北京大学赞助一半，即 221 万美元。罗豪才副校长、黄道林老师等北大领导喜出望外。

北京大学校长办公室

Office of the President

PEKING UNIVERSITY

Telephone 282171 (SB)

Telex 22239 PKUNI CN

正大集团董事长

谢大民先生:

您好!

今年元月初,我随全国政协华侨委员会考察团在泰国访问期间,有幸到正大集团总部参观,并受到国民先生的热情接待。百闻不如一见,正大的企业精神给我留下了极其深刻的印象,我觉得,正大的成功离不开科学的管理方法以及领导人的聪明才智。

那次参观过程中,我和国民先生探讨过正大集团支持北大教育事业的可能性。当时,国民先生以积极的态度表示予以考虑。

近年来,外国留学生及港澳台学生申请来北大学习的人数大量增加,但由于住宿条件的限制,许多优秀的学生不能入学。为尽快解决这一矛盾,去年十二月,我们开工修建两幢留学生宿舍楼。目前,施工进行了一半,但后续资金严重缺乏。有些海外朋友解囊相助,如果贵集团能大力赞助,以解燃眉之急,我们将非常感激。这两幢宿舍楼计划在明年夏天建好,明年秋季我们就可以多招收200名留学生。

作为一个教学和科研单位,北大愿在人才培养和技术开发等方面与正大集团进行合作。我们将一如既往地为正大职员、及其子弟来北大学习创造条件。

我诚恳地邀请阁下和国民先生在方便时来北大参观访问,并为我校学生作讲演或座谈。我相信,你们一定能给我们的学生以启迪和教益。

我期待着阁下的回音。

顺祝

中秋节好!

北京大学副校长 罗豪才

罗豪才

一九九四年九月十九日

罗豪才致谢大民的信函(照片由薛增一提供)

接下来，正大集团以陈定国先生为主，北京大学以罗豪才副校长和黄道林老师为主，就捐赠和合作协议的细节，进行了沟通、商谈。罗豪才副校长是北京大学与正大集团友好合作的开创者和主要贡献者。

1995 年 10 月 27 日，时任北京大学校长吴树青和时任正大集团资深执行副总裁陈定国，分别代表双方正式签订了《北京大学及正大集团合作成立“北京大学正大国际中心”协议书》。时任正大集团总裁谢中民作为见证人签字。

照片中从左至右为罗豪才、谢中民、闵维方、黄道林（照片由薛增一提供）

合同约定，7 号楼、8 号楼总建筑面积 10519 平方米，建设资金由正大集团资助 50% 即 221 万美元，中心建成后按照企业化经营方式进行管理和经营，每年盈余甲、乙双方各分得 50%，其中北京大学方分得的部分由校方自定用途，正大集团方分得的部分全部用于北京大学的教学、科研、改善教师和员工待遇、设立奖教金和奖学金等。也就是说正大集团不拿走一分钱。并约定在 7 号楼门厅外墙和接待大厅永久悬挂“北京大学正大国际中心”的铜牌。双方还成立了北京大学正大国际中心管理委员会，各委派三位委员，并指定一位为委员会联席主席。北京大学委派的三位委员分别是时任北京大学常务副校长闵维方并任联席主席、时任北京大学常务副校长迟惠生、时任北京大学外国学者留学生处处长黄道林。正大集团委派的三位委员分别是时任正大集团资深执行副总裁、农牧企业总裁李绍庆（泰国籍）并任联席主席，时任正大集团资深执行副总裁、总裁室主任陈定国（中国台湾籍），时任正大集团资深副总裁、财务长刘润强（中国香港籍）。按照合约，正大集团还委派了一位财务主管马钧（中国安徽籍）在北京大学正大国际中心与北京大学委派的财务人员一起工作。而马钧的薪资则全部由正大集团北京总部承担，不在北京大学正大国际中心列支。至今马钧已经在北京大学正大国际中心辛勤工作 25 年多了，现任北京大学正大国际中心副总经理。由于人员变化，经正大集团资深董事长谢国民批准，2012 年 7 月 12 日正大集团方面新委派了三位管理委员会委员，谢毅（中国北京籍）并任联席主席、吴汉泉（泰国籍）、薛增一（中国安徽籍）。

黄老师在介绍北京大学正大国际中心正式签约的情景时说，正大集团答应资助 221 万美元后，在双方没有任何书面约定之前，就按照工程需要陆续把钱全部拨付给了北京大学，确保了正在进行的建设工程没有停工。对正大集团的大爱、诚信，黄老师一再说他十分感动。

1996 年 4 月，在正大集团的大力支援下，北京大学正大国际中心 7 号楼、8 号楼顺利竣工，全面投入使用。

1996 年，北京大学根据留学生规模还在进一步扩大的实际需求，提出要建设勺园 9 号楼、10 号楼。为此，时任北京大学校长陈佳洱于 11 月 20 日写信给时任正大集团总裁谢中民，希望正大集团继续支持北京大学建设 9 号楼、10 号楼，以满足留学生不断扩大的需求，同时也为 1998 年的北京大学百年校庆献礼。

北京大学提出的方案是，新建 9 号楼、10 号楼，共计 6500 平方米，需要资金 2680 万元，计划从三个方面筹款，一是 1996 年、1997 年、1998 年这三年 7 号楼、8 号楼的经营利润中属于正大集团支配的 50% 部分，以及这三年计提的 7 号楼、8 号楼的折旧费，约 1000 万元；二是向正大集团借款 1350 万元，借款期限三年；三是勺园管理处从盈利中投资 330 万元。

1996 年 11 月 28 日，谢中民先生收到陈佳洱先生的信及信中所附的新建 9 号楼、10 号楼建设规划和筹款方案请求后，立即同意了，并且承诺正大集团借给北京大学的 1350 万元在三年借款期内全部免息。黄老师说，当时资金市场的融资利息很高呢，都在 10% 以上，正大集团的诚意和善举再次令北京大学方面十分感动。

1998 年 5 月，北京大学正大国际中心 9 号楼在北京大学百年校庆前竣工投入使用，成为北京大学百年校庆的献礼工程之一。10 号楼因北京市政府规划所限未被批准而没有建。

有关正大集团给予北京大学的无息借款，则由于 10 号楼未被批准建设，实际借款为 1100 万元，并于两年后就如数归还。

北京大学校长办公室
Office of the President
PEKING UNIVERSITY

Tel:86-10-62751201
Fax:86-10-62751207

泰國正大集團公司
尊敬的謝總裁中民先生:

久仰先生大名，卻一直無緣相見．今馳函專邀先生于十二月初來北京大學，共同慶祝貴我雙方合作建設的中心（勺園七、八號樓）落成，并爲典禮剪彩．

勺園七、八號樓的建成，使我們進一步擴大招收海外學生的能力，并且改善了國際學術交流的條件．自試營業以來，效益非常好，得到了普遍的好評．因此，此次慶祝活動，既是慶祝北大和正大初次合作的成功，也是祝願貴我雙方合作進一步發展壯大．

正大集團公司是海外華人實業的杰出代表．作爲一位成就卓越的實業家，先生的美名早已遠播于海內外．我代表北京大學誠懇地邀請先生，在十二月初來校時或者其他方便的時候，爲我校經濟學院和管理學院的學生作一次講演，介紹正大集團的創業歷程以及經營管理的經驗．我相信，北大的學生定能深受教益．

我自今年八月份接任校長一職，深感任務之艱巨．我和我的同事們都認爲，北京大學的進一步發展離不開各界朋友的關心和支持．再過一年多的時間，即一九九八年五月四日，將是北京大學一百周年華誕，我們將舉行一系列的紀念活動．爲此，我們計劃再建兩棟留學生樓，即勺園九號樓與十號樓，以滿足更多留學生來北大學習的願望．目前存在的問題是資金嚴重不足，我們正在想辦法籌集資金．我真誠地希望繼續得到正大集團更大的支持．我已囑有關部門就兩樓建設資金的籌措及償還問題起草了一個報告，現將該報告附上，供先生參考．

我期待與先生在北大會面．望早日告知行程，以便及早安排在校活動．

順　頌

冬　祺！

北京大學校長
陳佳洱
1996年11月20日

陈佳洱致谢中民的信函（照片由薛增一提供）

值得一提的是，2002 年，时任北京大学党委书记闵维方率团访问印度尼西亚，得到了谢中民先生的热情接待，并从印度尼西亚购买了五幅珍贵的油画作品赠送给北京大学代表团。目前，这五幅珍贵的油画作品还悬挂在北京大学正大国际中心。

据黄老师和马钧先生回忆，北京大学正大国际中心是当时和其后一个时期内北京大学最好的接待场所，没有之一，因此很多重要的国内和国际接待活动都安排在这里，包括 1998 年 4 月江泽民同志到北京大学考察工作，2001 年泰国诗琳通公主在北京大学进行为期一个月的研究和学习及此后她多次来北京大学访问，2007 年 3 月日本首相海部俊树来北京大学访问，等等。北京大学正大国际中心见证了很多北京大学的重要历史事件。

令黄老师十分难忘的还有谢国民先生和谢中民先生联袂走进北大的那一次，这也是谢国民先生第一次来到北京大学参观访问。

那是 2000 年 7 月 7 日，应北京大学的盛情邀请，谢国民先生、谢中民先生抵达北京大学访问。校方为此做了充分的准备，给予正大集团两位领导热情而盛大的欢迎。

先是在北京大学正大国际中心举行仪式，授予谢国民先生、谢中民先生“北京大学名誉董事”和“北京大学杰出教育贡献奖”。仪式由时任北京大学常务副校长闵维方主持并致欢迎词，校方向谢国民先生、谢中民先生分别颁发了“北京大学名誉董事”和“北京大学杰出教育贡献奖”证书，学生代表向谢国民先生、谢中民先生献花，谢国民先生发表了致谢词等。

然后，谢国民先生、谢中民先生出席了校方主办的纪念中泰建交 25 周年学术研讨会。泰国驻华大使、中国外交部亚洲司领导、

照片中在主席台就座的有何芳川（时任北京大学副校长，正在发言者，左一）、谢中民（时任正大集团总裁，左三）、倪琨·谭德萨 Nikhom Tantemsapya（时任泰国驻华大使，左四）、闵维方（时任北京大学常务副校长，左五）、谢国民（时任正大集团董事长，左六）、裴晓睿（北京大学泰语专家，右一）等（照片由薛增一提供）

谢中民先生分别致辞，部分高校和中国社会科学院的有关专家、学者作学术报告、发表讲话，等等。

活动还安排谢国民先生、谢中民先生参观了北京大学赛克勒考古与艺术博物馆、生命科学院蛋白质与植物基因工程国家重点实验室，以及北大校园等。

我查阅了当天参加活动的人员名单，正大集团谢吉人先生、卢岳胜先生、李绍庆先生、李绍祝先生、谢炳先生、杨小平先生等也参加了当天的活动。

北京大学正大国际中心是中泰一家亲在北京大学的一个纽带

和窗口，撰写了中泰友好的新篇章，铭记着正大集团对北京大学无私的支援和帮助，寄托着谢正民先生、谢大民先生、谢中民先生、谢国民先生四位泰籍华人对祖籍国教育事业的关爱和情怀，见证了北京大学国际交往的许多重要史事。

北京大学是中国与世界交流的具有代表性的重要桥梁和窗口之一。北京大学与正大集团的合作，既是大学与企业两个单位合作的典范，同时也是中国和泰国两个国家友好的象征。正大集团作为中泰两国的友好使者，秉持“利国利民利企业”的三利原则，将一如既往地支持中国的教育事业，为推进中泰友谊和经济、社会交往，贡献更多的力量。

在新装修的北京大学正大国际中心7号楼正门前拍照留念，从右至左：马钧、张曙晖、黄道林、薛增一、李栩源（照片由薛增一提供）

黄道林老师是北京大学与正大集团友好交往的直接参与者和历史见证人。采访结束临别时，我们与他在 2018 年新装修的北京大学正大国际中心 7 号楼正门前拍照留念，祝愿黄老师身体健康、万事如意！

这就是北京大学勺园群楼中由 7 号楼、8 号楼、9 号楼组成的“北京大学正大国际中心”的由来。

（本文刊于《北京大学》校报）

以茶为媒，赋能蒙顶山茶产业发展的龙头力量

——正大茶业发展纪实

故事 077

钟崇斌

落户蒙顶山

1995年，正大集团谢大民永远荣誉董事长到四川考察，在时任四川省委书记谢世杰的主持下，正大集团与四川省委、省政府达成了正大集团扶持四川农业产业及扶贫的规划。曾任雅安地委书记的谢世杰还亲自邀请并陪同谢大民永远荣誉董事长赴雅安考察，大力介绍雅安蒙顶山茶产业发展情况，以及迫切需要龙头企业带动当地农民增收致富的境况。他希望正大集团能够来雅安开展扶贫投资，助力雅安特色农业经济发展。

蒙顶山茶是中国历史最悠久的茶叶之一，其种植历史可追溯到西汉时期，距今已有2000多年的历史。因为品质优异，自唐至清，它一直被列为贡品。然而，在20世纪90年代，蒙顶山茶虽名

气还在，但其发展境遇不尽如人意。那时，蒙顶山茶区多以家庭作坊式经营为主，制茶设备陈旧落后，加工水平较低，且茶农缺乏品质管理意识，致使产出的茶叶质量良莠不齐，加之受限于当时的物流条件，茶叶长途运输困难重重，使得蒙顶山茶在市场竞争中处于劣势。此外，当时国家对茶叶征收农业特产税，这一政策因素也使得雅安当地农民更愿意种植粮食作物，而非茶叶。

为了响应谢世杰书记的号召，推动雅安茶产业发展，实现农民增收脱贫，谢大民永远荣誉董事长决定在雅安蒙顶山开展茶产业扶贫，为当地大力发展茶业这一特色经济助一臂之力。

从雅安考察结束后，谢大民永远荣誉董事长联系了他的茶友陈文龙。陈文龙在中国台湾省台北市的一家茶楼任总经理，谢大民永远荣誉董事长到台湾出差时经常光顾他的茶楼。谢大民永远荣誉董事长与陈文龙交流了到蒙顶山开展茶产业扶贫的想法，并商议引种当时在东南亚经济价值较高的青心乌龙到蒙顶山培育。

1995 年 9 月 2 日，正大集团与雅安市政府在名山百丈湖宾馆就开展茶产业扶贫进行洽谈，并签订了《中外合资意向书》，意向成立名山正大茶叶有限公司。随即，集团聘请了陈文龙，以及来自台湾南投鹿谷、负责种茶制茶的康宪武和来自台湾台北、负责茶叶精制加工的曾顺德组成专家团队，赴雅安蒙顶山实地考察，随专家们同行的还有一行李箱的台湾青心乌龙枝条。枝条被栽种到中峰牛碾坪进行培育，共育了 3 分地，在专家们的精心指导下，茶苗成活率较高。引种培育的成功，让大家信心倍增，谢大民永远荣誉董事长正式确定由集团植物一条龙企业负责筹备成立名山正大茶叶有限公司有关事宜，并指派集团植物一条龙企业中国区负责人邱泉斌总裁与陈文龙一同负责洽谈合资事宜。

经过专家团队的多次考察，以及与当地政府多次洽商后，1995年11月28日，正大集团与名山县政府正式签署了合资经营合同及公司章程，决定由四川省蒙山茶叶集团公司（名山县政府为引资正大集团而专门组建的）和泰国正大集团联合发展供应有限公司合资经营名山正大茶叶有限公司，注册资金500万元。其中，中方四川省蒙山茶叶集团公司出资125万元，占比25%；外方泰国正大集团联合发展供应有限公司出资375万元，占比75%。

1995年12月28日，名山正大茶叶有限公司在工商部门登记，时任名山县（现为名山区）副县长何国莲担任公司法人，陈文龙担任总经理。1997年4月，名山正大茶叶有限公司正式投产，它不仅是雅安地区最大的茶叶企业，也是四川第一家外资茶叶企业。

1996年3月31日，谢大民永远荣誉董事长（前排右三）在名山正大茶叶有限公司总经理陈文龙（前排右四）等的陪同下考察种植基地（照片由名山正大茶叶有限公司提供）

2016 年，名山正大茶叶有限公司进行了股东调整，调整后公司外方股东是正大畜牧投资（北京）有限公司，中方是雅安市名山区国有资产投资经营有限责任公司。公司经营班子，进一步厘清了经营思路，为以后的良好营运打下了基础。

“公司 + 农户”，走共同致富道路

名山正大茶叶有限公司自成立之初就引入正大集团成熟的“公司 + 农户”的运营模式，该模式上联名山正大茶叶有限公司，下联种植农户，通过回购种植农户的鲜叶，带动农户致富增收。公司现自有茶树母本示范园 130 亩，推广基地种植 1000 余亩，带动农户 700 多户，采茶期带动就业 3000 多人次，为推动雅安市茶叶种植面积由不足 5 万亩发展到现在的 100 万亩起了一定的带头作用，具体方法如下。

一是公司自成立之初就在中峰牛碾坪设立了 130 亩茶树母本示范园，并分别从中国台湾和福建引种青心乌龙、金观音和铁观音等优良茶树品种，聘请台湾茶叶专家现场指导培育，这些品种经公司专业技术人员培育试种成功后推广给农户种植。公司在引种青心乌龙茶的过程中，也带来了台湾先进的乌龙茶种植技术和加工工艺，提高了当地茶叶种植和加工的整体水平。

公司第一任总经理陈文龙自 1995 年 11 月完成公司前期筹建工作后，至 1998 年 10 月离开正大；1998 年至 1999 年，公司聘请了福建省茶叶研究所的、有多项茶叶研究成果的黄修岩为技术专家；2000 年，公司又聘请台湾张氏兄弟张永昌、张浴勇为技术顾问，特别是张永昌，在公司服务了十年，直至 2010 年合同

到期才离开。此后，公司没有再外聘技术专家，一直由公司自己的技术团队负责茶叶各项技术，并且研发出百年茶系列、颗粒红茶系列新品，多次获国内外评茶大赛金奖和特别奖，得到消费者好评。

二是公司采用“五统一”方法推广种植茶，即统一培育种苗、统一技术培训、统一病虫害预防、统一技术指导、统一回购，该方法减少了交易环节，免除了农户远距离去卖茶及产生茶价波动的后顾之忧。

公司深知农户在种苗培育和种植技术方面的不足，于是在推广种植之初，就主动承担起培育种苗的重任。公司在中峰牛碾坪设立专业的种苗培育基地，运用先进的种植技术和科学的管理方法，精心培育出了优质的青心乌龙茶叶种苗。这些种苗具有良好的适应性和抗病性，为后续的茶叶种植奠定了坚实基础。同时，公司为农户提供全面的技术服务指导，组建了一支由台湾资深专家和公司技术骨干组成的服务团队。他们深入田间地头，与农户面对面交流，根据不同的土壤条件、地理位置为农户制定个性化的种植方案。

为了确保茶叶种植的标准化和规范化，公司实行统一培训制度。每年定期组织农户参加专业的茶叶种植培训课程，邀请行业内的专业技术人员授课，内容涵盖茶叶种植、施肥、修剪、病虫害防治等各个方面。通过系统性的培训，农户不仅掌握了先进的种植技术，还增强了科学种植的意识。

公司技术服务团队指导农户种茶（照片由名山正大茶叶有限公司提供）

在病虫害预防方面，公司坚持“预防为主，防治结合”的原则，实行统一病虫害预防措施。公司提前制订病虫害防治计划，统一为农户提供高效、低毒的农药，并指导农户正确使用；同时还建立病虫害监测预警系统，及时掌握病虫害的发生动态，做到早发现、早防治，有效降低了病虫害对茶叶的危害。

在种植过程中，公司分批分片安排专职种植技术人员进行现场指导。这些技术人员具有丰富的经验，他们深入茶园，实时观察茶叶的生长情况，及时解决农户在种植过程中遇到的问题。无论是茶树的修剪、施肥，还是采摘时机的把握，技术人员都能给予农户细致入微的指导，确保茶叶的品质和产量。

为了消除农户的后顾之忧，保护农户的利益不受损，公司还与农户签订了种植回购协议，承诺按合同标准统一到现场回购农民的鲜叶，并及时统一支付鲜叶款，绝不向农户打白条。

正大集团的“公司 + 农户”模式，为农户提供种苗和技术支持，确保农户的茶叶有稳定的销售渠道，让农户无须为茶叶的销售奔波，也不用担心茶价的波动，能够全身心地投入茶叶种植中。这种模式不仅保障了农户的利益，也提高了农户的种植水平，推动了当地茶产业的发展。

三是农户与公司合作 20 多年，不仅成长为种植技术能手，还获得了稳定且高回报的收入，为带动当地茶叶产业发展起到了良好的示范作用。

1996 年，公司开始正式育苗并推广种植。1998 年至 2000 年间，公司分别在名山县的黑竹乡、廖场乡、红星乡、中峰乡、万古乡建立了推广种植基地，种植青心乌龙茶达 1000 亩以上，带动当地农户达 700 余户。那时，农户种植大春小春农作物一年的收入为 500—600 元，种植正大的青心乌龙茶后，年销售茶叶收入达 4000 元（春茶收入 2000 元，夏秋冬茶收入 2000 元），提增了 8 倍左右。每亩地年均收入从种粮的 500 多元增加至每年 3000 元以上；发展至今，农户种植茶年单价每公斤从 10 元提高到了 20 多元，收入也增加到每年 7000—10000 元，其中春茶就能实现 4500 元 / 亩左右的收入。收入的增加极大提高了农户的种茶积极性，也推动了雅安市茶叶种植规模快速增长。资料显示，1999 年之前，雅安茶叶种植面积不到 5 万亩，到 2021 年，全市茶叶种植面积已达 100 万亩。

农户在公司茶园种植基地采茶（图片由名山正大茶叶有限公司提供）

为了给当地创造更多的就业机会，每到采摘期，公司还会外聘人员进行采茶，解决当地用工难题。在公司母本园，每到4、5月春茶采摘期，公司每天外聘用工约150人次，春茶采摘期约为15天，累积用工约2350人次；6月至10月采摘期，公司用工约3000人次。进行茶叶加工时，公司也会外请临时用工人员，每年约800人次以上。据不完全统计，公司工厂每年外聘临时劳务用工人员支出超过15万元。

正大集团蒙顶山茶产业扶贫项目，真金白银地增加了当地农民的收入，不仅培养了大批农民种植能手，还构建了从茶叶种植、采摘、加工到销售、茶文化旅游等的完整产业链。这一产业链的形成，推动了当地茶产业的多元化发展，为区域经济的繁荣和农民生活水平的提高作出了积极贡献。

四是公司坚持以“以人为本、顾客至上、健康产品、追求卓越”为品质目标，于1996年率先引用喷灌技术，建立喷灌系统示范有机生态茶园，并在当地90%以上茶企还利用燃煤加热制茶时，就率先采用液化气作为燃料加温杀青。该方法虽然成本较高，但供热稳定可控，既在生产中稳定了产品质量，又有利于环境保护。近年来，公司按质量体系认证要求又更新了多台设备，并调整了工厂加工车间布局，全面达到了各项质量认证要求。

2006年，公司成为蒙顶山茶区第一批绿色食品认证企业；2015年获得GAP（良好农业规范）认证，是雅安蒙顶山茶区第一家获得该认证的茶企。在公司的带动下，雅安市越来越多的茶产品获得了“绿色认证”。数据显示，截至2021年，雅安市全国绿色食品原料（茶叶）标准化生产基地达45.8万亩，茶叶认证绿色食品339个，认证基地面积和个数居四川省第一。

五是公司从台湾引种青心乌龙茶，打破了蒙顶山茶区长期以来仅有绿茶和藏茶产品的单一格局，丰富了茶产品种类，优化了当地茶产业结构，实现了产业的多元化发展。作为四川首家专业生产青心乌龙茶的企业，公司成功打造了蒙顶山茶区独特的茶叶品牌，进一步丰富了“蒙顶山茶”的品牌内涵，为推动“蒙顶山茶”区域公用品牌价值提升发挥了积极作用。2021年，中国茶叶区域公用品牌价值专项评估结果公布，“蒙顶山茶”连续五年入围全国十强，品牌价值达40.99亿元，持续保持四川茶叶第一品牌。

此外，青心乌龙茶的引种还促进了海峡两岸的文化交流。以青心乌龙茶为纽带，两岸茶文化得以深度融合，不仅让更多人领略到台湾乌龙茶的独特魅力，也将蒙顶山的茶文化传播至台湾地区。

屡获殊荣，为蒙顶山茶增光添彩

作为当地茶业龙头企业，名山正大茶叶有限公司一直是地方茶企业中的纳税大户；在茶文化方面，乌龙茶在茶区的成功培育及加工出优质产品，使得传说中产于蒙顶山茶产区的罗汉沉香乌龙茶得以传承，让蒙顶山茶区拥有了半发酵茶——乌龙茶的历史，集团在蒙顶山茶产区投资设立茶叶企业真正带动了地方茶产业发展，使农民、员工和企业实现三方多赢。

公司是雅安地区首批获QS生产证书企业及绿色食品认证企业，是雅安茶叶企业中唯一一家通过了国家GAP良好农业规范认证的企业，并且已经通过ISO9001质量管理体系及HACCP体系认证。

公司“正大名茶－高山乌龙茶”早在2003年即在中国国际星级茶王大赛中被评为“五星级国际茶王”。近年来，公司产品也在多届世界茶联合会举办的国际名茶评比，以及中国茶叶协会主办的“国饮杯”“中茶杯”等茶评大赛中斩获特别奖、金奖和银奖等。

蒙顶山茶区优越的自然条件、优良的茶树品种，加之先进的设备，精细的采摘工艺，精湛的加工工艺，严格的管理，造就了正大名茶的卫生、健康、无污染。蒙顶山乌龙、正大乌龙、正大铁观音、正大蒙顶山系列红茶、蒙山系列名优绿茶等特色产品依托正大集团，立足四川，在国内拥有一批忠实的消费群体。公司也通过淘宝、天猫店及企业店树立品牌形象，开拓了客源，部分产品还远销泰国、新加坡、马来西亚等国家和地区。

2021年，名山正大茶叶有限公司重新梳理了产品，推出了正大百年系列高品质产品，这不仅是对正大品牌历史的致敬，更是公司产品战略的一次重要升级，是集团对茶叶事业未来发展的深远布局。站在集团第二个百年发展新起点上，在正大集团资深董事长谢国民、董事长谢吉人的领导下，公司将继续发挥自身优势，深化产品品类提增转型、快消品规模化整合和可持续发展战略，持续加强与政府、农户以及社会各界的合作，提升市场竞争力，实现跨越式发展。

助力茶产业发展，贡献正大一份力量

在谢世杰书记和谢大民永远荣誉董事长的倡议和推动下，正大集团以一份责任和使命，不断推动雅安茶产业做大做强。从1995年起，历经二十余年发展，名山正大茶叶有限公司，从“一片叶”到“一条链”，已经发展成为集茶叶培育、种植、加工、销售、茶文化推广于一体的综合型茶产业公司。

二十余载，公司不断发展壮大。目前公司注册资本3030万元；拥有员工20人，其中高级技术人员6人、评茶员5人、高级制茶工4人、茶艺师2人、检验员1人；年可采摘独有的乌龙茶原料（鲜叶）100吨、可生产乌龙茶成品20吨；可采摘独有的红茶原料（鲜叶）25吨、可生产红茶成品5吨；公司建立了由高级评茶师和高级制茶师组成的创新研发团队，以“求精创新”的理念研发出正大百年系列茶品、蒙顶山乌龙、正大乌龙、正大岩韵蜜香红茶、正大蒙顶红茶、正大青红萃红茶、正大品红儒红茶、正大系列名优绿茶等特色产品，远销全国各地及泰国、新加坡、马来西亚等国家和地区，并已试制成功茶饮料待推广；历年公司缴纳税款总计近 3000 万元，为当地经济发展作出了自己的贡献。

二十余载，公司通过“公司 + 农户”模式，不仅带动了蒙顶山茶区农民脱贫致富，还推动“蒙顶山茶”实现了规模化、品牌化、产业化、链条化升级，为雅安脱贫攻坚、乡村振兴作出了重要贡献。2021 年，雅安市拥有茶园面积 100 万亩，茶叶总产量近 10 万吨，综合产值超过 200 亿元，茶园面积、产量、产值均居全省前列；蒙顶山茶销往全国 34 个省（区、市）以及全球 33 个国家和地区；全市 25 万农户从事茶产业，茶产业助农增收人均超过 8000 元，占茶农人均可支配收入的 50% 以上。“茶叶变金叶”“茶山变金山”，在名山正大茶叶有限公司的引领带动下，茶产业已然成为雅安的特色优势产业、乡村振兴的重点产业、经济发展的支柱产业和实实在在的富民产业。以茶为媒，全力推进乡村振兴的美好画卷正在雅安奋力书写。

2021 年，习近平总书记提出了“三茶”统筹发展重要理念，强调要统筹做好茶文化、茶产业、茶科技这篇大文章，坚持绿色发展方向，强化品牌意识，优化营销流通环境，打牢乡村振兴的产业基础。依托蒙顶山独特的地理优势、自然资源优势和深厚的历史文化底蕴，名山正大茶叶有限公司将不断发挥自身优势，做好茶产业、发展茶文化、推广茶科技、打响茶品牌，为雅安茶产业发展注入新的、强大的活力与动能，助力蒙顶山茶产业做大做强，推动地方经济与产业可持续发展。

情系大凉山　万里送光明

——正大集团捐资助力凉山州脱贫攻坚记

故事 078

赵铭

四川省凉山彝族自治州，曾是我国最大的集中连片深度贫困地区之一，在其6万多平方千米的土地上，养育着400多万凉山儿女。1994年，凉山全州还有210万人口处在温饱线以下，全州17个县市，集中连片的贫困区域达4万多平方千米，凉山也因此被国家列为重点扶贫地区。

反贫困是古今中外治国安邦的一件大事。1994年4月15日，国务院发出《关于印发国家八七扶贫攻坚计划的通知》。计划力争在20世纪最后7年（从1994年到2000年），集中力量，基本解决目前全国8000万贫困人口的温饱问题。以该计划的公布实施为标志，中国的扶贫开发进入攻坚阶段。而凉山州，也同步打响了用7年解决210万人温饱问题的脱贫攻坚战。

1996 年，正值凉山脱贫攻坚最艰苦、最关键的时刻，正大集团谢大民永远荣誉董事长来到四川考察，其间得到时任四川省委书记谢世杰的亲切会见。在会见中，谢世杰书记表示，四川还有很多贫困地区，特别是凉山州，非常希望正大集团能够助力凉山脱贫攻坚。谢大民永远荣誉董事长当即表示积极响应号召，领导正大集团四川区开展了一系列扶贫活动，投入凉山轰轰烈烈的扶贫攻坚战中。在接下来的凉山扶贫日子里，据不完全统计，在谢大民永远荣誉董事长的领导和推动下，正大集团在凉山州累计捐资超 1000 万元，用于助贫、兴教、建桥、修路等，为凉山扶贫事业注入了新的活力，为群众带来了希望之光。

捐资 385.7 万元，在凉山州开展教育扶贫

教育状况是反映一个区域文明、进步、开放状况的重要标志，也是衡量一个区域的未来是否充满希望的尺度。在凉山州的扶贫进程里，教育被认为是凉山州彻底摆脱贫困的基础性、先导性工程。

1997 年的凉山州，经济极度困难。相当多的家庭适龄入学儿童连书都买不起，更谈不上上学了。有的没钱上学，上了学的条件也十分艰苦，生活悲苦就不想上学，入学率十分低，流失率异常高。

谢大民永远荣誉董事长了解到这些情况后，认为扶贫先扶智，培养人才才是关键，才是解决贫困问题的根本。因此，正大集团来到凉山州的第一个举措便是开展教育扶贫。

1997 年至 2021 年，正大集团共出资 385.7 万元，用于在凉山州开展教育扶贫。

1997 年 4 月 15 日，四川省委书记谢世杰（右三）、正大集团永远荣誉董事长谢大民（右二）、资深副董事长何炎光（右一）、凉山州州长马开明（右四），共同为凉山州普格县普基镇正大希望小学奠基（照片由正大集团四川区提供）

——1997 年，捐资 210 万元，建设希望小学，设立奖助学金。

其中 100 万元在凉山州建立了 5 所正大希望小学，即普格县普基镇正大希望小学、昭觉县布西乡正大希望小学、布拖县乌科乡正大希望小学、金阳县马依足乡正大希望小学、美姑县峨曲古乡正大希望小学。据原凉山州扶贫开发两资办公室工作人员、现任凉山州委宣传部纪检专员谢云祥回忆，这 5 所正大希望小学，均于 1998 年底建成投入使用，在当时解决了 2500 多名学龄儿童的上学问题。

其余 110 万元，用于所建设的希望小学和州农校、州机电校的奖助学金。奖助学金每年发放一次，共计发放五轮，据不完全统计，累计奖励、资助师生超过 2500 名。奖助学金的发放，有力地促进了这些学校教学事业的发展，激发了教职工的教学积极性，调动了学生“比学赶超”的学习氛围，所起到的积极作用，远远超出了其本身的价值。据谢云祥回忆，当年除了发放奖教金外，还利用此笔捐赠款购置了微机设备和教学资料。根据名山正大茶叶有限公司人事行政 SHE 经理钟崇斌提供的资料，此次购置了微机设备和成都七中同步辅导教学资料，共计 34 套，捐赠给了凉山州 17 个县市的 34 个学校。

——2000 年 1 月 28 日，谢大民永远荣誉董事长再次亲临凉山考察，了解 1997 年正大集团资助修建的正大希望小学的建设情况，十分满意，在听取了省、州等有关领导的介绍后，决定再次捐资 100 万元，新建几所希望小学。

经过凉山州扶贫开发两资办与相关教育局几个月的考察研究，最终决定将这几所希望小学安排在最迫切的普格、布拖和昭觉三个国家级贫困县，共新修、维修 7 所正大希望小学，即普格县特补乡正大希望小学、普格县兴箐乡正大希望小学、布拖县包谷坪乡正大希望小学、昭觉县好谷村乡正大希望小学、昭觉县城北乡瓦尔村正大希望小学、普格县螺髻山正大希望小学、布拖县拉果乡正大希望小学。

至此，正大集团在凉山州共计援建 12 所正大希望小学，每年可解决 6000 多名少年儿童就读问题，培养约 500 名小学毕业生。学校的建设，圆了莘莘学子的就学梦！

——2000 年至今，正大集团再捐资 75.7 万元，在凉山继续开展教育帮扶。2019 年，参加“牢记总书记嘱托·侨企扶智大凉山”专项行动，捐资 15 万元给西昌民族幼儿师范高等专科学校培训中心，用于帮助“一村一幼”项目、“9+3”职教计划实施。2019 年，出资 30 万元帮助美姑县柳洪乡的 11 个村幼儿园添置幼儿床和卧具。2020—2022 年，为纪念正大集团成立 100 周年，开展了“情暖凉山·正大爱心”扶贫助学公益项目，捐资 30.7 万元，用于越西县、布拖县等教育帮扶。

随着教育改革和脱贫攻坚在凉山州这片大地上如火如荼地展开，如今的凉山教育已然不是当年景象。整洁美丽的校园、先进的教学设备、高素质的教师团队……无论是到县城还是乡村，都随处可见。而正大捐资建设的这 12 所希望小学，虽然随着乡村行政区划的调整，以及凉山教育事业发展的需要，一些小学或合并或调整，但是它们发挥的作用却不曾停止。据普格县委统战部常务副部长乃都工体介绍，正大援建的普格县兴箐乡正大希望小学在停办后，将校址拍卖，所得 28 万元拍卖资金，全部用于合并后的普格县五道箐乡中心小学校建设中。正大的爱心，依旧在发挥作用，且持续而永久。

捐资 157 万元，包村帮扶特困村庙子湾村

庙子湾村，曾是国家级贫困县普格县特补乡下辖的特困村。1997 年的庙子湾村，住房条件极差，没有电，人畜混居率在 80% 以上，人均纯收入不足 450 元，没有一项种植、养殖支柱产业。谢大民永远荣誉董事长了解到庙子湾村的情况后，在州委、州政府的安排下，义不容辞地选择了这样一个特困村包村扶贫，担当起了帮

助该村脱贫致富的重任，结合庙子湾村的实际，开展修建水电站、改善住房、扶持产业等扶贫工作。谢大民永远荣誉董事长表示要通过扶贫把该村建设成为经济发达、社会繁荣的明星村、示范村。

（一）捐资57万元，建设正大光明电站

发展农村经济，提高农村居民的生活水平，实现乡村振兴，离不开电力这一现代社会的必需品。1994年，为了贯彻国家“八七”扶贫攻坚计划，消灭无电县，实现“村村通电”“户户通电”目标，国家计委、国家经贸委、电力工业部联合召开了全国农村电气化工作会议。会议针对1993年底全国还有1.2亿农村无电人口、28个无电县的情况，提出实施“电力扶贫共富工程”，具体目标是：到2000年基本消灭无电县，使95%的农户用上电。这一工作得到了各方面的支持和拥护。

正是在这个背景下，正大集团积极响应国家政策，捐资57万元，在庙子湾村修建一座100千瓦的小水电站——“正大光明电站”。据庙子湾村村长拉马比木日介绍，电站没建成前，庙子湾村没有电，家家户户都只能点煤油灯。1997年4月15日，是庙子湾人永远难忘的日子。这一天，正大集团永远荣誉董事长谢大民先生专程从泰国赶到庙子湾村，与时任四川省委书记谢世杰、时任凉山州州长马开明等省、州领导共同出席庙子湾电站奠基仪式，并发表了祝词。谢大民先生在祝词中表示，电站虽小，意义很大。这个小水电站的建成，不仅为农业的增产，为农副产品的加工提供了条件，也给广大农牧民带来了光明。

1997 年 4 月 15 日，谢大民集团永远荣誉董事长（左五）、谢世杰书记（左六）、马开明州长（左七）、何炎光资深副董事长（左八）出席庙子湾电站奠基仪式（照片由正大集团四川区提供）

从 1997 年 4 月 15 日到 9 月 11 日，短短五个月，装机 100 千瓦的庙子湾正大光明电站正式落成。这对于祖祖辈辈没用过电的庙子湾人来说，是一件天大的事。

电站建成了，庙子湾人欢天喜地地开始了架电线、安电灯、建农副产品加工房等，庙子湾村从此正式走向了光明。截至 2000 年底，电站输电线路通达全乡 5 个村、23 个小组，实现了村村通电，受益农民达 803 户。正大集团还捐助庙子湾村建设了卫星电视地面接收站，使特补乡政府机关、学校和包括庙子湾村在内的全乡全村实现了可同时收看 8 套电视节目，给庙子湾农户乃至全乡人民的生产和生活带来了极大的方便。更令人欣喜的是，在取得社会效益的同时，庙子湾正大光明电站通过收取电费，进入了良性循环。

2009 年以后，正大光明电站并入了国家电网。据曾经在水电站工作过的电工曲木日落介绍，并入国家电网后，水电站每年能带来 5 万 ~ 8 万元的收入。这些收入主要用于水电站的日常维修养护和支付水电站 4 个工作人员的工资。

改革开放 40 年来，我国农村电力发展经历了由小到大、由慢到快、由落后到先进、由分散到集中的发展过程。40 年间，乡村居民生活用电量增长了 70 多倍，农村电网的覆盖范围、供电能力、电能质量明显改善，服务质量大大提高，电价更加公平合理。随着农村电力的不断发展，现今正大光明水电站已停用。但是，正大光明水电站带给庙子湾人民群众的光明和温暖，始终不曾停止。

（二）捐资 100 万元，帮助庙子湾旧貌换新颜

“门前一堆粪”“人畜共居”，这曾是大凉山给外界最直观的感受。1997 年的庙子湾村，住房条件差，人畜混居率高。民房建设，成为正大集团在庙子湾村实施的又一扶贫工程。

在实施这一工程的过程中，正大集团捐资 100 万元，以改造破旧危房为中心，同时做到：搬走门前粪，实现人畜分离，改变原始的生活方式；修改进村入户道路，搞好环境绿化；修厕所、建畜圈，稳定居住，稳定耕地；转变观念，革除旧习，普及科学，提高素质，塑造庙子湾村新形象；并在原来的基础上，建设了一条长 178 米、宽 8 米的街道，沿街两旁建农舍。经过三年的不懈奋斗，截至 2000 年底，全村大部分农牧住房得到了改造，50 多户达到高标准改造。

在庙子湾村包村帮扶的过程中，有一个有趣的历史往事。我在查阅四川省原扶贫开发办公室1997年第9期《扶贫开发动态》上刊载的《泰国正大集团在凉山开展驻村扶贫帮户》材料中看到："目前，正大集团已向庙子湾村提供无息贷款50万元，兴建一座100千瓦的小水电站。"在查阅凉山州扶贫开发两项资金办公室1997年发布的第77号文件《泰国正大集团凉山扶贫进度情况汇报》材料中看到："普格县小康示范村建设：已做出规划、制订出建房方案及建房图纸均同正大研究达成一致，即：农户可以根据自身的经济能力在所批准的三种设计中选择一种方案建设，所需建房资金（投劳部分不能折算成资金）由农户出40%，正大有偿无息扶持60%（户扶持资金不超过10000元）；还款期定在2001年前还清。"我因此想到，正大在庙子湾村的扶贫究竟是无息贷款包村帮扶，还是直接捐赠帮扶呢？为此，在采访谢云祥先生时，他笑着说："这其实是那个时候政府的一种工作方法。以无息贷款的名义提供，一方面是为了增加农户的责任感、调动其积极性；另一方面也是为了平衡各农户的心理，因为当时1万元很值钱，所以担心农户会说为什么帮扶款有他家的没我家的，而以无息贷款的名义就表示得到帮扶款的农户最后是要偿还的，这样没有得到帮扶款的农户也就没有意见了。实际上，正大集团用于庙子湾包村帮扶的捐赠款，一开始就没有考虑让农户偿还。"

除了捐资扶贫外，为了稳定解决庙子湾人的温饱问题，正大集团还结合当地实际，在庙子湾村开展了养猪、养鸡、玉米种植和花椒种植等扶贫项目，助力庙子湾村走可持续发展之路。

2000年的庙子湾村，水电站带来了家家户户的灯火通明，高大的水泥房、大瓦房随处可见，宽大的街道代替了昔日泥泞的小路，门前一堆粪已消失得无影无踪，孩子们有学上了，解决村民温饱的项目也有了。庙子湾村，在谢大民永远荣誉董事长的关爱下，在正大集团的捐资帮扶下，以崭新的面貌，昂首阔步地跨入 21 世纪，成为新农村建设的标杆村。

捐资 468 万元，重建喜德沙洛桥

喜德县，位于凉山州中北部，1993 年被列为国家级贫困县，2001 年被确定为国家扶贫开发工作重点县，2010 年被确定为乌蒙山片区扶贫攻坚县。

2012 年 8 月 31 日，是喜德县人民永远难以忘记的一天。接连两日的强降雨，导致孙水河流域水位上升，引发百年不遇的特大洪灾。此次洪灾致使喜德县 10 余万人受灾，全县经济损失 31.6 亿元。对这个国家级贫困县而言，31.6 亿元相当于 30 年的一般预算收入总和。

灾情发生期间，正值谢大民永远荣誉董事长在凉山州考察。在州委、州政府和州外事办的组织下，正在抗洪抢险一线的时任喜德县政府外援办主任沈月舟连夜赶到谢大民永远荣誉董事长住处，怀着爱乡爱民的悲痛心情，声泪俱下，对此次灾情进行了详细说明。谢大民永远荣誉董事长听后，对受灾的民众十分揪心，当即决定捐资援助，将一座被洪水冲垮的人行悬索桥新建为一座崭新的现代化公路大桥。

四川素有“千河之省”之称。在凉山州，就分布着 1094 条河流。一方水土养育一方人。千百年来，孙水河养育了一代又一代的

喜德儿女，是凉山州喜德县的母亲河。据沈月舟主任回忆，当时喜德县连接两岸的三座桥，全部被冲毁，沙洛村悬索桥便是其中之一。

沙洛村悬索桥，位于喜德县光明镇沙洛村孙水河上，是1997年由国家以工代赈扶贫开发建设资金投资建设的一座通村公路悬索桥，桥长54米，仅供人行和小型三轮车、摩托车通行。沙洛村悬索桥作为喜德县光明镇沙洛村、拉克乡新村7000人口通往对岸县城的唯一通路，在此次洪灾后急切地需要修复，这既能使受灾的老百姓尽快恢复正常的生产生活秩序，又能对灾后重建和振兴经济解决交通瓶颈问题。

被洪水冲毁的沙洛村悬索桥（照片由沈月舟提供）

9月7日，在州委、州政府的协调下，喜德县与正大集团在西昌就灾后重建项目举行洽谈会。时任凉山州副州长杨卉、正大集团永远荣誉董事长谢大民出席了会议。此次会议达成了援建沙洛村悬索桥的具体方案。《捐资扶贫协议》约定，由正大集团根据政府提供的该桥梁468.3万元预算，一次性全部捐资到位，用于沙洛村悬索桥的重建项目。

2013年6月，一座全长90米、桥面宽7.5米、可双向通汽车的钢筋混凝土沙洛新大桥，经过8个月的紧张施工顺利竣工了。鉴于正大集团的慷慨捐资，坐落在光明镇横跨孙水河的沙洛新大桥被政府正式命名为“光明大桥”，寓意“正大光明”。光明大桥建成后，惠及了光明镇沙洛村及拉克乡新村1200余户、7000多名群众，年客运量7.05万人次，货运量32.14万吨/千米，年创总值45万元；同时，有利于加快农村产业化发展进程，助推了当地群众增收致富。

如今，光明大桥依然屹立在孙水河上，忠实地履行着它的职责。该桥在建设过程中，因政府考虑到解决以后可能发生的山洪排泄，决定将河道和河堤加宽，这使得新建大桥的引桥加长，导致建桥的实际总投入为563.4万元，超出预算的95.1万元资金，由政府配套解决。

如今的光明大桥（照片由钟崇斌拍摄）

爱是正大无私的奉献

进入21世纪，两个为期十年的农村扶贫开发纲要实施。这20年间，中国经济社会快速发展，中国减贫进程加快推进，贫困人口大幅减少。2020年，是中国全面建成小康社会的目标实现之年，也是全面打赢脱贫攻坚战的收官之年。全国脱贫看四川，四川脱贫看凉山。我们欣喜地看到，2020年2月18日，四川省政府批准木里、盐源、甘洛、雷波4县退出贫困县序列。2020年11月17日，四川省人民政府批准普格、布拖、金阳、昭觉、喜德、越西、美姑7县退出贫困县序列。至此，凉山州11个贫困县全部清零。凉山州，实现了从贫穷落后到全面小康的时代跨越，与全国各族人民一道，阔步走在乡村振兴的光辉大道上。

每一个正大在凉山开展的社会扶贫项目，都凝聚着谢大民永远荣誉董事长的一片爱心。2001年，凉山州人民政府报请四川省人民政府批准，授予谢大民先生“西昌市荣誉市民”光荣称号。捐资助力凉山脱贫攻坚，只是正大集团为推动四川发展贡献的“冰山一角”。谢大民永远荣誉董事长曾说“永远不会忘记曾经在四川度过的少年时光”，他也曾表示“我搞贸易是从四川灌县（现在的都江堰市）蒲阳场开始的，我是从蒲阳场走向世界的”。正是少年时期在四川的一段生活经历，使谢大民永远荣誉董事长对四川有着深厚的感情。从1984年到2000年，在谢大民永远荣誉董事长的积极推动下，正大集团在四川省投资的企业达到11家，投资总额4.3亿元，累计缴纳所得税6000万元，特别是谢大民永远荣誉董事长亲自主持正大集团四川省各项工作的十年间，为四川省各项捐

款达 3000 万元，为助力四川省的经济发展和维护社会稳定，作出了积极努力和突出贡献。

爱是正大无私的奉献。老一辈的不懈奋斗，为我们打下了百年基业；老一辈的爱心善举，为我们树立了伟岸的榜样。新时代的正大人，将继承老一辈留下的宝贵精神遗产，不断创新奋进，使命必达，以更加优异的成绩，实现集团第二个百年发展目标。

附文：在凉山州普格县特补乡庙子湾村正大光明电站奠基仪式上的祝词

尊敬的谢世杰书记，尊敬的马开明州长，尊敬的杨书记，尊敬的优县长，各位来宾：

今天我非常高兴地能同谢书记、马州长、杨书记、优县长，为庙子湾村小水电站举行奠基仪式。十分感谢建设小水电站的朋友们，并祝贺早日建成投产。

去年九月我来凉山，听了肖光成书记、马开明州长的介绍，也看了一些地方，知道凉山这个地方很好。由于受高原、高山、峡谷地势的影响，立体气候明显，“一山有四季，十里不同天”，适合于农作物和经济作物的生长。但是由于多方面的原因，经济发展比较缓慢，经济开发的潜力很大。

我们正大集团在泰国的农村开发经过近 20 年的努力，已经取得了成绩和经验，所以当时就同肖书记、马州长等商量，选定一个贫困村，由我们做一个示范性的经济开发，并请马州长率团到我们集团考察。

经过大家几个月的努力，在庙子湾村的开发项目，已经有了一些进展，开端是良好的，马州长2月率团到泰国考察了我们集团的农业开发。我深信对凉山州的农业开发会有帮助和推动。

今天，我们十分高兴地为小水电站举行奠基仪式，是因为电站虽小，但意义很大。大家知道治水改土，它是粮食稳定增产的基础，也是贫困地区稳定脱贫的基础。这个小水电站的建成，不仅为农业的增产，为农副产品的加工提供了条件，也给广大农牧民带来了光明，我再一次祝贺小水电站早日建成，正大光明，永放光芒。谢谢大家！

谢大民

1997年4月15日

（本文特别感谢凉山州委统战部、凉山州侨联、普格县委统战部、喜德县委统战部，凉山州委宣传部纪检专员谢云祥，正大集团农牧食品企业西南区办公室主任马川总裁，名山正大茶叶有限公司人事行政SHE部钟崇斌经理等单位及个人提供的资料和大力支持。）

葡萄美酒十里香

——正大集团凉山葡萄酒扶贫项目建设纪实

故事 079

宋静

2020 年 11 月 17 日，经四川省人民政府批准，凉山彝族自治州 11 个贫困县全部脱贫摘帽。消息传来，凉山各族人民欢欣雀跃，千百年来摆脱贫困的梦想终于实现。远在泰国、已是耄耋之年的正大集团谢大民永远荣誉董事长在获悉喜讯后更是高兴不已。

凉山，中国最大的彝族聚居区，受历史、社会、地理等因素影响，曾是中国贫困程度最深、脱贫难度最大的地区之一。从 1996 年起，谢大民永远荣誉董事长带领正大集团，积极响应政府扶贫攻坚的号召，开启了外资企业主动参与凉山扶贫开发的步伐，成就了“西昌葡萄农产品地标”的功德和美誉。西昌“葡萄美酒十里香”的产业发展故事正是从这里开始。

“同美国加州一样，很适宜种植葡萄”

年少时，谢大民永远荣誉董事长曾在四川生活、学习八年。那八载时光，是他心里珍藏的难忘回忆，也是萦绕心头对“家乡”的无尽思念。1980年，谢大民永远荣誉董事长带领正大集团相关人员来到四川考察，投资发展，用产业报国感恩川渝人民，为四川省经济发展、饲料和畜牧行业发展作出了重要贡献。

1996年7月28日，时任四川省委书记谢世杰在成都亲切会见了正在四川考察和商洽合作的正大集团永远荣誉董事长谢大民，谈话中他介绍说，凉山是全国重点脱贫地区，诚挚邀请谢大民永远荣誉董事长和正大集团到凉山投资开发，帮助凉山人民解决温饱、摆脱贫困、奔赴小康。1996年的凉山，全州尚有200余万人生活在温饱线以下，经济极度困难，生产生活条件极为恶劣。

为响应谢世杰书记的号召，应谢世杰书记的邀请，1996年9月19日至20日，谢大民永远荣誉董事长率领农牧食品企业中国区资深副董事长何炎光（Damrongdej Chalongphuntarat）、正大集团植物一条龙企业（中国区）总裁邱泉斌（Krit Jitatisil）和正大（四川）投资有限公司总经理李维禄等一行来到凉山考察，并与州委书记肖光成、州长马开明等领导以及州农业局、畜牧局和西昌农科所的领导、专家座谈，共商扶贫合作事宜。

考察过程中，谢大民永远荣誉董事长特别邀请马开明州长率团去泰国考察，并表示，正大集团在泰国有着20年的农村开发经验，相信对凉山的农业开发会有帮助和推动。1997年2月，马开明州长率考察团前往泰国正大集团考察。“我们在泰国正大考察了10

天，临走时马州长又指派我继续留下来学习，一共待了40天。我详细考察了正大水稻生产加工、种子生产加工、养鸡项目、养猪项目等，以及正大农花村的集中扶贫案例。正大的农业发展经验给我们很大的震撼，很有启发，受益匪浅，为推进我州农业产业化发展和开展产业扶贫提供了非常难得的借鉴样本”，原凉山州扶贫开发两资办公室工作人员、现任凉山州委宣传部纪检专员谢云祥介绍。

1997年4月14日至15日，谢大民永远荣誉董事长在谢世杰书记的陪同下，再次来到凉山进行扶贫考察。正大集团有关领导和专家12人、四川省委省政府有关部门负责同志同行。

通过两次考察，根据凉山的实际情况，谢大民永远荣誉董事长向谢世杰书记汇报，有针对性地提出了四个重点扶贫方向：第一个方向是扶贫先扶智，正大愿为山区的学龄儿童捐建“正大希望小学”，并提供奖助金等。第二个方向是正大将“包村扶贫”，选择一个贫困村，修路、修房、通电，同时结合正大的产业长项，扶持贫困农户发展养鸡、养猪等养殖业，种植石榴、苹果等优势农产品，并无偿为贫困农民提供项目前期费用，将“定点”扶贫村建设成“小康示范村”。第三个方向是选择能够带动当地经济发展的产业，作为重点扶贫项目，正大来投资，采用“公司+农户”模式，提供产供销一条龙服务，带动农民共同致富，实现产业脱贫。第四个方向是建立良种玉米生产基地，推广种植高产量玉米品种，以解决全州农民吃粮问题，基地可采用“公司+农户”模式，正大提供优质改良玉米品种和试种等费用，并按市场价回收生产的粮食。

谢大民永远荣誉董事长说，农民要脱贫，产业发展是关键。他提出“凉山州的土壤、植被、气候同美国加州一样，很适宜种植葡萄，正大可以在沿安宁河谷一带开发一个葡萄园，并兴建葡萄酒加工厂”，用这样一个特色农业产业扶贫项目带动凉山贫困农户实现脱贫。谢世杰书记对谢大民永远荣誉董事长领导正大集团积极投身凉山的扶贫事业表示衷心的感谢和敬佩，表示全力支持和帮助正大集团落实好在凉山的扶贫项目，同心协力，取得最好的扶贫成果。

考察中，谢大民永远荣誉董事长当即指示正大集团泰国总部农作物研究中心资深执行副总裁、农作物专家安耐（Anek Sillapaphun）博士和邱泉斌总裁，即行组织葡萄酒专家对安宁河谷沿岸进行选址考察。

在月亮城上建酒庄

安宁河谷是四川省第二大平原，这里土壤肥沃、无霜期长，全年昼夜温差大、日照时间长、空气湿度小的特殊气候造就了葡萄生长的绝佳环境。

1997 年下半年，正大集团泰国专家安耐博士、邱泉斌总裁，以及受邀的中国葡萄与葡萄酒专家、西北农业大学葡萄酒学院院长李华教授等，多次来到凉山的西昌、德昌等安宁河谷流域的大片丘陵地区进行气候、土质等考察。经过实地勘查和资料分析，最终选址在“月亮城”西昌市的大营农场建立酿酒葡萄种植及生产基地，也就是如今的西昌正大酒业有限公司月谷酒庄所在地。

与此同时，谢大民永远荣誉董事长指示他的侄子、谢正民永远荣誉董事长的儿子谢杰人先生赴美国选购优质的葡萄种苗，择机运往中国。据西昌正大酒业综合部周琳经理回忆，那是 1998 年 2 月，正大集团从美国加州购买的赤霞珠、真芳德、梅尔诺等酿酒葡萄和美国红光鲜食葡萄，共24000余株，空运来到了西昌，开始扦插育苗。当年5月30日，在如今月谷酒庄葡萄园A区，种植了赤霞珠5275株、真芳德5703株、梅尔诺4300株、红光150株，建立母本园近60亩。

周琳，月谷酒庄的初代建设者之一，曾担任葡萄种植基地推广负责人等职。他于1998年1月16日加入正大集团，协助集团泰国专家万山（Vason Boonterm）先生负责葡萄种植及筹建生产基地。“我是西昌农专86级园艺系果蔬专业毕业的，毕业后分配到凉山州国营农场，从事葡萄园管理工作。1998年正大集团筹建葡萄基地招聘技术员，我是唯一应聘成功的。”回忆起加入集团的情景，周琳经理的回答中有着满满的自豪感。

第一次试种成功让大家信心大增。1999年，葡萄基地又开始了第二次试种，验证种植再次取得成功。周琳经理介绍，这次试种是从A区葡萄树修剪下秧苗进行扦插育苗。当年2月育苗15000株，5月在酒庄葡萄园B区种植赤霞珠3575株、真芳德6814株、梅尔诺504株，母本园扩大至100亩。

葡萄种植两年长树，第三年挂果。在等待硕果累累的同时，葡萄酒酿酒车间、生产基地其他设施建设及市场开拓工作也在紧锣密鼓地进行中。据当年参与葡萄酒厂筹建工作、现任名山正大茶叶有限公司人事行政SHE部经理钟崇斌介绍，为确保后续种植的酿酒葡萄有好的葡萄酒品质和市场效果，集团于1998年初从美国的葡萄种苗提供公司购入同品种赤霞珠原酒到国内进行分装，并以“美锦泰”品牌进行试销，取得了不错的效果和市场反馈，为葡萄酒扶贫项目发展奠定了基础。1999年，集团还拿出10万元试销所得捐助给凉山教育事业作奖助金。

在谢世杰书记和谢大民永远荣誉董事长的关心和推动下，2000年3月14日，收到凉山州政府《关于成立西昌正大酒业有限公司的批复》。2000年4月21日，西昌正大酒业有限公司正式成立，注册资金120万美元，由李维禄（中国籍）担任董事长、何炎光（泰籍）担任副董事长，董事会成员包括林道炎（泰籍，Montri Khongtragooltian）、谢明（泰籍，Nakul Chiaravanont）、安耐（泰籍）、邱泉斌（泰籍）、韩竞元（中国籍）、万山（泰籍），共八位成员。后来因发展需要，公司又增资两次，到目前注册资金385万美元，投资总额415万美元。

2001年，精心呵护的葡萄苗结出累累硕果。正大集团聘请了美籍葡萄酒专家Brent Trela博士进行葡萄酒酿制，以保证葡萄酒纯正的口感。2001年至2002年，每年的葡萄采收期，集团还会派现任正大集团茶酒事业助理副总裁、西昌正大酒业总经理攀登（Phajon Yuyuen）来西昌，协助Brent博士采摘葡萄和酿酒。

攀登，毕业于泰国皇家理工大学，毕业后回母校任教，从事食品加工管理和食品相关法律，食品安全和品质认证体系与发酵工程教育。出于兴趣，任教期间，他研发了很多水果酒和泰国草本植物酒，屡获泰国大奖，在泰国葡萄和葡萄酒酿造行业内很有名气。泰国许多酒企向他抛来“橄榄枝”，但因喜欢教师职业都被他婉拒。正大集团植物一条龙企业（泰国区）林道炎总裁也亲自邀请，“三顾茅庐”后终于打动了这位优秀的酿酒师。2001年，攀登正式入职正大集团泰国总部，担任正大植物一条龙企业（泰国区）水果酒新产品研发项目经理和创始人。

2001年8月，谢大民永远荣誉董事长陪同四川省委书记谢世杰到西昌正大酒业有限公司视察。谢大民永远荣誉董事长（右三），谢世杰书记（右四），正大（四川）投资有限公司总经理李维禄（左三），凉山州人大常委会主任苏呷沙且（左二）、政协主席陈其中（右一），西昌正大酒业首席酿酒师、美籍专家Brent Trela博士（右二），在他们亲手种植的葡萄苗前合影（照片由正大集团四川区提供）

2003年4月13日，刚过完泰国泼水节，因Brent博士要回美国教书，攀登接过Brent博士手中的“接力棒”来到西昌，这一待就是20年。

此后，为促进酒庄的种植和酿造技术升级，正大集团还邀请泰国葡萄种植和酿造专家团队，Mr. Nantakorn Boonkerd、Mr. Neung Teaumroong、Mr. Chockchai Wanaphu、Mr.Sophon Wongkeaw、Mrs.Lumprai Srithamma博士等专家每年至少两次到公司指导工作，邀请美国酿酒师Mr.Jamie Martin、Mr.John Arns

以及 Mrs.Sandi Belcher 亲自到公司指导酿酒技术。这些技术交流活动极大提高了酒庄葡萄酒酿造的专业水平。

在攀登和团队的不懈努力下，西昌正大酒业被授予西昌正大酿酒葡萄标准化生产科技示范园，并获得了 GAP 良好农业规范认证、ISO9001 质量管理体系认证、HACCP 食品安全管理体系认证、出口备案等认证，葡萄酒质量管控、酿酒葡萄种植技术再上新台阶；建立起葡萄酒的追溯系统，保障了食品安全。

自 2001 年酿造出第一瓶葡萄酒并开始在市场销售，攀登见证了西昌正大酒业的一步步发展。他回忆说，公司在发展初期也曾一度陷入低谷期。那时葡萄酒都是内销，几乎没有外销，加之消费者对葡萄酒的了解还很少，销售举步维艰。

为了打开销路，让这个扶贫项目可持续发展，正大集团、凉山州政府都在想办法。

2002 年 12 月 5 日，正大集团在成都举行正大集团产品新闻发布会，向社会各界介绍正大集团近年来在四川投资的茶叶、葡萄酒、食品等企业及产品。省委书记谢世杰、省委副书记陶武先、副省长陈文光等领导都亲临发布会，谢大民永远荣誉董事长出席并致辞。

钟崇斌经理介绍，2007 年 1 月 7 日，凉山州人民政府办公室发布通知，把“月谷干红”葡萄酒列为凉山州公务接待用酒品牌之一，请各级各地在公务接待时尽量使用该品牌，以培育州内品牌、扶持本土企业。抓住这一机会，公司逐渐打开了销售局面。

在谢大民永远荣誉董事长的带领下，经过公司董事长李维禄、邱泉斌，农牧食品企业中国区白宇飞资深副董事长等历任领导的指

导，在公司全体员工的奋力拼搏下，2011 年，西昌正大酒业迎来转折点，终于扭亏为盈，自此走上了发展的“快车道”。

目前，西昌正大酒业自种示范园面积近 800 亩，分为 A、B、C、D 四大区域，种植真芳德、梅尔诺、赤霞珠、鲁比四个品种的葡萄；修建现代化酿酒车间 3200 平方米，引进美国 GAI、意大利 Defranceschi、法国 CME 等生产酿造技术，倾情酿造出月谷干红、星级系列、庄园系列、橡木桶系列等优质葡萄酒，在金樽奖、亚洲葡萄酒质量大赛、柏林葡萄酒大奖等国内外专业赛事中斩获多项殊荣，深受广大消费者喜爱。公司先后荣获“西昌市农业产业化经营重点龙头企业”“西昌市先进工业企业”等称号，多次被评为“凉山州重点龙头企业”等，累计缴纳税款超过 8000 万元。

从“第一家”到“十里香”

西昌正大酒业，是正大集团在中国投资兴建的第一家葡萄酒生产企业，也是凉山州第一家引进酿酒葡萄种植技术并开展红酒酿酒的企业。它的建成投产，为西昌、凉山的经济发展增添了驱动力，也带来了先进的葡萄种植技术和加工工艺，种下了西昌葡萄产业规模化发展的“种子”。

为了带动更多农户尽快脱贫，2000 年至 2004 年，在母本园种植葡萄取得初步成功后，西昌正大酒业开始推广葡萄种植基地，与农户合作，采用“公司 + 农户”模式，实施规模化产业发展。此模式下，公司与种植户签订为期 20 年的回购协议，公司按合同标准统一到现场回购种植农户的葡萄，确保他们“种有所收，收有所得”。

“把葡萄种到最贫困的乡镇去”，牢记谢大民永远荣誉董事长的嘱托，西昌正大酒业选址普格县、盐源县、攀枝花、西昌等地，建设葡萄种植基地。

2000 年 2 月，公司在普格县五道箐乡培育赤霞珠葡萄苗 15 万株，4 月种植 10.6 万余株，约 320 亩。2001 年 2 月，在盐源县培育赤霞珠葡萄苗 15 万株，4 月种植 10.8 万余株，约 330 亩。2003 年 2 月，在西昌月华乡培育赤霞珠葡萄苗 6 万株，5 月种植近 5 万株，约 150 亩；2004 年 2 月，在西昌月华乡又培育赤霞珠葡萄苗 100 万株，5 月种植近 71.8 万株，约 2156 亩。2004 年 2 月，在攀枝花大龙潭乡培育赤霞珠葡萄苗 80 万株，5 月种植 23.3 万余株，约 700 亩。因为疏于管理、成活率低等，普格县、盐源县、攀枝花的种植效果并不理想，均以遗憾告终。

2004 年 3 月，为了更好地推广葡萄种植，西昌市政府成立了以农办调研员及农业局专业人员组成的酿酒葡萄推广种植办公室，并建立了西昌市月华乡优质酿酒葡萄示范基地，由月华乡政府牵头，公司与月华乡葡萄种植合作社一起，继续采用“公司 + 农户”模式，带动农民脱贫致富。

月华乡示范基地主要集中在红旗村、新华村和富裕村一带。公司向种植农户提供优良进口种苗，派遣专业技术人员长期驻扎基地，帮助他们预防病虫害，为他们提供现场种植技术指导，并统一回购他们的葡萄。

回想“基地创业”往事，周琳经理坦言那几年很难。公司刚起步，人员少，作为葡萄种植基地推广负责人的他，每一个地方的推广建设、种植培训等他都全程参与，大事小事一把抓，常年在外

2006 年 4 月，谢大民永远荣誉董事长（中）到正大月华葡萄种植基地考察（照片由钟崇斌提供）

很少能回家。“为了提高大家的种植水平，我们组织优秀种植户去国内最好的葡萄酒学院西北农林科技大学葡萄酒学院学习，还举行优秀种植户葡萄款发放表彰仪式，带优秀种植户参加酿酒葡萄颁奖会等，提振农户的种植信心。”周琳经理介绍说。

发展很艰难，可再难，农户的利益绝不能受损。周琳经理回忆说：“记得有一年，葡萄大面积得病。为了保障种植户的利益，公司收购来葡萄后，又将葡萄倒掉销毁，仅此项公司当年就亏损 30 多万元。”

正大集团茶酒事业助理副总裁李中强回忆，最困难的时候，西昌正大酒业将月谷酒庄母本园的一些土地租给集团兄弟公司种玉米，用每年20万元的租金给酒庄招聘的几十名工人发工资和支付其他开支。“这些工人都是来自附近安哈镇的彝族贫困村民，无论怎样都要先保障他们的打工钱。”

20多年来，西昌正大酒业多次提高葡萄收购价格，以增加农户收入，平均每年支付葡萄款200余万元。此外，公司还不断通过增加企业用工、增加季节性用工等方式，解决周边村民的就业问题。据了解，目前，平均每天都有30多位附近的彝族村民在酒庄内工作。每逢葡萄采摘季，受雇人数超过100余人。仅此项费用公司每年支出超过50万元。

截至目前，西昌正大酒业累计推广葡萄规模化种植3000余亩，提供就业岗位逾3000个，为当地近800户贫困户提供了就业支持，近600户村民直接在此模式中受益，在实现户均年增收6万元的同时掌握了葡萄种植技术。

授人以鱼，不如授人以渔。据《西昌市志》记载，西昌葡萄种植可追溯到西汉年间，但直到1963年，全市仅有葡萄1500株。即使从20世纪80年代开始规模化种植，到2010年也仅有少数几个乡镇种植葡萄。

在正大种植基地的辐射示范下，本地许许多多的农户学会了“本领”、收获了“真金”，激发了葡萄产业发展的内生动力。数据显示，2021年，西昌市葡萄种植面积已从2004年基地成立之初的4000亩发展到了超10万亩，年产值达17亿元。“小葡萄”已然成为西昌市的“大产业”，成了西昌农业发展的支柱产业。2018年9月5日，经农业农村部批准，“西昌葡萄”被认定为农产品地理标志产品，正大集团为此立下“首功”、作出了突出贡献，赢得了西昌各界的广泛认同和赞誉。

此外，在公司的带动下，月谷酒庄周边的安哈镇、海南街道办等地也涌现出越来越多的红酒生产厂家，形成了以月谷酒庄为核心区域的“西昌红酒一条街”。“葡萄美酒十里香”成为邛海南岸的一道独特的风景线。

西昌正大酒业在凉山打造出了一片自然、美丽的葡萄园区，不仅为西昌带来了良好的经济效益和社会效益，也推动了当地葡萄产业的发展，是西昌产业化扶贫的典范，为西昌、凉山脱贫攻坚作出了重要贡献。

2017 年，西昌市 47 个贫困村、6891 户 26940 名建档立卡人口实现全部脱贫，提前三年完成脱贫攻坚任务，成为凉山首批脱贫的地区。

乡村振兴的新机遇

邛海，全国最大的城市湿地，是首批国家旅游度假区。2009 年，西昌市持续投入 50 亿元，启动邛海湿地恢复工程，开启了西昌市推动全域旅游发展的鸿篇。

西昌正大酒业毗邻邛海之滨。依托这一得天独厚的地理优势，正大集团瞄准西昌市“全域旅游”的战略机遇，将发展的目光锁定在农文旅产业上，拟将月谷酒庄打造成三产融合发展的高端度假区。

2012 年 9 月 26 日，凉山州政府与正大集团在成都签署战略合作协议，进一步推动双方在葡萄酒产业、新农村建设等方面的合作发展。谢大民永远荣誉董事长、谢毅集团资深副董事长出席签约仪式，农牧食品企业中国区白宇飞资深副董事长代表集团签约。按照协议约定，正大集团将采用“四位一体”模式，在西昌市建立“从土壤到餐桌”带动全州的完整农业产业链，同时，在西昌正大酒业内将建设五星级高级度假村，将月谷酒庄打造成为集葡萄种植、观光、酿酒、品酒于一体的酒庄。

谢大民永远荣誉董事长表示，这些年，四川尤其是凉山发生了巨大变化，特别是交通等基础设施的改善，使凉山得天独厚的资源优势能够更加充分发挥，希望通过与凉山合作项目的实施，为促

2012年9月26日，凉山州政府与正大集团在成都签署战略合作投资协议。谢大民永远荣誉董事长（后排右六）、谢毅集团资深副董事长（后排右八）出席签约仪式，农牧食品企业中国区白宇飞资深副董事长（前排右二）代表集团签约（照片由正大集团四川区提供）

进凉山产业升级、增加农民就业和资产性收入，推动凉山现代农业发展发挥积极作用。

月谷酒庄所在地以前叫大营农场，留存了不少彝族传统房屋，公司将这些房屋最大限度地保留了下来，加以维修、改造，有了酒庄的“雏形”。2015年，公司对酒庄进行了“美化升级”，邀请上海知名设计公司进行实地考察和规划设计，还邀请泰国园林设计专家团队到园区设计和美化，通过全景绿化、品酒室的修建、餐饮设施的完善等，全面提升了酒庄形象及接待能力。

如今的月谷酒庄，已从一个生产车间转变为集葡萄种植、酿酒、餐饮、婚纱摄影、观光于一体的综合性酒庄，不仅是当地居民近郊旅游的首选，也是西昌市知名的网红打卡地。

如今的月谷酒庄（照片由西昌正大酒业有限公司提供）

对于西昌正大酒业的发展，正大集团有着更多、更大的期许。近年来，谢毅集团资深副董事长遵照谢吉人集团董事长的战略和指示，将葡萄酒产业列为集团第二个百年重点产业——饮品事业的拳头产品之一，扩大规模、大力发展。谢毅集团资深副董事长指出，作为扶贫项目，西昌正大酒业为凉山州实现脱贫奔小康作出了应有的贡献，下一步要抓住凉山州将安宁河谷打造成“世界级生态观光农业”的机遇，结合旅游、人文等元素，不断加快酒庄建设，把正大红酒产业做大做强。

按照西昌市“十四五”农业农村经济发展规划，2021—2025年，西昌市将围绕生态田园观光功能、特色农业休闲功能、主题小镇度假功能等功能定位，在安宁河谷平原，大力发展“农文旅＋庄园”，共同发展大农业经济和“农文旅一体化”庄园经济，将其打造成为高品质的农业度假带和农业生态观光走廊。

2021年，是“十四五”的开局之年，是巩固拓展脱贫攻坚成果、实现同乡村振兴有效衔接的起步之年。2021年，也是正大集团成立100周年。新时代、新起点，正大集团为西昌正大酒业谋划着更广阔的未来。2021年6月25日至27日，谢毅集团资深副董事长邀请凉山州国资委、州经合外事局、州侨联、州交投集团、州农垦集团赴正大集团中国区总部正大中心举行项目合作座谈会。双方就西昌月谷小镇项目进行了详细沟通交流，希望推进项目尽快签约落地。谢毅集团资深副董事长表示，正大与凉山有着20多年的合作发展情谊，希望在乡村振兴的新机遇下，能与凉山州携手，以红酒文化为主题，倾力打造一座具有凉山特色，集休闲、娱乐、康养为一体的特色小镇，助力西昌市经济高质量发展。

回首发展路，在西昌正大酒业的奋斗征程上，谢世杰书记和谢大民永远荣誉董事长留下了无数忙碌的身影。谢世杰书记勤政爱民，心系百姓，时刻把凉山贫困群众挂在心上，想百姓所想，急百姓所急，为实现凉山脱贫亲力亲为，倾注了大量的心力。谢大民永远荣誉董事长爱国为民，他时常教导集团员工要热爱农村，要心中有农民，要有为农民办好事不怕吃苦的奉献精神。公司建设过程中，他经常来考察指导，即便不能亲自来，也时刻关心项目进展、时时询问发展情况。正是有了这两人的不懈努力，才有了今天西昌正大酒业的勃勃生机，才有了凉山人民脱贫致富的幸福生活。

1998年，谢世杰书记和谢大民永远荣誉董事长来月谷酒庄视察时，亲手栽种了一株梅尔诺。历经风雨，葡萄苗长出茁壮的藤蔓，结出丰硕的果实。20余载，它见证着两人携手助力中国脱贫的感人故事；见证着海外华人爱国爱乡的赤子深情；见证着中泰一家亲的绵绵情意；还将继续见证凉山书写从贫困到脱贫，从脱贫到振兴的发展奇迹。

（本文特别感谢凉山州委统战部、凉山州侨联、普格县委统战部、喜德县委统战部，凉山州委宣传部纪检专员谢云祥，正大集团农牧食品企业西南区办公室主任马川总裁，正大集团茶酒事业助理副总裁攀登，正大集团茶酒事业助理副总裁李中强，名山正大茶叶有限公司人事行政SHE部钟崇斌经理，西昌正大酒业有限公司综合部周琳经理、综合部任杰经理、酒厂生产部周长伟经理、种植部敖玉强科长等单位及个人提供的资料和大力支持。）

中国第一家中外合资种子企业

——正大种业记实

王勇　闫海超

故事080

1921 年，来自广东省汕头市澄海区的谢易初先生，在泰国曼谷唐人街创立了“正大庄种籽行”，开始经营农作物种子，正大集团从此诞生。种子行业既是正大集团的起源产业，也是正大集团农牧食品产业链的源头。

中国第一家中外合资种子企业

20 世纪 90 年代，正大集团在农牧业领域的投资遍布大江南北，所属的饲料企业生产能力突破千万吨大关，占全国的 10% 左右。为了解决饲料原料的问题，集团决定在中国成立一家种子公司，专门给正大饲料配套提供玉米原料。但中国这么大，选在哪儿合适呢？

经过慎重考虑，反复研究，最终决定落子襄阳。原因主要有

三个：一是襄阳地处中国中部，四通八达、交通便利，可以最大范围地辐射全国；二是当时中国的种子企业多集中在北方，中部和南方地区没有大型种子企业，选择襄阳可以填补空白，便于拓展市场；三是正大集团当时已在襄阳投资建立了正大饲料厂（襄阳正大有限公司），作为襄阳市重点招商引资项目与襄阳市政府的合作非常顺利，加大投资理所应当，也便于开展筹建工作。于是 1996 年 7 月 25 日，正大种业（襄阳正大农业开发有限公司）在湖北襄阳成立，成为中国第一家中外合资种子企业。这一年也正好是正大集团创始人谢易初先生诞辰一百周年，继承着他“正大光明”的精神，正大种业从此开启了在中国创业奋斗的光辉历程。

成立初期的四个第一

谢国民先生在一次采访中，谈及投资成功的经验时曾这样说过：在发展中国家投资要起点高，要投就投最先进的设备和技术，做世界一流的、最现代化的事业。种子事业也不例外。在正大种业成立之初，公司就从国外引进了最先进的整套现代化玉米种子加工设备，这在当时是国内第一家，也为公司一直以来质量良好的口碑打下了坚实基础，事实证明了这种投资策略的正确性。

在 1996 年，《中华人民共和国种子法》还没有颁布，国内玉米种子普遍都是只有品名没有品牌的散装种子，正大种业率先推出了精选包衣的 1 公斤、2 公斤小包装种子。经过先进的现代化加工设备精选的正大种子，籽粒均匀，颗颗精良，更纯更净更高产，树立了“正大种子”优质的品牌形象，博得了广大农户的喜爱。从此散装种子陆续退出历史舞台，中国种业走上了品牌发展的道路。

1997 年，针对国内播种多粒撒播，造成用种量大、人力物力浪费大的现象，正大种业又在全国率先推出了“1-2-1”这种接近单粒播的播种方式。正大种子在发芽率、纯度等质量标准上高于国家标准，加上先进的包衣技术的运用，使正大种子能采用这种精播模式，省工省种产量高，有力促进了各地农业经济的发展。

正大种业人用一种勤于拼搏实干，敢于实践创新的精神，为中国种业的变革作出了应有的贡献。

正大种子得到农民认可

优良品种的选育需要多年的种质资源积累、组配、测试等程序。成立之初的正大种业，育种资源和人才都还比较匮乏，自有良种的选育还需要时间。那怎么解决呢？1999 年，在先后考察多个科研院所后，正大种业选择和河南农业大学开展品种合作，成功引进“豫玉 22”这一划时代的玉米品种，开创了业内校企合作的先河。经过三年的推广，“豫玉 22”大获成功，南到湖南、广西，北至东北三省，推广范围遍布大半个中国。仅 2001 年，“豫玉 22”在河南一个省的销量就超过 1 万吨，在中国玉米主产区黄淮海区域销售额超过 2 亿元，市场占有率遥遥领先。同年正大种业又与华中农业大学合作，成功引进“华玉 4 号”玉米品种，一度成为西南销量最大的玉米品种之一。

两个外部品种引进合作成功后，自有研发也开始发力。2002 年至 2005 年，正大种业十多个自有品种陆续通过 20 多个省区审定，新品种研发进入高峰期，正大种子开始风靡全国，有两个真实的品种故事为证。

（一）西南玉米“神话”：正大 619

2005 年 2 月 20 日，央视国际频道播发了《一个贫困县的

“抢”种子风波》的新闻，报道了广西壮族自治区大化瑶族自治县农民抢购玉米种的情况：“农民天不亮就起床，步行十几公里到种子公司排队购买‘正大 619’，甚至还要托关系，从来没见过这种阵势！”一个玉米杂交品种能够在短短几年时间占据广西主导地位，这在广西的玉米生产史上还是首例。如今 20 多年过去，“正大 619”依然还在广西热销，创造了广西玉米品种的“神话”。

（二）西北“玉米王”：正大 12

2009 年春播备耕时节，宁夏农博会正大种子展馆人头攒动，众多农民手中纷纷举着百元钞票买正大种子。由于“正大 12”种子脱销，出现农户抢购现象，当地政府不得不出动警力维持秩序。“正大 12”因粮饲通用、打玉米糁香等优势，如今依然是宁夏乃至西北主导玉米品种之一。

据不完全统计，正大种业成立至今，在全国 20 多个省市自治区累计推广玉米面积达到 3 亿亩，为亿万农民的增产增收和中国的粮食安全作出了巨大贡献。

领导关怀

正大种业得到了集团领导的重视。

2001 年 5 月 27 日，谢国民集团资深董事长、李绍庆集团资深副董事长亲临正大种业视察，听取公司研发育种和经营情况报告，并和全体员工合影留念。

2012 年以来，谢毅集团资深副董事长作为公司法人多次亲临正大种业参加经营检讨会、发展战略研讨会，对正大种业经营情况及中长期发展规划等给予指导。

2001 年 5 月 27 日，谢国民集团资深董事长、李绍庆集团资深副董事长莅临襄樊视察正大种业（照片由正大种业提供）

2021 年，谢毅集团资深副董事长参加正大种业战略研讨会合影（照片由正大种业提供）

正大种业的现在与未来

正大种业目前在全国主要玉米生态区建立了多个育种研究站，在云南西双版纳成立了正大种业热带国际玉米研发中心，先后70余个玉米品种通过国家、省级品种审定，获得植物新品种授权51项。在甘肃张掖、宁夏青铜峡、云南玉溪等地建立了稳定的制种基地，在湖北襄阳、云南玉溪、甘肃张掖建有三家大型种子加工中心，年生产加工能力超过5万吨。

云南正大种子有限公司加工厂（照片由正大种业提供）

公司经过20多年的发展，销售网络遍布全国20多个省区市，如今已成为全国玉米种子企业中，销售量、销售收入、利润均讲入前十位的玉米种子企业。公司先后被评（认定）为“中国种业50强”“中国种业骨干企业”“中国种子行业信用评价AAA级信用企业”“高新技术企业”“湖北省企业技术中心”“湖北省农业产业化重点龙头企业”“湖北省名牌产品”。

正大种业在中国改革开放大潮中诞生，在中国跨入 21 世纪时开始发展，在中国进入新时代时开始转型。未来，正大种业将进一步转型升级，以玉米种子业务为核心，延伸产业链，成为集农资、植保、田管服务及粮食贸易于一体的现代化综合农业服务企业，为农民提供从种到收全程解决方案，帮助农民增产增收的同时，也为正大集团提供安全可追溯的饲料原料，助力集团全产业链发展。

100 年前，正大集团创始人谢易初先生，在“正大庄种籽行”经营种子生意时，就在包装袋上标明有效期，并且承诺如果过了有效期，农民可以拿回来，正大免费给予更换。正是靠着这样的理念，正大赢得了当地农民的信任，在泰国获得了生存和发展，并从泰国走向世界。

100 年后，在正大集团百年华诞之际，谢易初先生这种“正直诚信”的精神仍薪火相传。作为正大集团农牧食品产业链源头的正大种业，将继续秉承“利国、利民、利企业”的经营宗旨，为保障国家粮食安全和食品安全、实现正大集团“做世界的厨房，人类能源的供应者”的伟大愿景而不懈奋斗！

小村庄　大世界

——记北京平谷正大绿色方圆 300 万只蛋鸡现代化产业项目

薛增一

故事 081

一

美国，有一所享誉世界的著名大学——哈佛大学，坐落在马萨诸塞州的剑桥市。学校创立于 1636 年，至今近 390 年。

中国，有一个不出名的小山村——西樊各庄，坐落在北京市平谷区的峪口镇。明朝永乐年间，樊姓先民来此落户，聚集成村，至今已 600 余年。

2017 年 3 月 6 日和 2018 年 2 月 6 日至 7 日，来自正大集团的谢毅先生，分别以《“四位一体”超级农场模式在中国农业改革中的实践》和《中国的高速发展与正大的战略》为题，两次把引领中国“三农”发展的北京平谷正大绿色方圆 300 万只蛋鸡现代化产业项目的“四位一体”经营模式带进了哈佛大学的讲堂。

2017 年 3 月 6 日，谢毅在哈佛大学商学院讲课（照片由正大集团北京总部宣传中心提供）

事情得从哈佛的教授说起。2016 年 4 月 21 日，哈佛大学教授 William C. Kirby 和 Nancy Hua Dai，联合署名发表了哈佛商学院教学案例《不改变土地制度的农业革命——正大集团“四位一体”的超级农场模式》，这是他们的团队 2014 年 4 月 9 日和 2015 年 10 月 15 日两次来到平谷，在北京正大蛋业有限公司实地调研后的研究成果。这个案例，讲述了北京市平谷区政府、西樊各庄农民合作社、北京银行、正大集团四方，采用“四位一体”的商业模式，在西樊各庄共建“北京平谷正大绿色方圆 300 万只蛋鸡现代化产业项目”。为了做好教学工作，哈佛大学 William C. Kirby 教授邀请谢国民先生来哈佛讲学。缘此，谢国民先生委托谢毅先生，代表正大集团来到了哈佛大学，配合 William C.Kirby 教授，把“四位一体”模式在西樊各庄的实践带进了哈佛大学的讲堂。

2014 年 4 月 9 日，哈佛大学高级研究员 Gary Adamkiewicz（右五）和哈佛大学高级访问研究员 Joseph Hunt（左六），北京大学教授黄薇（左四）、北京大学教授何丽华（左三），北京市劳动保护科学研究所副所长汪彤（左二），在正大集团吴汉泉博士（右四）、正大集团农牧食品企业和零售事业中国区财务长杨森源（右三）陪同下来正大平谷蛋业考察调研（照片由正大平谷项目提供）

无独有偶，好事成双。

在这之前的 2014 年 11 月 24 日至 28 日，联合国秘书长惠普金融特别代表、荷兰王后马克西玛（Máxima）来中国访问。在访问北京银行期间，北京银行董事长闫冰竹向联合国的客人介绍了北

谢吉人（左）与邱水平（右）分别代表正大集团和平谷区政府签约（照片由正大集团北京总部宣传中心提供）

根据座谈会上大家介绍的情况和查阅原始资料，我把这个项目，特别是创新突破的几个关键节点，扼要概括如下：

一是关于扶贫和助残。如何把低收入农户和残疾户纳入这个项目里来呢？经过大家讨论，达成一致，一是把拥有项目所需的779亩土地使用权的852户农民组织起来，成立了北京绿色方圆畜禽养殖专业合作社，农民合作社以土地入股；二是把平谷区需要帮扶的756户残疾户组织起来，由平谷区残疾人联合会牵头，政府把4400万元残疾人就业保障金作为股金入股。

这两项工作，在2006年都是开创性的。虽然当时农民合作社在全国部分地区已经起步，但还是一个新鲜事物，没有成熟的模式和经验可循。而政府把残疾人就业保障金入股企业经营项目，每年用分红的钱定向帮扶残疾人，更是前所未有的创新举措。

二是关于产权归属。帮扶低收入农户、帮扶残疾户和项目用地问题解决了，土地权属于农民合作社，那么土地上的建筑物的所有权又归谁呢？经过反复讨论，最后大家决定，土地上的建筑物也权属农民合作社。

三是关于项目规模。为了使这个项目达到世界最先进的技术和规模，经过正大集团的论证评估和规划设计，北京平谷正大绿色方圆 300 万只蛋鸡现代化产业项目，将建设成为包括存栏 300 万只的 18 栋全封闭式商品蛋鸡养殖工厂（每栋 167616 只产蛋鸡）、存栏 100 万只的 12 栋全封闭式青年蛋鸡养殖工厂（每栋 83808 只青年蛋鸡）、年产 18 万吨的专供饲料加工厂，以及鸡蛋加工厂、鸡蛋包装厂等现代化的大型蛋业一条龙企业，年产鸡蛋 8.2 亿枚，约 5.4 万吨，产品主要供应京津冀市场等。所有设备全部从德国、荷兰、丹麦成套进口，选用当时世界上最现代化、自动化、智能化的蛋鸡养殖和加工装备。

四是关于投融资。项目总投资预算 7.2 亿元人民币。这么大的投资，农民合作社只有土地没有一分钱现金，怎么办？大家创新成立了一个投资平台公司——北京谷大农业投资有限公司（简称“谷大平台公司”），由正大集团出资 15%，平谷国有资产公司联合残疾人联合会出资 15%，作为政府和正大借给谷大平台公司的本金，其余 70% 向银行融资贷款。但是，这个项目的土地权属于农民合作社，地面建筑物所有权也属于农民合作社，而农民合作社没有一分现金，更没有能力来偿还银行贷款，所以融资问题怎么解决呢？

哪家银行敢于给这样一个项目贷款呢？在这个难题面前，最先参与的一家大银行知难而退了。

五是关于项目建设和经营管理模式。项目的投融资问题还没有解决，就又面临另一个大问题，就是项目建成后谁负责经营管理呢？因为经营有风险，可能盈利，也可能亏损。盈利了好说，亏损了怎么办呢？这就要发挥正大集团的龙头作用了。最后大家商定，借鉴 BOT（Build, Operate, Transfer）模式，由正大集团负责项目建设，建成后由正大集团负责租赁经营 20 年，与谷大平台公司签署 20 年不可撤销、照付不议的租赁经营合同，经营风险全部由正大集团承担，农民当老板，企业来打工。用这份合同抵押给银行，银行凭借这份合同给予融资贷款。单单凭借这样一份合同就给予 4.07 亿元的巨额贷款，这需要的不仅仅是胆量，更是建立在互信基础上的创新。北京银行把金融扶贫与践行社会责任相结合，迎难而上，给这个项目的融资吃了“定心丸”。租赁期内由正大集团每年通过谷大平台公司向农民合作社支付定额的土地租金，且逐年递增，同时每年向谷大平台公司支付 6982 万元的项目租赁费，由谷大平台公司按约定分期支付给银行偿还贷款，贷款利息则由平谷区政府财政给予补贴。20 年后，这个项目无偿交付给农民合作社，由农民合作社自主决定后续的经营方式。

六是关于模式和成果。目前（2020 年），这个项目仍然是亚洲最大、现代化程度最高、最先进的蛋鸡养殖一条龙企业之一，代表着中国蛋鸡事业的最高水平，引领着中国现代化高科技农业产业化的发展方向。其组织、建设、投融资、经营管理，被归纳为“四位一体”，即“政府 + 农民合作社 + 正大 + 银行”，也就是哈佛商学院的教学案例《不改变土地制度的农业革命——正大集团“四位一体”的超级农场模式》。

在这个项目中，（一）西樊各庄的852户低收入农民获得四项收益：（1）土地租金收入。2009年地租约定为每亩1000元，此后到2029年每年增长5%。（2）资产分红收益。按照“四位一体”模式约定，项目承包运营公司（北京正大蛋业有限公司）每年支付10%资产使用费，分三个阶段通过农民合作社发放给农户。第一阶段2012—2019年，偿还银行贷款后，剩余部分支付给农民，每年每户5000元；第二阶段2020—2025年，偿还股东资本金和向正大集团的借款后，每年每户可分得资产性收益7400元；第三阶段2026—2029年，纯收益期，预估每年每户可分得资产性收益23900元。（3）在正大就业的工资收入。（4）20年后无偿获得地面资产。（二）平谷区的756户家中有孩子在校读书的残疾人家庭，每年每户获得稳固的分红收入，直至孩子毕业为止。（三）平谷区政府实现了更高水平的农业现代化区域经济发展，带动了低收入农户、残疾户脱贫致富，既收回了前期投入的资本金，又实现了将政府扶贫助残资金由输血变为造血的升华，并获得了税收。（四）北京银行实现了金融扶贫、安全放贷，并获得稳固的利息收入。（五）正大集团通过产业扶贫，履行和承担了“利国利民利企业”的社会责任，获得了年产5.4万吨安全健康的鸡蛋产品，掌控了食品安全的源头，同时承担盈亏风险。

七是关于配套项目。为了使这个项目做到零排放、零污染，在蛋鸡养殖厂周边分别配套了3000亩果蔬种植基地、4000条鳄鱼养殖基地，以消纳蛋鸡养殖厂的鸡粪和淘汰鸡，做到环境友好，可持续发展。

经过三年的建设期，2012 年 4 月 26 日项目竣工投产了。正大集团资深董事长谢国民、董事长谢吉人，与时任中央农村工作领导小组办公室主任陈锡文、时任国务院侨务办公室主任李海峰、时任国务院发展研究中心副主任韩俊、时任北京市副市长夏占义等众多领导和嘉宾出席了竣工仪式。在仪式上，国家体育总局训练局局长阎世铎与正大集团杨小平签约，正大鸡蛋成为国家队运动员指定的食用产品。

2012 年 4 月 26 日项目竣工投产。谢国民（前排左二）、夏占义（前排右一）和杨小平（前排左一）为项目建成揭牌（照片由正大集团北京总部宣传中心提供）

2012 年 4 月 26 日项目竣工投产。照片中在主席台前排就座的有（从左到右）谢国民夫人、谢国民、李海峰、韩俊、邱水平（照片由正大集团北京总部宣传中心提供）

三

项目建成后，营运至今已经 8 年了。西樊各庄农民的反映怎么样呢？

耳听为虚，眼见为实。8 月 13 日下午，我和张曙晖先生、杨立红女士、杨关骏先生等来到西樊各庄访问。

那一天我一进到村里，就被村里干净整洁的环境惊呆了！西樊各庄村民的房屋、院落，与别处的民居并无二致，大多还是北方传统的样式，但无论是村道路两侧，还是村民家房前屋后，竟然找不到一片垃圾、一处污物，没有任何乱七八糟堆放的杂物。我对农村并不陌生，但西樊各庄干净整洁的村容村貌，我真是第一次见到。我有几年没有进过北京郊区的村庄了，或许大多数村庄已经摆脱了过去的脏乱差，我不了解。

我们先走访了两户村民——赵永启先生家和朱俊芹女士家。

赵永启先生和他夫人在家。全家三口人，2019 年从正大公司分得土地租金和项目分红款共 9000 多元。赵永启的夫人赵艳宾已经在正大工作五年了，每月工资 3500 元左右，公司还为她缴纳全额的五险一金。赵家去年从正大获得现金收入合计约 51000 元，月均 4250 元。

朱俊芹女士一个人在家，丈夫外出上班还没有回来。她告诉我，她家也是三口人，2019 年分得土地租金和项目分红 8800 多元。她家的土地入股略少一点。她也在正大工作，每月工资 3500 元左右。朱家每年从正大获得现金收入合计约 50800 元，月均 4233 元。

我问他们对加入合作社与正大合作满意吗？他们异口同声地回答“满意”。

然后，我们来到村委会。年轻的村委会主任田静接待了我们。村党支部书记刘京伟当时外出公务，不在村里。

我一见到田主任，就大加赞扬地说，你们的村容村貌太整洁、太干净了，我实在没有想到。

田主任介绍说，村里现在有 1364 户人家、3058 口人，其中 2871 人有土地。跟正大集团合作的农民合作社的社员，2019 年土地租金加分红款平均分到 3052 元。

我问：农民兄弟姐妹们满意吗？

田主任：一开始有人不满意，认为钱少了，现在都满意了。

因为一开始一个人分到 1400 多元，以后每年都按比例上涨，现在一个人每年分到 3052 元了。而且正大每年年底准时把钱打给农民合作社，通过镇里的一个监管账户，一分钱都不差再打给农民。正大在我们村口碑特别好。

我问：现在村里有多少村民在正大就业呢？

田主任：目前在正大工作的村民有 300 多人。

我说：300 多人就业，占全村人口的 10% 多，按人均务工月收入 3500 元左右计算，收入可不少啊！

田主任：正大对我们村的帮助很大。

据田主任介绍，农民合作社入股正大蛋业的土地租金收入是按合作社 852 户社员分，而项目的红利则是按全村 1364 户来分，户户有份。

我问：村里跟正大合作带来了什么？

田主任：正大集团的到来，对我们村的经济发展和社会稳定起到了重要作用，通过与正大的合作，全村户户都实现了脱贫、脱低收入。

杨沛林先生向我提供的财务数据显示：西樊各庄与正大的合作，从 2009 年到 2019 年，11 年来的土地租金收入和项目分红收入合计达到了 4510 万元，另外还有 300 多人的就业收入（其中一部分是固定就业，一部分是季节性就业）。

这些财务数据都印证了田主任的话。

田主任接着说：不但如此，我们现在和正大公司好像一家人一样，每逢过年过节，正大公司都来村里慰问，去年正大公司还组织表演队来我们村里参加新年晚会，表演节目呢！

我还了解到一个细节。刚开始议论成立农民合作社与正大集团合作的时候，农民有不同想法，认为还是把土地留在自己手里放心，自己种地最保险，村委会意见也不统一。为此，区委书记秦刚、区长邱水平和正大集团杨小平等各方都做了很多细致的工作和努力。其中就有杨小平先生与村党支部老书记孙茂芝的一番两个多小时的促膝相谈，老书记想通了，组织农民合作社，以土地入股正大项目，是把农民的当前利益和长远利益相结合的最好办法，是带领农民脱贫致富的长治久安之策，而且正大集团是一家著名的跨国企业，完全可以信赖。与杨小平谈话后，老书记回到村里组织开会、动员，做村民的工作，合作社很快成立起来了。

2020 年 9 月 8 日，我和杨立红女士、赵铭女士、杨沛林先生又拜访了平谷区残疾人联合会。联合会扶贫工作中心主任王海涛等接待了我们。他介绍说，北京市残疾人联合会当时是齐静女士任理事长，她拍板决定将 4400 万元残疾人就业保障金入股正大项目，其收益定向帮扶两类残疾人员，一类是助学扶贫，为家中有孩子在校读书的残疾人家庭，共 756 户每年每户补助 5000 元，直至孩子就业为止；另一类是大病救助，就是从救助读书的孩子就业后退出助学扶贫的剩余分红款中，对有重大疾病的残疾人家庭每年每户补助 5000 元，但对象不固定，每年核准。

杨沛林先生向我介绍情况说，残疾人联合会与正大的合作分为三个阶段，第一个阶段是 2012 年到 2019 年项目还贷期，这八年间残疾人联合会的 756 户残疾人每年每户获得分红款 5000 元，合计已经获得分红款 3024 万元；第二个阶段是 2020 年到 2025 年，这六年内项目贷款已经还完，是偿还本金期，即一方面正大公司要偿还残疾人联合会的4400万元本金，另一方面要按照每年每户获得分红款7400元给残疾人联合会；第三个阶段是2026年到2029年，这四年间，贷款、本金全部偿还完了，给残疾人联合会的分红款预估每年每户在23900元。如此算下来，在正大平谷蛋业有限公司承包经营期间，残疾人联合会出资本金4400万元，收回1.8亿元，除了收回4400万元本金外，还溢值了13608万元。这笔巨额分红款全部用于平谷区的残疾人家庭，是实实在在的利国利民、惠国惠民的大善事呀。

王主任陪同我们来到王辛庄镇的两个村，看望了两户残疾人家庭，一户是放光村的武宝荣先生家，妻子智力低下，女儿13岁正在读中学，还有一个一岁多点的小男孩；另一户是许家务村的石国满先生家，儿媳妇患精神疾病住在精神病医院，儿子病逝了，老两口近80岁，也有病，依靠孙子一家生活。工作人员向他们介绍说，正大集团的领导看望你们来了，每年给你们救助的5000元钱就是正大公司的分红款，他们都表示十分感谢正大集团。看到他们家庭的实际困难，以及正大集团为他们提供的实实在在的帮助，我感到十分欣慰。

四

这个项目除了为西樊各庄的低收入村民和平谷区的残疾人家庭带去了实实在在的物质和精神帮助以外，还产生了巨大的社会效应。

2014年12月29日，时任国务院副总理汪洋在北京市考察现代农业建设工作，其中就来到了北京平谷正大绿色方圆300万只蛋鸡现代化产业项目考察调研。

这个项目也获得了中央农办、农业农村部的高度重视。时任中央农办主任陈锡文考察了这个项目并多次听取正大集团资深副董事长兼中国区 CEO 杨小平关于项目发展的汇报，对正大集团在实现中国特色农业现代化道路上进行的探索表示肯定。2016 年 4 月 28 日下午，参加第三届全国都市现代农业现场交流会的代表，由农业部副部长屈冬玉带队，莅临北京平谷正大绿色方圆 300 万只蛋鸡现代化产业项目开现场会。屈冬玉对这个项目给予了高度的评价，他说："一村三品，三产融合，四位一体，实现了农户、企业、政府、银行的多赢，为农业现代化提供了一个优秀的范本。"2019 年 11 月 19 日，应中央农办主任、农业农村部部长韩长赋的邀请，正大集团资深副董事长兼中国区 CEO 杨小平在全国新农民新技术创业创新论坛上向全国农业系统的干部和农民代表介绍"四位一体"模式。2020 年 1 月 4 日，在清华"三农"论坛上，中央农办副主任、农业农村部副部长韩俊指出："正大的'四位一体'模式是很好的实践，农民的土地变成了资产，资产变成了股份，农民成为股东，农民分享了土地流转、规模经营、农业企业化经营的收益，这种模式是值得认真研究和大力推广的。现在进了哈佛的案例，日本有这个报告，日本人也开始重视这个问题，怎么把小农引入现代农业发展的轨道，我们是鼓励各地创新的。"

齐立兴镇长还向我介绍了一个情况，他说平谷区政府把"四位一体"模式带到了新疆，结对帮扶新疆的扶贫项目。我说：真是平谷桃花开，新疆结硕果呀！

2015 年，中国外商投资企业协会将"北京平谷正大绿色方圆

300万只蛋鸡现代化产业项目”评为“中国外商投资企业履行社会责任优秀案例”，一时间多个刊物和书籍刊发了《正大集团：创新产权模式，驱动多方互利共赢》一文。

2015年3月23日至28日，泰国国家立法议会主席蓬贝（H.E. Prof. Pornpetch Wichitcholchai），应中国全国人大邀请，率代表团访问中国。谢国民先生作为立法议会主席荣誉顾问，也是代表团成员之一。在北京访问期间，蓬贝先生在谢国民先生的陪同下率团来到平谷参观考察了“四位一体”模式的正大平谷300万只蛋鸡产业项目，杨小平、谢毅、于建平、邢继宪等陪同参观考察。

五

2020年8月13日，从西樊各庄回来，我始终惦记着，想再去看看，并拜访两位村支书，一位是现任村党支部书记刘京伟，但他确实公务繁忙，我还是没能约上他；还有一位就是老书记孙茂芝。

9月11日上午近10点的时候，我和杨立红女士、杨云峰先生、赵铭女士一道，如约来到居住在西樊各庄的老书记家。老书记家是一个传统的四合院，前院的中间过道上方搭了一个葡萄架，两侧种有多种蔬菜；后院是一个盛开鲜花的小花园；中间是一排五开间的房屋。房前屋后十分干净整洁。我们一行被老书记热情地让进客厅，落座后我们和他拉起了家常。老书记是1942年生人，今年78岁，身材魁梧，身体健康，一说话就笑了，开朗、乐观、健谈，思维和记忆力清晰，不抽烟、不来客不喝酒，晚上10点休息，早上6点起床，雷打不动，两个儿子、一个女儿都在城里工作、安家，他们老两口在城里也有一套两居室，冬天住城里，夏天住乡下，过着幸福的退休养老生活。我们向他表示衷心的祝福，向他表示慰问，感谢他当年勇于开创，带领农民成立农民合作社，与正大集团合作，使村里走上脱贫致富之路。

说起与杨小平先生的那次两个多小时的促膝相谈，老书记说："杨总说'我管您叫老爷子也不过分，不管区委书记、区长多大决心，您才是关键人物。组织群众得靠您。您给我个准话，我回去也好交代，我上面还有领导，您能不能落实'。我说这是个新生事物，老百姓不接受的多，做工作首先从我来说有决心，应该问题不大。他说'那我就放心了'。我说你不要说我是关键人物，是政策好，政策不好，我怎么关键也不行。我说的应该能做成这句话，杨总挺高兴。杨总还说'您放心，我们不会跑到您这儿糊弄老百姓。土地的租金，一签约就给钱；分红，要三年以后给钱，我们建设期没有利润，没法给钱，您咬咬牙，三年后的分红钱准让您得到实惠'！他也给了我一颗定心丸。"

老书记说："一开始有农民闹意见，现在人人都说好，因为他们真的从与正大的合作中得到了实惠的利益，十年了，年年都分钱，而且年年都涨钱，去年很多村民一家分到 1 万多元。我和老伴儿 4 分地入股合作社与正大合作，去年分了 6000 多元钱。"

老书记当了三十几年村干部，2012 年 70 岁时才正式卸任退休。他说了一句话，很值得记在这里。"我有一个经验，共产党让你干啥，你干得越早受益越早，"他说，"我就是一个赶时髦的人。"话音未落，他就爽朗地笑了起来。

我们与老书记在他家四合院的葡萄架下合影留念，祝福他福如东海，寿比南山！

孙茂芝（左二）与薛增一（右二）、杨立红（右一）、杨云峰（左一）在葡萄架下合影留念

与老书记道别后，我乘车返回市区。

一路上我思绪良多。

我想，“四位一体”模式下的北京平谷正大绿色方圆 300 万只蛋鸡现代化产业项目，在西樊各庄这片土地上的成功实践，不正是谢国民先生倡导的“利国利民利企业”的三利原则，以及他关于“富国不能有贫穷的农民”这一理念的最真实的“情景再现”吗？

如今平谷 300 万只蛋鸡养殖的“四位一体”模式，不仅被复制到了上海、昆明、潍坊等地的蛋鸡项目，还被延伸推广到了榆树、衡水的 1 亿只肉鸡养殖项目和襄阳的 100 万头生猪养殖项目。

当初的探索，现在正呈星火燎原之势，逐步改变中国畜牧业的发展方式。正如清华大学中国农村研究院副院长、农业农村部农村经济体制与经营管理司原司长张红宇在《农民日报》撰文指出的，正大“四位一体”模式的“成功实践为我国现代畜牧业发展提供了重要参考和样板”，“如何将经过现实考验，并且具有旺盛生命力的农业投资模式创新加以推广和升级，直接影响着农业现代化进程的速度和质量”。

同时我想，“四位一体”模式的成功，固然是大家共同努力的成果，但是我们不能忘记其中起决定作用的几位领军人物，他们是坚持创新变革的核心。首先是谢国民先生和郭金龙先生，正因为他们两位在这个项目的战略定位和顶层设计上，高瞻远瞩的高度一致和拍板决策，才使得这个项目能够顺利落地、实施；还有四位，他们是时任平谷区委书记秦刚、时任平谷区区长和继任平谷区委书记邱水平、时任平谷区委书记张吉福、正大集团资深副董事长兼中国区CEO杨小平，尤其是邱水平先生和杨小平先生，他俩是“四位一体”创新模式的主导者；以及时任北京市残疾人联合会理事长和党组书记齐静、时任北京银行董事长闫冰竹、时任西樊各庄党支部书记孙茂芝，他们三位都是在各自主管的领域内大胆改革创新、勇于担当作为的带头人，他们当中如果有一位是墨守成规、做平安无事官的，这个项目就无法突破而落地，要么搁置，要么延误。对于这些引领改革创新之路的开路先锋，我们不应该忘记他们！

鲁迅在《集外集拾遗·今春的两种感想》一文中说：“第一次吃螃蟹的人是很可佩服的，不是勇士谁敢去吃它呢？”历史，就是这样被第一次吃螃蟹的人在不经意间改写的。

沧海桑田　十年一剑

——记正大集团第一家国家级现代农业产业园

薛增一

故事 082

一

亲爱的朋友，您了解“海塘”吗？海塘的“塘”字在这里是什么含义呢？

我问了身边的几位朋友，大家都说不确切。我也是这次查阅了词典，才知道“塘”除了池塘的意思以外，还有“堤坝”的意思。“海塘”就是人工修建的挡潮堤坝，在中国至今已有2000多年的历史了。人们修筑海塘，一是为了抵挡海潮，二是为了向大海要地。

浙江慈溪地处杭州湾南岸，长江和钱塘江带来的泥沙，潮起潮落，经年累月，在杭州湾沿海沉浮积淀。早在宋朝前期的公元1047年，当地政府就开始大规模、有组织地修筑慈溪海塘了。现在慈溪市区的杭甬路的路基就是那时修筑的第一条海塘，慈溪人叫“一塘”，也叫“古塘”。可见慈溪市区在宋朝早期的时候还是大海呢！从那时往后，人们不断地向北、向东把海塘推进到大海里去，先后修建了二塘、三塘、四塘等。973年后的今天（2020年），从慈溪市区乘车往东北方向去，车程大约25千米后来到海岸边，这里蜿蜒矗立着坝顶高程7.33米、坝顶宽7米、长27千米的新海塘，这就是今天的慈溪十一塘。

十一塘围海工程，由慈溪市委市政府于2005年启动，投资10亿元，从慈溪西北的四灶浦，到东南的淞浦，分段筑坝，硬是把海岸线从十塘向海里推进了2千米多，建起了十一塘，总计从海面围垦出新陆地面积60多平方千米（约10.5万亩）。

2008年，海塘基本修建完工后便开始造地。所谓造地，就是在围起来的沿海滩涂上开挖水沟、池塘，再把挖出来的原在海里的盐碱沙泥堆撒到滩涂上，将滩涂的海拔高程抬高到2米左右。

地是造出来了，可那是原为海底的一片滩涂盐碱地呀！一毛不拔，寸草不生。

2009年下半年，慈溪市委、市政府决定，对已经初步完成造地的3万亩滩涂盐碱地，面向海内外招商、开发。当时有中国台湾地区和新加坡的企业，以及泰国的正大集团等分别投标。慈溪市委市政府考虑到正大集团是一家拥有实力的世界著名跨国企业，特别是在农牧业方面有深厚的历史和经验，最后选择了正大集团。

2010年4月19日，慈溪市委市政府主要负责人率团赴泰国正大集团考察，拜访正大集团资深董事长谢国民、董事长谢吉人。

2010 年 4 月 19 日，在谢国民（二排右五）、谢吉人（二排右四）的见证下，谢毅（前右）与慈溪市主要领导分别代表双方签署《开发杭州湾农业科技生态园战略合作框架协议》（照片由正大集团北京总部宣传中心提供）

经双方友好、务实的会商，在谢国民先生、谢吉人先生的见证下，慈溪市委市政府主要负责人与正大集团资深副董事长谢毅，分别代表双方签署了《开发杭州湾农业科技生态园战略合作框架协议》。

慈溪园区的开发建设，冠以“正大”之名，从此走上了开发建设大道。

二

2020 年 7 月 22 日至 25 日，我借赴上海开会之机到正大慈溪园区采访。

从虹桥机场出来，乘车跨越杭州湾跨海大桥，不到两个小时，就抵达了正大慈溪园区，交通十分便捷。据说，已经开工的沪嘉甬铁路将在 2025 年建成通车，那时从慈溪站到上海虹桥机场仅需 35 分钟，慈溪将真正融入上海，成为上海的后花园。

在慈溪，我先后采访了慈溪市人民政府办公室原主任何登森、慈溪市人民政府现代农业开发区管委会主任戚岳瑞、正大集团农牧食品企业中国区分管种植事业的副董事长王金文、正大慈溪现代农业产业园资深总裁王庆军。

王金文先生是当年最早协助谢毅先生推动正大慈溪园区开发建设的开创者之一。

据他介绍，正大慈溪园区 2010 年一开始的面积是 3 万亩，2011 年又增加了 9000 亩，总面积达到 3.9 万亩。

回忆起最初入驻园区的情形，王金文先生感慨地说：那时我和张正权董事长搭档，负责园区的种植事业，我们的策略是生产经营第一，生活福利第二。因此我们先在荒滩上搭建了一栋简易的铁皮房，办公、住宿、食堂，都在这里，周围荒芜一人、寸草不生，夏季的炎热、蚊虫伴随着我们，一直到 2016 年行政楼建起来了，才拆除了这栋铁皮房。创业时的条件虽然艰苦，但是在盐碱地改造上，我们却创造了纪录。过去盐碱地改造需要 3 ~ 5 年，我们采用先进的高水位淋盐洗碱法、水稻用水“营养套餐”搭配法等科技手段，实现当年改造盐碱地、当年种植水稻、当年获得高产，为中国的盐碱地改造创造了正大经验，获得了政府主管部门和农业专家的评估认可。

他特别向我介绍了园区农业科技方面的成果。为了给现代农业腾飞插上科技的翅膀，为农业企业的创新能力和可持续发展提供科技支撑，正大慈溪园区于 2018 年成立了慈溪市杭州湾现代农业研究院，配套设立了四个研究中心、三个实验基地，开展盐碱地改良、种子培育、资源综合开发利用、种养加融合发展模式、人才培养等多方面研究和实施；同年，还设立了华中农业大学傅廷栋院士工作站，主要承担国家油菜研发和成果转化；2020 年又成立了慈溪正大顺为智慧农业研究院，以物联网、大数据、智慧农业技术为研发方向。目前，正大慈溪园区的农业科研项目已经发表论文《东南沿海盐碱地成因及六维改良法》，获得 2 项实用新型专利、3 项软件著作权，并已提报送审 10 项专利技术等科研成果。

何登森先生是一位从大队书记成长起来的领导干部，经验丰富，朴实干练。

他操着宁波普通话向我介绍，至今令他难忘的是，2010 年 12 月 14 日，谢国民先生专程从泰国来到慈溪，出席慈溪市杭州湾现代农业开发区暨正大农业科技生态园开工仪式。投资正大慈溪园区的决策，以及开发建设的进程，谢国民先生都十分关心，十年间，他在百忙中前后三次从泰国来到慈溪，给予正大慈溪园区开发建设极大的支持和鼓舞。

谈到当时的滩涂地改造，何主任感慨地说：正大集团 2011 年开始改良盐碱地、种植水稻，创造了慈溪市的几个第一。一是当年改造，把滩涂地的盐碱度从 7‰ ~ 10‰降解到 3‰以下，当年种植水稻，当年喜获丰收，这在慈溪盐碱地改造史上从来没有过；二是水稻亩产当年就达到了 800 斤以上，创造了慈溪乃至浙江盐碱地改造产量最高——过去慈溪在盐碱地种水稻亩产一般不超过 350 斤。正大慈溪园区的种植模式和经验，为慈溪和浙江的盐碱地改造创造

2010年12月14日，慈溪市杭州湾现代农业开发区暨正大农业科技生态园开工仪式举行（照片由正大集团北京总部宣传中心提供）

了新样本。他说：这十年中水稻的产量一直在提升，目前亩产已经达到1250斤。现在的正大慈溪园区，是我们慈溪市的粮仓，每年产粮1万多吨。种植的系列蔬菜、水果，比如西蓝花、葡萄、西瓜、火龙果等，不施农药、化肥，安全、健康、无公害，都成了慈溪的特色新产品，其中西蓝花的产量占全国的1.8%，产品除了供应本地市场以外，大部分销往杭州、上海等大城市。

何登森先生最后说："十年来，正大慈溪园区一二三产业全方位融合发展，取得了巨大的成就，实践证明，当年市委、市政府决定引入正大集团的决策是十分正确的。"

王庆军先生于2015年到任正大慈溪园区资深总裁，是正大慈溪园区的总管家、照料 3.9 万亩土地物业的“大地主”。

当我请他为我介绍目前正大慈溪园区的发展情况时，他兴致盎然、如数家珍地告诉我，截至 2020 年上半年，正大慈溪园区已经入驻正大集团所属公司 26 家，不仅有粮食种植、蔬菜种植、水果种植、蛋鸡养殖、食品研发、鲜食品加工、饮品酿造、电商营销、金融基金，还有食品研发中心、特种车辆厂、农牧机械设备制造厂、饲料厂的陆续建成投产，以及特色农业旅游、特色小镇、金色湖畔行政生活服务区、新慈湖智创湾（农业硅谷）项目等的开发建设，同时还引入了中集集团、蓝城集团、美国爱科集团等一批重量级合作伙伴，等等。今天的正大慈溪园区已经具有相当宏大的规模了，累计投资 30 多亿元。目前已经开工建设的环新慈湖智创湾（农业硅谷）项目，在近三年内还将陆续完成投资 90 亿元。

他继续微笑着提高了音量，自豪地说：“我们的园区，2018 年 12 月 29 日荣获农业农村部、财政部认定的首批 20 个国家现代农业产业园之一；同年我们入围宁波市特色小镇名单；2019 年 6 月 19 日再获国家发展改革委等六部委认定的第二批国家农村产业融合发展示范园之一。”

他接着说：“前十年已经过去了，现在我们正在全力谋划实施未来十年，计划完成 300 亿元的投资，着力建设环新慈湖 1.52 万亩的国家级旅游园区智创湾项目，形成融农业、科技、体育、文化、旅游、教育于一体的农城、学城、乐城，从产业链昔级到生态圈，包括现代农业休闲旅游观光主题公园、特色住宅、高档酒店、现代商业、行业会所等，将正大慈溪园区打造成世界级的农业科技硅谷新高地。”

他那自豪自信之情溢于言表，感染着我。

告别了王庆军先生，我来到了智创湾项目的建设工地参观。在正大地产企业慈溪公司总经理钟晓永先生的陪同下，我走进了项目第一期新落成的高品质生态社区和已经分别装修好的中式合院别墅、高档洋房公寓等处参观。项目设计极具特色，整体环境无比优美，真乃曲径通幽，别有洞天，柳暗花明，赏心悦目。

2020年7月25日星期六，戚岳瑞先生放弃周末在家休息的时间，应我之约，来到我住宿的酒店。我们从9点一直谈到了快11点。

戚主任介绍说，2008年市委、市政府决定开发新围垦出来的滩涂盐碱地，2009年成立了开发区管委会，2010年引入正大集团，2011年正大集团开始改良土地种植水稻并喜获丰收，随后正大集团一二三产业并举，种植、养殖、研发、加工、制造、商贸、房产，等等，一个一个项目先后开工建设，高潮迭起，总投资已经超过30亿元了。这期间，慈溪市委、市政府在开发区平均每年投入1.8亿元资金用于园区的基础设施建设，主要是水、电、气、路、桥、通讯、河道、池塘、治污、绿化、景观，等等，与正大慈溪园区的开发建设齐头并进，相得益彰，使得整个园区环境优美，面貌一新。

在回顾总结了正大慈溪园区的十年发展史后，戚主任说：这十年一年一个台阶，一年一大变化，在市委、市政府五届领导班子的接力领导和持续支持下，在谢国民先生的决策和支持下，在谢毅先生的大力运筹、调动和直接领导下，正大慈溪园区的开发建设以获得“国家现代农业产业园”称号为标志、为总结，取得了巨大的成功，慈溪人民十分感谢正大集团，感谢谢国民资深董事长，感谢谢毅资深副董事长。

对于未来十年，戚主任充满信心，他说："在前十年打下的基础上，我们的园区将继续以农业为底色、为基调、为特色，以正大智创湾（农业硅谷）项目为标志，把园区建设成国际化产城融合的美丽家园，常住人口要从现在的2000多人达到3万多人，来园区的年旅游人数要从现在的20万人次达到200万人次。"

回到北京后，我向谢毅先生汇报在慈溪采访的情况，当谈到何登森先生、戚岳瑞先生对正大集团，对谢国民先生，对谢毅先生的赞誉和评价时，谢毅先生怀着发自内心的尊重和感激之情，语气恳切地说："最应该感谢的是谢国民先生和慈溪市委市政府，包括开发区管委会。正大慈溪园区历时十年的艰苦创业和开发建设，前后经历了慈溪市委、市政府五届领导，开发区管委会三届领导。在这样一个3.9万亩寸草不生的荒滩上开发建设一个如此宏大的综合性项目，是需要时间的，是需要持续和坚守的，不可能一蹴而就，不可能一帆风顺。但非常幸运的是，我们得到了慈溪历任市委书记和市长的大力支持、帮助和关心，他们接力而为，这最令我难忘和感动，要说功劳和贡献，他们的功劳最大、贡献最大。"

三

其实，早在我这次去慈溪采访之前，美国《国家地理》杂志的记者就有过一次很有意义的采访。

那是2016年6月1日，我收到一封农业部国际合作司国际交流中心推荐来的邮件，美国《国家地理》杂志中国大农业专题项目组的两位记者 Tracie McMillan（文字记者）和 George Steinmetz（摄影记者）计划来正大集团采访、拍摄。这是《国家地理》倾力筹备的一个中国专题，旨在向全世界展示中国现代农业发展水平及农产品生产企业，报道的主题是“FEEDING CHINA The nation’s booming appetite is reshaping its agriculture—and the world’s”。2016 年 6 月 27 日，我请同事杨凯和宋静陪同 George Steinmetz 赴正大平谷现代化蛋鸡厂拍摄，9 月 6 日，我请同事杨凯陪同 Tracie McMillan 赴正大慈溪园区采访。

让我意外的是，一年以后，Tracie McMillan 再次提出要赴正大慈溪园区采访，以追踪去年采访后的情况和变化。2017 年 8 月 1 日，我又一次请同事宋静陪同她去正大慈溪园区采访。Tracie McMillan 在正大慈溪园区前后两次的采访，得到了王庆军先生的热情接待。

这三次的采访文字和照片，发表在美国《国家地理》杂志 2018 年 2 月刊。

通过这次采访报道，我们向世界展示了正大平谷 300 万只蛋鸡现代化养殖工厂和正大慈溪现代农业产业园这两种引领时代的现代农产品生产和农业发展水平的新模式。

四

正大慈溪园区的十年变迁，是慈溪快速发展的缩影，是中国快速发展的缩影。

在这个发展过程中，正大人与慈溪人民一道，上下同欲，奋力拼搏，遵循着正大集团“利国利民利企业”的经营宗旨，为慈溪市的经济建设和社会发展作出了一定的贡献。

有这前十年发展的样板做对标，未来的十年，园区更好，慈溪更好，中国更好，谁还会怀疑呢？

告别了戚岳瑞先生，我特别请同事王婷陪同我来到慈溪市区的第一塘遗址，顾影徘徊，拍照留念，然后乘车向东北方向的第十一塘而去。途中我请王婷又陪同我走访了三塘遗址、七塘遗址。到了正大慈溪园区后，在同事应雪飞的陪同下，我再次来到了十一塘的海岸边。

站在十一塘的坝顶，我在心中拟了一副对联：

向前看，远眺一望无边的滔滔东海，波澜壮阔；
向后看，近顾沧海桑田的正大园区，心潮澎湃。

那一片片绿油油的水稻田、蔬菜园、果园，以及绿色田野间的农牧机械制造厂、特种车辆厂、蛋鸡养殖厂、饲料加工厂、食品研发中心、行政楼、公寓楼、别墅群，以及那些错落有致地点缀在园区田野间的数十台展翅翱翔的风力发电机组，这景象是何等的巧夺天工啊！

联想到 15 年前这片十一塘的沃土下还是大海，10 年前这片十一塘的围垦区还是寸草不生的荒滩盐碱地，如今却是一片生机盎然的正大慈溪园区，怎能不令人感怀万千呢！正如王庆军先生向我介绍时所说的那样，十年时光，我们把这片神奇的土地从荒滩盐碱地变成了田园、菜园、果园、养殖园、工业园、科技园、花园、家园、校园，变成了一二三产业融合发展的国家现代农业产业园。这是何等的荣耀啊！

亲爱的朋友，1000多年前，晋代的葛洪、唐朝的贾岛，分别创造了“沧海桑田”和“十年一剑”这两个千古成语。我想，假如他们能够看到，在1000多年后的今天，他们创造的成语，因正大慈溪园区的诞生而得到完全的印证，他们一定会因此而感到无上的自豪，一定会因此而为今人感到由衷的钦佩！

亲爱的朋友，这就是我想与您分享的故事——慈溪第十一塘的昨天、今天和明天。

让我们为它祝福吧！

（本文刊于《中国外资》杂志）

塑造现代农业园区建设的中国模式

——正大慈溪现代农业园区调研与启示

张红宇　何宇鹏　胡振通　王瑜

故事083

现代农业园区建设集理念领先、技术集成、产业融合、绿色发展、成果共享、试验示范等现代生产经营要素于一体，要求在一定区域范围内释放现代农业功能元素，并在更大范围内展示拓展引领农业农村现代化趋向。近十年来，各级政府与有关市场主体积极投身现代农业园区建设，星星之火颇具燎原之势。党的十九届五中全会明确提出要建设农业现代化示范区。那么，实践中各地现代农业园区在实现农业农村现代化方面表现的功能如何？对引领更大范围实现农业农村现代化的作用又怎样？为此，清华大学中国农村研究院组成调研组，对正大集团在浙江慈溪、余姚投资兴建的现代农业园区进行了实地考察，深切感受到他们在实践中的做法及释放的积极效果，意义十分重大。

新发展阶段现代农业园区的功能定位

"大国小农"是我国的基本国情农情，农业农村现代化是我国实现全面现代化的基础和突破口。建设现代农业园区是"十四五"时期实现农业农村高质量发展和加快推进农业农村现代化的重大举措。在一定区域范围内建设现代农业园区，示范和引领现代农业发展，需要顺应农业农村发展的新阶段、新趋势、新特征，丰富完善现代农业园区的功能定位。

生产功能。现代农业园建设要强化生产功能，核心在于保障国家粮食安全和重要农产品有效供给。严格规范土地流转行为，坚决制止"非粮化""非农化"倾向，流转土地要用于农业尤其是粮食规模化生产。根据粮食生产功能区、重要农产品生产保护区和特色农产品优势区的区域资源优势和产业特色，建设一批规模化、机械化、标准化、集约化和产业化程度较高的现代农业园区，示范引领区域现代农业发展，加快传统农业向现代农业转型，不断提升区域粮食和重要农产品供给能力。

创新功能。现代农业园区建设要强化创新功能，核心在于加快推进农业关键核心技术攻关和科技成果转化应用。实行产学研深度结合，大力推进农业技术创新，提升和强化现代农业园区研发、集成、运用、示范、推广新品种、新技术和新装备的功能，加速农业科技成果转化应用，不断推动农业技术进步，提高土地产出率、劳动生产率和资源利用率，稳步提升农业质量效益和竞争力。

融合功能。现代农业园区建设要强化融合功能，核心在于拓展农业多元功能和促进产业融合发展。在发挥农业生产传统功能的基础上，不断释放农业在生态保护、休闲农业、文化传承等方面的功能。促进乡村产业深度交叉融合，推进规模种植与林牧渔融合，推进农业与加工流通业融合，推进农业与文化、旅游、教育、康养等产业融合，推进农业与信息产业融合，形成多主体参与、多要素集聚、多业态发展格局。

组织功能。现代农业园区建设要强化组织功能，核心在于提升农业生产组织化程度和促进小农户与现代农业有机衔接。巩固和完善农村基本经营制度，加快培育农民专业合作社、家庭农场等新型农业经营主体，健全农业专业化社会化服务体系，引导农户、农民专业合作社、农业产业化龙头企业、农村集体经济组织和科研推广机构等各类生产经营主体开展广泛的合作与联合，发展多种形式适度规模经营，推动建立符合区域实际和产业特点的现代农业生产经营组织形式，实现小农户与现代农业有机衔接。

绿色功能。现代农业园区建设要强化绿色功能，核心在于推动形成绿色生产方式和生活方式。严守耕地和生态保护红线，节约资源，保护环境，促进农村生产生活生态协调发展，建立绿色、低碳、循环发展长效机制。强化资源保护利用，大力发展农业节水，全面推行“一控两减三基本”，推进种养循环一体化，支持秸秆和畜禽粪污资源化利用。推进农业标准化生产，健全农产品可追溯体系，实现从田间到餐桌的全产业链监管，确保农产品优质安全。加强农产品地理标志管理和农业品牌保护，鼓励地方培育品质优良、特色鲜明的农产品区域公用品牌。

增收功能。现代农业园区建设要强化增收功能，核心在于完善利益联结机制和拓宽农民增收渠道。围绕股份合作、订单合同、服务协作、流转聘用等利益联结模式，建立龙头企业与农户风险共担的利益共同体，让农民更多分享产业增值收益，促进农民收入持续稳定增长。拓展农业在产业服务、生态保护、休闲农业、文化传承等方面的功能，培育新产业新业态，带动农民就业增收，拓宽增收渠道。

现代农业园区建设的“正大慈溪模式”

如何充分发挥现代农业园区的功能和更好地示范引领现代农业发展，正大集团和慈溪市政府联合打造的慈溪现代农业园区就此做了十分有益的探索。“正大慈溪模式”历经十年探索而逐步成熟，并由正大集团推广至浙江余姚、山东东营等十余个地区，未来正大集团计划在中国建设一百个现代农业园区。以慈溪现代农业园区为主体、余姚现代农业园区为补充，从政府搭台、企业引领、功能实现三方面对“正大慈溪模式”的探索，初步显现出园区建设的中国特色。

政府搭台。慈溪市委、市政府高度重视慈溪现代农业园区建设工作，统筹人力、物力、财力，通过明确开发思路、构建工作体系、配套基础设施、优化园区布局、强化资金保障、招引经营主体等举措，全力推进慈溪现代农业园区建设。

明确开发思路。慈溪市乃至宁波市和浙江省，地形地貌呈现多山多丘陵少耕地，可开垦耕地后备资源不断减少，占补平衡指标交易价格不断攀升。盐碱地是宝贵的耕地后备资源，开展盐碱地修复治理是平衡农村耕地保护和城市建设用地需求的重要举措。因此，慈溪市采取了滨海盐碱地修复治理和现代农业园区建设的开发思路。

构建工作体系。慈溪现代农业园区搭建了建设领导小组、园区管委会、国资公司“三位一体”建设管理体系。慈溪市政府成立由市政府主要领导担任组长，相关部门（镇）负责人为成员的现代农业园区建设领导小组，统筹推进农业园区各项建设工作。管委会下辖两家国资公司，分别负责园区的融资建设和投资运营。

配套基础设施。2010年至今，慈溪现代农业园区累计投入基础设施建设资金约35亿元，基本形成“七大体系”配套基础设施。骨干道路体系总长150千米，“四横七纵”骨干路网全线贯通。河网水利体系建成生态河道254千米、泵房泵站149座。供排水务体系建成自然水管网35千米，供气体系规划供气量600万立方米/年。电力保障体系建设100千伏农业变电站1座，架设电力线路38千米。综合防控体系实现公安天网工程、电信网络全覆盖。

优化园区布局。慈溪现代农业园区主导产业为优质粮食和精品果蔬，形成了“一核两带四区多园”产业整体布局。一核是以6.4平方千米新慈湖为核心打造未来农业硅谷。两带是4万亩优质粮食带、9.1万亩精品蔬菜带。四区是点状布局的生态畜禽区、健康食品加工区、农业智慧装备区和高新农业创业区。多园包括新浦葡萄园、掌起水蜜桃园、龙山蔬菜园等区域性产业园和绿色农产品加工基地、农产品电商园等功能性产业园。

强化资金保障。慈溪市充分整合财政涉农资金，出台一系列政策文件，全方位支持现代农业园区建设。积极鼓励各级财政和市场主体合力共建，2017—2018年创建慈溪市国家现代农业产业园，中央财政资金奖补1亿元，落实地方政府配套建设资金2.7亿元，吸引企业产业项目投资 6 亿元。鼓励各类金融资金和其他社会资本参与产业园发展，构建金融支撑体系。

招引经营主体。慈溪现代农业园区坚持招大引强，对接引进大企业。2010 年，世界 500 强泰国正大集团入驻园区，也是园区最早进驻的集团企业。随后，除了正大集团以外，园区还招引美国爱科集团、中集集团两家世界 500 强企业，以及聚集宁波市级以上龙头企业 13 家。目前，园区已注册落地企业 51 家，注册资金累计达 55 亿元。园区内种植企业平均经营土地规模 2772 亩。

企业引领。正大集团进驻慈溪现代农业园区，利用资金、市场、技术、人才等优势，主要参与并见证了慈溪现代农业园区建设的重要阶段，引领了慈溪现代农业园区的发展变迁。目前，正大集团在慈溪现代农业园区入驻企业 26 家，占园区企业的 51%。从经营理念、开发模式、投资模式、全产业链、融合发展、联农带农六大方面引领慈溪现代农业园区发展。

贯彻经营理念。正大集团始终坚持“利国、利民、利企业”的“三利”原则，首先是有利于国家的发展，其次是提高人民的收入和获得感，最后才是考虑企业的利益。

探索开发模式。正大集团在慈溪现代农业园区和余姚现代农业园区都采取了“土地修复 + 绿色运营一体化”的开发模式，即实施盐碱地治理开发，以种植产业为基础，逐步完善园区建设，以三产融合为思路，进行园区产业布局。杭州湾盐碱地区域，原本为滩涂、芦苇丛、沼泽地，通过采用“水淹法”改良盐碱地，水稻亩产 1150 斤以上，达到了中高产水平，成为中国盐碱地改良的典范，目前正大集团在慈溪现代农业园区和余姚现代农业园区分别种植水稻2.3万亩和3万亩。正大集团还探索“稻蟹共生”模式，河蟹的残饵及粪便能提供有机肥料，增加土壤有机质含量，稻蟹共生还可以解决水稻的草害以及虫害问题，从而控制农药的使用，实现绿色发展。盐碱地是宝贵的耕地后备资源，“土地修复＋绿色运营一体化”的开发模式对于保障粮食安全、推进农业现代化具有示范意义和推广价值。

优化投资模式。近十年来，正大集团6个区域总部和26家企业分阶段入驻慈溪现代农业园区，总投资约32亿元，其中自有资金约22亿元、银行贷款约10亿元。正大集团在园区开发中采取轻资产模式，土地整理、固定资产投入等主要由政府承担，集团主要通过项目规划、项目实施、土地租赁、项目管理运营等方式推进园区开发和获得运营收入。

布局全产业链。近十年来，在慈溪现代农业园区，蛋鸡场、食品研发中心、鑫百勤特种车项目、现代机电制造项目、饲料厂等项目陆续启动并建成投产，正大集团逐步完善全产业链的布局。从纵向看，“从土壤到餐桌”，正大集团提供了从盐碱地改良到种子、种植等全产业链的产品和服务。从横向看，正大集团实现了园区产业间的横向互补发展。正大集团在慈溪现代农业园区已经形成以绿色农业种养为基底、制造加工为支撑、农旅康养为拓展的全产业链布局。

深度融合发展。正大集团通过产业和业态的深度融合，实现了慈溪现代农业园区从盐碱地到田园、菜园和果园，再到食品园、产业园和科技园，并最终走向乐园、家园和农业硅谷的逐步蜕变，不断释放农业在生态保护、休闲农业、文化传承等方面的功能，呈现出全域产业化、全域生态化、全域景区化的景象。集广阔农田、田园体验、宜居社区、优质服务于一体，实现农旅融合、农文融合、产城融合，单一农业发展升级为农业、科技、旅游、居住融合的中国农业硅谷，打造集生产、生活、生态为一体的可持续性智慧园区。

联农带农机制。在为农服务方面，正大集团以“为农服务中心”为平台提供统一标准、统一农资供应、统一农机服务、统一技术指导、统一品牌、统一销售的“六统一”服务，既服务于慈溪、余姚两大农业园区自主经营的约7万亩耕地，更积极为周边合作社成员、种植大户、农业企业主等提供托管服务。在示范带动方面，正大集团以管理服务中心为核心支点，集合杭州湾现代农业研究院、院士工作站、农业区域品牌促进会等N种资源，形成产业示范和带动升级的“1+N”模式，并开展基地直采模式。

“正大慈溪模式”带来的启示

从“正大慈溪模式”看中国未来现代农业园区建设与发展，总体上应该把握好“理念、集聚、效益、多元、展示”五个关键词。

理念。现代农业园区建设要有超前的理念，采取工业的、科技的、融合的发展思路。特别是在党的十九届五中全会立足新发展阶段、贯彻新发展理念、构建新发展格局的历史背景下，“坚定不移贯彻创新、协调、绿色、开放、共享的新发展理念”“实现更高质量、更有效率、更加公平、更可持续、更为安全的发展”，每一条都对现代农业园区发展具有重要的启示，需要政府和市场充分发

挥各自的职能。

集聚。集聚是现代农业园区发展的关键驱动力。从内涵上看，集聚是理念的集聚、创新的集聚、制度的集聚；从表现上看，集聚主要体现为要素集聚和产业集聚。要素集聚，在一定区域内促进人力、技术、资金的空间聚集，提高资源要素配置效率。产业集聚，在一定区域内促进农业关联产业的空间聚集，打造农业全产业链，实现一二三产业融合发展。无论是要素集聚，还是产业集聚，都需要高度重视现代农业企业的引领作用，发挥农业企业在人才、资金、技术、市场等方面的优势，构建完善农业全产业链布局。

效益。效益是综合的，既包括经济效益，也包括社会效益和生态效益。经济效益就是要求园区内农业企业是可以持续盈利的，园区内农民收入是持续增长的并且要高于园区外的农民收入。社会效益就是要通过现代农业园区的示范，带动周边地区现代农业的发展。生态效益就是要实现绿色发展，打造生态循环农业，促进化肥农药减量、废弃物资源化利用等。

多元。多元是中国现代农业园区发展的基本特征，中国农业资源禀赋呈现人多地少水缺的基本特征，不同区域自然资源禀赋、经济社会发展水平差异较大，具有鲜明的多元化特征，表现为资源禀赋多元、产业形态多元、经营主体多元。这些多元化特征决定了中国现代农业园区发展需要走多元化的发展道路，在模式推广中，需要根据地区特色作出相应调整。

展示。展示是现代农业园区发展的主要目的，通过现代农业园区建设成果的展示，示范带动周边地区现代农业发展。从农业产业安全的角度来看，现代农业园区需要重点把握三个层面的重要展示。一是农业总量安全保障，粮食安全始终是头等大事，要加强耕地保护，防止耕地“非粮化”“非农化”倾向，提高粮食供给能力。二是农业质量安全保障，突出绿色导向和质量安全监管，走质量兴农之路，增加绿色优质农产品供给。三是农业竞争力保障，降低农业生产成本，发展农业规模经营，拓展农业多元功能，促进一二三产业融合发展，不断提升农业质量效益和竞争力。

需要讨论的几个关键问题

面向“十四五”时期实现农业农村高质量发展和加快推进农业农村现代化的要求，我国现代农业园区建设总体上需要继续讨论“目的、定位、超前、共赢、创新”五个关键问题。

我们为什么要建设现代农业园区。面向“十四五”和2035年远景目标，党的十九届五中全会明确提出要“建设农业现代化示范区”，把建设现代农业园区摆在更加突出的位置。大国小农是我国的基本国情农情，实现小农户和现代农业有机衔接，单靠农民自己摸索是很难实现的，在一定区域范围内建设现代农业园区，就是要发挥示范和引领作用，通俗地讲就是要“让农民看，让农民学，怎么降低成本，如何增加效益，要不要做，有没有必要做”。

我国现代农业园区的定位是什么。明确我国现代农业园区的定位，关键是基于各个区域资源优势和产业特色探索多元化的发展道路。我国人多地少水缺的基本国情农情，决定了我国在区域布局上也划分了粮食生产功能区、重要农产品生产保护区和特色农产品优势区等，不同区域资源禀赋、产业结构、经营方式都有显著差异，现代农业园区发展需要走多元化的发展道路，并非一种模式适用所有地区，在模式推广中要注重地区适应性，根据地区特色作出相应调整。

现代农业园区如何率先实现农业农村现代化。从园区功能上讲，现代农业园区的生产功能、创新功能、融合功能、组织功能、绿色功能、增收功能等都要能够得到很好的实现。从农业产出上讲，要保障农业产业安全，一是保障农业总量安全，加强耕地保护，防止耕地“非粮化”“非农化”倾向，提高粮食供给能力；二是保障农业质量安全，突出绿色导向和质量安全监管，增加绿色优质农产品供给；三是保障农业竞争力，降低农业生产成本，发展农业规模经营，不断提升农业质量效益和竞争力。

现代农业园区的利益相关方如何共享多赢。我国现代农业园区发展存在不平衡，一些园区综合社会效应不突出、产业融合不够、企业盈利能力差、农民增收效果不明显，未能实现利益相关方共享多赢，导致园区陷入发展困境。实现现代农业园区的可持续运营，政府、企业、农户必须能够共享多赢。现代农业园区建设必须构建“政府引导、企业运作、农户参与”的园区运行管理机制。政府要搭建好平台，筑巢引凤，为招引现代农业企业创造良好的外部环境，加强基础设施配套建设，完善人才、资金、科技等相关政策支持。创新利益联结模式，建立龙头企业与农户风险共担的利益共同体，让农民更多分享产业增值收益。

现代农业园区如何通过创新解决困难挑战。实践中，很多现代农业园区建设面临资金、人才、技术等困难挑战，需要加强政策创新来加以应对。比如，规模养殖场建设用地不能发放土地使用证，无法满足金融部门的抵押贷款条件，面临融资难问题，建议加强土地制度创新，以流转或土地经营权入股方式取得的养殖用地，由当地政府部门发放《畜牧业用地土地证》，完成金融部门需要的抵押条件。又比如，针对现代农业园区建设中农户普遍存在参与程度不深的问题，建议加强经营制度创新，加快培育农民专业合作社、家庭农场等新型农业经营主体，健全农业专业化社会化服务体系。再比如，针对现代农业园区建设中技术人才匮乏的问题，建议加强乡村人才政策创新，为农业技术人才的外部引入提供相关的政策支持。

（本文是清华大学中国农村研究院调研组对正大集团在浙江慈溪、余姚投资兴建的现代农业园区进行实地考察的调研报告，刊登于《农村工作通讯》2021 年第 2 期。）

我国现代畜牧业的发展方向：襄阳样板

——正大集团生猪产业链建设调查与思考

故事 084

张红宇　胡凌啸　何宇鹏

2020年突如其来的新冠疫情在全球蔓延，不稳定和不确定性因素明显增强，国内经济社会发展面临中长期挑战，对此，中央作出了必须从持久战的角度加以认识的形势判断。在不确定性呈现常态化表现的背景下，稳住农业基本盘，筑牢“三农”压舱石，推动我国经济社会尤其是确保在“十四五”期间健康发展，必须更加凸显将农业放在重中之重位置的极端重要性。粮猪安天下，确保粮食安全解决吃饱问题，确保生猪安全解决吃好问题，是我国应对国际形势风云变幻的坚强信心和坚实基础。巩固粮食安全的核心地位，实现畜牧产业的健康可持续发展意义深远。

作为深耕我国市场多年，一直引领现代畜牧业发展方向的正大集团，在保障生猪产业健康可持续发展方面有哪些成功的做法和经验值得借鉴推广，进而思考如何在新的形势下把握我国现代畜牧业发展方向？为此，近期我们对正大集团在湖北襄阳的百万头生猪产业链建设情况进行了实地调查，并形成以下认识和基本判断。

一、襄阳现代畜牧业百万头生猪产业链的实践探索

湖北省是我国生猪养殖大省和调出大省，襄阳市作为国家现代农业示范区、湖北省唯一的百亿斤粮食生产大市，具有发展畜牧业的良好条件。20 世纪 90 年代正大集团落户襄阳，经过 25 年的发展，襄阳正大已经从单一的饲料生产企业，成长为一家集作物育种、饲料产销、畜禽养殖、食品加工、物流与终端销售、生活体验于一体的大型农业产业化龙头企业。自 2010 年起，正大集团在湖北襄阳打造年出栏 100 万头生猪、年产 10 万吨熟食、年产值 100 亿元的百万头生猪产业化项目，建立了一条“从农场到餐桌”全程生猪种、养、加循环农业产业化链条，释放了充分的经济和社会效益，形成了保障生猪产业健康可持续发展方面的“襄阳样板”。

（一）襄阳发展现代畜牧产业的探索

在百万头项目猪源建设过程中，襄阳正大采取政府、企业、银行、农民“四位一体”的新型产业组织模式，通过政府扶持、企业经营、银行贷款、农民合作的方式，整合各方资源，因投资环境好、优惠政策多、落实速度快，被正大集团总部誉为“襄阳模式”。

1. 襄阳正大生猪产业化项目的运行模式

一是投融资模式。从产业链条分环节看，投融资模式主要分两类。一类是上下游环节的“企业自投”。襄阳正大分别投资1.4亿元和5.7亿元建成年产36万吨的饲料公司和年产10万吨熟食的食品公司，其中食品公司向银行贷款8.5亿元，共计投入14.2亿元。另一类是养殖环节的“四位一体”。分别发挥政府、农户、银行、企业四类主体的资金、资产、资源优势，实现资本整合。（1）政府注资。襄州区政府独立注资1.5亿元，成立了襄阳市襄州正兴现代生猪养殖专业合作社，其中0.9亿元用来投资建设3个10万头的规模化种猪场，0.6亿元用来扶持家庭农场建设配套育肥猪场，参与正大襄阳百万头项目猪源建设。政府为合作社猪场建设提供全程全额贴息贷款，共贴息0.3亿元，后续贷款贴息按季度定期落实。（2）农户出地。“三权分置”改革为提高农村土地的要素配置效率创造条件，在合作社种猪场建设中，项目所在地1716户农民将450亩土地经营权以入股方式加入合作社，由合作社统筹利用。同时，在合作社配套育肥猪场建设中，农民自筹资金0.7亿元，以投资建场的方式参与到项目中。（3）银行贷款。为支持合作社猪场建设，银行突破产权抵押及担保传统，创新融资模式，采用“租约质押+租金兜底”新思路，向合作社种猪场项目建设提供贷款。合作社以与正大集团签订20年不可撤销的租赁合同作为质押物，向银行贷款1.2亿元，用于建设3个10万头规模种猪场，1个28000头配套育肥场。为支持代养场建设，银行为代养户提供保证金贷款0.7亿元。合作社在银行开设“正兴合作客户项目贷款”专户，银行在审核同意合作社推荐的代养户的相关信息资料后，通过贷款专户向代养户提供贷款服务。（4）企业投资。襄阳正大投资 3.4 亿元，向银行贷款 4.8 亿元，成立襄阳正大农牧食品有限公司，租赁经营合作社投资建设的种猪场，签订 20 年长期不可撤销的租赁协议。合作社的日常管理（融资、建设、运营）委托襄阳正大代为管理，实行所有权与经营权分离。

二是经营模式。针对种猪和育肥猪的养殖，襄阳正大与合作社之间分别设计了两种不同的经营模式。其一是种猪场租赁。即正大租赁合作社所有的种猪场，签订 20 年不可撤销的租赁合同，每年按照种猪场固定资产投资总额的 10% 支付租金，保证合作社获得稳定收益，种猪饲养完全交由襄阳正大完成，企业承担种猪场的生产经营与市场风险。其二是育肥场代养。襄阳正大与合作社名下的育肥场签订 6 ~ 10 年的长期代养协议，并统一提供仔猪、饲料、饲养管理等服务，由农户代为养殖，根据饲养成绩获得养殖报酬。为了保障代养农户的收益，襄阳正大设置了保底代养费。2013—2015 年，襄阳正大养猪亏损 7000 多万元，但仍按照约定的 120 元 / 头保底价格为农户支付代养费，维护契约合同的严肃性。近两年，保底代养费已经上涨到 150 元 / 头左右，2019 年下半年和 2020 年上半年，受猪肉行情影响，有些代养户获得的代养费超过了 380 元 / 头，涨幅超过 150%。

三是分配模式。项目实现多元主体整合的关键在于构建共荣共赢的利益分配格局，让利益攸关方都能获得理想的投资回报。首先，政府获益。合作社项目建成运营后，每年照付不议的租金将用于逐年归还政府的资本金，实现政府资本金的全额回收和 6000 万元的税收收入，政府可从整个生猪产业链项目中获得总税收 23.2

亿元。政府资本金的杠杆作用得到充分发挥，促进了当地农业产业发展。其次，银行获益。合作社在银行开设租金收入专户和还款专户，企业通过租金收入专户支付给合作社的租金，优先用于偿还银行贷款本息。“租约质押”的贷款模式以企业履约能力为担保，减少了放贷过程中的制度成本，确保获得稳定的利息回报，仅合作社养殖项目即可为银行带来 3100 万元的利息收入。从全产业链看，银行总的利息收入达 3.6 亿元。再次，农民获益。加入合作社的农民，打破了单一的务农收入渠道，能够获得土地租金、养殖场租金分红、代养报酬等多元收入来源。在代养户还贷期间，代养户从襄阳正大取得的代养报酬在优先偿还银行的贷款本息后，由合作社代收，合作社在扣除代养户每批代养业务所需的基本费用后，将剩余所有资金给付代养户。最后，企业获益。襄阳正大在项目中获得了稳定、安全、可控的猪源，保证猪源在规定的时间、地点，按规定的品质、大小进入屠宰与熟食加工环节，建成“从农场到餐桌”全程安全可追溯的猪肉食品产业链，每年可以创造 53 亿元的总收入，实现 5.7 亿元的净收益，其中养殖环节的利润达到 2.8 亿元，食品加工的利润接近 2 亿元。

2. 襄阳正大生猪产业化项目的全产业链布局

襄阳生猪产业化项目有效运行的关键在于有机串联产业链上的不同环节，通过饲料生产、生猪养殖、屠宰加工、食品销售环环相扣创造利润增值空间。

一是饲料生产端的发展布局。襄阳正大 20 世纪 90 年代从饲料业起家，在饲料生产领域耕耘 20 余年，技术成熟、质量稳定、品质可靠。为了配合生猪产业化项目建设，襄阳正大 2014 年投资

1.45亿元，建成了一座36万吨的现代化饲料厂。该饲料厂具有智能化程度世界最高、人均产能世界最高、设备自动化程度全国最高、投入产出全国最高、八项创新技术全国领先的特点，将襄阳正大的饲料产销能力提升到54万吨，可为生猪养殖提供低成本、高品质的饲料来源。

二是生猪养殖端的发展布局。襄阳正大在生猪养殖领域坚持高标准、高效率、高质量和低成本的“三高一低”原则，坚持全产业链运作，确保产业绿色可持续发展。在百万头生猪产业化项目的猪源建设过程中，襄阳正大创新投资模式，积极争取与地方政府合作，获得了政府全力支持。襄阳市、襄州区两级政府投入2.5亿元资本金参与项目建设。其中1.5亿元注册成立合作社，用于融资建设30万头猪源；1亿元与正大合资成立平台公司，参与产业链各子公司的投资建设，保障33万头猪源。对于纳入百万头项目猪源的社会投资和网络化猪场，政府给予奖励补贴政策，带动了30万头猪源。

三是屠宰加工端的发展布局。2014年底，襄阳正大的屠宰与熟食加工厂全面开工，按照猪源一流、工艺一流、设备一流、环境一流的“四个一流”高标准建设，全面达产后可实现年屠宰生猪100万头、加工肉类熟食10万吨，向市场供应肠类、面点类、酱卤类、热风烤制类、休闲食品、成形油炸类、调理品和猪油类八大类熟食。政府对襄阳正大屠宰与熟食加工厂用地实施价格优惠政策，对于工业项目设备投资给予贴息，对于屠宰与食品加工厂的增值税等相关税收给予政策支持，为屠宰与熟食加工厂建设提供“七通一平”基础设施配套。

四是食品销售端的发展布局。销售位于产业链条末端，直接面对消费者。襄阳正大通过拓宽销售渠道，为异质性消费者提供多元选择。其一，面向中高收入人群，与超市合作打造“健康生活体验馆”，形成集生鲜、速冻食品和餐饮熟食于一身的食品销售综合体。樊城区武商超市的正大食品“健康生活体验馆”，打出“正大食品”（CP FOOD）的标志和“让健康有滋有味”的标语，在提供新鲜、营养、安全食品的同时，树立了企业的良好形象。其二，面向社区居民，选择居住人群密集的社区打造正大食品社区店，通过“产品进社区”推广正大食品的品牌，强化消费者对正大食品品质的认可，培养消费者对正大品牌的忠诚度。樊城区正大优鲜（立业路社区店）不仅为周边居民提供精品生鲜猪肉和精美包装的熟食，也销售正大集团生产的其他农副产品以及进口食品，立足改善提升居民的消费品质。其三，面向中低收入人群，进驻农贸市场主打生鲜猪肉。与农贸市场上的其他猪肉进行差异化竞争，强调“正大制造”和“正大品牌”，在产品新鲜度、安全性和全程可追溯方面为消费者提供保障。

从饲料生产到生猪养殖，从屠宰加工到食品营销，襄阳正大的全产业链布局可以概括为三个特点：一是“生产得出来”，以大规模的生猪养殖、先进的屠宰工艺、安全的加工技术确保生鲜猪肉和熟食制品在生产上有保障，数量充足且质量可靠；二是“卖得出去”，以全程控制、安全可追溯为卖点，以商超、社区、农贸市场为渠道，以周到细致的销售服务为吸引，让消费者愿意买、舍得买、长期买；三是“卖出好价钱”，通过对猪肉精分割和熟食制作，提高猪肉的附加价值，同时借助“正大食品”的品牌价值，提升了产品的市场价格。整体来看，全产业链布局拓展了利润空间，分散了经营风险，实现了三产融合发展，同时大大提升了正大食品的品牌效应。

（二）襄阳正大生猪产业化项目的社会效益

生猪产业化项目在襄阳落地后，产生了广泛的社会效益。不仅极大改善了参与项目贫困户的生活状况，为脱贫攻坚作出了贡献，而且创造了大量的就业岗位，提高了普通农民的收入水平。更为重要的是，襄阳生猪产业化项目促进了现代畜牧业的发展。该项目服务农民、服务产业、服务市场的社会性，也构成了襄阳正大做大做强的前提条件。

1. 带动了贫困户脱贫致富

襄州正兴现代生猪养殖专业合作社建设养殖场所占用的450亩土地，是由1716户贫困户、8307人以土地经营权入股形式提供的。养殖项目为贫困户带来了四个方面的收入。一是土地租金。土地租赁20年，初始租金为650元/年，每年上浮3%，整个项目期共产生840万元租金收益。二是固定分红。养殖场年租金的25%用来给贫困户分红，每年分红收益531万元，20年合计1.06亿元。三是合作社收益。整个项目期合作社可产生4600万元收益。四是资产性收入。20年租赁期后，养殖场按资产原值的30%计算可变现6400万元。综合测算，参与合作社的贫困户在整个项目期共实现净收益2.24亿元，平均每户每年取得6500元的收入，极大改善了贫困农户的生活状况。

2. 带动了普通农户就业增收

生猪产业化项目在促进农民就业，实现收入增长方面发挥了作用。一是促就业。正大襄阳生猪产业化项目主要从两个方面发挥了创造就业岗位的作用：其一，正大襄阳下属的饲料、养殖、食品等子公司吸纳员工 2000 多人；其二，带动饲料生产、食品加工、食品包装、厂房建设等第二产业和物流仓储、广告服务、商业服务等第三产业的就业人数超过 1 万人，带动包括种植、养殖在内的第一产业就业人口在 10 万人以上。二是稳增收。除贫困户通过土地入股参与合作社实现脱贫致富以外，还有 288 户代养农户也加入了合作社，他们与正大集团签订生猪代养协议，获得育肥猪的代养收入。按照代养费 150 元 / 头计算，整个项目期可获得代养费接近 8.7 亿元，扣除投资成本后的收益为 8.2 亿元，平均每户每年可收益 14 万元以上。在生猪行情较好时，养殖户的收益将会更多。2019 年养殖户侯伟参与了生猪产业化项目，猪场全年共出栏 3200 头生猪，毛收入就超过 60 万元。在新冠疫情对湖北省农民外出务工造成重创的背景下，正大生猪项目对襄阳地区农民收入的稳定作用更为突出。襄州区程河镇三房村党支部书记郭晓冬提到“村里以前看不见年轻人，受疫情影响，现在村里随处可见年轻人，全村外出务工的人数大概下降了 80%，上半年家庭收入下降了 60%”，而正大襄阳种养结合（三房）示范基地与村合作社签订的土地流转协议和农产品收购订单并未受疫情影响，为村民家庭提供了稳定的收入来源。

3. 带动了现代畜牧业发展

襄阳的生猪产业化项目描绘了以打造全产业链条方式发展现

代畜牧业的壮丽蓝图。一是全产业链方式可提高收益。与传统生猪养殖模式相比，襄阳 100 万头生猪产业链在初始投资和环保标准方面要支付更高的成本，平均每头猪多花 80 元。但在产业链条的其他环节实现了对传统模式的盈利超越，主要表现为以引进国外高性能种猪提高仔猪产量，以缩小生猪运输半径节省物流费用，以封闭运输减少交叉感染，以对生猪进行精分割和生产熟食提高收益，最终将一头生猪的利润从 320 元提升到 600 元，增加了 280 元 / 头，增幅 87.5%。二是全产业链模式可对冲养殖风险。襄阳市襄州区是“全国生猪调出大县”，连续多年生猪出栏量位居湖北省第一。然而这个老牌的生猪调出大县，在前两年猪肉价格低迷时，却陷入了发展的困境。尤其是对于生猪散养户，一年辛苦饲养几十头猪却并没有赚多少钱。襄阳正大建设的生猪产业化项目，通过养殖户代养的方式，不仅提高了养殖规模，而且帮助养殖户规避了市场风险。在生猪养殖过程中，正大对猪崽、疫苗、饲料、疾病防控等统一标准，更好地控制了疫病风险。但是，一味承担各类风险带来的损失显然不可持续，为了对冲养殖风险，襄阳正大生猪产业化项目采用屠宰加工和食品营销等手段延伸产业链，提高附加价值。更通俗地讲，养殖环节风险所带来的损失可以通过对产业链其他环节进行调剂加以规避。

作为襄阳迄今为止辐射范围最广、带动农户最多、产业化水平最高的农业产业化龙头项目，正大襄阳百万头生猪产业化项目不仅仅是正大集团进军食品领域的典范，更是襄阳百姓家门口的致富源泉，为企业本身做大做强奠定了坚实基础。目前，着眼于扩大生产经营规模，稳产保供，正大计划未来五年实现襄阳 200 万头、中

南大区 900 万头的生猪养殖规模。从更深层的角度观察，无论是“企业 + 政府 + 农民 + 银行”四位一体的融资模式，还是“公司 + 家庭农场”“公司 + 合作社”的经营模式，抑或是“政府税收 + 银行利息 + 农户收益 + 企业盈利”的分配模式，襄阳生猪全产业链的实践探索，形成的政府、企业、农户、银行各主体互利互惠、共享共赢的内生机制，塑造了现代畜牧业的襄阳样板，标示着我国现代畜牧业的发展方向。简言之，襄阳正大“公司 +N”的现代畜牧业发展模式在我国具有广泛的适用性和极大的推广价值。

二、襄阳样板对我国现代畜牧业的启示

基于国情农情，同时考虑到不确定性常态化的趋势，我国现代农业发展可能有三大板块和三条路径。第一是粮食产业板块。粮食生产的整体格局应该是“家庭经营 + 社会化服务”，所谓家庭经营并非特指一家一户直接经营，而是强调要坚持农民对土地的承包权长期不变，以保证农民手中有地。在此基础上用活用好经营权，择优采用家庭经营或托管经营，充分发挥家庭经营和农业社会化服务的功能作用。第二是特色农业板块。特色农产品往往属于劳动密集型产品，目前还难以以机械化和标准化去替代特色化，因此在生产环节由家庭直接经营效果最好。但与此同时，特色农业离不开龙头企业的带动，尤其是在产品营销、产品推广、品牌创建方面。故生产端为农户家庭，营销端为企业或合作社可能是最好选择。第三是畜牧产业板块。襄阳在现代畜牧业的实践探索，表明现代畜牧业发展方向应该是企业为主导的“企业 +N”联合发展模式，与企业联合的主体可以是家庭农场、合作社或养殖大户等多元主体。现代

畜牧业的发展，对劳动生产效率、土地利用效率和各类资源配置效率，相对于传统畜牧业的发展方式，有更高的要求，唯有通过企业引领实现规模养殖才能实现。总体上看，我国现代畜牧业未来应坚持规模化、一体化、绿色化、健康化、数字化的发展方向。

（一）规模化

长期以来，我国畜禽养殖规模化程度较低。在自给自足的自然经济时期，农民养猪在满足自家消费之后再向市场供给。但随着市场经济的发展，生猪养殖越来越呈现商品生产特征。在劳动力等生产要素成本不断提高以及国家对环境保护监管力度持续加大的背景下，畜禽散养模式遭遇前所未有的挑战，扩大养殖规模成为客观需要和必由之路。规模化养殖的最大优势在于降本增效，更有利于先进养殖装备和养殖技术的采用，更有利于粪便集中处理和疫病防控。在推进规模化过程中，应该更加重视企业的引领作用，整合分散的养殖资源，培育养殖合作社和养殖大户，适应激烈的市场竞争。当然，需要强调的是，畜禽养殖规模化的发展，绝非否定小规模养殖户散养模式，更不能采取不恰当的方式盲目推进。要把握好各地不同的经济社会条件，稳慎推动规模化的畜禽养殖方式。

（二）一体化

养殖是现代畜牧业的核心，但并不是现代畜牧业的全部。必须打破从养殖这个单一环节认识现代畜牧产业的思维定式，需从全产业链的视角形成更系统、更全面的理解。现代畜牧业应该以养殖为基础，分别向产业链前端的饲料生产和产业链后端的食品加工延伸拓展，实现种养加结合的一体化发展。一体化发展不仅蕴含了集约化的生产理念，即高度重视养殖的自动化程度、畜舍环境的适宜程度、养殖场的科学管理水平等，以实现节能、高效、降低成本，如襄阳正大的生猪产业化项目采用最先进的工艺设计实现了猪舍建筑面积节约20%，养殖场用水减少60%的效果。同时也体现了产业化的思考逻辑，通过一二三产业融合，构建从田间到餐桌、从生产到体验的全方位服务。一体化既可以分散风险，又可以提高收益，但也有整合成本。在实践过程中，要根据客观条件选择合适的一体化方式，襄阳正大的“四位一体”模式就是一种有益探索。

（三）绿色化

随着国家对生态环境的重视程度不断提高，畜禽养殖必须处理好生产布局与环境保护的关系，坚持绿色化发展。既要在规划选址时严格执行国家相关法律法规，同时充分尊重养殖场周边农民意愿，最大限度地减少对农民生活环境和当地生态环境的影响，给予养殖场所在村和农民适当的环境补偿；也要在养殖过程中采用环境友好型的养殖设备和养殖技术，对养殖废弃物进行清洁化处理。正大全产业链项目在绿色化养殖方面表现出了明显优势：一是采用种养结合的方式，实现养殖粪肥资源化利用，正大襄阳种养结合（三房）示范基地在养殖场周边建设种植基地，铺设管道利用处理过的粪肥种植甜玉米，既环保又经济；二是采用先进的科学手段综合处理或利用养殖粪水，如通过异位发酵技术，实现环保零排放，通过建立生态有机肥厂，实现年产有机肥6万吨、生物质气1100万立方米、产电2000万千瓦时。以生态养殖的理念做好除粪污、清废水工作，才能在确保农民有好水、好空气、好心情的基础上，实现产业的发展壮大。

（四）健康化

城乡居民的收入水平提高，引起的消费升级对畜禽产品生产提出新的要求，更加注重产品的安全、健康和营养成为时代要求。现代畜牧业健康化的发展方向可以从四个方面加以理解。一是健康养殖。关键是绝不在疫病防控上掉以轻心，确保牲畜健康成长。为了加强非洲猪瘟防控，襄阳正大的全产业链项目投资 3600 万元建立 39 个非洲猪瘟消毒站点，实行“三级洗消模式”，同时各环节运输车辆专车专用，采用 GPS 定位全程监控。二是健康加工。在牲畜的屠宰加工过程中，要注重屠宰环境的清洁，也要注重屠宰流程的安全。襄阳正大的生猪屠宰厂引入 MPS 屠宰线，采用国际标准，自动化程度高，为生猪屠宰提供了品质保障。三是健康运输。完善的冷链物流体系是确保猪肉在运输时健康安全的关键，为此，襄阳正大建立了全程冷链物流体系，以恒温保险和鲜嫩保险最大限度上保证鲜肉的原汁原味。四是健康食品。熟食的品质直接影响品牌的声誉，要通过提供健康食品实现品牌化。襄阳正大的全产业链项目表现出“正大产品就是高质量的标准”的效果，让消费者更放心，实现了产品的溢价。

（五）数字化

数字技术的发展对于产业转型升级有重大推动作用，现代畜牧业未来也同样会呈现出数字化趋势。一是生产过程智能化，将互联网、物联网、人工智能等技术广泛应用于生产过程中，实现精准控制和精确管理。正大襄阳生猪产业化养殖项目采用了智能环控系

统，可以实时监测舍内温度、湿度、二氧化碳浓度、氨气浓度等信息，并通过调控风机、水帘、进风口等设备，能够使猪舍处于最佳养殖环境。二是全产业链数据化，将完整的产业链与数据打通，依托数字技术为产业链上下游企业及企业内部环节提供实时精准的信息，实现数据共享，智能决策，提升产业效率，营造产业生态繁荣。襄阳正大借助百万头生猪产业化项目，总结生猪养殖管理的经验，开发了正大“猪博士”APP。该应用包括“猪管理”“猪交易”“猪金融”“猪服务”四个模块，拥有行业资讯、养殖管理、供应链计划、食品安全追溯、兽医动保等十大功能，共享了行业优质资源。

总之，正大襄阳生猪全产业链的实践，昭示着我国现代畜牧业发展的美好前景，给我们最大的启示是，区别于我国农业的粮食产业和特色农业现代化发展，我国现代畜牧业的发展应充分发挥企业的引领作用，走出一条有中国特色的现代畜牧业发展道路。

三、需要研究讨论几个关键问题

襄阳正大生猪产业化项目的成功实践为我国现代畜牧业发展提供了重要参考和样板。但在现阶段不确定性因素常态化，各种风险明显增加的背景下，我国现代农业的发展需要思考和研究以下几个关键问题。

（一）我们靠什么保障农产品有效供给

保障重要农产品有效供给始终是“三农”工作的头等大事。习近平总书记多次强调，中国人的饭碗任何时候都要牢牢端在自己手上。2019 年，我国全年粮食总产量创历史新高，2020 年全国夏粮总产量比 2019 年增长 0.9%，粮食供给总量充裕。但粮食安全形势并非高枕无忧，2020 年上半年，我国谷物进口 1259.9 万吨，同比增长 33.9%，其中小麦和玉米分别进口 335.2 万吨和 365.7 万吨，同比增长 90.3% 和 17.6%。在复杂的经济形势下，要筑牢粮食保供的基础。猪粮安天下，2019 年以来我国生猪生产和猪肉价格出现波动，中央出台一系列稳价保供政策举措，推动生猪产能开始逐步恢复，但形势依然严峻。2020 年上半年，我国畜产品进口 240 亿美元，同比增长 43.4%，贸易逆差增长 58.1%，其中猪肉进口 207.4 万吨，增 1.5 倍。当前，国内猪肉价格仍处于高位，对居民生活造成了较大影响。猪肉和大米一样，国际市场的可贸易量较少，抓生猪生产要像抓粮食生产一样，明确以国内供给为主导的理念。必须尽快总结我国畜牧业发展的已有经验，解决好现代畜牧业发展的道路选择问题。

（二）农业如何顺应双循环新发展格局

2020 年 5 月，中央提出要深化供给侧结构性改革，充分发挥我国超大规模市场优势和内需潜力，逐步形成以国内大循环为主体、国内国际双循环相互促进的新发展格局。在这一宏观背景下，农业应如何顺应双循环新发展格局，是未来一段时期的重大命题。由于国际局势动荡加剧，农产品进口的不稳定性、不确定性明显增强，饲料粮对国外市场的高度依赖有可能存在潜在的风险，解决饲料粮国外进口和国内生产的平衡问题至关重要。在推动农业供给侧结构性改革的整体框架下，要适应新的形势进行农产品种植结构调整，选择合适的粮饲比，既能保障国内谷物基本自给，口粮绝对安全，也能满足居民对肉类食品的需要。对于饲料粮的自给要制定预案，结合肉类食品的需求，探讨饲料粮国内循环为主的可能性。

（三）如何更有效地扩大农业农村投资

2019 年受多种因素影响，我国农业农村投资增速大幅下滑，第一产业固定资产投资全年增速 0.6%，大大低于全国固定资产投资 5.4% 的增速水平，投资总额仅占全国固定资产投资的 2.29%。今年叠加新冠疫情冲击，农业农村投资降幅持续扩大，给农业稳产保供和农民持续增收带来巨大冲击。增加对农业投资，已成为确保饭碗端在自己手里的战略问题，既要增总量，又要精准施策。同时，考虑到我国农村常住人口仍超过总人口的 40%，但消费品市场份额还不到 15%，向农业农村投资，不仅是保产业、保增长，更是保农民、保收入。只有通过产业发展提高了农民收入，才能真正扩大内需，以国内市场繁荣推动国内大循环畅通。2020 年 7 月，中农办等七部委发布《关于扩大农业农村有效投资加快补上“三农”领域突出短板的意见》，提出既要用好财政资金，也要用好金融资本、社会资本。要借鉴襄阳正大的做法和经验，大胆探索大型农业企业参与或引领的农业投资模式，实现对农业生产和农村消费的“双刺激”。

（四）如何推广升级农业投资模式创新

我国为农业现代化所营造的良好社会氛围和政策氛围，给农业投资提供了从理念到实践的模式创新土壤。如何将经过现实考验，并且具有旺盛生命力的农业投资模式创新加以推广和升级，直接影响着农业现代化进程的速度和质量。襄阳正大“四位一体”的投融资模式若可以延长到生猪全产业链，有助于率先在现代畜牧业实现三产业融合发展，从而能够衔接、惠及更多小农户。在农业投融资模式上要大胆创新，比如以扩大地方政府债券作为过桥资金用于现代畜牧业建设，利用农户5万元扶贫无息小额贷款等政策措施，打包去替换作为资本金的地方政府专项债，把现代畜牧业项目主体变为农户。在项目农民所有的前提下，委托具有竞争力的企业经营，负责还本还贷还息，并优先保障合同期内农民的利益。用地方债解决一个建设快的问题，用农户贷解决一个覆盖广的问题，共同推进现代畜牧业和小农户的有机衔接。

（五）企业要如何帮助农民实现农业现代化

企业是我国实现农业现代化的重要推动力，在农业产业转型升级过程中，企业要回答好如何带动农民与农业现代化接轨的问题。一是如何在理念上引领，通过传递先进的农业生产经营理念改变农民的传统认知，引导广大农民参与农业现代化进程。二是如何在技术上示范，采用前沿技术装备提高农业生产效率、降低生产成本、实现环境友好，在农民群体中形成示范效应，推进农业技术装备更新换代。三是如何在经营方式上创新，探索能够满足社会要求，满足农民要求，满足企业要求的最佳组合方式，带动农民、服务农民，最终实现多方参与、互享共赢。四是如何在销售方式上创新，既要保证产品生产得出来，更要保证卖得出去和卖出好价钱，提高产品市场竞争力，保障农民获得更高的利益。企业要在谋发展的同时塑造自身良好的社会形象，赢得发展机会，拓展发展空间。

襄阳生猪产业化项目把正大集团塑造成现代畜牧业发展的先锋形象、大国小农下的助农形象、食品安全的捍卫者形象、环保可持续的绿色发展形象，带来了巨大的经济社会效益。

四、相关政策建议

当前，我国现代畜牧业仍处于发展的起步阶段，推进其实现跨越式发展，需在充分发挥市场机制核心作用的同时，构建适应现代畜牧业发展要求的政策保障体系。襄阳正大百万头生猪产业化项目能够取得成功，当地政府扮演了关键角色，尤其是在“四位一体”的建设模式中发挥着重要作用。政府对现代畜牧业的支持要坚持有所为有所不为的原则，重点做好以下几个方面的工作。

（一）高度重视农业企业推进现代畜牧业发展的引领作用

受非洲猪瘟、环境整治等诸多因素影响，我国生猪产业的整体格局正面临调整。加速恢复生猪产能已成为体现政府职能、社会关注的焦点，换一个角度去认识产能恢复期，可以认为生猪产业乃至整个现代畜牧业都迎来了转型升级的窗口期。要在窗口期有所作为，推动我国畜牧业向现代化大步迈进，必须高度重视农业企业的引领作用。要充分利用农业企业的先进理念，发挥企业的创新思维，将全产业链的概念融入畜牧业发展中；要充分利用农业企业的先进技术，应用于科学养殖、环保控制、疫病防控、屠宰加工等各个环节；要充分利用农业企业的先进经营模式，在资金端整合资源，在养殖端联合农户，在销售端开拓渠道，实现产业效率提升；要充分利用农业企业的长效利益联结，通过兼顾各方利益，打造利益共同体实现多赢和共享，确保产业的持续发展。各级政府要树立以农业企业引领现代畜牧业发展的理念，最大限度激发企业参与现代畜牧业发展的热情。

（二）农业基础设施建设应该支持农业企业

现代畜牧业的健康发展离不开完备的基础设施支撑，考虑到农业企业在现代畜牧业发展中的引领作用，应该对畜牧企业自身难以解决的基础设施建设问题予以关注和政策支持。尤其是在生猪养殖领域，要认真贯彻《国家发展改革委、农业农村部关于支持民营企业发展生猪生产及相关产业的实施意见》，在国土空间规划中切实保障企业的养殖用地需求；养殖生产及直接关联的粪污处理、检验检疫、清洗消毒、病死畜禽无害化处理等农业设施用地，可以使用一般耕地，不需要占补平衡；鼓励企业利用农村集体建设用地、“四荒地”等发展生猪生产，允许建设多层养殖设施建筑。国家发展改革委已下达中央预算内投资 45.5 亿元，用以加强对畜禽养殖场的环境治理等基础设施建设扶持力度，相关政策要将企业纳入在内，并考虑适当倾斜。为土地经营权赋予金融属性将会深刻影响企业的投资积极性，可探索创新以流转或土地经营权入股方式取得的养殖用地，由当地政府部门发放《畜牧业用地土地证》，不动产登记部门予以产权登记，完成金融部门需要的抵押条件，促进土地经营权抵押落地，解决畜牧企业在养殖基础设施建设过程中面临的融资问题。

（三）加强对现代畜牧业发展的财政补贴和项目支持

继续安排中央预算内投资支持良种繁育、疫病防控、标准化

规模养殖、畜禽粪污资源化利用等项目建设，支持工程防疫、智能饲喂、精准环控、畜产品自动化采集加工、废弃物资源化利用等健康养殖和绿色高效机械装备技术试验示范。加快优质饲草青储、农作物秸秆制备饲料、畜禽粪污肥料化利用等技术推广应用，推动构建农牧配套、种养结合的生态循环模式。通过财政补贴培育发展新型畜牧业经营和服务组织，支持服务组织以市场化、专业化为导向，开展优质饲草料“种、收、储、加、送”、粪污资源化利用、病死畜禽无害化处理、畜产品储运、安全净化防疫等环节的社会化服务。尝试开展畜牧业社会化服务机制创新项目，大力发展订单式作业、生产托管、承包服务等新模式、新业态。为克服新冠疫情的不利影响，要解决现代畜牧业发展面临的特殊困难，将畜牧生产和相关饲料企业、屠宰加工企业纳入新冠疫情防控重点保障企业名单管理，加大支农支小等各项再贷款对畜牧生产及相关产业的支持力度。

（四）提高现代畜牧业发展过程中的风险管理能力

现代畜牧业发展依然面临一些不可避免的疫病风险和市场风险，处理不当则会对整个行业造成巨大冲击，提高风险管理能力迫在眉睫。首先，要强化现代畜牧业发展的风险管理意识，政府部门要为可能会发生的突发事件设计预案，树立长远目标和底线思维。其次，要丰富现代畜牧业发展的风险管理手段，加强动物疫病防治，强化优先防治病种监测预警，综合防治重点人畜共患病，防御境外疫情传入风险；严厉兽医卫生监督执法，深入推进病死畜禽无害化处理机制建设。引导开发性、政策性金融机构加大对畜牧业的支持，探索推广银企担、银企保等多种增信模式，鼓励有条件的地方建立畜牧业信贷风险补偿基金；完善政策性保险政策，鼓励具备条件的地方持续开展并扩大价格保险试点；探索养殖收益“保险+期货”项目，为养殖户的净收益提供保障。定期发布畜产品产销变化和价格波动信息，引导各环节市场主体自主调整生产经营决策，加强预期管理和调节，引导养殖企业及时调整养殖规模，防止生产供应和价格大起大落。此外，引导企业参与上下游产业发展，形成全产业链模式，提高风险抵抗能力。

（本文系清华大学中国农村研究院调研组对正大集团在湖北襄阳的百万头生猪产业链建设情况进行实地调查的调研报告，刊登于2020年9月《农民日报》第3版“三农”论坛栏目。）

立足北京　拥抱世界

——正大中心诞生记

故事085

北京正大中心市场部

沿着北京长安街一路向东至东三环，数十栋摩天大楼矗立于此，颇为壮观。这里曾经是工厂林立的“铁十字”，仅用20余年就发展成如今北京的“金十字”，拔地而起的高楼大厦，不断刷新城市天际线，成为北京对外交往的窗口、改革开放的缩影及城市形象的“金名片”。这里就是北京CBD。

如今，北京CBD已与纽约曼哈顿、伦敦金融城比肩，成为全球排名第七、中国排名第一的商务中心区，跨国公司地区总部上百家。

在众多楼宇中，北京CBD核心区“金十字”的位置，有两栋双子塔建筑格外醒目。

北京 CBD 核心区夜景（照片由北京正大中心市场部提供）

2010 年，正大集团联合金光集团、世茂集团、金鹰集团、玖龙纸业、雅居乐集团、步长集团、正大制药等知名侨资企业一起竞得北京 CBD 核心区 Z14 地块，其中南塔作为正大集团中国区总部大厦，北塔建成了象征着广大华侨华人积极参与祖国现代化建设的标志性建筑“世界华商中心”，组成了正大中心这两栋双子塔建筑。

应运而生

每一步脚印都承载着历史的责任，每一段历史都映照着未来的荣光。

爱国爱乡一直是谢氏家族的传统，从正大集团创始人谢易初先生，到第二代正大集团资深董事长谢国民先生，再到第三代正大集团董事长谢吉人先生，他们虽然身居海外，却始终心系祖国。

从 1979 年成为改革开放后第一个在华投资的外商独资企业，

到如今作为中国大陆外商投资规模最大、投资领域最多的外商投资企业之一，正大集团始终秉承“利国、利民、利企业”的经营宗旨，积极投身中国改革开放事业，与国家命运相呼应，与城市发展相协同。

华商是中国文化的天然传播者，在中国改革开放进程中发挥了不可替代的独特作用。改革开放之初，中国外商直接投资的 70% 以上来自海外华侨华人。北京是中国的首都，也是全球华商心之所向的地方。

2010 年 3 月，北京市委作出加快 CBD 核心区建设的指示，并着眼北京长期利益，通过土地招标政策鼓励建设企业总部。这正与国务院侨办领导以及正大集团资深董事长谢国民的发展思路不谋而合。

2008 年，中国改革开放走过激荡 30 年，中国侨商投资企业协会成立，谢国民资深董事长当选首任会长。当时，时任国侨办主任李海峰和谢国民资深董事长有一个共同的心愿，希望在北京能够打造一栋国际化的标志性建筑，成为全球侨商之间、侨商与政府之间交流、探讨、发展，促进祖国经济建设的平台与纽带。这一心愿得到了广大侨商的热烈响应。（注：2019 年，侨界社团整合，中国规模最大、实力最强、联系面最广、海内外影响最大的侨商组织——中国侨商联合会正式成立，谢国民资深董事长当选会长至今。）

2010 年 4 月，北京 CBD 管委会透露将推出 CBD 核心区中的 14 幅土地，此次土地出让将不再价高者得，而采取提交竞标方案的方式出让。

在此背景下，北京 CBD 核心区域，其稀缺价值更加凸显。寸土寸金之地，众多企业志在必得，如何成功突围？

作为世界最大的华人跨国集团之一，正大集团已在中国深耕数十年，在商业地产领域亦属于先驱者。早在 20 世纪 90 年代初，正大就开始涉足商业地产。

尽管如此，要想成功竞得该处“黄金地块”，依然并非易事。

为此，由谢国民资深董事长领导的中国侨商投资企业协会和正大集团做了大量而又扎实的前期工作，积极参与北京 CBD 核心区规划方案征集活动，并为下一阶段的地块招投标活动做准备。同时，还得到了党中央、国务院的关怀，以及国务院侨办，中国侨联，北京市委、市政府的大力支持。

2010 年 6 月，国务院侨办主任李海峰一行来到北京市朝阳区 CBD 进行调研。她肯定了北京市侨办和朝阳区建“世界华商中心区”的方案，同意将国侨办（中国侨商投资企业协会）建“侨商大厦”和“世界华商总部基地”与朝阳区的“世界华商中心区”合二为一，国侨办（中国侨商投资企业协会）、市侨办和朝阳区政府三家一起共同推进，先把牌子挂起来。

同月，谢国民资深董事长还给温家宝总理致函，表明中国侨商投资企业协会希望在北京设立“全球华商交流中心”的意愿，为全球华商提供一个高规格、高效率的公务及商务交流活动平台，同时容纳包括正大集团在内的侨商企业中国总部办公，以期形成以祖国首都为中心、辐射全国乃至全世界的华商组织及发展模式。通过中心的枢纽作用，充分团结和发挥全球华商力量，为祖国的持续长足发展贡献绵薄心力。

7 月 6 日上午，时任北京市委书记刘淇会见了应北京市侨办邀请来京考察的谢国民资深董事长一行。次日，谢国民先生给刘淇书

记致函，表明北京建设国际城市也是包含正大集团在内的全球华人、华商的热切期望，希望能为北京国际城市的形象增添精彩，为北京总部经济的发展增添力量。

在国务院侨办、北京市政府大力支持下，2010 年 8 月，正大集团企业正大置地有限公司参加了北京市朝阳区 CBD 核心区 Z14 地块项目土地招拍挂第一阶段方案投标工作。投标工作由正大集团杨小平资深副董事长兼中国区 CEO 亲自负责，杨小平 CEO 带领前期开发团队与全球数十家设计、咨询类专业机构一起，反复商讨投标方案，克服重重困难，最终在技术标的评选中名列前茅。

投标设计阶段，在谢国民资深董事长的指导下，在谢吉人董事长的支持下，杨小平 CEO 领导并要求前期开发团队重点考虑总体概念设计，包括发展周边公共交通，以“人文、科技、绿色”理念开展规划，两栋双子塔建筑在底部可以与整个区域贯通，助力将整个 CBD 核心区打造成为全天候聚人气的充满活力的“不夜城”。项目融入环境的同时，也为北京的经济发展贡献力量。

2010 年 10 月，李海峰主任和谢国民资深董事长在天津召开的中国侨商投资企业协会一届三次常务理事会中商定并指示，本着“共同参与、共同奉献、共同受益”的原则，引入具备实力的侨商共同参与北京 CBD 核心区 Z14 号地块第二阶段的投标和后续开发建设。此后，由国侨办领导指导，正大集团牵头具体负责，中国侨商联合会八家会长单位的 11 家企业共同参与，组成正大侨商双子座项目投标联合体。

这次会议期间（注：中国侨商投资企业协会一届三次常务理事会召开时间为 10 月 10 日至 11 日，致函日期为 10 月 10 日），李海峰主任还给北京市政府致函，希望北京市政府能选择最佳位置建设世界华商中心，广大华商纷纷表示，绝不辜负北京市政府的关心和支持，一定打造全球最具影响力的标志性建筑，使之成为全球侨商之中心，发挥世界侨商联系各居住国的桥梁和纽带作用，为北京市早日建设成为“世界城市”注入浓浓的一笔。

激动人心的时刻终于到来。2010 年 10 月 28 日晚，时任中国国务院侨办副主任任启亮，时任北京市委常委、统战部部长牛有成在 CBD 商务节上为“世界华商中心”揭牌。正式命名正大中心北塔大楼为“世界华商中心”。

当日，谢国民资深董事长还签署了正大集团与朝阳区政府的战略合作协议。时任泰国副总理戴隆·素旺纳奇里与会并致辞。

谢国民资深董事长与朝阳区政府代表签署了正大集团与朝阳区政府的战略合作协议（照片由北京正大中心市场部提供）

时任泰国副总理戴隆·素旺纳奇里与会，谢国民资深董事长、杨小平CEO陪同参观（照片由北京正大中心市场部提供）

投标联合体充分发挥团结协作精神，于2010年12月7日成功参加了第二阶段投标，并于当月21日收到中标通知书。

至此，正大中心项目终于“一锤定音”，进入了全面报建设计和建设阶段。

筑巢引凤

在正大中心的设计过程中，谢国民集团资深董事长和谢吉人集团董事长都给予了高度关注。谢国民资深董事长亲自参与，并给予细节性的指导。谢国民资深董事长曾说过，“你们对项目的汇报我今天满意了，但我明天可能又不满意了，又会有新的要求。”这也激励着项目建设团队不断进步。

正大中心的建设，由正大集团谢炳资深副董事长亲自负责，他要求建设团队广泛聘请专业人员，要做到专业过硬、执行力强，并且敢于创新，打造一支高素质、稳定的专业化团队。正大中心要在CBD核心区众多同质化项目中脱颖而出，要有自己的亮点，符合集团作为总部的定位，也要能够解答“客户为什么选择正大中心的课题”。

项目的建设是短暂的，但使用和带来的影响是长久的，如何保持项目长期的竞争力和先进性就尤为重要，建设团队秉承“项目建设在当下，但必须着眼于未来”的精神，紧跟现代科技发展趋势，总结整理出先进科技应用于建筑的软硬件需求，并将这些技术融入建筑当中，预留出了大厦可用于技术进步的物理空间和软件接口，为正大中心种下一颗永葆青春的种子。

谢炳集团资深副董事长出席北京CBD核心区Z14地块（正大中心项目）开工仪式（照片由北京正大中心市场部提供）

2012 年 3 月，谢国民资深董事长在听取建设团队汇报时强调：正大集团是具备强烈社会责任感的企业，要将正大中心建设成为一个可持续发展的建筑，绿色建筑理念也要体现在项目的设计和建设之中。

秉持正大集团“爱是正大无私的奉献”“利国、利民、利企业”的宗旨，项目以高舒适度、高品质，低能耗、低运行成本为目标，在建设过程中综合应用了国际先进设计技术。

谢炳资深副董事长在指导建设团队工作时，也不断强调要重视科技创新在建设过程中的充分应用，并要求建设团队调研国内外顶级写字楼最新技术，以及前沿科技发展，提炼出 21 项首创和提升技术应用于正大中心项目。

例如，正大中心创新性地将人脸识别技术、速通门系统和电梯目的选层系统，从技术上打通，打造了三位一体的智慧出入系统，全程零操作即可进入办公区，成为写字楼出入系统的创新典范。正大中心也是目前 CBD 核心区内唯一引进领先技术——窗式通风器的项目，在过渡季节或夜晚中央空调关闭时，可无能耗新风换气，排出室内浊气及蓄热，实现高层建筑无能耗自然新风，每年可节约的能耗相当于 86.4 万千瓦时的电力。此外，模块化机房、云桌面、智能一体化的集成信息管理，与全 Wi-Fi 覆盖、三网合一、5G 预留的优越信息环境，也洞察先机，为运营阶段的科技应用，打下了坚实基础。

在项目设计过程中，谢国民资深董事长亲自参与到设计细节中，例如，谢国民资深董事长提出了建筑外立面玻璃的色彩要媲美香港维多利亚港的建筑群的要求。为此，建设团队反复研究、对比，突破重重技术难点，最终正大中心的玻璃幕墙达到了“蓝色海洋”的美感。

当然，正大中心的建设过程并非一帆风顺，也遇到了一些“小插曲”。

正大中心在投标时，规划高度是220米，为了能使楼宇外观更挺拔，使用空间更充分，品质更高，建设团队准备多版设计方案和各类数据分析，经过多次向北京市政府汇报，最终于2013年8月8日获得了调整建筑高度为238米的方案复函批复，确定了正大中心的最终建筑高度。

进入建设阶段，如何快速推进项目建设，合理衔接各项工作，成为当务之急。建设团队积极与各类审批单位协调，创新提出分段报批报建、分段开工的模式，获得政府部门的认可和支持。利用CBD一体化开工证先行开始土方、护坡。设计和外联拆分筏板、地下室、地上三个阶段进行报批，先后获得筏板、地下室、地上三个开工证，有效规避报规划和消防审批周期长的干扰，有效提前开工时间一年。

2015年5月1日是新旧消防规范的分水岭，前后规范差异巨大。恰巧项目处于地上消防报批阶段，审批原则是新旧规范重叠从严审批。根据《建筑设计防火规范》（GB 50016-2014）要求，建筑高于100米的建筑，应设置避难层（间）。第一个避难层（间）的楼地面至灭火救援场地地面的高度不应大于50米，两个避难层（间）之间的高度不宜大于50米。按新规范报规，项目将有上万平方米面积仅作消防用途。利用丰富的管理、设计经验，外联消防沟通协调能力，通过科学调整设计理念，采取每栋增加3个100平方米左右避难间的方案解决了避难层问题，也因此给整栋大厦额外增加约1万平方米的面积。

正大中心土地获取时，规划条件包含7000平方米110千伏变电站，而变电站设计滞后于正大中心建设。电力达不到要求，不仅意味着建设过程中，面临着电力超负荷随时停工的问题，也意味着电力无法满足运营期的办公和商业需求，使招租工作没有办法按计划推进。未雨绸缪，建设团队多方协调电力公司和电力设计院，提前获取电力设计方案，保证结构施工顺利开展，后续又与电力公司相互配合完成110千伏电站的建设和设备安装，于2019年9月30日之前正大中心满负荷3.8万千伏安发电，成为北京CBD核心区唯一满负荷供电的项目。变电站的建成，不但解决了正大中心的用电问题，也为CBD核心区其他楼宇解决了用电问题，正大中心的付出，也使更多企业同时受益。

从2013年开工建设，到2019年12月完成城建档案馆备案，正大中心建筑的品质得到了各界认可，获得了诸多奖项和荣誉，如北京市规划与国土资源管理委员会颁发的“二星级绿色建筑设计标识证书”、中国建筑金属结构协会颁发的第十三届“中国钢结构金奖”、美国绿色建筑委员会（USGBC）颁发的LEED建筑设计与施工（CORE AND SHELL DEVELOPMENT）金级认证、中国建筑行业工程质量的最高荣誉“中国建设工程鲁班奖”等。

正大中心在建设过程中，也创新性地打造了1400平方米无柱的（全景）沉浸式大宴会厅，最多可容纳上千人同时举办会议会展，科技感十足，应用最前沿技术，可展现各类极具视觉冲击力的场景，已经成为北京会议会展的首选地。

此外，还有可以满足高端需求的正大宝库，正大宝库是国内顶尖私人金库、藏品保管及流通专家，也已经成为北京首家国际高端艺术保税库。

扬帆起航

建成后的正大中心，作为北京 CBD 核心区内别具一格的双塔结构建筑，地上 45 层、地下 6 层，以商业裙楼连接，建筑高度 238 米，总建筑面积 31.7 万平方米，其中写字楼可租赁面积约 19.8 万平方米，商业可租赁面积约 2 万平方米，是办公与商业互利互融的超甲级写字楼商业综合体。

正大中心进入运营期，由正大集团罗家顺资深副董事长亲自负责。在“十四五”时期推进高水平对外开放的战略部署下，高端商务综合体迎来新机遇，同时也面临着挑战，谢国民资深董事长和谢吉人董事长也对正大中心的运营提出了高标准、严要求。正大中心要做到出类拔萃，不仅要靠硬件创新，还要寻求差异化定位，实现运营和管理模式的创新与升级。

罗家顺集团资深副董事长带领正大中心运营团队，从定位创新开始，在项目的招商和运营管理中，把创新融入工作细节中。他一直强调：正大中心的立意，不在于一栋写字楼，而是结合正大集团产业、运营及服务优势，打造产业集群，将政策、人才、资金、孵化器等资源进行全面整合，激发产业活力，实现从商务办公到商务生态的延伸。

正大中心积极响应“十四五”规划中的健康中国行动和新基建布局，打造前瞻性的“大健康 + 大未来”商务生态圈。并创新发展思路，强化精准招商。如今，正大中心写字楼入驻的企业租户主要涵盖大健康、大未来和金融及专业服务领域。

大健康行业租户包括正大制药集团、世界500强企业罗氏制药、创新型生物制药公司轩竹生物等。

大未来行业的企业租户包括正大农牧、正大电商、世界500强公司IBM、首钢基金、全球化智能数据分析公司GfK等。

2021年，随着北京证券交易所的成立，正大中心也因独特的商务生态圈的定位，吸引了众多国内外优秀金融企业入驻，如美国500强企业PayPal、穆巴达拉投资基金MIC Capital、跨境支付知名企业Airwallex（空中云汇）、投资管理公司招商信诺等。

为了给写字楼企业租户提供优越高效的办公空间，正大中心重视打造智能化办公生态圈，充分应用数字化、智能化理念，对大厦进行规划管理。实施及优化以租赁、商业运营和物业服务为核心的经营业务系统，助力租售业务和服务水平的持续提升；建设实施以采购、资产管理为核心的企业管理系统，强化流程管控，提升管理效率，降低运营成本。正大中心还通过采用成熟的AI技术，在现有的智能化基础上，进一步优化、提升智能化水平，实现“提升品质，增效降本”的目标，使正大中心成为商务楼宇智能化管理的先行者和典范。

作为写字楼的重要配套，正大中心的商业空间则以餐饮、商务服务和生活方式类店铺为主，并已于2021年9月底盛大亮相，是商务宴请顶尖之选、家庭聚餐美食天堂，成为北京美食新地标。

“大江南北美食”定位是正大中心商业的特色亮点。正大中心内的大江南北美食包含中国八大菜系，如潮州菜“潮上潮”、川湘菜“湘上湘”、淮扬菜“淮香国色”、京鲁菜“茉”等，这些餐厅自开业以来屡获殊荣，多次荣登米其林及黑珍珠榜单。正大中心不仅成为京城新晋商务宴请和聚餐地，也成为全球华侨归国后品尝正宗家乡美食的首选地，华侨华人回到祖国，无须远行，就能品尝到地道的家乡味。

此外，正大中心内还有国际美食，如顶级创意料理“锦NISHIKI”、泰国米其林餐盘餐厅 SUPANNIGA 等；生活方式及零售品牌，如同仁堂旗下创新零售品牌知嘛健康、华为、设计家居集合品牌 casa casa、Traction 健康运动管理中心；国际连锁品牌星巴克、Tim Hortons 等，新晋网红咖啡品牌如 Manner、M Stand、Seesaw 等，都一应俱全。

特别是北京正大帝豪物业管理有限公司正式接管正大中心物业管理工作后，进一步提升了国际化运营服务品质，为大厦写字楼和商业客群提供更优质暖心的物业服务，得到了大楼内租户和外部客人的高度认可和好评。

物业管理客服前台团队和安保服务团队不仅年轻充满朝气，而且均由专业团队引进。除了优质的服务及专业的安保外，正大中心还配备一支由专业退役消防兵组成的专属消防队，为大厦提供 24 小时不间断的消防安全保障。

正大中心是正大集团中国区总部所在地，同时也是全球华商在中国的家园，自投入运营以来，受到了社会各界的广泛关注。

2021 年 5 月，泰国驻华大使阿塔育·习萨目一行莅临正大中心参观访问。阿塔育·习萨目大使对正大中心国际化的商务办公和多元特色商业表示了赞许，并对正大中心寄予厚望，他希望正大中心可以成为泰中经贸文化交流的优质平台，助力泰中友谊长远发展。

罗家顺集团资深副董事长陪同泰国驻华大使阿塔育·习萨目（右一）参观正大中心（照片由北京正大中心市场部提供）

办公、餐饮、生活服务、宴会、私藏金库……正大中心成功将商务楼宇转化为一个商务生态，企业在这里能找到解决其需求的多维度支持，全方位盘活资源。正大中心作为平台和服务提供方，还深度参与和陪护企业从孵化、成长到持续盈利增长的全生命周期服务体系，从概念、定位到执行的全线创新，助其开拓新机遇，让企业和商户进得来、留得住、能发展，实现共赢。

凭借“人健康+大未来”商务生态圈的创新模式和卓越招商、市场推广及运营能力，正大中心在运营期得到了社会各界的广泛认可，并荣获了诸多奖项，例如：中国建筑行业工程质量的最高荣誉奖“鲁班奖”、IWBI（国际WELL建筑研究所）授予的WELL

HSR 健康安全评价认证、2020 年度中国南方财经全媒体集团颁发的“21 世纪 2020 年度中国最佳商业模式创新奖”、观点指数研究院颁发的“2021 城市地标综合体商业品牌年度杰出表现”奖、COMIN 中国行业年会“2021 年度最具品牌价值写字楼”大奖等。

企业的发展，离不开人才的培养，在谢国民资深董事长和谢吉人董事长人才战略指引下，罗家顺集团资深副董事长一直重视年轻人才的引进和培养，以吸引锐意创新和敢于突破的年轻人为目标，以打造引领时代先锋的年轻人才梯队为宗旨，挖掘能够洞察时代脉搏的、拥有远见卓识的国际化人才，并致力于为他们提供全方位的发展机会、最前沿的专业培训和跨领域的培养平台，培养了一批具有正直诚信、懂得吃苦、懂得牺牲、懂得感恩、懂得原谅的高标准、高素质的年轻人才梯队，以期能够塑造其产业创新能力、跨界思维能力、国际思维视野和卓越领军能力，引领正大中心在未来全球舞台上取得更加辉煌的成绩。

从一个项目辐射到一个城市乃至全球，正大中心一直走在创新发展的道路上，坚持换道超车，不断追求卓越，立足北京，拥抱世界。

北京有一个鳄鱼乐园，您知道吗

故事 086

薛增一

我问了一位北京的朋友：北京有一个鳄鱼乐园，您知道吗？

朋友吃惊不小：什么？！北京有鳄鱼乐园？真没听说过。

是的，北京的确有一个正大集团办的鳄鱼乐园，那就是坐落在北京市平谷区峪口镇西樊各庄村境内的正大鳄鱼养殖场，里面养殖了 4000 条原产泰国的暹罗鳄。

暹罗鳄，俗称泰国鳄，体型中等，一般成年鳄体长 3 米，最长可达 4 米，野生种群主要分布在东南亚的泰国、印度尼西亚、马来西亚、越南等地。

而正大集团在平谷办的这个鳄鱼养殖场，其实是北京平谷正大绿色方圆 300 万只蛋鸡现代化产业项目的一个配套项目。

鳄鱼和蛋鸡有什么关系呢？朋友好奇地追问。

我告诉他说，据我了解，蛋鸡在产蛋期有一定的淘汰率，行业标准一般在 2% 以内，正大集团的养殖场建设标准高，自动化、智能化程度高，设备先进，管理严密，淘汰率在 1% 以内。300 万只的蛋鸡厂，正常存栏一般在 270 万只左右，按照产蛋期 90 周计算，每月淘汰鸡在 1000 只上下。对这些淘汰鸡如何处理，一般正规养殖场的处理办法是焚烧、深埋，或者化学处理。但是无论是焚烧、深埋，还是化学处理，都不是最理想的办法，对环境或多或少都还有一些负面的影响。

为了使这个项目做到零排放、零污染，谢国民先生提出，把正大集团在泰国的成功方法即用养鳄鱼来消纳淘汰鸡的方法引进到中国来。因此，正大集团在平谷 300 万只蛋鸡养殖厂周边配套了一个 4000 条的鳄鱼养殖场，以消纳蛋鸡厂的淘汰鸡，这样一来蛋鸡养殖厂配套鳄鱼养殖场，形成了一个闭环的生态圈，变废为宝。另外，正大集团还在蛋鸡养殖厂周边配套了一个 3000 亩的果蔬种植基地，以消纳蛋鸡厂的鸡粪，真正做到了环境友好、可持续发展。

可是，曼谷属热带季风气候，终年炎热，年平均气温在 27.5℃。而中国北京的气候为暖温带半湿润半干旱季风气候，冬季气温一般在零下 10℃左右，天气寒冷。因此，为了验证在北京这样四季分明、冬季寒冷的地区能否养殖鳄鱼，2003 年，正大集团先做了一个模拟热带气候、适合鳄鱼生活的试验场，引入了原产于泰国的暹罗鳄。结果试验成功了。但是，在北京养鳄鱼，成本真的很高。因为鳄鱼养殖场内的环境温度一年 365 天每天都要保持在 30℃ ~ 34℃，在北京养鳄鱼，冬季要加温，夏季要降温。

2015 年，正大集团投资 1000 万元建设了一个正式的现代化鳄鱼养殖场。这是全球第一家坐落在北纬 41° 的人工鳄鱼养殖场。

漂亮的现代化正大鳄鱼科普馆（照片由正大平谷项目提供）

走进占地 38 亩的鳄鱼养殖场，迎面欢迎您的是一幢漂亮而别致的鳄鱼科普馆，建筑面积 2000 平方米。

科普馆里有多种多样的科普资料、图片、文字、鳄鱼标本、鳄鱼蛋标本、鳄鱼生活环境模拟、球幕多媒体放映区、鳄鱼工艺品陈列、鳄鱼商品陈列，品类繁多，让人大开眼界，流连忘返。

科普馆后面，是鳄鱼养殖馆，两馆中间由一个宽 20 多米、长 30 多米的高大廊厅相连接。

鳄鱼养殖馆为全封闭式现代化建筑，建筑面积 6000 平方米，分 8 个单元，全年恒温在 30℃ ~ 34℃，里面现存种鳄鱼 30 条、子代鳄鱼 4000 条。其中有 4 个单元安装了全景式阳光玻璃隔墙，可供参观者透过玻璃墙一览无余地观赏到鳄鱼的生活、喂食、戏水、睡觉，甚至打斗。

北京平谷正大鳄鱼养殖场，是北京地区一处十分难得且极具特色的鳄鱼科普教育基地。自 2018 年开馆以来，免费向社会公众开放，每年都接待大批的中小学生团体前来参观、学习，观赏鳄鱼，拓展和增加了孩子们的视野和知识，丰富了孩子们的成长经历和乐趣；同时，还接待了很多社区团体、单位团体、旅游团体，以及部分外宾等前来参观，带给参观者不同寻常的生活体验，深受大家的喜爱。

目前，北京平谷正大鳄鱼场已经申请了北京市科普教育基地，期待着北京市乃至全国的各界朋友前来观光、体验，看看世界和中国北纬 41° 养殖的原产泰国的暹罗鳄，开开眼界啊！

北京平谷正大鳄鱼养殖场，是正大益生科技发展（北京）有限公司管理和经营的其中一个项目。正大益生科技发展（北京）有限公司，是正大集团新兴的产业板块。公司以益于生态、益于生命、益于生活为宗旨，致力于发展人类大健康事业。目前，公司已陆续在北京平谷、河北衡水、上海崇明、山东潍坊、云南昆明、广

孩子们在老师的带领下正在正大鳄鱼科普馆观赏鳄鱼标本（照片由正大平谷项目提供）

东增城等地建成多个大型现代化产业基地，拥有鳄鱼、蜜蜂、森林资源、文旅康养等一系列新产业，具备生态养殖、产品研发、科技创新、科普教育、休闲度假和养生保健等大健康全产业链功能，为广大消费者创造着美好、益生的高品质、高品位生活平台。

面对在北京地区鳄鱼养殖成本高的现实，在邢继宪资深副董事长的指导下，公司总经理李昂带领团队“请进来、走出去”，调研、请教、学习、总结，认识到暹罗鳄浑身都是宝，除了传统的鳄鱼皮革产品之外，鳄鱼的肉品、鳄鱼的脂肪、鳄鱼的肝胆等都具有珍贵的营养滋补和商业价值，关键是如何开发好鳄鱼新产品、打好鳄鱼组合牌。公司团队上下同欲，一往直前，内外开拓，拼搏奋进。对内，他们依托正大集团的科研和人才优势，不断研发新产品；对外，他们大力开拓市场，寻找合作伙伴，走轻资产联盟、互惠互利之路。短短 3 年，正大鳄鱼产品已初步形成了系列和规模：一是传统的鳄鱼皮具产品系列，二是鳄鱼酒系列，三是鳄鱼美容护品系列，四是鳄鱼美食系列等。经过不懈而卓有成效的努力，2019 年北京平谷正大鳄鱼场首次实现年度盈利！

提起鳄鱼产业这本经来，公司总经理李昂兴致盎然，侃侃而谈，他说在集团的战略决策和集团领导的带领下，公司规划要用 10 年左右的时间把正大益生大健康产业做到 100 亿元。

北京平谷正大鳄鱼养殖场今天的成功，还只是朝霞曙光，还只能算是小成功。但一个怀有远大理想的团队，离大成功还能有多远呢！

春天，辛勤耕耘绘就繁花盛开。

秋日，喜获丰收赢得果实满仓！

祝愿正大益生大健康产业大展宏图，兴旺发达！

用行动践行集团理念

刘海

故事 087

一直想写点什么，但又不知如何落笔。十多年前集团资深董事长的谆谆教诲一直在耳畔萦绕：“只做饲料是小学水平，饲料养殖是中学水平，只有全产业链才是大学水平。”今天正大已经全面进入全产业链 4.0 时代，我们也从不理解到理解、到执行，再到真正成为正大人，伴随着正大跨进了“大学之门”。这一路的变迁，资深董事长的谆谆教诲就是黑夜中的灯塔，一路指引着我们奋勇前行。要说最大的收获是什么？那就是成长为真正的正大人。

2015 年，云南区在大理州弥渡县投资建设大理正大饲料厂，虽然投产当年就做到盈利，但销量一直在每月 2000 吨上下徘徊，如何做到满产满销？年轻的大理正大团队竭尽全力，但结果还是未能尽如人意。迷茫中白宇飞资深副董事长给我们指明了方向：在弥渡用“四位一体”模式打造 50 万头生猪全产业链。年轻团队开始对弥渡进行了深入调研，对弥渡县的优劣势进行反复分析——弥渡

县优势：交通便利；农牧业大县；政府支持。劣势：贫困县，贫困户多；山区多，平地少，缺水；思想观念落后。从正大云南区战略发展规划出发，我们一致认为弥渡有条件发展50万头生猪全产业链。团队决定先从改变观念入手，与县领导一轮又一轮研讨正大“四位一体”的全产业链理念，并且邀请县领导到四川梓潼、湖北襄阳等地实地参观，全方位了解正大“四位一体”的全产业链新理念。

在白宇飞资深副董事长的推进下，在团队的共同努力下，我们彻底打消了县领导班子的各种顾虑，使县领导班子完全认可了正大“四位一体”全产业链理念，坚定了与正大合作的信心。2017年4月27日，双方终于正式签订了《〈关于共同推进弥渡县50万头生猪产业链扶贫项目建设〉的补充协议》，成立了项目指挥部。

常言万事开头难，我们以为开头后一切都会顺利推进，但更多更大的困难却接踵而至。资金、土地、水电路、环保、基层干部和群众观念……

资金是项目成败的关键，弥渡当时又是贫困县，年轻团队决定先攻克融资难题。团队认真梳理弥渡县政府扶贫资源，发现政府扶贫政策很多，但究竟哪些政策能落实到我们的项目中呢？通过进一步分析讨论，扶贫贷款政策既能解决政府扶贫需求又能体现正大“四位一体”理念。按扶贫贷款政策规定：每户贫困户可以扶贫贷款5万元，政府贴息3年，用于脱贫产业发展。这让年轻的正大团队看到了希望，通过与县政府深入洽谈，弥渡县政府同意对每栋1100头肥猪标准配套舍扶贫补贴20万～40万元。全县共有12000多户贫困户，通过进一步摸排，其中4150户贫困户符合参与该项目扶贫条件，4150 户贫困户可以组织扶贫贷款 2 亿元。但如何将 4150 户贫困户组织起来，又是一大难题。项目指挥部走村串户，对 4150 户贫困户进行了深入的沟通核实，结合弥渡当地的实际情况，决定弥渡 50 万头正大生猪产业扶贫项目采用“1+4”创新模式。“1”是“基层党组织”，“4”是“龙头企业 + 金融机构 + 合作社 + 贫困户”，由基层党组织组建合作社，贫困户加入合作社成为社员。这样就有了项目主体，实现了政府牵头、政策扶持、合作社为主体、银行贷款、正大运营的完整闭环运营模式，真正实现政府扶贫政策落到了实处，基层党组织发挥了核心领导作用，贫困户脱贫成了主体，正大为他们打工。模式确定了，思想统一了，心里踏实了，经过共同努力，全县共组建了 85 个合作社，由县政府牵头与银行洽谈，150 栋 1100 头肥猪舍以及 2.8 亿元资金问题得到了圆满解决。

弥渡县 97% 是山区，平地大多是基本农田，如何将 50 万头生猪产业扶贫项目布局在弥渡县，任务十分艰巨。弥渡政府举全县之力，制定下发《弥渡县人民政府关于弥渡县“蔬菜产业、生猪养殖产业”“十三五”发展规划》，发动全县所有乡镇，按正大标准找地。起初大家情绪高昂，一个月内找到了 100 多块土地，但通过正大专家团队逐一实地考察后符合养殖要求的只有 7 块土地。“怎么会这样？”“是不是正大在故意为难我们？”不同的声音接踵而至，项目指挥部面临前所未有的压力。但是年轻团队临危不乱，认真分析，找到了两个原因：一是我们没有解释清楚，二是基层干部没有理解正大“三高一低”的标准。找到原因后，大家立即组织培训，统一认识，先从县领导和乡镇长开始，再深入乡镇一级培训，同时把专家团队分散驻扎到各乡镇参与他们一同找地。半年多的时间，正大年轻团队和乡镇基层干部风餐露宿，走遍了弥渡山山水水，总算落实了37块符合项目要求的养殖用地。看着每一块土地开路搭桥，劈山平地，一座座正大标准的现代化猪舍拔地而起，大家由衷地感到一种前所未有的成就感。之前的所有辛苦付出和不同声音都化成了深厚的友谊和对这块土地的热爱。这是弥渡4150户贫困户的希望，也是弥渡发展壮大村级集体经济新的里程碑。

环保是养殖业能否可持续发展的核心问题。弥渡县政府和正大团队高度重视项目环保问题，请环保专家多次论证，派人出去取经学习。通过反复论证，结合弥渡县"一头猪，一棵菜"的高原特色现代农业产业发展思路，决定走一条"截污建池，粪水还田"的可持续性发展路线。政府统一协调养殖场周边山地，由正大养殖公司协同正大农业公司共同打造果蔬基地，消纳养殖粪水，生产出的安全健康美味的正大果蔬全部供给卜蜂莲花和正大优鲜，充分发挥全产业链优势，真正做到资源化利用，全面实现可持续发展。此模式受到省政府的高度重视，拨款3000万元支持该项目发展。这更加坚定了我们全产业链发展的决心，也让我们坚信，只有走全产业链才能实现青山绿水、蓝天白云的美好未来。

宝剑锋从磨砺出，梅花香自苦寒来。今天的弥渡县50万头正大生猪产业扶贫项目已初结硕果。云南省政府领导到弥渡考察时也给予项目高度评价。弥渡项目成了云南省扶贫项目的标杆，是全国50个标杆扶贫示范项目之一，先后有100多个地方政府和社会团体到弥渡参观学习，纷纷表示愿意与正大合作。

今天，4150户贫困户已经如期脱贫过上了幸福的生活。2020

年，该项目生产总值占弥渡 GDP 的 16%，向国家纳税 1500 多万元，带动一二三产业就业 8 万多人。大理正大实现了满产满销，正大散装饲料运输车队日夜穿梭在弥渡的大地上，成为弥渡一道亮丽的风景线。弥渡 50 万头正大生猪屠宰厂项目正在有序推进中，正大果蔬基地瓜果飘香，正大优鲜店捷报频传，全产业链的每一个环节都闪耀着正大人奋斗的身影。

集团资深董事长当年给我们描绘的全产业链蓝图已在这里变成初步现实，但离实现集团资深董事长的愿景还差得很远。2019 年时任云南省省长阮成发访问集团泰国总部时说："谢国民集团资深董事长是伟大的企业家，思想高度非常人能及，正大的成功是必然的。"我们是正大人，我们坚信集团资深董事长的理念，因为坚信，所以一定能实现。

创新产业扶贫模式　助力乡村振兴

——正大集团山西大同生猪全产业链扶贫项目纪实

故事088

马新民

正大集团大同生猪全产业链扶贫项目是为了响应国家“以建设现代农业产业体系为重点，积极推进社会主义新农村建设”及“产业扶贫、精准扶贫”的号召，在大同市、阳高县各级领导的高度重视和大力支持下，正大集团根据集团的总体战略部署，采用“政府 + 企业 + 银行 + 农民”四位一体的新型产业组织模式，“高投入、高效益、高环保、高品质、低成本”的养殖经营理念，按照“科学规划、合理布局”的原则，建设具有世界先进水平的现代农牧产业化综合示范项目，为当地畜牧业的转型升级和扶贫攻坚、乡村振兴作出有益的探索和示范。

一、项目背景

正大集团大同百万头生猪全产业链综合示范项目建设选择在阳高县，这里自然条件较差，地形以平川、丘陵、山区、滩地、边山峪口为主，冷热分季明显、日夜温差明显、区域差异大，是国家扶贫开发工作重点区。粮食作物以小麦、玉米、小杂粮为主，经济作物以蔬菜种植为主。当地养殖业发展落后，以千家万户小规模饲养为主，产业规模偏小、专业化水平低、产品质量标准参差不齐、疫病威胁不断加大，市场竞争力弱。

2016 年，正大集团与大同市阳高县政府达成战略合作协议，采用正大集团“四位一体”的模式，在阳高县发展以 100 万头生猪全产业链项目为主、种养加销一体化、一二三产业深度融合的全产业链扶贫项目，助力当地脱贫攻坚，也为城市消费者提供安全、优质的猪肉食品。

二、项目建设内容及规模

正大集团大同项目总体规划按照正大集团世界先进的新型全产业链一体化模式建设运营，集种植、饲料加工、养殖、屠宰、食品深加工、上下游物流、零售网络为一体，一二三产业深度融合，全部项目采用专业化、全封闭模式运营。项目建设目标要达到世界先进的技术水平，同时采用正大集团“四位一体”的投融资模式，带动广大的贫困农民通过多元化的带贫扶贫方式参与项目现代化发展的进程，分享现代化项目的发展成果，走上脱贫致富的道路，实现项目发展与农民脱贫致富的和谐统一，探索具有中国特色的农业现代化发展之路。正大项目主要规划建设内容如下。

1. 建设30万头生猪全产业链项目。其中“四位一体”扶贫项目15万头，正大集团自投自建15万头。

2. 建设5万亩种植项目。包括3万亩饲用玉米种畜结合基地、1万亩经济林果畜结合基地、2万亩蔬菜菜畜结合基地，实现30万头生猪养殖所产生的粪水全部作为有机肥还田，发展绿色种植。项目还规划建设有机肥料厂，利用猪场养殖粪水生产优质高效有机肥料，实现养殖粪水及畜禽废弃物高效再利用，生产绿色、有机蔬果，实现种养结合、生态友好、绿色发展。

3. 建设20万吨专业化猪饲料加工厂，为30万头生猪养殖基地提供优质配方饲料。

4. 建设30万头专业化生猪屠宰加工厂和食品深加工厂，100%实现专业化屠宰加工和食品深加工。

5. 建设完整配套的上下游专业化仓储物流体系。包括上游饲料、种猪、肥猪等专业化的物流体系和下游生鲜食品、蔬菜水果专业化仓储、冷链物流体系，实现项目全部终端产品的专业化仓储物流配送。

6. 建立300家“正大优鲜”安全优质食品新零售网络，打通“最后一公里”，实现从土地到餐桌的新型全产业链垂直一体化经营，为大同市和周边城乡居民提供项目所生产的安全猪肉食品和种养结合基地生产的优质水果、蔬菜和当地特色农产品。同时，通过“正大优鲜”零售网络整合正大集团国内外企业生产的畜禽、水产、种植以及其他多个产业生产的各类安全优质食品提供给当地消费者，满足消费者对安全优质健康食品日益增长的消费需求。

以上建设项目综合投资规模15亿元人民币，已完成投资5亿元，2021年新增投资5亿元，2022年新增投资5亿元。

项目计划2023年完成全部项目建设，实现满负荷生产经营。项目全部建成后，可形成年综合销售收入约35亿元人民币，创造综合税收约2.5亿元；扶贫资金年收入3600万元，带动贫困户6200户，带动就业4000人，就业年收入4亿元；银行获得稳定的利息回报；正大集团获取饲料生产、生猪养殖、屠宰加工、产品销售等环节的综合经营利润。正大项目构建了互利互惠、共享共赢的利益联结格局，让利益攸关方都能获得理想的投资回报，经济效益、扶贫效益和社会效益十分显著。

项目建成后，将形成完整的三产深度融合、科技创新驱动、绿色循环发展、生态环境友好的新型农牧食品产业发展体系，为山西省乃至全国养猪产业现代化、产业扶贫和乡村振兴战略的实施做出有效实践和示范。

三、创建了“食品安全、生物安全、生态安全”综合安全防控体系

保障食品安全、严控疫病稳产保供、推广粪水资源化利用和绿色发展是现代养殖业健康持续发展的前提和基础。正大集团大同项目采用世界先进技术和模式，建立了“食品安全、生物安全、生态安全”三大安全体系，将其作为项目的三大底线贯彻于全产业链的每个环节，确保筑牢底线、守牢底线。

一是在全产业链每个环节，食品安全管理做到“可溯源、可控制、高标准”，这是正大项目的特色，不但理念先进、内容完

整、标准与国际接轨，而且有一整套行之有效的具体执行体系和标准。

二是采取“三防线、四通道、五流控制”生物安全控制体系，全面提升了非洲猪瘟等动物疫病的系统防控水平，这是中国养猪行业体系最完整、最科学、最有效的防控体系，是正大生物安全管理的特色。正大项目全面采用正大集团先进的生物安全体系，建立了预处理中心、洗消中心、生产区三道防线，专用的人员通道、物品通道、车辆通道、猪只通道，对进入猪场的人流、物流、车流、猪流、生物流进行严格的控制。推行“四百”建设，即100%农场生物安全标准化、100%专业物流、100%专业洗消、100%专业屠宰，从饲料厂到种猪场、育肥场，再到专业屠宰，最后进入品牌销售，生物安全体系全程专业化封闭运行，确保了正大自建项目和农户养殖项目非洲猪瘟零发生，为生猪稳产保供奠定了基础。

三是按照“种养结合、绿色发展”的理念，将养殖业与种植业有机结合起来，每一个养殖场舍内按照游泳池的建设标准建设了深坑积粪池，采用有氧发酵无害化技术对粪水进行处理，在养殖场周边地区大规模流转土地建立企业种植基地、发展农业合作社合作种植基地和专业种植大户合作种植基地，将无害化处理后的粪水有机肥采用先进的专业化施肥设备直接还田。同时项目计划建立粪水沼化等多种处理方式生产配方有机复合肥料，实现多元化粪污资源化利用，发展苹果、蔬菜等具有当地区域优势作物的有机种植，促进种植业转变生产方式，提质增效，为市场生产安全优质绿色的蔬果产品，通过发展有机玉米的种植，为项目提供优质饲料原料，实现整个项目绿色循环发展。

四、创建了世界先进的农业 4.0 猪肉食品产业示范体系

正大集团大同项目规划建设覆盖全产业链的数字化智慧生产管理运营体系，实现农业 4.0 建设目标。目前，在已经建成投产的养猪场全部采用世界领先的自动化、数字化、智能化智慧农场管理体系，猪舍温湿度、空气质量如二氧化碳和氨气等、饲养系统、猪只个体身份识别和生产数据采集分析、猪只健康状况、设施设备运行情况、人员日常工作任务指派与工作过程追踪等生产管理体系均已实现了全景数字化管理。种猪场在国内首家采用正压空气过滤系统，外界空气经过多层过滤净化后采用机械送入猪舍内，PM2.5 可减少 99.9% 以上，既大幅减少空气传播性疫病侵入猪舍的概率，有效防控疫病风险，又改善了猪舍内空气质量，提高了工作人员和动物的福利水平。正大项目的养猪系统生产效率已经达到世界先进水平。

五、创新了产业扶贫模式，提高了产业扶贫项目的可持续性

正大集团大同项目充分聚合各方资源，构建紧密的利益联结机制，通过政府扶持、企业经营、银行贷款、农民合作的方式，整合了各方在政策、技术、资金和土地资源等方面的优势。项目建设采用正大集团世界先进的理念、模式和标准，为养猪产业实现跨越式发展提供了有效的实践和示范。在政府层面，阳高县政府利用扶贫资金向项目提供资本金，并在贷款贴息、土地流转、建设用地、

配套设施、政策补贴等方面为项目提供政策支持，营建良好的投资环境。在企业层面，正大集团向项目提供流动资金，并应用自身先进的管理理念、资金、技术和经营模式，与合作社签订20年不可撤销的租赁合同，并承担全部的生产经营风险。在贫困户层面，他们有了多元化稳定可持续性的收入来源，当地农民盘活土地资源，将土地经营权用于猪场建设获得稳定的土地收入，部分农民以产业工人的形式参与项目建设运营，获得工资性收入，同时农民通过项目平台公司分得稳定的资产性收益。在社会层面，在中国农业加速转型升级、实现现代化的现实下，采用“四位一体”的正大创新产业扶贫模式，解决了广大贫困农户缺技术、缺资金、缺市场的“三缺”矛盾和承担风险的能力，正大作为国际化龙头企业利用综合优势成为项目的经营者，承担所有风险，为农民提供固定收益，农民获得长期稳定的资产性收益。这一创新模式既发展了先进的农业生产力，又实现了产业发展与农民受益的高度和谐。

落户东坡故里　献礼集团百年

——正大集团眉山300万只蛋鸡项目发展纪实

故事089

乔阳　任志伟　伍秋实　彭子丹

正大集团是进入中国大陆的第一家外资企业，同时也开办了四川第一家外资企业。现在可能有人会说，这个第一真的有那么显要吗？但是在当时，能够把大量的资金、先进的技术、宝贵的人才投入进来，胆识和勇气、智慧和眼光由此可见！

洪流一旦涌动，前行势不可当。正大集团1986年进入四川之后，不仅扎根在饲料行业精耕细作，同时也在其他行业里崭露头角，尤其是在鸡蛋产业上。2003年，集团开始在中国专业生产销售鸡蛋；2004年，推出了正大品牌鸡蛋；2005年，夺得KA系统第一品牌；2008年，率先推出富硒鸡蛋，并制定富硒鸡蛋中国行业标准。秉持匠心精神，打造品牌形象，通过十多年的不断发展，正大鸡蛋在四川乃至整个西南地区，从一株幼芽成长为一棵参天大树，成为行业引领者。

但是，时代的脚步难以预知，行业的变幻一日千里，消费的需求永无止境，这就对蛋鸡养殖的设施条件、饲养规模、食品安全、环境保护等提出了更高更严的要求，小而散的养殖方式，注定成为历史。高投入、高附加值、高质量、低成本的集约化大型蛋鸡养殖项目应运而生——正大集团，这次在全国率先规划并启动了20个300万羽蛋鸡项目。在四川，在眉山，我们幸运地成为二十分之一，机遇再次敲击我们的门。

2017年11月23日，在眉山市东坡文化节上，正大集团资深副董事长谢毅代表正大集团，同眉山市政府签订300万只蛋鸡项目投资协议书。自此，采用创新型“四位一体”模式，总投资8.6亿元的超大规模蛋鸡项目，正式落地东坡故里、诗书之乡。

随后，双方成立工作对接小组，开始论证评估、选址规划。双方都以极大的热忱、高度的互信、强大的力度，一起将这个农业产业化项目高效、快速、有序地向前推进。

经过多方遴选比较，项目选址确定位于四川省眉山市东坡区崇仁镇藕花村，当地植被丰茂，人烟稀少，空气优良，独特的川西丘陵地貌形成天然屏障，非常适合蛋鸡养殖。距成都市区98千米，距眉山修文铁路货运站8千米，为保证项目物流运输便利，眉山市政府加快工业大道建设，赶在项目竣工前通车，并规划有专用道路连通项目地和工业大道。

随后，正大汉鼎、正大集团家禽职能线、四川正大蛋业一起组成筹建团队，先后远赴欧洲及美国、泰国等拥有蛋鸡养殖先进技术的国家进行考察学习，吸取国内外顶级蛋鸡养殖公司和行业专家的先进设计规划经验；同时发起蛋鸡养殖、蛋品分级、液蛋生产、饲料加工等设备的全球招标，确保项目设施设备、设计理念都处于世界领先地位，使其成为4.0版的现代化蛋鸡养殖全产业链项目。

经过设计和技术团队近半年的不懈努力，一个超大规模的蛋鸡项目规划顺利出炉：一座存栏300万只蛋鸡养殖场，配套一座存栏85万只青年鸡养殖场、一座年处理5.2万吨鸡蛋分级和液蛋加工车间、一座年产12万吨饲料加工厂、一座年处理10万吨鸡粪的有机无机复混肥厂。五大板块形成一个强大而有机的闭环生产链，并充分考虑节约土地、绿色环保、种养结合、生物安全等综合因素，确保项目可持续良性发展。

为保证项目的先进性，通过多方论证比较，最终通过招投标方式确定使用成套意大利TECNO公司的养殖设备、丹麦SANOVO公司的蛋品分级和液蛋加工设备、瑞士布勒公司的饲料加工设备。并在中国首创6列10层的蛋鸡养殖模式和蝴蝶形进风窗，有效解决了单栋存栏16.8万这种超大体量鸡舍的通风保温难题。自此正大集团眉山300万只蛋鸡项目创造了西南地区四个第一：全部使用进口设备第一、全场和单栋存栏量第一、液蛋生产量第一、有机无机复混肥产量第一。

佳地已备，良辰即至，2018年4月18日，正大集团眉山300万只蛋鸡种养循环产业园奠基仪式在东坡区崇仁镇藕花村6组正大集团300万只蛋鸡项目选址地举行，标志着项目正式开工建设。

随后，项目各大板块相继迅速有效地开工建设，正大集团四川区资深总裁黄刚和眉山市东坡区委常委游方全分别担任双方对接小组组长，对接组每周定时召开例会和现场会，对工程进展情况和

施工中遇到的困难进行及时沟通，快速解决，对工程质量和施工安全进行严格的检查和追踪。正是有双方团队的刻苦攻坚和精诚合作，项目工程进展按预定时间节点稳步推进。

2020 年初，突如其来的疫情让项目建设进度停滞不前。2020 年 3 月 18 日，疫情刚刚放缓，眉山市委书记慕新海在正大集团农牧食品企业中国区白宇飞资深副董事长的陪同下，亲临现场，实地察看了项目建设进度、复产复工情况，建设过程中遇到的困难和问题；并要求挂图作战，督查进度，千方百计破解难题，确保按期完工投产。

截至 2020 年底，眉山 300 万只蛋鸡项目的建设工作正有条不紊地开展，蛋鸡场和青年鸡场养殖设备也进入了安装收尾阶段，蛋品分级、液蛋加工、饲料厂、综合楼、有机无机复混肥厂主体建筑已完成施工，道路等附属设施正在不断完善中。各单位开诚布公、紧密协作，各项工作顺利推进，工程节点按时完成，项目已经初具雏形。

按目前进度，青年鸡场将于 2021 年 1 月竣工投产，随后蛋鸡场、蛋品分级、液蛋加工、饲料厂、有机无机复混肥厂等板块，相继在 2021 年 7 月前全面竣工，届时，一个崭新的现代化蛋鸡全产业链项目，在东坡故里落户发展，成为庆祝正大集团百年最好的献礼之一！

兴隆咖啡与正大情怀

薛增一

故事 090

一、华侨农场

1945 年 8 月，抗日战争取得了伟大的胜利。可是被日寇侵占的马来亚，又重新沦为英国殖民地。1948 年，英殖民政府推行极端的反华排华政策，成千上万侨居在马来亚的华人抗日退伍军人和进步人士及普通华人被抓捕关押在集中营里，受尽了欺辱、迫害。

中华人民共和国成立后，在百废待兴、极端困难的情况下，国家仍然关心着海外受难的侨胞，在周恩来总理的亲自部署和关怀下，经过与马来亚英殖民当局的谈判，中国政府决定租用外籍船只分期分批把难侨接回祖国。

为了安置好这些归国难侨，国家在广东的沿海地县设立了几个华侨农场，位于海南岛万宁县东南沿海的兴隆华侨农场就是其中之一。

1951 年 10 月 13 日，第一批 756 名受马来亚英国殖民当局迫害的归国难侨，在中国各级侨务干部的带领下，来到了海南岛万宁县兴隆镇安家落户。

旧中国，列强欺凌，兵连祸结，积贫积弱，难侨们刚刚抵达的兴隆镇，更是一穷二白，满目荒山野岭，杂草丛生，走兽出没，人烟稀少，说是镇，其实只有一条二三十米长的小街道，坎坷泥泞，街道两侧仅有几间低矮破旧的瓦房，其他就全都是茅草屋了，一片荒凉、落后的景象。

难侨们在国家的照顾、帮助下，在侨务干部的带领下，组织起来，不畏艰难，向荒山野岭进军，开荒辟地、盖房建屋、筑路修桥，按照“一业为主，多种经营，以短养长，长短结合”的办场方针，开始种植橡胶、粮食，以及咖啡、香茅、胡椒等热带经济作物，除了生产自救，还为国家建设作贡献。

经过几代兴隆人的努力奋斗，到 2011 年的时候，兴隆华侨农场已经从一个荒凉偏僻的无名之地，建设发展成了一个拥有 2.5 万人口、16 万亩土地的“全国华侨农场的一面旗帜”，成为海南省十大文化名镇、全国特色观光旅游名镇，是海南省著名的旅游胜地。

二、兴隆咖啡

说到兴隆的咖啡，故事就多了。最著名的故事，当数周恩来总理来兴隆的故事。1960 年 2 月 7 日，周恩来总理到兴隆华侨农场视察，喝过兴隆咖啡后大为赞赏，称赞道：“兴隆咖啡是世界一流的，我喝过许多外国咖啡，还是我们自己种的咖啡好喝。”他一连喝了三杯，当服务员递上第四杯的时候，被夫人邓颖超微笑着拦住了，担心影响他的晚间休息。

咖啡是常绿灌木，叶子长卵形、端尖、茂盛，花白，香郁，果子成熟时呈深红色，果子内一般有两粒果仁，即咖啡豆，经烘焙炒熟磨制成粉，可作为饮料。咖啡是世界三大饮品之一，与茶叶、可可齐名。

然而，兴隆咖啡是怎么诞生的呢？原来1951年开始从马来亚等东南亚国家来到兴隆镇“落地生根”的华侨有喝咖啡的习惯，不少人还是制作焙炒咖啡的行家，他们很怀念在海外喝咖啡的生活情趣。于是从1953年起，他们开始从海外引进咖啡并在兴隆华侨农场种植，从这时开始，著名的“兴隆咖啡”诞生了。

1959年初，一位民主德国的工程师来兴隆华侨农场访问，他在品尝了兴隆咖啡后说：“你们的咖啡味道比我们以前喝过的都要好，希望你们能大量地种植。但愿在不久的将来，在德国能买到兴隆咖啡。”临走时他买了2斤兴隆咖啡粉，回到德国不久又写信来要买10斤。

经过几十年的发展和培育，2007年，国家质检总局批准对“兴隆咖啡”实施地理标志产品保护，而兴隆华侨农场咖啡厂生产的“太阳河”牌咖啡，尤其闻名。

三、正大情怀

关爱归侨和赞誉兴隆咖啡的周恩来总理，引进和创造兴隆咖啡的南洋归侨，钟爱和相伴兴隆咖啡的大众消费者，赋予和构成了兴隆咖啡“领袖情怀，华侨情结，百姓情谊”的独特文化内涵。

正大集团是一家世界著名的来自泰国的华侨企业，早在改革开放之初的 1988 年就来到海南投资兴办现代化饲料厂和养殖场等企业，是最早进入海南的侨资企业之一，很荣幸地融入海南，成为海南侨乡文化的一部分。进入新时代，正大集团以振兴海南兴隆咖啡事业为己任，与万宁市政府合作，投资兴隆，这既丰富了兴隆咖啡的“华侨情结”，又为兴隆咖啡的“华侨情结”注入了“正大力量”。

2017 年 3 月，博鳌亚洲论坛年会期间，海南省委副书记李军，在与国务院侨办党组书记、副主任许又声，以及中国侨商投资企业协会会长谢国民等侨商代表会见时，倡议正大集团和广大侨商到海南投资建设“共享农庄”。

同年 9 月，海南省省长沈晓明赴泰国正大集团考察，受到了谢国民先生、谢吉人先生的热情接待，沈晓明省长特别邀请正大集团到海南发展特色小镇和美丽乡村项目。

为此，正大集团决定联合部分侨商，响应海南省委、省政府的号召，经过考察、洽谈，于 2018 年博鳌亚洲论坛年会之际的 4 月 9 日，正大集团与海南省万宁市政府，在博鳌金海岸温泉酒店举行了“万宁兴隆咖啡公园项目合作建设框架协议书”签约仪式。协议约定按照“政府主导、产权明晰、企业运作”的原则，由具体运作主体出资组建成立兴隆咖啡产业开发公司，负责兴隆咖啡公园项目的策划、开发建设、运营管理等工作。

框架协议签约不久，海南省委、省政府启动并陆续推出了一系列深化改革的新政策，为此正大集团与万宁市政府签订的框架协议的部分内容，也适应性地经过合作各方洽商作了部分调整。直到 2020 年 4 月 28 日，海南自贸区（港）招商工作联席会议正式审批通过了“万宁兴隆咖啡城项目”。同年5月9日，海南省万宁市政府与正大集团签署了落地实施的“万宁兴隆咖啡城项目合作开发建设协议”。时任万宁市市长周高明与正大集团资深副董事长谢毅代表双方签约，万宁市委书记贺敬平等一同出席和见证了本次签约。根据协议，2020年9月30日，合作各方注册成立了正大（海南）兴隆咖啡产业开发有限公司。

正大万宁兴隆咖啡城项目，位于海南省万宁市兴隆镇太阳河畔。主要由两个相邻的子项目构成，一个是投资2.33亿元，在保留原传统工艺的基础上，再引进最先进的咖啡加工设备和工艺，改造和新建相结合，对占地28亩的原兴隆华侨农场咖啡厂，进行迭代升级并扩大产能；另一个是投资14.15亿元、开发建设占地225亩的正大万宁兴隆咖啡小镇，包括咖啡博物馆、教学研发中心、大师工坊、图书馆、会展中心、会议中心、游客中心、民宿和餐饮、商业网点等。项目定位为三产融合：第一产业，建设以咖啡种植为主导、特色高效热带作物为辅助的立体种植示范基地，通过“公司＋农户”的模式，全面振兴兴隆咖啡种植产业；第二产业，保留传统的东南亚烘焙工艺线，同时引进新的咖啡加工工艺，建设全自动咖啡生产线，生产多种产品，满足市场需要；第三产业，打造以兴隆咖啡文化传承、擦亮品牌为目标，以兴隆咖啡产业发展为核心，集咖啡产业、文化体验、研发教育、旅游度假、娱乐休闲于一体的咖啡产业城。通过重塑兴隆咖啡民族品牌、重振兴隆商业旅游的方式，为助推海南自由贸易区（港）建设作出卓越贡献。

2021年11月18日，太阳河畔，风和日丽，气候宜人，海南

省委统战部、省侨务办公室、万宁市委市政府、兴隆华侨农场等有关领导，及正大（海南）兴隆咖啡产业开发有限公司股东代表、合作伙伴代表、兴隆华侨农场归侨代表、媒体记者等200余人，共同出席了“正大万宁兴隆咖啡城项目”盛大开工仪式。正大集团资深副董事长谢毅、海南省委统战部副部长兼省侨务办公室主任陈健娇、万宁市代市长王三防、归侨代表蓝日兴分别致辞和发言，并与正大集团地产企业中国区首席执行官曹建华、正大种植事业资深总裁兼正大（海南）兴隆咖啡产业开发有限公司总经理赵金龙、正大商业地产执行总裁史庆超等领导和嘉宾一起，共推能量杆，启动项目正式开工。一时间，礼炮齐鸣，彩练飞舞，五彩缤纷，喜气洋洋，掌声，欢呼声，共祝正大万宁兴隆咖啡城开工大吉、兴旺发达！

11月18日，领导和嘉宾共推能量杆，正大万宁兴隆咖啡城项目正式开工（照片由正大集团北京总部宣传中心提供）

兴隆咖啡，因“领袖情怀”而立意高远，因“华侨情结”而技艺深厚，因“百姓情谊”而香溢四海，现如今再加上“正大力量”，那么打造成中国第一民族品牌的“兴隆咖啡”，并从此走向国际市场，必将未来可期。

中国万宁！海南兴隆！正大祝福您！

（本文刊于《经济》杂志）

记正大集团抗击疫情

薛增一

故事 091

1月24日

年三十。这一天，谢毅先生多次与我通话，告知我谢国民先生、谢吉人先生在泰国都看到了中国武汉有关疫情的新闻报道，都与他通了电话，指示要召开一次中国区的高层干部会议，要给中国区的员工发慰问信等。谢毅先生是我的直接领导，他还兼任着正大慈善基金会理事长；我作为他的主要助手之一，也担任着正大慈善基金会秘书长。前一天晚上谢毅先生即与我通话，告知我关注疫情情况，做好公益捐赠工作的准备。

当天我为谢国民先生、谢吉人先生起草了致正大集团中国区全体干部职工的慰问信，发给谢毅先生审阅，并与他在电话中讨论修改。集团其他有关领导和主管，也有多人与我通话或发微信，关心和沟通集团慈善捐赠的有关信息、建议等。

1月25日

年初一。一大早，谢毅先生就给我打电话，布置工作，其中有三项重要工作。

一是谢国民先生、谢吉人先生审阅了慰问信，同意发出。我立即安排总部宣传中心赵铭女士在正大集团微信公众号上编辑发出，及时向正大集团中国区的全体干部职工转达了谢国民先生、谢吉人先生大年初一在泰国给大家拜年、祝大家吉祥平安、向大家表示慰问的消息。

集团两位最高领导的这封慰问信发出以后，反响强烈，阅读量迅速达到6万多人次，在集团内非常及时地起到了鼓舞士气、稳定人心的作用。大家纷纷留言，互相激励。

二是谢国民先生、谢吉人先生决定，立即启动慈善捐赠工作，支援中国抗击疫情。谢毅先生说，年初二谢吉人董事长将召开电话会议，让我通知中国区高层领导和有关主管，并让我先拟一个慈善捐赠方案，提请会议讨论决定。

三是谢国民先生、谢吉人先生决定，先将集团现有库存的消毒剂全部捐赠给湖北，支援湖北抗击疫情。我立即通知了分管四川正大预混料（广汉）有限公司的领导刘泰先生和公司总经理伍国柱先生。公司的员工接到通知后，大年初一就纷纷赶回公司，盘库、准备产品资料、联系物流、装车发货、对接正大集团在武汉的领导和同事准备接货等等，连夜将库存33吨、价值120万元的消毒剂全部发运到湖北省，经湖北省红十字基金会配发给相关医院和单位使用。

四川广汉正大的干部职工大年初一从白天一直工作到深夜，将 33 吨消毒剂连夜发往武汉（照片由广汉正大提供）

1 月 26 日

年初二。正大集团董事长谢吉人先生在泰国主持召开了中国区各事业高层领导电话会议。参加会议的有：正大集团资深副董事长兼中国区 CEO 杨小平先生，正大集团资深副董事长谢毅先生，正大集团资深副董事长罗家顺先生，正大集团农牧食品企业中国区资深副董事长白善霖先生、于建平先生、霍尔峰先生、白宇飞先生、周永顺先生、李瑞寒先生、邢继宪先生，财会长杨森源先生，卜蜂莲花执行董事长李闻海先生，卜蜂莲花南区 CEO 翁海鑫先生，正大集团地产企业中国区 CEO 曹建华先生，卜蜂国际供应链 CEO 曹毅华先生，正信银行副行长肖雪女士，易初工业代表、正大集团资深副董事长李绍祝先生的助理刘公博先生，正大制药代表、正大集团资深副董事长兼正大制药董事长谢炳先生的助理曹希文先生，以及其他有关主管共 45 人。

这是一次跨洲际的电话会，在海外的领导和主管，有的在泰国，有的在日本，有的在美国；在中国的领导和主管，也都分布在不同的省、自治区、直辖市。

会议首先听取了周永顺先生关于湖北武汉抗击疫情的情况，企业疫情防控、员工健康，以及生产经营情况；听取了我关于正大集团抗击疫情的慈善捐赠提案等。经过各位领导讨论后，谢吉人先生最后作出决定，说：集团的宗旨是“利国利民利企业”，这次我们集团一定要积极参加和支援中国抗击疫情，第一步先捐赠 5000 万元人民币，其中 3000 万元资金和 2000 万元物资，随后根据中国各地抗击疫情的需要再增加捐赠额。同时他还强调说，各企业要认真做好疫情防控，确保员工身体健康，并尽快复工复产、做好生产经营各项工作。

这是一次重要的会议，会后在集团的统一部署下，各项慈善捐赠工作迅速有序地在各事业、各地区开展起来，为支援中国各地区打赢疫情防控总体战、阻击战作出了正大集团的贡献。

当天，正大集团捐赠 1000 万元现金给中国医学科学院，用于推进新冠病毒感染相关创新药物、临床救治、临床表型、病毒变异等方面的研究。

北京总部宣传中心在正大集团微信公众号上向社会发文——《正大集团捐资捐物 5000 万元支援国家抗击疫情》，各大媒体纷纷转发，为正大集团及时、大额的捐赠捐助、奉献爱心点赞。

2 月 2 日

凌晨 1 点，正大集团通过正大慈善基金会，从泰国采购 4000 个口罩、900 套防护服、630 副护目镜等，共计 160 箱支援云南省抗击新冠疫情的医用防护物资运达昆明长水国际机场，云南省发展改革委代表在机场签收了捐赠物资。这是正大集团第一批从海外采购的支援防疫的物资。

2 月 3 日

正大集团通过正大慈善基金会，向中国侨联主管的中国华侨公益基金会捐赠 2000 万元现金。2 月 8 日，中国华侨公益基金会按照捐赠人的意愿，将其中的 1500 万元分别捐赠给了湖北省的武汉市红十字会（700 万元）、襄阳市慈善总会（300 万元）、随州市慈善总会（300 万元）、咸宁市慈善总会（100 万元）、宜昌市慈善总会（100 万元）。其余 500 万元于 2 月 18 日至 8 月 26 日，分别捐赠给了北京市、上海市、天津市、海南

中国华侨公益基金会

捐赠证书

北京市正大慈善基金会：

热心公益，大爱无疆，通过中国华侨公益基金会

捐赠（大写）　贰仟万元整（人民币）

（小写）　¥20000000.00　，用于支持抗击"新冠肺炎"疫情。对您的善举表示衷心感谢。

特发此证，以资纪念。

中国华侨公益基金会

2020 年 02 月 03 日

中国华侨公益基金会给正大慈善基金会颁发的 2000 万元捐赠证书（图片由正大慈善基金会提供）

省、浙江省、广东省、河北省、河南省、吉林省、江西省、四川省、江苏省、山东省等省市的有关单位，全部用于抗击疫情各项工作。

2月6日

北京市民政局向北京海关发函，通告正大慈善基金会等26家社会组织被指定为第一批“新型冠状病毒感染肺炎疫情防控期间接收境外捐赠受赠人”。

据北京市民政局文件，在26家可以接收境外捐赠的社会组织中，正大慈善基金会列在第10位。

2月12日和14日

正大集团通过正大慈善基金会，分别向北京市朝阳区、东城区捐赠了3549件价值30余万元的正大食品，慰问工作在抗击疫情第一线的公安、交警、街道、社区等基层干部和工作人员，对他们为抗击疫情、保一方平安而不辞辛苦、日夜执勤表示敬意！

2月24日

《人民日报》刊发题为《我们对中国经济未来增长保持乐观》的文章，其中报道了人民日报记者在泰国曼谷采访正大集团董事长谢吉人先生的谈话。

文章写道：“作为改革开放后第一家进入中国的外商投资企业，泰国正大集团董事长谢吉人表示，40多年来，正大见证并参与了中国的经济建设和社会发展。这次疫情给中国经济带来的影响是阶段性、暂时性的。疫情过后，中国经济发展的后劲更足、动力更强。对中国而言，这次疫情是一次危机，同时也是一次激励中国再前进的发展机遇。谢吉人坦言，疫情为下一阶段中国经济社会发展提出了新课题，包括商业和经济环境的改革。疫情过后，中国的社会组织、经济形态、商业模式、销售渠道等可能出现新的转变。中国经济可能迎来一轮新的发展高潮。”

同日，正大集团通过正大慈善基金会，向人民日报数字传播发起的“心系方舱”项目捐赠 20 万元，购置了 10 台人民日报电子阅报栏，安装在武汉体育馆方舱医院，丰富方舱医院医护人员和患者的精神文化生活，带去正大集团对奋战在方舱医院救死扶伤医务工作者的关心和支援，对住院患者的关爱和慰问。

2 月 25 日

泰国正大管理学院来自中国的在读博士、硕士研究生和部分学院教师捐赠 7 万余元，通过正大慈善基金会，全部捐赠给华中科技大学同济医学院附属同济医院。

3 月 3 日

从 2 月 22 日起至 3 月 3 日，泰国 MQDC 公司通过正大慈善基金会，分 6 批向湖北省武汉市、黄冈市、孝感市的 5 家医院捐赠了总价值 100 万元的正大食品物资，慰问、支援工作在抗疫一线的医护人员，驰援湖北疫情防控工作。

随后，泰国 MQDC 公司再次通过正大慈善基金会，增加了 50 万元捐赠款，购买了六台智能机器人和一辆救护车，于 5 月 12 日至22日，捐赠给了黄冈市妇幼保健院三台智能机器人、黄冈市中心医院三台智能机器人及武穴市第一人民医院一辆救护车。

泰国MQDC公司的慈善捐赠，送来了泰国人民对中国人民的支援和友谊。

3月5日

奋战在抗疫一线的华中科技大学同济医学院附属同济医院、武汉市第三医院、武汉大学中南医院、湖北六七二中西医结合骨科医院等，需要一批便于加工的方便餐食，以保障一线医护人员休息时或下班后能够吃口“热乎饭”。正大集团董事长谢吉人先生从中国驻泰国大使馆得知这一需求后，立即召开电话会议，指示通过正大慈善基金会捐赠正大食品。在武汉志愿者的帮助下，正大慈善基金会于3月5日将一批价值16万元的正大食品顺利送达4家医院的7个院区，为3000余位抗疫一线医护人员提供用餐保障。此举得到了中国商务部、中国驻泰国大使馆等有关部门的致电感谢。

3月6日

截至3月6日，针对在抗击疫情工作中正大集团及正大慈善基金会开展的慈善捐赠活动，中央媒体和其他媒体共发稿195篇，正大集团中国区全体宣传工作者共发稿779篇，其中北京总部宣传中心发稿76篇，对正大集团和正大慈善基金会支援中国各地抗击疫情、捐资捐物、复工复产等有关活动进行宣传报道，向社会传递正能量。

3 月 7 日

截至 3 月 7 日，中国各地政府发文给正大集团所属有关企业，批准复工复产、确保物流畅通等批复、通知、证明等 77 份。正大集团农牧食品企业是涉及国计民生的行业，集团各企业，特别是工作和生活在湖北省的集团各企业的广大干部、员工，在疫情防控期间，克服困难，坚守岗位，在做好疫情防控的同时，积极复工复产，保民生、保供应、稳市场、稳价格，为各地抗击疫情期间的民生物品供应和社会稳定作出了突出贡献。

众志成城，抗击疫情。2 月 15 日，武汉的天空下着雨夹雪，正大食品（襄阳）有限公司武汉武湖拣配中心的员工朱少凡，身穿防护服，冒雨工作，一路小跑为武汉东湖景园小区的居民配送正大食品。本照片由东湖景园小区的社区团购团长抢拍，发到网上，被网民称为“最美逆行者”。朱少凡因抗击疫情期间，坚守岗位、事迹突出，被评为“抗击疫情先进个人”（照片由正大集团湖北区提供）

特别是在湖北省武汉市，抗击疫情期间，正大集团各公司保民生、保供应的车辆就有 198 台，正大的广大干部职工冒着被感染的风险，在做好自身防疫工作的前提下，加班加点，努力工作，运饲料、运猪鸡、运鸡蛋、运水产、运食品，穿梭于工厂与城市的社区、医院、商业网点之间，为武汉市疫情防控期间的民生供应作出了重大贡献，获得了社会各界的广泛赞誉。

3 月 10 日

正大慈善基金会收到来自泰康同济（武汉）医院的感谢信，信中表达了对正大慈善基金会捐赠正大食品支援部队官兵抗击疫情的感激之情。解放军支援湖北医疗队于 2 月 14 日增援 1400 名官兵，接管、进驻泰康同济（武汉）医院。接管医院后医疗队快速行动，紧急投入医疗救治任务。正大集团通过正大慈善基金会，向英勇奋战在抗疫第一线的解放军医疗队的全体官兵致敬！

3 月 13 日

正大集团通过正大慈善基金会，向北京市侨办、北京海外联谊会捐赠 5 万只价值 20 万元从海外采购的口罩，支援首都抗疫一线的工作。

4 月 22 日

One World One CP. 正大集团中国区各事业板块、各地区为全球正大人加油！

来自集团泰国、老挝、印度、美国、土耳其等 11 个国家的 21 个事业部的正大同人录制了暖心的祝福视频，传递了全球正大人的温暖爱心和鼓励。

在全球团结一致、抗击疫情的时刻，正大集团资深副董事长兼中国区 CEO 杨小平先生发出倡议，希望正大集团中国区各位同事共同为过去给予我们热情支持和鼓励的全球各地正大人送上我们中国区正大人最诚的祝福和最强的加油。

4 月 22 日，正大集团微信公众号上发布了由正大农牧食品、卜蜂莲花、正大制药、正大置地、正大汉鼎、正大康地、正大国成、正信银行、正大商业地产、正大中心等中国区各事业板块录制的视频，为全球正大人加油，祝全球正大人早日战胜疫情。

4 月 30 日

正大集团通过正大慈善基金会，向北京烹饪协会捐赠 2000 只、价值 20 万元的佩戴式体温检测仪，助力北京市餐饮服务企业复工复产。

5 月 1 日

这一天是五一国际劳动节。

新冠疫情发生以来，正大集团农牧食品企业中国区涌现出一大批先进集体和先进个人，他们践行集团“利国利民利企业”的价值观，克服重重困难积极防控疫情、复工复产，全力以赴保民生、保供给、稳价格，他们是特殊时期的“最美逆行者”。

为弘扬榜样的力量，正大集团通过集团微信公众号，在五一国际劳动节之际，特将集团受表彰的 124 个先进集体和 434 位先进个人的名单公布，向他们致敬。

6 月 24 日

正大集团通过正大慈善基金会，向北京市慈善义工联合会捐赠了从海外筹集的 600 只防尘带阀口罩和 100 副防尘护目镜，价值 1.5 万余元，为抗疫工作人员送去关爱和保障，共同为抗疫行动加油助力。

6月29日

正大集团、正大慈善基金会，携手武汉市慈善总会、湖北省广播电视台，共同举行“致敬城市守护者”爱心捐赠活动，将正大集团员工为此次抗击疫情自发捐赠的82万元爱心善款，全部捐赠给了在抗疫一线坚守岗位、默默奉献的武汉交警、武汉环卫工和武汉志愿者，向他们送去正大集团的慰问、感谢和敬意！他们是武汉最美城市守护者！

6月30日

据不完全统计，正大集团已累计捐款捐物6332万元，覆盖湖北、北京等全国28个省、自治区、直辖市，受赠单位包括医院、社区等900余家。

为了帮助广大经营户共克时艰，正大集团旗下的正大商业地产和卜蜂莲花，减租让利，合计1.0577亿元。

7月3日

正大集团和正大慈善基金会，在抗击疫情中共收到感谢锦旗5面、感谢牌匾3块、感谢信40封、捐赠证书26个，合计74件。

8月26日

为响应北京市政府的号召，正大集团通过正大慈善基金会，于8月26日向北京市友好城市泰国曼谷市捐赠了20万元，感谢泰国政府和泰国人民在中国抗击疫情期间给予我们的宝贵支援和帮助，助力曼谷市开展疫情防控工作。

按照北京市外办的要求，捐款统一拨付给北京市外办主管的北京民合国际交流基金会，由该基金会用捐款筹备防疫物资，统一捐赠给泰国驻华大使馆，由泰国驻华大使馆接收捐赠物资后运往曼谷。

9 月 8 日

全国抗击新冠疫情表彰大会于 9 月 8 日上午在北京人民大会堂隆重举行。

中共中央总书记、国家主席、中央军委主席习近平向国家勋章和国家荣誉称号获得者颁授勋章奖章并发表重要讲话。在讲话中，他向踊跃提供援助的香港同胞、澳门同胞、台湾同胞和海外华侨华人，以及以各种方式向中国人民表达真诚问候、提供宝贵支持的国际机构、外资企业、国际友好人士等，致以诚挚的谢意。

受中共中央办公厅、国务院办公厅、中央军委办公厅邀请，正大集团资深副董事长、正大慈善基金会理事长谢毅，代表谢国民资深董事长和谢吉人董事长及正大集团出席表彰大会。这是国家对正大集团抗击疫情所作贡献的认可，是正大集团的光荣！

一封来自泰国的感谢信

——记疫情中不期而遇的温暖

薛增一

故事 092

2020 年 3 月 10 日，正大慈善基金会收到一份令人既惊喜又感动的礼物——来自泰国华裔女企业家、泰国 DTGO 集团董事长、MQDC 公司董事长谢纯美（Thippaporn Ahriyavraromp）女士的感谢信。信中，她对正大集团农牧食品企业中国区、正大慈善基金会各位领导和同人的全力支持表示衷心的感谢，感谢大家与泰国 MQDC 公司携手传递这一份泰国人民支援中国抗击疫情的最真诚的善意与爱心。谢纯美女士表示，将尽其所能，持续做好慈善捐助工作，送上泰国人民的关爱和祝福，为中国抗击疫情作出贡献。

感谢信

正大集团农牧食品企业中国区和正大慈善基金会各位领导及同仁：

你们好！

我们泰国 MQDC 公司就此次中国湖北新冠肺炎疫情，对奋战在第一线的医护人员的捐助工作顺利完成，得到了正大集团农牧食品企业中国区和正大慈善基金会各位领导及同仁的全力支持，在此向你们表示衷心的感谢！

在你们的统筹协调与周密安排下，十天内将六批我们公司捐赠的物资高效顺利地运到了湖北抗疫一线医院！感谢谢毅资深副董事长的领导和大力支持！感谢正大慈善基金会薛增一秘书长的协调指挥！感谢叶剑副董事长的精心统筹、合理组织调配捐赠物资！感谢正大慈善基金会宋静执行副秘书长的细心操作和拟定规范的捐赠文件、及时的资金调度！同时要感谢正大集团中国区农牧食品事业线的陈仕俊、魏范波、王学斌、郭景双等各位领导及时、高效、安全、快捷地生产、调配、运送捐赠物资！感谢正大集团农牧食品企业中国区北京总部宣传中心为我们的慈善捐助活动进行及时的报道、宣传。我们将不遗余力的支持正大中国、支持正大慈善基金会，尽我们所能，持续做好慈善捐助工作，送上泰国人民的关爱和祝福，为中国抗击疫情取得最后胜利做出我们的贡献。

爱是正大无私的奉献，感谢您们与泰国 MQDC 公司携手传递这一份真诚的善意与爱心！

Thippaporn Ahriyavraromp
Chairman of DTGO

Date：10 / 03 / 2020

DTGO Corporation Limited

泰国华裔企业家谢纯美致正大集团和正大慈善基金会的感谢信（照片由正大慈善基金会提供）

之所以说这封感谢信令人既惊喜又感动，是因为首先应该是我们感谢谢纯美女士，是她带领她的公司在中国抗击疫情时捐赠150万元人民币，送来了泰国人民对中国人民的坚定支援和美好祝愿。而她却感谢我们为落实她的捐赠所做的微不足道的工作，也是我们职责所在的工作，怎么能不令人感动呢！

谢纯美，泰国第三代华裔的精英代表，祖籍广东潮汕。1993年，她在泰国创立了DTGO集团，并领导泰国大型房产开发公司MQDC。凭借超凡的领导魅力和创造力，谢纯美女士荣获“2018泰国头条新闻年度风云人物最具影响力奖”，DTGO也在2019年和2020年连续两年受评为“世界最具道德公司之一”。

作为谢国民先生的二女儿，她继承和传承着谢氏家族爱国爱乡、慈爱仁义的家风。谢纯美女士说：“善良源自点滴小事，并迅速发展为帮助身边他人，乃至为国家作出贡献。如果我们持之以恒，便能够从每一位相关的人那里获得源源不断的支持，从而结出善果。”在谢纯美女士的领导下，泰国DTGO集团及MQDC公司，一直秉承“为世界万物造福”的理念，更多地为全社会、全人类乃至世间万物造福！

谢纯美女士一直秉持善心，致力于公益及慈善事业的发展，积极参与中国的扶贫事业，十分关注中国贫困地区孩子的教育。从2013年至2019年，在谢纯美女士的领导下，泰国DTGO集团大中华区分别对四川木里、湖南宁远、青海西宁、贵州兴义、重庆彭水、云南泸水、甘肃等一些贫困地区的学校进行捐助，为这些贫困地区的孩子送去了泰国人民的温馨帮助和慈爱关怀，传递着中泰两国政府和人民之间的友好情谊。

疫情时期，谢纯美女士始终关注中国疫情的发展，在听闻一线医务人员因抗击疫情工作强度大这一消息后，立即安排 MQDC 大中华区筹备捐赠事宜，希望通过实际行动，与华人同胞一起，共克时艰。2020 年 2 月 22 日至 3 月 2 日，MQDC 公司通过正大慈善基金会，10 天紧急捐赠了 6 批总价值约 100 万元的食品物资，送到了武汉市华中科技大学同济医学院附属同济医院、武汉市肺科医院、武穴市第一人民医院、孝感市第一人民医院、孝感市中心医院等抗疫前线医院，为高强度工作的抗疫医务人员提供营养补给保障，以实际行动向他们表示最真诚的祝福和慰问。

紧接着，谢纯美女士决定继续追加约 50 万元人民币的物资，再次向湖北省抗击疫情的有关医院进行捐赠。

谢纯美女士与她的先生陈汉永博士，照片拍摄于 The Forestias 项目发布会现场（照片由 MQDC 提供）

此外，谢纯美女士的先生陈汉永（Jwanwat Ahriyavraromp）博士现任泰国 T&B 环球媒体创始人兼首席执行官，跟谢纯美女士一样也充满爱心。2020 年 2 月 12 日，陈汉永博士、公关总监 Rugeepat Ariyavraromp 女士、泰国第 3 电视台领导 Vibul Leeratanakajorn 先生，以及《真心真意》(From Our Heart)中国加油歌曲的创作团队和徐志贤(Bie KPN)，一同前往中国驻泰国大使馆，与中国驻泰国大使杨欣会面，向正在抗击疫情的中国人民表示慰问，并捐助酒精、洗手液等物资，同时将这首加油歌曲献给中国朋友们以表达泰国人民的关怀，为中国的医护工作者和患者们送上深深的祝福。

作为同宗同源的华人同胞，谢纯美女士和她的先生陈汉永博士，满怀赤子之心，夫妇二人以实际行动，助力祖(籍)国抗击疫情，希望通过力所能及的爱心捐赠，与华人同胞共渡难关。

谢纯美女士与陈汉永博士，照片拍摄于公益活动现场（照片由 MQDC 提供）

另外，谢纯美女士和陈汉永博士也携手成立了 The Blue Carbon Society(蓝碳协会)，致力于保护和恢复海洋海岸生态系统。该协会最近与联合国开发计划署(UNDP)签署了一份计划在泰国碧武里省(Phetchaburi)保留红树林的合作备忘录。

泰国 DTGO 集团成立于 1993 年，是一家多元化企业集团，多年来一直秉持“企业社会一体”理念，助力商业和社会的发展，从多个商业维度如房产、设计、电子商务等方面为社会谋福祉。此外，DTGO 还将其收入的 2% 通过旗下两个基金会用于支持社会公益项目，向孤儿和弱势儿童提供经济支持和教育培养。

MQDC 公司是泰国 DTGO 集团重要成员之一，成立于 1994 年，主要业务涵盖房地产开发、投资两大领域，现已跻身泰国房地产行业领跑者行列。MQDC 旗下品牌包括：泰国地标 ICONSIAM 品牌项目、Magnolias 超级奢华品牌、Mulberry Grove 高端奢华品牌、Whizdom 年轻活力品牌、The Aspen Tree 全新高端养老品牌、Marble Green 保障家庭品牌等。这些品牌致力于通过更好的理解人类行为和全生命周期生态系统，为社会创造福祉。

在谢纯美女士的领导下，MQDC 公司以 27 年的坚持不懈，通过卓越的产品影响力，斩获多项国际大奖，收获众多单项奖杯：“可持续发展特别类推荐奖”（2016）、“泰国最佳开发商大奖”（2016）、“AEC 卓越奖”（2017）、“泰国房地产大奖”（2018）、“企业社会银奖”（2018）、“泰国房地产大奖”（2019）。

正大慈善基金会感谢每一位捐赠者的信任，并将继续唱响“爱是正大无私的奉献”的主旋律，更多更好地开展公益慈善事业，传递爱的正能量，为中国公益事业作出自己的努力和贡献。

十分感谢谢纯美女士对正大慈善基金会的信任，对中国抗击疫情的慷慨捐助；十分感谢泰国人民对中国人民的深情厚谊，对中国疫情防控的帮助支援！

中泰友谊，万古长青！

团队着想、为他人着想。

她们都不善言辞、不出风头、不争名利，但她们想做事、爱做事、做难事、能做事、做成事，是甘愿默默无闻、埋头争作贡献的“谦谦君子”。

就连她们的生活方式也有很多类似之处。比如，她们衣着朴素、大方、周正、端庄，都不过分追求和讲究穿戴打扮，等等。我想，这是因为她们把更多的注意力都放在了工作和照顾家庭上。

她们的家庭生活背景也极为相似。比如，她们父母和她们自己的家庭都是城市工薪阶层，平常人家；明德守正、朴实真诚、仁心善性、知情达理、豁达乐观、积极向上，是她们从父母那里继承的优良品质和所受到的中华美德的家庭熏陶，所以她们虽然人人都是家庭里的独生女儿，个个都是父母心中的宠儿宝贝，但不娇生惯养，如今也都是社会和家庭中的栋梁之才；她们分别毕业于东北农业大学、中国传媒大学、兰州大学、北京外国语大学，除了白迖同志原本家就在北京以外，其他人都从不同的地方来到北京工作，成家、立业、购房、安家；她们都是凭借自己的本领面试入职正大集团，凭借自己的努力工作和骄人业绩成为我们团队里的骨干人才而人人独当一面；就连她们的姓名都是两个字。

这四大女将，不是字面上的“女强人”。她们身材中等，略显偏瘦，性格温柔，说话低声细语，待人平和安静，一派“文弱淑女”的样子。但她们做起工作来个个精神抖擞，有极强的耐力和战斗力，是名副其实的“女强人”。

她们的优秀素质有很多相似之处，但她们优秀素质的特质还是各显千秋的。比如，面对繁缛棘手的“攻坚战”，她们都敢打敢拼、善打能打、常打常胜，这是四大女将的共同优势，然而怎么个打法，在特质上就各有各的“套路”了。

赵铭同志做起事来有章有法、自如娴熟，工作作风扎实稳健、循序推进，性情不温不火、不骄不躁，好像是空城计里手摇鹅毛扇的诸葛亮，看起来不露声色、波澜不惊，实则胸有成竹、胜券在握。

彭溪同志才思敏捷，视野开阔，善谋大篇、善克难局，工作作风坚忍不拔、以柔制胜，笑对人生、从容不迫，对工作持之以恒、锲而不舍，笃实稳固、久久为功，不获全胜，绝不收兵。

宋静同志虽然“武艺高强”，仍然勤奋好学，工作作风严细认真，善开新局，善打硬仗，起初不显山不露水，静悄悄地在杂乱无章中向着既定目标做着各种梳理和准备，一旦梳清理明、准备就绪，便集中精力和时间发起总攻，有时候甚至连续几天工作到深夜，一举成功。

白忞同志工作作风严谨周到、细致耐心；对预期之事，善筹划，早准备；对眼前的工作处置起来迅捷、麻利，今日事、今日毕；遇有突击性的任务，总是连续作战，常常昼夜兼程，不辞辛劳，凯旋而归。

或要问我：她们的缺点呢？我答一个字：有！

但我就不在这里说啦！留作个别跟她们交流吧。因为我有一个经验心得，就是：鼓励、表扬要大张旗鼓、大加宣扬，让知道的人越多越好；鞭策、批评要个别谈心、于无声处，让知道的人越少越好。而且更重要的是，她们的不足之处跟她们的优势、优点比起来太次要了，以至于可以忽略而不提。

如今，这四大女将都是我们团队里的中流砥柱，很多重要的工作任务、难事繁项，多依靠她们在第一线的关键岗位上独当一面，这一点很令我欣慰。

而关于这一点，我在一开始的时候并没有意识到，只是随着她们不断地完成那些不那么轻松才能完成的工作任务，如此越来越多而捷报频传的时候，我才渐渐发现：哦，我们这个团队里原来有这样能干的四大女将呢！她们是我们团队的荣幸，是我们团队的骄傲！

我们团队里的这四大女将，之所以在我心目中这样完美和重要，我想，她们的能力强固然很重要，这是硬实力，不可或缺；然而，人世间能力强的人不在少数，但比能力这个硬实力更重要的是品德、心态、精神、素养等这些软实力。硬实力是船，软实力是舵；硬实力是客观的、物质的，软实力是主观的、精神的。如果软实力是负向的，那么硬实力越强则破坏性越大。因此，软实力比硬实力更加至关重要。有了我们团队里这四大女将所具备的这些正向的软实力作前提和基础，再加上她们的硬实力，合二为一，哪里还会有攻不克、战不胜的工作任务呢？而这些正向的软实力，之所以比硬实力更加珍贵，这是因为在攻坚克难的征途上、历程中，这些正向的软实力在团队中所营造出来的相互信任、勠力同心、协同互补，并据此依托使得每一个人的硬实力能够充分发挥，甚至超额发挥，从而取得攻无不克、战无不胜的优异业绩，这就不仅仅是“能力”这个冷冰冰的、客观的、物质的硬实力所能赋予的了。

还有，我们团队里这四大女将，之所以在我心目中这样完美和重要，再一个因素就是我的女儿跟她们在很多方面也都相似，无论工作方面还是个人及家庭方面。而且通过她们也使我更真切、全面地认识了我的女儿。比如，在工作方面，我的女儿也是她所在单位的中坚骨干，工作独当一面，自觉自律、勤奋认真、努力付出、积极奋进、业绩优良，等等；在个人及家庭方面，我的女儿也是家中的独生女儿，也是工薪家庭，年龄与她们也都相当，也已成家立业，需要工作家庭两相顾，同样与人为善、知情达理，等等。

我们团队里的这四大女将，以及我的女儿，她们这一批人现如今年龄都在 35 岁上下，都已经有了十年以上工作经验的积累和历练，正值年富力强、风华正茂。看她们今日的所作所为、所担所当，真的是不负年华、不负时代、不负家庭、不负单位、不负社会，她们是当今社会顶天立地的巾帼英雄，是中华好儿女！

2020 年 3 月 7 日、8 日这个周末我在家静下心来，集中时间和精力，专心致志地思考、写作、修改、定稿。正值今日是三八妇女节，就以此文作为送给我们团队里的四大女将及我的女儿作为节日礼物吧。

新时代的大学生　新时代的先锋

——记“正大杯”大学生创新创业实战营销大赛

薛增一

故事 094

青年，尤其是大学生群体，是祖国的栋梁，祖国的希望。

2020 年 8 月 22 日星期六，南京白马农业国际博览中心迎来了“正大杯”2020 年大学生创新创业实战营销大赛总决赛，来自相关大学和企业的 9 位专家评委、12 所大学双创大赛决赛代表队的 58 名优秀大学生、正大集团中国区的有关领导及其他各方的参会代表，共 300 余人出席，精彩纷呈，盛况空前。我也荣幸地来到南京白马参加了这个盛会。

谢国民先生高度重视人才，特别是对青年人才的选拔和培养。在 2015 集团瀑布式培训会议上他指示说：“正大集团培养领导有一个课程，就是培养‘小老板’，财务、销售、采购、公关、人事统统都懂。培养小老板，先付后得。建议你们尽量要选好人才来学。”

据我了解，“正大杯”大学生双创大赛，就是遵照谢国民先生 2015 年提出的这个要求，在谢毅先生的倡议和指导下，正大集团北京总部人力资源部拟订了一个设有实战环节的大学生双创大赛的方案，2016 年首先在湖北长江大学试点，接着在两湖地区的 8 所大学全面展开，双创大赛拉开了战幕。8 所大学的 1500 多名学生踊跃参加，最后由 8 所大学初赛获奖的学生组成的 8 支代表队参加了在华中农业大学举行的总决赛。最终武汉轻工大学代表队、华中农业大学代表队、湖南农业大学代表队分获冠、亚、季军。获胜的三支代表队共 15 名优秀大学生获得了正大集团的奖励，并免费组织他们游学泰国一周，谢国民先生亲自接见、宴请他们，并同他们谈话，他说：“大众创业是中国政府很英明的决策，也是趋势所在。参加双创大赛的获胜团队都具有创业精神，正是我们集团需要的人才。一年级也可以来，二年级、三年级都可以来兼职学习，课

2017 年 1 月 19 日，谢国民先生在泰国正大集团领导力学院接见并宴请第一届双创大赛获胜的优秀大学生代表（照片由正大集团北京总部人力资源中心提供）

余时间在小老板店里实习，积累经验。四年级的最好，因为一毕业就可以出来当‘小老板’。”双创大赛，首战告捷。

谢国民先生在曼谷与双创大赛的组织团队合影留念。照片中有谢国民先生（左三）与总部人力资源部袁园（右三）、马晓北（左二），正大陕西区人力资源部吴晓炜(左一)等(照片由正大集团北京总部人力资源中心提供)

到了2017年，“正大杯”双创大赛势不可当地在全国推开了，有14个省区的57所大学、10711名大学生报名参加，参赛队伍2058支，关注人数高达50万人。经过初赛、复赛，获胜的57支大学生代表队获得总决赛入场券。最终有18支大学生代表队的90名青年才俊赢得了决赛胜利，除了获得丰厚的奖金、泰国游学一周的奖励外，全部获得免试入职正大集团工作的珍贵机会。

在南京举办的这一届大赛的2020年已经是举办“正大杯”大

学生双创赛的第五年了。

2020 年 5 月 28 日，李克强总理在全国两会答记者问时谈道：今年大学毕业生创新高，达到 874 万人，要让他们成为不断线的风筝，今明两年都要持续提供就业服务。

正大集团董事长谢吉人在泰国曼谷收看到李克强总理答记者问的消息，当即打电话给谢毅先生，他指示说："正大集团一定要助力中国政府，为 874 万名大学生的就业提供帮助。"

在各方的共同努力下，2020 年举办的"正大杯"双创大赛是历届规模最大、最精彩的一期，有 266 所大学参与、13876 名大学生报名参赛，经过七个大区的初赛、复赛，最后胜出的 12 个代表队共 58 名优秀大学生会集到南京参加中国区总决赛。这是正大集团双创大赛首次举办全国总决赛。

经过组委会、七大区复赛、全国总决赛公开公平公正的竞赛和评分，包括七大区复赛的第一、第二、第三名队和南京总决赛的冠、亚、季军队，共 105 名优秀大学生脱颖而出，全部获得免试入职正大集团的就业机会。

"正大杯"双创大赛的特别之处，我概括在于：

一是站位高远。大赛紧紧地把国家关于"大众创业、万众创新"的号召与正大集团"利国利民利企业"的三利原则相结合，顺势而为，为优秀大学生搭建了施展才艺、成就梦想的大平台。

二是实战营销。营销对象是正大集团的产品和学生们自选的名优特产品。大学生把学校学到的知识和营销实践紧密结合，在营销战场上摸爬滚打，是进入社会之前的一次实战演练。

三是全程辅导。正大集团邀请学校、企业双导师，对参赛团队进行团队建设、市场营销、风险评估等方面“一对一”的全程跟踪、指导，切实帮助每个队的学生都能在实战中获得锻炼和提升。

四是直接入职。正大集团为每一位优胜者提供免试直接入职所属公司的就业机会。

五是培育成才。正大集团特别注意到，双创大赛的结束不是人才选拔的终点，而是培育人才的开始，它是我们完整的人才培养周期的第一阶段，在他们入职后，我们会持续追踪、关注每一个人的成长，适时地给他们提供更多更大的机会和平台，让他们充分发挥，为企业、为社会、为国家作出更大的贡献。2020 年 9 月 1 日，谢国民先生听取了 2020 年双创大赛的汇报后作出指示，他说：“你们做得很好，请你们继续再努力。下一次要总结汇报，比赛结束以后，这些学生前途怎么样，对他们就业有什么好处、有什么好的影响。一定要谈出一个结果，不能只是出名而已，如果没有结果，也是临时出名，不会持续。”

六是互利多赢。这种新型的、与大学合作、直接从大学生中选拔和培养企业所需的青年才俊的创新办法，实现了国家、学校、社会、学生和企业的多方共赢，践行了正大集团“利国利民利企业”的三利原则，得到了谢国民先生、谢吉人先生的赞誉和肯定。在 2016 年 9 月 21 日的集团工作会议上，谢国民先生指出：“人力资源职能线在大学组织的大学生创业大赛是一个非常好的招募人才的方式，下一步可以在全国高校、各个资深副董事长区进行推广。”

事后，我采访了两位今年（2020 年）获胜并且已经入职正大集团的优秀大学生——何俊峰、曹明星。

何俊峰，湖北长江大学 2020 年毕业生，在校期间任校社团联合会主席、正青春·创未来协会会长，组织能力强，擅长演讲。目前已经正式入职正大食品（襄阳）有限公司，从事正大食品销售工作。

何俊峰先生告诉我，参加“正大杯”大学生双创大赛是他一次极为难忘的经历，最大的收获就是开阔了眼界、增长了见识，在导师的帮助下，经过自己的努力付出，把自己的一个营销想法变成了可盈利的项目，真实地感受到了创业的艰辛，是自己走出校门前不可多得的实战锻炼机会，为短暂的大学时光画上浓墨重彩的一笔。

曹明星，洛阳理工学院材料科学与工程学院 2020 年应届毕业生，中共党员，校学生会副主席，“正大杯”双创大赛参赛队队长，有创意，善沟通，组织能力强。目前已经入职正大洛阳卜蜂莲花超市电商部，负责外卖、校园及社区团购业务等工作。

曹明星先生说，这次参加大学生双创大赛，他所在团队的选题是建立一个专属于大学生的网络营销平台，线上销售、线下体验，结合先进的物流配送系统，促进正大食品进校园，获得了全国总决赛第七名。最有意义的是，他毕业后入职正大，这个项目并没有中断，把双创大赛的这个想法继续在实践当中来打磨，在大学校园内建立线下体验店，促进线上销售。他有信心把这个项目做成功，并着手河南，放眼全国，为正大食品的电商销售拓展新领域，开辟新天地。他对我说，他很感激正大集团给他这个机会、这个舞台，他将努力拼搏，不负韶华，奋勇争先，作出自己的贡献。

与此同时，正大集团联合教育部、团中央发起“百城万岗　筑梦未来”的校园专场招聘活动，组织正大集团500多家企业提供了12000个就业岗位，覆盖全国100多个城市。

活动从2020年8月11日启动，到2021年6月30日为止。

正大集团作为一家世界著名的跨国企业，积极担当和履行社会责任，通过这次“百城万岗 筑梦未来”校园专场招聘活动，为高校毕业生提供就业机会，为经济持续发展和社会平稳运行作出正大人的努力和贡献。

新时代的大学生，你们是时代的先锋，我们为你们而骄傲！期待你们学成后建功立业、大展宏图、服务社会、报效祖国！

爱心的力量

——南通正大关爱员工、担当社会责任纪实

鲍国余

故事095

1990年4月，《正大综艺》在中央电视台开播，一首《爱的奉献》一夜之间传遍中国大江南北，《正大综艺》一举成为央视当红栏目。伴随着“爱是人类最美好的语言，爱是正大无私的奉献”的优美旋律，“正大”的名字从此家喻户晓，“爱的奉献”更是深入人心。恰巧就在同月，南通正大有限公司作为正大家族新的一员，沐浴着和风喜雨，传继着爱的基因，破土而出。这是偶然，更是必然！30年来，南通正大始终牢记正大集团“利国、利民、利企业”的经营宗旨，始终不忘自身的责任和义务，以 颗赤诚的爱心奉献社会、回馈客户、关爱员工，很好地传承和丰富了《爱的奉献》的精神内涵，演绎了一个个难以忘怀的动人故事。

一、关爱员工及家属

时光倒流12年，2008年6月的一天，南通正大销管中心员工朱美琴突发胰腺癌，危在旦夕，急需一大笔医疗费进行救治。消息传来，牵动了数百名员工的心，大家慷慨解囊，两天时间就募集了82000多元捐款。虽然最终回天无力，病人还是撒手人寰，但爱心依然流传久远。她的儿子朱峰根据母亲的遗愿给公司写来一封饱含深情的感谢信。信中说："我母亲朱美琴不幸患上癌症，花费了巨额医疗费，在我家遇到危难的时刻，南通正大领导和母亲的同事伸出了援助之手，纷纷捐款，甚至有许多是素不相识的人。母亲躺在病床上，让我一遍又一遍地念捐款人的姓名，忍不住一次又一次流下感激的泪水，心中涌动着幸福的暖流。母亲反复叮嘱我：可能我没有能力或者没有机会补偿捐款人的人情，但你要永远记住他们——南通正大我可敬可爱的兄弟姐妹们。她用微弱的身躯拉着我的手对我说：'在南通正大工作十多年，有幸遇到了好领导、好同事，时刻都能感受到南通正大大家庭的温暖，往后无论人生路有多长，我已经心满意足了。'母亲就这样带着南通正大领导和同事的关爱，带着对亲人的依依不舍，带着幸福的微笑走了。"

类似这样的感谢信，还有许多许多。公司一位身患重病、得到大力资助的驾驶员去世后，他的儿子写给公司的感谢信情真意切："虽然我永远失去了父亲，但我同时得到了正大的真情、人间的温暖。亲戚朋友左邻右舍都说，我父亲是个不幸的人，又是一个幸运的人，不幸的是患上了癌症，幸运的是身处一个好公司，有那么多好的同事。"

南通正大的爱心不仅仅是物质上的资助，更内化为一种企业的精神支柱和精神财富。公司一直注重培养员工“家人”般的情怀，让全体员工真切地获得安全感、幸福感、归属感和荣誉感。品管部员工身患肝癌，情绪低落消沉，内心充满恐惧。公司领导和同事轮流登门慰问、疏导；每次去医院复诊，都是公司派员帮他办理好一切手续，为他提供一切便利；他家生活困难，公司特事特办给予照顾。他深受感动和鼓舞，积极配合治疗，病情很快趋于稳定。他深有感触地说，是公司不遗余力的爱心帮助，点燃了自己求生的愿望，诞生了生命延续的奇迹。

公司对员工的关爱，深深感动着每一位员工，更激发了全体员工的工作热情。行政部一员工 2002 年在公司组织的例行体检中意外发现了肝癌早期，立即动了手术，很快就痊愈出院。他激动不已地说，没有公司给我们员工每年体检，我怎么会及时发现患上肝癌！没有公司关心我的治疗，我怎么能这么快把病治好！是公司给了我第二次生命，我一定要好好工作，活出精彩，报答公司。他多年如一日，勤奋敬业，奉献在岗位，坚持站好退休前的最后一班岗。

二、承担社会责任

南通正大不仅对自己的员工及其亲属关怀备至，对所在辖区的社区老人也是一片深情。30 年来，公司一直保持与所辖青园社区居民的真情交流，把爱老敬老这一中华民族传统美德发扬光大。出于对辖区内老人的牵挂，每逢春节前夕，公司领导都会在社区负责人陪同下，登门慰问年迈和困难老人，将鸡蛋、大米、食用油、正大食品等一一送到他们手上。公司的这份关怀与爱心、温暖与祝福让他们备感温暖，念念不忘。他们激动得嘴里不停地念叨：“南通正大每年春节都惦记着我们。”“心里由衷的开心，真诚地表示感谢！”朴实的话语中洋溢出对南通正大的浓浓情意。

南通正大为什么能这样持之以恒、不间断、不停歇地彰显“爱的力量”？是因为南通正大有着优秀的企业文化理念，并通过不断宣贯践行，落地生根，长期积淀产生了积极效应。从公司 1990 年 4 月成立时起，我们就深知：关心员工生活、凝聚员工力量与企业的发展关系极大。1995 年开始，公司发动全体员工开展了如何建立优秀企业文化建设的大讨论。自上而下，自下而上，反复讨论企业宗旨、企业愿景、企业精神、企业价值观、企业经营方针、企业经营哲学、企业风气等企业文化理念。确定“为员工着想、让顾客满意、对社会尽责、促企业发展”为企业价值观。公司把企业文化理念印成卡片，人手一份，即时学习，用来对照、潜移默化、付诸行动。

在践行企业文化点点滴滴的积累中，大家深刻体会到：企业生存在社会中，要想得到全社会的支持和信任，企业必须对社会尽责。而对社会尽责，重中之重是做好生态环境保护，抓好食品安全。南通正大优质的饲料产品获国家农业博览会金奖后，公司主动把产品送到国家最权威的检测机构检测，检测结果全部符合国家标准，受到国家质检总局的充分肯定。非洲猪瘟疫情发生后，公司采取一切措施，搞好生物安全，从各个环节完善措施，严防死守，大大降低了养殖户的危机风险，得到了广大客户的信赖与支持。如今，与南通正大合作的客户基础越来越坚固，感情越来越紧密，大大提高了公司的良好信誉和经营效益。

南通正大人还一直以感恩之心积极回报社会，积极参与公益事业和光彩事业。1991 年 7 月，江苏、安徽等地发生特大洪水，当时公司成立不久，经济实力不足，却拿出了 30 万元救灾物资支援灾区。2020 年新冠疫情暴发后，共产党员首先带头，公司和个人捐款捐物 60 多万元。数年来向地方慈善会、城建、交通等民生工程和文体活动捐款 300 多万元。30 年来累计金额达 1000 多万元，为抗灾救灾和社会责任贡献了我们应尽的一份力量。

三、奉献爱，获得爱

南通正大长期诚信经营，赢得了客户的真情回报；急难之际，他们更是倾力相助。2020 年新春伊始，一场突如其来的新冠疫情打破了春节的祥和与平静，也将饲料生产、原料贸易、物流运输等各行各业打了个措手不及。疫情发生后，市场贸易基本停滞，生产原料得不到及时供应，南通正大饲料厂面临生产线停产的严峻状况。在这危急关头，公司求助我们的原料供应商——江苏西隆粮油贸易有限公司。西隆公司说，南通正大是我们最忠诚的合作伙伴，在这危难时期，我们一定把你们的困难当作自己的困难，想尽一切办法共克时艰。因疫情影响，原本可以停靠货船的南通新大港、南通粮油码头均无法实施正常卸货作业，他们利用一切资源，协调海轮转靠张家港江海码头作业，迅速解决了南通正大原料玉米短缺的燃眉之急，避免了饲料断供风险的发生，确保了公司疫情防控期间饲料生产的正常运行。

南通正大的爱心也同样体现在公司的知恩感恩之中。在公司成立30周年庆典之际，公司员工回顾公司走过的风雨历程，历数为公司发展作出贡献的许多人和事，感受更深的是浓浓的爱意，满满的深情。懂得感恩，是为了更好地传承爱的基因，更多地回报社会。为此，公司专题评选出30年来的十大功勋人物、十大精诚合作伙伴、十大模范员工。功勋人物中，有为公司落户南通热忱牵线的功臣、有倾力支持公司发展的地方领导、有公司创立中忘我奉献的元老。公司的精诚合作伙伴更是分布大江南北，30年风雨同舟，共同成长。十大模范员工都是立足平凡岗位、敬业奉献的精英。公司专门组织人员，将功勋人物、合作伙伴、模范员工的事迹编写成册，作为爱心传承的生动教材，激励全体员工更多的铭记恩情，奉献爱心。

南通正大创立至今已30年，从无到有、从小到大、从弱到强，现已成为江苏省农业产业化龙头企业，江苏省企业文化建设先进单位；本人也荣幸地获评全省企业文化建设先进人物。鉴于南通正大的快速发展和优秀业绩，在如东县庆祝改革开放40周年大会上，如东县委、县政府授予南通正大最高奖项“金牛奖”。作为江苏省第一家中外合资农牧企业，政府的肯定给予了我们极大的鞭策和鼓舞。南通正大人将站在下一个30年的起点上，砥砺前行，继续奋进，只争朝夕，不负韶华。我们决心把企业文化建设得更好，凝聚更强大的精神力量，转化为更强大的物质力量。为了实现正大集团“做世界的厨房，人类能源的供应者”的愿景，继续践行正大集团价值观，弘扬南通正大企业精神。我们将在新的征途中，谱写新篇章，创造新业绩，献礼正大集团成立100周年。

不负新使命　团队再出发

——拥抱变革　蓄力未来

李素梅

故事096

时光的脚步匆匆迈入2022年，伴随着集团中国区的新变革，正大汉鼎被赋予了新的使命、新的责任。如何在变革中快速提升，是我们必须直面的课题。集团的六条价值观告诉我们要接受变革，不断创新。为此，我们要拥抱变革、蓄力未来。2022年对于正大汉鼎而言，将是变革之年、创新之年、蓄力之年。

拥抱变革，扬帆起航

步入集团第二个100年的发展，杨小平CEO提出三个“转变”——“管理体系由预算制转变为创业制，组织体系由金字塔结构转为‘工’字形结构，经营体系由生产导向转为市场导向”，至此拉开了集团改革的序幕，预示着正大集团将在“利国、利民、利企业”经营宗旨的指导下，承载着“全球最大的食饮生产商、全球最大的食饮渠道商、全球最大的资产管理人”的新愿景，再度扬帆起航！正大汉鼎，肩负着集团赋予的建设管理重任，必将积极拥抱变革，投入变革的洪流，争做变革的主力军。

随着集团“去中心化”和“再中心化”的布局调整，正大汉鼎需完成从“项目建设组织者”向“对项目建设负总责”的角色转型，要求我们提高思想维度，重新审视角色定位、更新自我认知、强化专业自信、提升服务能力，争取在集团这艘航母上做一名出色的水手，助力集团行稳致远。

勇于创新，多元化发展

正大汉鼎要履行集团赋予的新使命，就必须用企业家的精神打破旧模式、构建新思维。2022 年，正大汉鼎将通过一系列调整和创新来加快实现由单一业务向多元化发展的步伐。

1. 探索一条走出集团外的发展模式。跨出由预算制向创业制转型的第一步，实现由点带面，力争实现跨越转型。

2. 拓展服务深度，提升服务价值。总结集团十余年建设经验，整合国内外先进技术，提升核心竞争力，争取成为中国农牧建设行业的引领者。

3. 用创新发展思维，引进新技术。继续推动碳中和、碳达峰工作，做好集团双碳项目可持续发展的运动员。

4. 推动建设管理 4.0。从云监工、无人机、BIM（建筑信息模型）、智慧工地到中央战房，从传统建造到标准化、专业化快装，开创以数据管理代替人工管理的崭新局面。

5. 做投资平台。充分利用并发挥正大汉鼎的专业优势和资源整合能力，为集团承载更多使命，展现更多的价值，增加企业势能。

守住初心，健康成长

在集团百年变革中，需要对建设项目进行严格的规范化管理。作为正大汉鼎人，不能辜负集团赋予的使命，要遵循对集团负责、对事业负责、对领导负责、对自己负责的原则，不忘初心。严守建设管理的底线，确保项目推动中“立项有批准、选择有依据、决策有流程、管理有分级”，保证项目建设合法合规。通过制度、流程规范管理，让我们的项目管理工作在高速公路上健康地行驶。

做好创新的同时，不忘传统业务的深抓不懈和提速增效。

抓住“改”的重点：通过复盘总结，查找我们的不足和提升点，强化服务能力，增加服务深度，将 2022 年作为正大汉鼎能力提升之年。

强化“督”的力度：无论是项目推动还是工作推动，都要坚决、要有力度，到实践中去发现问题、解决问题，总结数据、建立标准，提升公司的系统集成能力。

提升文化的影响力：增强企业文化渗透，用文化带动员工行动，让员工由知识型向智慧型转型，由专业型向职业型转型，由谋生型向价值型转型，创造良好的提升氛围，让工作提速增效。

发掘人才，培养人才

谢国民集团资深董事长曾多次强调“任何事业，如果没有准备好人，就不要做”。通过实践我们也深深体会到，要想做好一项事业，首先要有一批志同道合的人，有了团队才能成就事业。

2022 年，我们要在团队建设和人才培养上下功夫：一是选拔并培养一批年轻人到管理岗位，在管理实践中锻炼提升，老同志做智囊、参谋、后盾和支持者；二是让每个人都学会由依靠个人能力发展，到依靠组织能力发展；三是做好企业文化建设和领导力培训，让每个人都能从领导技能、时间管理和工作理念等方面得到提升。

正大集团农牧食品企业中国区邵来民资深副董事长曾对汉鼎进行了系列培训，从“青年强，则汉鼎强”到“思想升维、行动降维”，再到“正大汉鼎新使命与领导力升级”，每一次培训无不体现出对年轻人的重视和求贤若渴。下一步我们要按照正大集团资深副董事长兼中国区 CEO 杨小平的“三九人才”理念选拔人才，按照邵来民资深副董事长要求的“才、德、学、识”的管理者标准培养人才，按集团的转型发展需要发掘人才，为年轻人搭建平台，提供能力施展空间，培养一批年轻的管理人才，选拔出一批有思想、有责任、有担当的精英来实现我们的创新发展战略规划，为未来蓄力！

天行健，君子以自强不息；地势坤，君子以厚德载物。

2022 年是正大汉鼎的提升之年，我们的目标已明确，蓝图已绘就，战鼓已擂响！让我们携起手来，共创正大汉鼎的美好明天！

正大食品为中国体育健儿助力

故事 097

薛增一

由日本奥林匹克委员会举办，被称为第 32 届夏季奥林匹克运动会的 2020 年东京奥运会，于 2021 年 7 月 23 日开幕，8 月 8 日闭幕，这绝对是人类体育发展史上一个“永痕”的记录。

虽然疫情困扰，尽管异乡不易，但中国体育代表团，依然精神抖擞，英姿飒爽，经过 16 天的奋勇拼搏，取得了 38 金、32 银、18 铜共计 88 枚奖牌，总位次名列金牌榜和奖牌榜第二的骄人战绩，为国争光，可喜可贺。

真是好事成双！正当我们正大人和大家一样，在为中国奥运健儿取得的骄人业绩欢呼雀跃的时候，正大集团欣喜地收到了署名“中国体育代表团”的一封珍贵的感谢信。

感谢信

正大投资股份有限公司：

东京奥运会已顺利闭幕，在党中央、国务院的坚强领导下，在全国人民的大力支持下，中国体育代表团克服疫情挑战，顽强拼搏、奋勇争先，取得了优异的成绩，展现了新时代中国体育健儿和中国青年良好的精神风貌。

在东京奥运会备战参赛过程中，贵公司以高度的社会责任感，克服疫情困难，积极调动资源，持续为国家队备战提供各项服务保障，充分体现了各行各业对体育事业的强大支持和投入。中国体育代表团全体运动员、教练员和工作人员谨向贵公司表示衷心感谢。

中国体育健儿将继续以习近平新时代中国特色社会主义思想为指引，刻苦训练、勇攀高峰，以优异的比赛成绩和昂扬的精神风貌，为早日建成体育强国、实现中华民族伟大复兴的中国梦贡献力量。

中国体育代表团

2021年8月8日

感谢信（图片由正大集团北京总部市场部提供）

原来，在2021年中国奥运健儿备战奥运会期间，正大集团凭借自身过硬的安全健康的高质量产品品质，积极配合国家体育总局进行备战保障工作，正大猪肉产品成为“中国国家队专用（猪肉）（保障）产品”，正大集团正式成为“中国国家队合作伙伴”。我们能为中国奥运健儿笑傲奥运赛场尽绵薄之力感到十分荣幸，我们能为得到中国体育代表团的认可与赞扬感到十分自豪，我们将再接再厉，永远保持谦虚谨慎、踏踏实实、严细认真，守法合规地持续做好食品安全的全产业链各项工作，持续支持中国体育健儿，报答广大消费者对正大的厚爱和信任。

中国国家队合作伙伴

中国国家队合作伙伴图标（图片由正大集团北京总部市场部提供）

其实，正大集团与中国体育的正式牵手合作早于2006年就开始了。从那时起，正大集团便成为中国国家体育总局训练局指定产品的供应商，为国家队运动员提供正大鸡蛋与正大包子产品，助力中国体育运动员在国际赛事上取得各项优异成绩。时至2021年，双方已携手走过16载，16年来不变的是正大集团始终如一的品质保障与亘古不变的食品安全承诺，坚守“品质第一”，为中国运动健儿提供安全、营养和美味的正大食品，以保障冠军厨房。

体育·训练局国家队运动员备战保障产品

体育·训练局国家队运动员备战保障产品图标（图片由正大集团北京总部市场部提供）

位于北京平谷的正大集团现代化蛋鸡养殖基地是目前亚洲最大，现代化、智能化程度最高的蛋鸡“一条龙”生产基地，包括存栏量 300 万只的产蛋鸡场和存栏量 100 万只的青年鸡场。

2016 年 12 月 8 日，“用科技定义安全——正大鸡蛋生产基地媒体行”活动在正大集团北京、甘肃、陕西、新疆、湖北五地的蛋鸡养殖基地同步开展，向社会公众开放，展示正大鸡蛋的“安全蛋生之旅”。

2017 年 5 月 17 日，正大集团北京总部组织了“正大食品工厂媒体行”活动，由人民日报社、新华社、中央人民广播电台、中央电视台、中国新闻社、《农民日报》、北京电视台、《北京晚报》、《中国食品报》、《中国食品安全报》、山东电视台、大公网、搜狐、青岛电视台等全国近 30 家媒体组成的记者团，以及国家体育总局训练局副局长吕铁杭、人民日报人民数字频道运营主管王卉、CCTV-7 农业频道广告部主任吕靓、青岛即墨市副市长李黎等有关领导和嘉宾，共同走进正大集团青岛现代食品工厂，参观、体验正大食品的安全之旅，并通过媒体的镜头同步向社会公众开放、展示。

其间，国家体育总局训练局向正大集团颁发表彰状。

正大集团资深副董事长谢毅（左）代表正大集团接受国家体育总局训练局副局长吕铁杭（右）代表国家体育总局训练局向正大集团颁发的表彰状（照片由正大集团北京总部宣传中心提供）

NSTC

表彰状

感谢正大畜牧投资（北京）有限公司在备战里约奥运会周期中对国家体育总局训练局的鼎力支持。

特发此状！

国家体育总局训练局

二〇一六年十月[illegible]六日

国家体育总局训练局向正大集团颁发的表彰状（照片由正大集团北京总部宣传中心提供）

正大集团在中国目前有 9 万多名员工。体育运动是集团倡导的有益员工健康的福利事业之一。集团各地区、各公司，有组织的或自发的群众性体育活动广泛开展，此起彼伏，绵延不断，常年坚持体育锻炼的员工为数众多，最常见的活动诸如乒乓球、篮球、羽毛球、足球、长跑、健身、瑜伽、自行车，等等。

在位于北京 CBD 核心区的正大中心大厦，寸土寸金的正大集团北京总部办公楼层，还专门为员工开设了健身房、乒乓球房。每日的早中晚，总有一群气喘吁吁的爱好者在这里挥洒汗水，留下欢笑。

愿祖国的体育事业繁花似锦，兴旺发达！

祝正大的同人家属吉祥安康，万事如意！

百年辉煌　永续发展

——正大集团中国区发展概况

北京总部宣传中心

故事098

一、集团概况

正大集团成立于1921年，是泰籍华人谢易初先生创办的知名跨国企业，在泰国亦称卜蜂集团，英文为Charoen Pokphand Group，简称CP Group。历经百年的蓬勃发展，正大集团已从经营单一业务的“正大庄种籽行”，发展成以农牧食品、批发零售、电信电视三大事业为核心，同时涉足金融、地产、制药、机械加工等10多个行业和领域的多元化跨国集团公司。集团业务遍及全球100多个国家和地区，员工45万人，2021年全球销售额840亿美元。

正大集团于1979年在深圳投资建立了改革开放后第一家进入中国大陆的外商投资企业——正大康地（深圳）有限公司，并取得了“深外资证字〔1981〕0001号”批准证书。正大集团在中国的投资业务涵盖了农牧食品、零售、制药、地产、工业、金融和传媒等领域，其中，农牧食品是正大集团在中国最主要的投资项目。截至2021年底，正大集团已在中国设立企业600多家，下属企业遍布除西藏以外的所有省份，员工近10万人，2021年中国区总营业额约1800亿元人民币，是中国外商投资规模最大、投资领域最多的跨国企业集团之一，拥有正大饲料、正大食品、正大饮品、正大种子、正大种植、卜蜂莲花、正大广场、正大乐城、正大中心、正大优鲜、正大电商、正大制药、正大置地、正大机电、易初工业、大阳摩托、正大国成、正信银行、正大综艺、正大音乐等具有广泛知名度的企业、品牌和产品。

二、企业文化及价值观

正大集团的企业文化以“三利原则、快速优质、化繁为简、接受变革、不断创新、正直诚信”六条价值观为核心，坚守“利国、利民、利企业”的经营宗旨和秉承“做世界的厨房，人类能源的供应者”的企业愿景，以有利于投资所在的国家和投资所在国家的人民、促进国家经济建设和社会发展为己任。

——利国就是对投资所在的国家有利，遵守投资所在国家的法律法规，把国家的利益、社会的利益放在第一位，为国家创造效益，促进国家的经济建设和社会发展。

——利民就是对投资所在国家的人民有利，对投资所在国家的消费者有利，为投资所在国家的人民创造效益，使生产者早日过上小康生活，使消费者获得品质优良、安全健康、物美价廉的商品和服务。

——利企业就是对企业本身有利，有利于企业的可持续发展，有利于员工、有利于合作者、有利于股东，在不断开发新产品，满足消费者日益增长的商品和服务需求的同时，为企业创造经济效益。

企业文化要求员工：懂得感恩、懂得给予、懂得吃亏，懂得原谅、懂得牺牲、懂得刻苦耐劳。

三、在华投资发展历程

第一阶段：正大集团在中国事业的初创期——作为中国改革开放后第一家进入大陆投资的外资企业，正大集团是中国饲料工业化、农业现代化的开创者和引领者

1979 年，正大集团联合美国康地公司，各出资 1500 万美元共计 3000 万美元，投资成立了正大康地（深圳）有限公司，取得了“深外资证〔1981〕0001 号”批准证书，成为进入中国大陆的首家外资企业，正大康地的深圳南头饲料厂成为中国第一家现代化的饲料厂。随后，1984 年，正大集团成立了吉林正大有限公司，这是中国饲料行业第一家中外合资企业；至 20 世纪 80 年代末，正大饲料厂进入了飞速发展阶段。

20 世纪 80 年代，正大集团就开始在中国投资农牧“一条龙”企业。1985 年，与上海市政府合资，在上海松江县建成中国第一家肉鸡“一条龙”大型农牧食品企业——上海大江有限公司，这是全国第一家饲料生产、良种繁殖、畜禽饲养、食品加工、内外销售一条龙企业，由于经营出色，也成为中国第一家外资企业的上市公司。

1985 年，正大集团与“上海拖拉机汽车公司”（现上海汽车集团）合资成立“上海易初摩托车有限公司”，注册资本 4500 万美元，这是当时上海最大的合资企业之一，引进日本本田技术，“幸福牌”摩托车畅销全国，并率先进入国际市场，为中国摩托车工业的进步作出很大贡献。

1990 年 4 月 7 日，邓小平同志在北京人民大会堂接见了正大集团资深董事长谢国民，对正大集团在中国投资给予了高度评价，并希望正大集团能做外商投资的典范。

第二阶段：正大集团在中国事业进入成长期——不断布局和完善农牧行业的产业链，开展多元化经营

20 世纪 90 年代以后，正大集团投资饲料厂的规模和数量进一步扩大，并且继续加大投资了黑龙江正大、吉林德大、秦皇岛正大、青岛正大等一条龙企业。

1991 年，正大集团又与中国北方工业集团（现中国兵器装备集团）合资成立了“洛阳北方易初摩托车有限公司”，生产的大阳牌摩托车已经向全球各地销售摩托车 1800 多万辆，“大阳”品牌连续多年荣登“中国 500 最具价值品牌”排行榜。

1992 年，正大集团资深董事长谢国民响应上海市政府浦东开发号召，为完成陆家嘴 CBD 核心区的商业配套，正大决定出资 4 亿美元建造核心区唯一的商业项目——正大广场。2002 年正大广场正式营业，这是国内第一座真正意义上的“一站式”购物商业旗舰，也是上海陆家嘴金融区的标志性建筑之一。

1997 年，正大集团将国外大卖场概念引入上海浦东，在浦东开业了占地 2 万平方米的“易初莲花”超市（后更名为“卜蜂莲花”)，这是第一家外商独资企业在中国投资的大卖场。

除此之外，1990 年，正大集团与中央电视台联合主办的专题节目《正大综艺》开播，丰富的知识性和趣味性，深受观众喜爱；1992 年，成立了正大国际财务有限公司，这是中国境内经政府批准最早设立的外商独资国际性金融机构；2000 年，正大制药集团旗下的“中国生物制药有限公司”在香港成功上市。

第三阶段：正大集团在中国事业进入新的发展期和转型期——加强从农场到餐桌的全产业链投资，同时加大资本运作实现企业合作和兼并，多元化地促进企业的进一步发展

正大集团在中国不断加大全产业链的建设和转型，除了大规模地投资现代化的猪场、鸡场之外，在原有的一条龙企业基础上，加大在中国养殖事业、现代食品事业和零售事业的投资，相继在全国数十个省市建立现代化的食品生产线或企业，新建了秦皇岛新食品厂、青岛新食品厂、襄阳正大、洛阳正大、北京平谷正大蛋业等工厂，并在中国建立食品销售网络。农牧食品领域的投资，还涉足种子、种植、机电、生物工程等。

为顺应互联网时代的发展趋势，正大集团与阿里巴巴集团、京东、美团等平台强强联合，启动了农资电商和食品电商业务，通过内部整合、精准定位、优化布局、创新营销等策略，成功打造了“电商平台 + 正大产业链平台”发展模式。同时，定位于家庭健康营养贴身管家的社区商务，旨在构建 3 亿家庭社区智能新生态。

与此同时，正大集团通过投资入股世界一流企业，进一步增强集团的综合实力。2012 年，正大集团投资中国平安保险（集团）

股份有限公司，出资 93.9 亿美元，持股 15.57%，成为第一大股东；2015 年，正大集团联手伊藤忠商事株式会社入股中信集团，出资约 104 亿美元，持股 20.61%，成为第二大股东。

四、管理历程变革与升级

（一）企业组织管理架构现状

2011 年至今，为了支持集团“头牌 + 平台”的事业发展方向，即在饲料、养殖、食品、零售等产业链上力争领先的策略，企业组织管理架构作出了相应的调整，形成了在集团公司董事会的领导下，按照总部、地区、公司三个层次分级授权管理。总部层面设立战略企划与投资、市场品牌、财务中心、数字化中心、人力资源中心等职能部门，同时分别设立饲料事业、猪事业、家禽事业、水产事业、食品事业等管理委员会，委员会委员由各地区经营主管和总部职能部门负责人组成；地区和公司层面的定位主要是执行总部各事业委员会审议通过的事业发展规划和重大投资决策；总体的方向是朝着“总部管总、事业主建、地区和公司主战”的方向努力。

（二）组织管理架构调整历程及主要背景

1979 年至 2001 年，集团实行“饲料事业为主，兼顾养殖”的发展战略，组织架构层面基本形成了总部、区域、公司的三级管理架构。总部层面仅负责财务管理和饲料配方、品质管理等投资风险管理和营养技术管理少数关键的管理职能，业务管理工作交由区域来具体负责。

集团进入中国的最初 20 年是“开疆拓土”大发展的阶段，也

是响应国家引进外资发展经济的号召在全国各地投资建厂的阶段，总部承担的是投资管理、核心技术掌控和政府关系的职能，对一线总经理在经营上的授权较大。但同时存在总部管理线条较为粗放、区域公司有本位主义等现象，集团的优势未能充分发挥以应对民营企业的崛起。

2002年后，集团实行“专业化分工”的职能线管理，组织架构在总部层面增设了人力资源、原料采购、饲料技术、饲料生产、猪养殖、家禽养殖、肉鸡一条龙等专业职能线，从总部、地区一直到公司垂直管理，公司总经理和地区经营主管仅负责销售工作。

五、人才培养与团队建设

（一）企业专业人才结构

集团自1921年在泰国创立之初就坚持“品质至上”的原则，好的品质是凭借领先的技术“全产业链”生产流程作为保障的。集团在全产业链从种子、饲料生产、养殖、食品研发等各个环节均配备了领军人才，目前在中国区的研发团队拥有博士50名、硕士300名，其中外籍专家和具有海外留学经历的国际化人才占比30%。

（二）人才培养举措

1979年至2001年，最初的20年，中国刚刚开始改革开放，无论是管理人才还是专业人才都十分缺乏，集团采取了从海外引进优秀管理和技术人才的措施，其中大部分是能够讲华语的华侨华人，也有来自欧洲、美国和东南亚的外籍专家。集团在北京大学、复旦大学等高等院校建立“人才培训中心”，面向管理层开设培训

备和创新技术保障。

与此同时，正大集团在中国成立了食品研发中心。中国区食品研发中心成立于2014年，总投资2.4亿元，于2018年9月正式启动运行，硬件配置和综合实力在全国食品企业和专业科研院所中均处于前列；目前在宁波慈溪和青岛设有专业研发实验室，现有员工近百人，技术团队博士、硕士学历占比超过七成。

正大集团中国区食品研发中心不仅是食品新技术、新工艺、新设备、新包装及新产品的发源地，也是食品领域知识管理和服务中心，更是正大食品事业人才诞生地和培养基地之一。

正大集团的食品研发中心始终致力于以市场需求为导向，坚持创新是研发的灵魂，利用集团内外、国内国际一切可利用的人才、技术、资源，为正大食品事业发展做好思维创新、方法创新、产品创新、服务创新；目前重点研发现代食品、猪肉深加工、鸡肉深加工，以及蛋品深加工产品，同时研究探索微波常温食品、复合调料、营养食品和人造肉等新方向，旨在为集团食品事业发展持续提供动能。

七、在华投资特点

特点一：正大集团始终坚持“利国、利民、利企业”的经营宗旨，投资中国，敢为人先，并不断加大在中国投资发展的力度，是中国改革开放的参与者、见证者、贡献者、受益者

从第一代创始人谢易初先生开始，正大集团一直有着深厚的中国情结，并始终把“三利原则”作为投资发展的经营宗旨。中国改革开放政策刚刚提出之后，正大集团便开始在中国投资建厂，成为第一个在中国大陆投资的外商企业，在诸多领域都成了引领者。正大优质的产品、现代化经营模式成为国内很多企业学习模仿的对象。40 多年来，正大集团始终扎根中国，从未动摇过在中国投资和发展的决心，即便遇到困难、低谷仍然持续加大在中国的投资力度，先后在中国兴建合资和独资企业，投资区域遍及所有省市。

进入新时代，正大集团是第一个由企业牵头推动共建“一带一路”在海外（泰国）落地（经济特区、高铁项目）的外资企业。正大集团与上汽集团、北汽集团、中信集团、中国移动、阿里巴巴等大型企业合作，整合各方优势资源，助力共建“一带一路”中泰合作项目在泰国的实施，为中泰两国的经济建设作出了重大的贡献，共商共建共享，为推进共建“一带一路”起到了引领作用。

特点二：正大集团的农牧产业化经营模式不断创新，从早期的中国现代饲料产业到“一条龙”模式，以及近年来打造“从农场到餐桌”的全产业链，引领了中国农业产业化发展趋势

20 世纪 80 年代，正大最早把现代饲料业的理念带入中国，中国的饲料工业在正大集团投资和引领下实现了从无到有、从小到大、从弱到强的跨越式发展。中国虽然是农业大国和饲养大国，但是农民分散养殖，饲养质量差、效益低。改革开放之前，中国没有饲料工业，饲料企业基本上是粮食部门下属的年产数百吨的加工厂，只能粗放地生产混合饲料，处于低级阶段。中国改革开放后，正大集团看中了亟待发展的中国饲料市场，率先投资开发，率先推动全价料与预混料的专业化生产。正大在中国第一个引进了先进的动物营养饲料概念和技术，首创出全价配合饲料，用优质的原料、先进的配方、现代化设备生产出一流的产品，赢得了广大养殖户的信赖，成为安全、放心的品牌，为中国饲料企业树立了样本。正大还引入了现代企业管理经营方式和经验，建立完善了一整套健全的质量管理和保障体系，正大的饲料标准、饲料产品及生产性能指标均达到了国际先进水平，安全可靠，营养价值高。

20 世纪 90 年代初，正大集团引入了畜禽养殖理念和专业技术，现代化规模养殖、标准化养殖，效益大幅提升，开启了肉鸡“一条龙”模式，产生了巨大的示范效应。由于饲料业与种植业、养殖业联系紧密，正大集团在中国饲料业的投资，大大推动了上下游产业的发展。工业优质饲料的推广使用，大大提高了农户饲养水平，带动了养殖业从传统“小而散”到“大而专”现代养殖的转变。以肉鸡养殖为例，正大实行的现代化养殖方式不仅实现了肉鸡在饲养数量上的飞跃，而且实行“订单生产”“五统一”标准化养殖模式，拉动肉鸡养殖实现了质的提升，推动了我国肉鸡养殖业的产业化发展。与此同时，正大第一个在中国建立原种鸡场——艾维茵肉用原种鸡，使中国从此不再需要从外国引进种鸡，肉鸡质量达到世界标准，中国也成为世界上重要的肉鸡出口国。

正大集团在中国第一家引进“公司 + 农户”的产业合作发展模式，为农户提供畜禽种苗和饲养技术，指导农户生产管理，并负责回收成品，甚至帮助他们解决融资难题，降低了农户的养殖风险，提高了养殖效益，解决了农民缺乏资金、缺乏技术、缺乏市场的发展阻碍，引导和扶持农民走上规模化、现代化养殖道路，带动农民共同致富，极大地促进了中国农牧业的发展和经营方式的变革。“公司 + 农户”的产业合作发展模式，为中国的同行业起到了极大的示范带动效应，发挥了重大作用。

20 世纪 90 年代，正大集团率先将肉鸡育种孵化与饲料生产、养殖、屠宰及深加工为一体的企业经营模式搬到中国。此后，农牧业产业经营一条龙模式在中国开始被不断复制，出现了一大批本土的家禽、生猪及奶牛、水产养殖业的农牧业经营一体化的代表性企业。一条龙经营模式，成为一部分大型饲料企业向现代化畜牧业企业转移的主要选择。

21 世纪以来，正大集团是第一个打造从“农场到餐桌”的安全、生态、高效、现代的食品全产业链。正大集团建立起从种植、饲料、种禽、孵化、饲养、屠宰、深加工，最后到终端零售的全产业链一条龙作业体系，通过培育和选用优良的品种，全程饲喂正大自产的安全优质饲料，采用先进、科学的饲养管理模式和严格的防疫制度，确保生产出安全、优质的畜禽类肉、蛋产品。通过加强畜禽养殖和食品加工一体化经营，从农场到食品厂，再到销售流通的各个环节都做到有效管理，最终实现“从农场到餐桌”全程可控。

正大在中国的饲料产业已经成熟完善，正在继续加大养殖业、食品深加工。目前养殖业，已覆盖猪、肉鸡、蛋鸡、肉鸭、鱼、虾等。正大食品种类丰富，包含鸡蛋、禽肉、猪肉、水产、果蔬等生鲜食品；速冻面点、休闲小食、方便餐、香肠等方便食品，以及葡萄酒、白酒、茶叶、咖啡、饮用水、鳄鱼酒等饮品。

特点三：从早期的“公司 + 农户”到后来的“四位一体”，再到“现代农业产业园”，正大集团始终致力于助推中国农业现代化建设，为实现共同富裕贡献力量

推进中国农业现代化建设、响应乡村振兴战略，为实现共同富裕贡献力量的利国、利民之心，正大集团进入中国 40 多年来始终坚守。改革开放之初，正大集团引入的“公司 + 农户”模式，在农民学习生产技术、规避市场风险和规模经营增收等方面发挥了积极作用。新时期，正大集团又与时俱进地开创了两个成功模式：“四位一体”和产业园。

“四位一体”模式最先应用于北京平谷正大 300 万蛋鸡项目。该项目中，农民出租土地，成立合作社；正大集团和平谷区政府共同成立农业投融资平台；合作社委托投融资平台进行项目的投融资、建设和运营，确保平台实现稳步成长。项目建设过程中，北京银行为项目提供商业贷款，平谷区政府提供政策支持向银行进行全额贴息。项目建成后，投融资平台将项目租赁给正大集团进行经营管理，双方签订不可撤销、照付不议的租赁协议，让农民没有任何投资风险，仅有的养殖和市场风险也由正大集团全部承担。目前，正大集团在中国的这种成功模式已经推广运用到了种植事业、蛋鸡事业、猪事业和食品加工事业等领域。

“四位一体”的商业模式将企业发展与贫困户的可持续脱贫相结合、与区域经济的可持续发展相结合，不但促进了中国农业产业化、现代化发展，区域经济产业化、科学化发展，而且通过这种产业扶贫模式，让贫困户成为扶贫产业的股东，拥有了可实现持久脱贫、长期增收的自有产业，为乡村产业发展和经济发展提供了“内

生动力”，实现了产业扶贫、产业带动的可持续。

进入数字化的新时代，正大集团以过往在产能端的不断积累及取得的丰硕成果为助力，进一步发力零售端，着力构建下游的“四位一体”，赋能商户、服务社区，实现新零售事业的整体跃升，以期为中国广大消费者提供更多更好的产品和服务。

与此同时，正大集团着力推进现代农业园区的开拓与建设、种养结合模式的探索与示范、产品基地的发展与壮大。特别是获得国家首批现代农业产业园区的正大慈溪现代农业产业园区，是正大集团在全球涵盖产业最多的综合性园区。经过十几年的发展，正大慈溪现代农业产业园区，已形成连片规模化的优质粮食、精品水果、蔬菜等三大主导产业，并相应配套规模化畜禽养殖，打造了一个种养结合的生态循环格局。据统计，正大慈溪园区现已入驻正大集团龙头业 31 家，注册资本超 30 亿元人民币，2021 年产值超 50 亿元。新的公司和产业项目持续引进中，预计 2023 年正大慈溪园区产值超 100 亿元。目前，正大园区已遍及全国 11 个省份，面积近 50 万亩，辐射带动近 300 万亩，形成了具有正大特色的园区模式和定位。

正大集团现代产业园区的建设，给中国农业园区的未来发展探明了一条新路——从土地修复治理入手，并在实践中总结出“土地修复 + 绿色运营”的一体化开发模式，注重园区发展的理念优先、多元并进、示范带动等，为实现共同富裕贡献了正大力量。

未来，正大集团将继续依托服务平台优势，探索“1+N”联动发展模式，逐步布局上百个集土地改良、种植养殖、农产品加工、安全食品、冷链物流、电商金融、人才培养、生态观光、环保低碳、休闲度假、地域文化传承等于一体的现代农业科技产业园，打造农业科技产业联盟。

特点四：正大集团不但最早将饲料、养殖、农牧业的先进理念、技术设备、资金引进中国，而且培养了一大批农牧业精英，成为中国农牧业的“黄埔军校”

正大集团是第一家在中国发起合资企业高管本土化、推进人才本土化的外资企业，这不仅大大降低了公司成本，更重要的是为公司、为社会培养和输送了大批本地人才。40多年来，正大集团培养了一代又一代的中国农牧业精英，储备了一批又一批农牧人才，对改革开放后引进国外先进的农牧业理念、提高中国农牧业现代管理水平起到了巨大的推进作用。正大集团在各地的农牧企业举办了各种培训班、讲习班、推广会，受益农户数以千万计。对农民饲养技术的培训，使农民成为养殖专业户，并且帮助扩大养殖规模，提高生产效益。举办企业内部职工的专业知识、技能、管理水平的培训，使得员工能够更好地适应现代化养殖的需要，成为行业的专家。同时，正大集团还捐资给北京大学、复旦大学、中国农业大学、浙江农业大学、华南农业大学等，建立培训中心、肉鸡饲养中心，资助教育事业，为中国农牧业各类人才的培养、储备作出了重要的贡献。

特点五：坚持品质、安全、绿色的发展理念，用国际化的高标准、最先进的技术装备，保证高品质的产品和服务，打造正大的品牌价值，做农业可持续发展的典范

正大集团从第一家企业建厂开始，始终坚持在中国投建饲料加工厂、食品厂时，都应用最先进的技术设备、高素质的员工，投资研究开发，这一切都是正大产品高质量的保障，不仅保证了企业长期可持续发展，也为农牧食品行业起到带头示范作用。

正大建成了一大批标志性的现代化养殖、食品加工工厂，2012年正大集团北京平谷投资7.2亿元兴建300万只蛋鸡场，是当时亚洲单体最大、现代化程度最高的家禽养殖企业。2016年，正大食品企业（秦皇岛）有限公司，投资总额18.27亿元，拥有国内首家具有全自动化面点生产线，年产能达6.9万吨；正大食品企业（青岛）有限公司，总投资18亿元，年产能15.2万吨，是亚洲食品企业单体规模、现代化程度居于前端的食品加工企业之一。2014年，正大集团投资16亿元兴建的现代化大型猪肉食品加工企业——正大食品（襄阳）有限公司，采用国际一流的屠宰及食品加工工艺技术和设备，拥有全过程可追溯的食品安全管理系统，年加工销售安全猪肉食品10万吨。

正大集团通过打造全产业链，在保障食品安全、发展农业循环经济等方面发挥了重要作用。在食品安全备受关注的今天，正大集团依托其肉鸡、生猪全产业链，采用国际一流的自动化生产工艺和设备，执行最严格的食品安全监控体系，为消费者提供便捷、安全、营养、美味的食品。正大食品建立了从农场到餐桌的全产业链双向可追溯体系，涵盖种植管理、养殖管理、产品研发、屠宰分割、原料验收、生产加工、产品检测、产品储藏、产品运输以及顾客体验十大环节，并在种养、原料、加工、终端等方面开展重点监测；先后通过HACCP、ISO9000、ISO22000体系认证，并取得BRC（英国零售商协会）认证，全面保障食品安全。

2016年正大集团在内蒙古自治区建成并投产了100万头生猪全产业链项目——正缘项目，总投资人民币3亿元。项目包括了生猪养殖、绿色种植，而且打造了“种养结合、粪水还田”的生态养殖模式，被农业部授予全国首批“畜禽养殖废弃物资源化利用种养结合示范基地”，也是集团“种、养、加、销一体化”绿色可循环的全产业链模式的综合示范项目，对于带动地区农牧业现代化发展、加速迈入农业4.0时代意义巨大。

八、第二个百年再启航

2021年，是正大集团成立一百周年，也是正大集团新的一百年的开始。从“公司＋农户”到“四位一体”，从“肉鸡一条龙”到“农场到餐桌的全产业链”，在一次次转型升级中，正大集团的步伐总能紧跟时代。世界永不停步，企业也不能停止创新。未来，正大集团将继续本着诚信道德的原则，坚守“三利”经营宗旨，以为消费者提供健康食品和精神食粮为己任，共享健康和福祉，创造正大集团更加辉煌的下一个百年。

（本文的基础素材由正大集团北京总部董事长办公室、可持续发展部、人力资源部、食品研发中心，正大投资股份有限公司财务中心、证券事务部，正大慈善基金会等提供，经北京总部宣传中心统稿、整理而成，执笔：赵铭。）

践行三利原则　守初心
用爱奉献社会　有担当

——正大集团中国区履行社会责任情况概述

正大慈善基金会

故事099

一、履行社会责任的主要工作和成效

作为全球最大的农牧食品企业之一，在过去一百年的发展历程中，正大集团始终坚持可持续发展，遵循“利国、利民、利企业”的经营宗旨，经营事业首先考虑投资所在国的利益，其次考虑投资所在国人民的利益，最后才考虑正大集团的利益，为国家、人民和企业自身创造价值。

近年来，正大集团响应联合国可持续发展目标，聚焦“食品安全”“安全生产”“环境保护”“职业健康”“节能减排”“公益慈善”“产业扶贫”等领域，用实际行动践行初心使命，彰显责任担当。

在食品安全方面，正大集团坚持全产业链发展模式，实施从农场到餐桌的全过程食品安全管控，实现从原料到终端消费的全程可追溯管理。食品工厂现已全部通过ISO9001、ISO22000、HACCP体系认证，充分利用国际管理标准搭建工厂食品安全管理架构，从厂房基础建设到设备设施管理，从物料来料验收到产品出厂检测，通过对每个环节的风险识别和管控，确定风险管控措施和验证方案，打造全方位食品安全保障体系，全面保障食品安全。

在安全生产方面，正大集团始终坚持以人为本，深切关注员工的安全与健康，严格遵循中国安全生产相关法律法规和标准，落实企业主体责任，定期开展安全生产培训教育，持续提升安全生产管理水平，将安全生产理念融入企业文化之中。

在环境保护方面，正大集团始终致力于环境友好发展，坚持“绿水青山就是金山银山”的发展理念，严格遵守中国环境保护相关法律法规和标准，不断完善环保管理体系，持续减少对环境的影响。近年来，正大集团持续打造“平谷四位一体300万只蛋鸡项目”“襄阳百万生猪全产业链项目”“内蒙古百万生猪全产业链项目”等一批“种、养、加、销”绿色循环产业基地，中国农牧食品行业环境保护和资源循环利用达到了新的发展水平。

在职业健康方面，正大集团制定了完善的员工职业健康管理制度，对员工进行全面的健康体检，为员工配备必要的劳动防护用品，不断改善员工生产作业条件和办公环境，时刻关注员工身心健康，定期举办职业健康培训讲座，形成了良好的职业健康保护文化。

在节能减排方面，正大集团高度重视。在工厂，科学选择原料和设备，全面推行清洁能源替代燃煤，降低生产环节能源消耗，减少工厂温室气体排放；在农场，不断改进饲料品质，推广低蛋白日粮，提高营养利用率，减少农场温室气体排放。正大集团不断探索低能耗低排放的产业融合发展模式，已在平谷、慈溪等地打造了多个循环经济产业园区。2020 年，正大集团发布 2030 年可持续发展战略规划，宣布将向零垃圾、零碳排放迈进。

在公益慈善方面，正大集团广泛参与中国的社会公益事业，在公益慈善和捐助捐赠方面的投入不断增加，覆盖的领域不断扩展，包括扶贫济困、灾害救助、教育支持、体育发展、儿童关爱等。据不完全统计，正大集团中国区各事业板块参与公益慈善和捐助捐赠总额已超过 18.8 亿元。

在产业扶贫方面，正大集团积极响应中国国家战略，参与和支持中国乡村建设，持续以产业扶贫助力脱贫攻坚，以产业带动推动乡村振兴。据不完全统计，正大集团各类产业扶贫项目总投资额已超过 100 亿元，项目遍及北京平谷、甘肃庆阳、四川凉山、四川梓潼、云南弥渡、湖北襄阳、广东湛江等地，拉动了当地经济社会发展，成为产业扶贫、乡村振兴的实践者和引领者。

未来，正大集团将继续践行可持续发展理念，推动企业高质量发展，积极履行社会责任，为实现全球"碳达峰、碳中和"目标，全面推进乡村振兴、促进共同富裕积极贡献正大力量。

二、扶贫工作案例及成效

产业扶贫是正大集团的一大特色。作为农牧龙头企业，正大集团自进入中国以来，积极与农户、政府以及相关组织机构开展深入合作，创造性提出了"产业带动、精准扶贫"理念，并在发展过程中不断探索出了具有正大特色的“产业带动、精准脱贫”的新路径。据不完全统计，正大集团各类产业扶贫项目总投资额已超过100亿元，项目遍及北京平谷、甘肃庆阳、四川凉山、四川梓潼、云南弥渡、湖北襄阳、广东湛江等地，拉动了当地经济社会发展，成为产业扶贫、乡村振兴的实践者和引领者。

20世纪90年代，正大集团率先引入和实行“公司+农户”模式，上海大江就是中国第一家试点企业。随后，该模式在全国推广、应用，至今仍为中国的经济发展发挥着重要作用。西昌正大酒业葡萄酒产业扶贫项目便是这种模式的代表项目之一，历经20多载发展，西昌正大酒业已成为当地产业化扶贫的典范，为凉山州实现脱贫目标作出了贡献。

案例1：西昌正大酒业葡萄酒产业扶贫项目

1996年，正大集团永远荣誉董事长谢大民先生在时任四川省委书记谢世杰的陪同下，前往凉山彝族自治州调研。在了解到当地贫困情况后，谢大民先生决定在当地投资新建一家葡萄酒生产企业进行产业扶贫，带动农民致富，促进当地经济发展。

1997年，西昌正大酒业有限公司（以下简称“西昌正大酒业”）开始筹建，2000年4月正式挂牌成立。项目总投资3056万元，占地791.76亩，建筑面积4881平方米。

西昌正大酒业将培育的葡萄种苗分别在普格县、盐源县、大龙潭、西昌等地推广试种，后经与地方政府商议，于2004年在西昌市成立了由农办调研员及农业局专业人员组成的酿酒葡萄推广种植办公室，由月华乡政府牵头，采取“公司+农户”的合作方式，

带动农户脱贫致富。公司为农户提供培育的种苗，实行统一培训，统一病虫害预防，分批分片现场指导种植。同时，双方签订为期 20 年的回购协议，按合同标准统一回购农户的葡萄。

历年来，为保护农户利益，西昌正大酒业多次提高收购价格，以增加农户收入，并通过聘请周边农民到公司就业的方式，有效解决了当地就业问题。公司附近多为彝族村民，每逢有季节性工作需求，就优先安排他们来工作，此项费用每年支出超 50 万元。

历经 20 多年的辛苦创业，用心栽培，西昌正大酒业酿造出的葡萄酒香气丰富优雅、口感悠长饱满，深受广大消费者喜爱和国内外专家的好评，并获得多项殊荣：2015 年月谷·梅尔诺干红葡萄酒获金樽奖“年度铜奖”；2016 年月谷·梅尔诺、月谷·真芳德均获亚洲葡萄酒质量大赛银奖；2017 年月谷·真芳德获上海国际葡萄酒品评赛（SWIC）铜奖；月谷·赤霞珠、月谷·梅尔诺、月谷·真芳德均获亚洲葡萄酒质量大赛银奖。

悠悠二十多载，西昌正大酒业在美丽的凉山州，不仅打造出了一片自然、生态、健康的葡萄园区，更是为当地带来了良好的社会效益和经济效益，成为当地产业化扶贫的典范。

新时代，正大集团又与时俱进地开创了“政府 + 企业 + 银行 + 农业合作组织”的“四位一体”模式。该模式最先成功应用到北京平谷正大绿色方圆 300 万只蛋鸡现代化产业项目，通过“四位一体”模式，将政府、企业、银行和农民合作社各自的政策、技术、资金和土地资源优势整合，解决了农民缺资金、缺技术、缺市场等瓶颈，通过搭建多方融资平台撬动资金流动，对接农民专业合作组织进行项目运作，实现了多方共赢。目前，“四位一体”已被正大集团推广运用到种植事业、蛋鸡事业、猪事业和食品加工事业等领域。

案例2：北京平谷正大绿色方圆300万只蛋鸡现代化产业项目

如何摆脱农业产业化经营组织“小、散、低、弱”的状态，完善和创新利益联结机制，找出解决农民缺资金、缺技术、缺组织、缺管理的途径，帮助农民走向富裕，对农牧龙头企业来说是一个巨大的挑战，但同时也是一个巨大的机遇。

正大集团坚持“利国、利民、利企业”的经营宗旨，积极探索大规模农业产业化新思路。正大集团通过北京平谷正大绿色方圆300万只蛋鸡现代化产业项目将政府、龙头企业、银行和农业合作组织各自的政策、技术、资金和土地资源优势聚合，通过搭建多方融资平台撬动资金流动，对接农民专业合作组织进行项目运作，实现了多方利益主体的共赢，形成了“政府+企业+银行+农业合作组织”的“四位一体”的产权模式。

在北京平谷，正大集团与北京平谷区政府、北京银行及当地农民合作社建设北京平谷正大绿色方圆300万只蛋鸡现代化产业项目（以下简称“正大平谷蛋鸡项目”）。该项目中，农民出租土地，成立绿色方圆合作社；北京正大蛋业有限公司（正大集团所属）和谷财国有资产经营公司（平谷区政府成立）共同成立谷大农业投融资平台；合作社委托投融资平台进行项目的投融资、建设和运营，确保平台实现稳步成长。项目建设过程中，北京银行为项目提供商业贷款，平谷区政府提供政策支持向银行进行全额贴息。项目建成后，谷大农业投融资平台将项目租赁给北京正大蛋业有限公司进行

经营管理，双方签订不可撤销、照付不议的租赁协议，可以说农民没有任何投资风险，仅有的养殖和市场风险也由北京正大蛋业有限公司全部承担了。

2012 年，历时两年建设、总投资 7.2 亿元的正大平谷蛋鸡项目正式竣工投产。每年，北京正大蛋业有限公司按 5.82 亿元预算投资额的 12% 向谷大农业投融资平台支付资产租赁收益，该平台按年度计划用部分租金偿还银行贷款，其余收益全额付给合作社，用于农民土地租金的支付及分红。另外，农民还可以在这里工作，既多了一份收入，又能够在自己的土地上学会现代化、规模化的生产养殖技术和全套管理技术。20 年合约期满后项目将归合作社所有。那时，掌握了先进技术的农民可以决定是继续租赁给正大管理还是自己运营。

正大平谷蛋鸡项目集饲料加工、蛋鸡养殖、青年鸡育雏、蛋品分级及鸡蛋加工、有机肥销售于一体，形成了完整的生态循环经济系统。其中，独立的饲料加工厂年产饲料 18 万吨，采用全封闭的管道输送，确保饲料无激素、无药残、无沙门氏菌。产蛋鸡存栏 300 万只，青年鸡年存栏 100 万只，实行严格的防疫制度和免疫程序，从喂水喂料到温湿度控制全程自动化监控，并有机器人对鸡群状态进行实时监测，确保鸡群健康。日产鸡蛋 240 万枚，年产鲜蛋 5.4 万吨，其中壳蛋产能 3.9 万吨，液蛋加工产能 1.5 万吨，2016 年建造蛋品深加工生产线，年产能 7100 吨。蛋品分级设备与液蛋加工设备都采用进口设备，整个工艺过程均采用自动化控制，避免人工接触造成二次污染，确保消费者购买到的鸡蛋都是完好无损、无致病菌的清洁鸡蛋。正大平谷蛋鸡项目打造了从源头到餐桌的全产业链食品安全保障体系，有效提升了国内蛋鸡养殖行业的技术装备水平。

项目设计了粪污处理设施，每年可产出生态有机肥 3 万吨，能够直接用于全区果品、蔬菜的生产。此外，项目还利用养殖过程的弱鸡发展鳄鱼养殖业；生产生活废水经过高效污水处理技术用于绿化灌溉。养殖环节每个过程均没有废弃物产生，形成了农业系统的生态良性循环，实现了现代化农业的可持续发展。

正大平谷蛋鸡项目是从产权引入、产业发展等方面探索新农村建设、破解“三农”问题的一项重要创举，对于促进农业现代化、推动城乡一体化、筑造现代农业循环经济具有重要意义。

该模式改变了传统的企业征占地方式，由农民带地加入合作社，合作社以土地参与项目建设，农民在不失去土地的前提下获取土地租金、资产租金等多重收益；改变了政府直接补贴的支农方式，采取搭建投融资平台、贷款担保和贴息方式对合作社进行支持，使政府支农资金有了更有效的着力点；银行通过放贷也获得了利息收益，撬动了金融和社会资本。此外，利用龙头企业先进的技术与养殖管理经验，生产出高质高量鸡蛋的同时给公司带来了巨大的经济效益，在推动我国农业产业化建设中真正实现了多方共赢的局面。

正大平谷蛋鸡项目组织化、集约化的生产模式，释放了农村劳动力，使农民收入来源由土地经营为主转向地租、红利和工资的收入模式，缩小了区域发展和城乡居民收入差距。项目涉及土地 779 亩，以每亩需 0.15 个劳动力计算，可以释放 117 个劳动力。通过该项目，北京正大蛋业有限公司直接吸纳劳动力 389 人（生产人员），其中农业户口235人，占公司总职工数的60%。

该项目带动农户1608户，其中852户为土地出租农户，756户为无条件接受项目分红的残疾农户。农户分三个阶段分红：前8年还贷期，每户每年分红5000元；第9～12年还资本金期，每户每年分红7400元；第13～20年成熟期，每户每年分红2.39万元。农民还能通过土地租赁的方式获得租金，且租金以每年5%递增，2014年土地租金为每亩1340元。项目20年建设经营期结束后，合作社可回收生产设备及厂房设施价值约3600万元。厂房、设备预计可延续生产经营10年，按年收益率12%估算，后10年每年收益为6984万元（未扣除税费）。此外，区政府还组织农民从事生产区治安环境维护、项目后续的观光农业项目等辅助服务业劳动就业，有效解决了农村居民劳动力就业问题。

正大平谷蛋鸡项目每年接待中央、各省市政府、媒体、中小学生等社会各界参观人员万余人次，已经成为平谷区打造现代农业、创新发展模式的亮丽名片。此外，该项目入编《2015中国外商投资企业履行社会责任案例》，并入选哈佛大学、清华大学经典案例。

案例3：云南弥渡县正大50万头生猪全产业链项目

2014年6月，正大集团和弥渡县人民政府签订了《关于共同推进社会主义新农村建设战略合作投资协议》，根据协议内容，正大集团将投资建设5000头种猪场4座，4400头育肥猪场2座，社会投资建设550头育肥猪场368座；60万头猪屠宰场1座，年产5万吨食品加工厂1座。弥渡县正大50万头生猪全产业链项目总投资约16亿元。2017年4月27日，正大集团下属企业——昆明正大畜禽有限公司与弥渡县人民政府成功签订《〈关于共同推进弥渡县50万头生猪产业链扶贫项目建设〉的补充协议》，正式确定在弥渡县境内合作新建3个5000（或6个2400）头种猪场，投资总额2.4亿元；150栋1100头标准化生猪配套育肥场，投资总额2.25亿元，共计投资4.65亿元。

1. 做法和成效

弥渡县正大50万头生猪全产业链项目积极倡导并实践“政府+农民（合作社）+银行+企业”的“四位一体”模式，结合弥渡得天独厚的自然资源，正大集团提供最先进的养殖技术，确保养殖过程基本无疫病风险，免除了生猪价格起伏的市场风险，贫困户稳赚代养费用，同时规避了疫病风险和市场风险，发展前景十分广阔。

弥渡县与正大集团合作发展50万头生猪全产业链扶贫项目意义重大。实施生猪全产业链扶贫项目建设是全县在精准扶贫、精准脱贫，增加财政收入的重要举措。弥渡县共有建档立卡贫困户18004户、约69773人，该项目建设将成功带动弥渡县4110户贫困户，15000多人实现产业脱贫，有力助推了弥渡县脱贫攻坚工作，有效实现了全县贫困人口真脱贫、脱真贫。

按每栋正大模式1100头育肥猪舍总造价150万元来算，每户贫困户全额贴息贷款5万元，期限3年，每栋猪舍可以带动30户贫困户。猪舍建好验收后，政府将给予财政资金补助60万元，猪舍由正大公司管理使用，每栋猪舍每年租金26万元，租期10年以上。26万元的收益中，前三年，每户贫困户每年分红3000元，30户贫困户计9万元，支付猪舍土地租金1万元，上缴村委会管理费

用 5 万元，剩余的 11 万元用于贫困户贷款还本，三年结余资金 33 万元，加上政府补助的 60 万元，总计 93 万元用于贫困户（合作社）偿还银行贷款。剩余的 57 万元银行贷款，后七年每年还 8 万元左右，第十年全部还清。项目的实施促进了当地财政大幅增收。项目满产后可实现生猪出栏 50 万头，饲料生产年产量达到 18 万吨，将会实现 2300 多万元的税收；50 万头生猪养殖屠宰加工后，将会实现 500 多万元的税收，同时还将带动第三产业产生 500 多万元的税收，合计 0.33 多亿元。

弥渡县正大 50 万头生猪全产业链项目自 2017 年 10 月 31 日正式开工建设到 2020 年 4 月 14 日，已修建完成并投入使用 139 栋 1100 育肥猪舍，一批批带着扶贫希望的猪正在茁壮成长；水茂坪 5000 头种猪场已于 2019 年 5 月 30 日开工建设，并于 2022 年 4 月 28 日购进 PIC 母猪，目前存栏种母猪 3466 头，预计满产后年断奶仔猪 13 万头，配套弥渡项目育肥猪舍；红星 5000 头种猪场预计 2022 年 11 月验收，验收投产后可存栏基础母猪 5000 头，年出栏商品猪苗 13 万头以上；云县 1 万头种猪场预计于 2023 年 9 月开始投产。屠宰场已完成选址，并准备建设。

为了让养殖出栏的生猪品质一流，扎根市场，正大集团严格按“标准化”要求执行，做到“场地选址最合理、圈舍布局最匀称、设施设备最先进、养殖管理最科学”，从多方面入手，多角度努力，使生猪代养达到国际一流水平。整个产业链建设有效促进了当地产业升级，推动了农业产业化，增加了农民就业，带动了农民致富，真正做到了“互利共赢、共同发展”，为弥渡县打赢脱贫攻坚战及实现乡村振兴，发挥了重要作用，作出了重要贡献。

2019年，弥渡县正大50万头生猪全产业链项目入选国务院扶贫办主编的《中国企业精准扶贫50佳案例》。

2. 经验与创新

实施弥渡县正大50万头生猪全产业链项目，不仅有利于加快推进农村土地经营权流转，不断拓展“以钱养人”到“以钱养事”的变革方式，搭建为农服务平台，使农村综合改革取得更好的成效，更有利于加快弥渡县村级集体经济发展，实现100%的行政村有集体经济收入10万元以上的目标，解决村集体“无钱办事”的困境。

此外，该项目通过标准化养殖，自动化、动态化管理，不断创新猪场管理模式，实现了一栋1100头猪场只需要1名工人就可以轻松搞定日常管理。每个猪场都安装了摄像头，并将监控视频上传到云端，养殖人员在视频监控室可实时查看每个猪场的动态，发现隐患问题立即处理。为切实做好非洲猪瘟防控工作，确保猪场按要求完成洗消，养殖人员还可运用智能园区综合管理平台，实时查看每个猪场的洗消工作，切断传播途径，提高防控能力和生物安全水平，确保猪只健康成长。

如何确保“四位一体”产业扶贫可持续？首先正大集团在养殖环节不赚或少赚贫困户的钱，把盈利点放在饲料生产、畜产品深加工等环节，确保每栋1100头生猪代养场的代养年纯收入在26万元以上，为贫困户分红提供了基本保障；其次是合理分配，26万元的收益中，前三年，每户贫困户每年分红3000元，30户贫困户计9万元，支付猪舍土地租金1万元，上缴村委会管理费用5万元，剩余的11万元用于贫困户贷款还本，三年结余资金33万元，加上政府补助的 60 万元，总计 93 万元用于贫困户（合作社）偿还银行贷款。按照科学规划，“四位一体”生猪代养产业只要发展顺利，贫困户持续增收就不是问题。

未来，正大集团将把“弥渡县正大 50 万头生猪全产业链项目”打造成一个集农业生产、文旅参观为一体的综合性项目，促进弥渡县及整个大理州的旅游业发展，成为滇西一张农业全产业链示范基地名片。

案例 4：河北衡水肉鸡一条龙全产业链项目

2015 年 5 月，正大集团和衡水市人民政府、故城县人民政府签订了《正大衡水故城现代循环农业园项目四方合作协议》，根据协议内容，项目采用“政府 + 企业 + 银行 + 合作社”的“四位一体”模式投资建设 3000 万只肉鸡全产业链项目，包括：6 个 6 万套父母代种鸡养殖场、1 个 3000 万只规模孵化厂，12 个 33 万只商代肉鸡养殖场；正大集团投资建设 1 个年产能 18 万吨饲料厂，1 个年屠宰 3000 万只肉鸡屠宰厂和 5 万吨食品加工厂。2017 年 1 月，正大集团与衡水市政府协商将产业链规模从 3000 万只增加到 5000 万只，以“四位一体”模式投资建设 5 个种鸡场，20 个标准化肉鸡养殖场，1 个孵化场，总投资 13.15 亿元。正大集团投资建设年产能 27 万吨饲料厂一座、年屠宰加工 5000 万只肉鸡食品厂一座，总投资 9.17 亿元。

衡水项目采用“四位一体”模式整合扶贫资金，以村集体为单位入股设立平台公司，融入全产业链的建设运行。平台公司每年按照 10% 的比例发放入股收益，用于增加村集体和贫困户收入。

项目将贫困人口与产业链密切联结，落地产业扶贫，促进了四方共赢和贫困人口的长期稳定增收。截至 2022 年 9 月，项目已累计带动农户 4399 户 8386 人，实现了故城县域内贫困人口全覆盖。

衡水肉鸡一条龙全产业链项目，推动了农业产业化建设中互利共赢，实现了三项带动和四个方面的增收。

三项带动：一是资源变资产。目前，平台公司累计将 3 亿元扶贫资金、536 亩土地资源转化为全产业链养殖项目中的 6 座肉（种）鸡养殖场，形成优质资产。二是资产变股权。截至 2022 年 9 月，平台公司累计向 527 个村集体发放投资收益加分红 8400 万元，收益作为扶贫脱贫专用资金，用于村内小型公益事业建设和贫困户公益性岗位开发。三是就业稳增收。该项目将有就业意愿且满足企业用工要求的贫困劳动力，通过劳务派遣方式推荐到正大食品厂、饲料厂、养殖场等实现就业。

四项增收：一是土地增收。根据地块条件，按每亩 900 ~ 1000 斤小麦的当年市价支付给农户土地收益。截至 2022 年 9 月，全县共流转养殖用地 27 宗、3000 亩，实现土地收入 1540 万元。二是务工增收。全产业链向全县劳动力提供劳务就业岗位，目前已吸纳全县近 2000 名劳务工人，人均月工资 5000 元左右。三是资产增收。由平台公司投资建设的养殖项目，20 年后其资产全部转交给村集体，由村集体再与正大集团继续合作经营。四是种植增收。正大饲料厂目前年需玉米原材料 17 万吨，占故城县全县玉米年产量的 75%。

此外，衡水肉鸡一条龙全产业链项目，在加快推进农村土地经营权流转的同时，不断拓展“授人以鱼”到“授人以渔”的扶贫升级，坚持通过专业化种肉鸡养殖、食品生产加工、设备维修保养、销售终端点位建设等一条龙业务为农民提供专业技能提升培训，推动农民向产业化工人转变，提升了当地农民“自主致富”的能力。

为实现项目产业扶贫可持续，正大集团把盈利点放在饲料生产、食品深加工、市场销售等环节，确保“四位一体”在养殖环节创造的价值在食品环节放大、在终端销售环节变现；同时，正大集团按事业线进行专业管理组织规划，保障了价值增值、变现环节的专业能力，强化了产业链的盈利模式，“四位一体”模式下农民可持续增收不再是问题。

案例 5：正大襄阳生猪全产业链项目

自 1995 年在襄阳落地以来，正大集团从饲料生产销售开始，逐步发展壮大，成立了襄阳正大有限公司、襄阳正大农牧食品有限公司、正大食品（襄阳）有限公司等 8 家企业，形成“从农场到餐桌”全程生猪种、养、加完整高效的绿色产业链条，被正大集团总部誉为“襄阳模式”，被清华大学设为解决“三农”问题的经典研究案例。

正大襄阳生猪全产业链项目着眼构建全链条发展格局。目前，正大集团在襄阳先后建成年产 36 万吨、100 万吨的饲料加工厂，年出栏 100 万头生猪养殖基地，100 万头生猪屠宰与 10 万吨食品厂，配套发展饲料原料基地 30 万亩，在供应端养好“一头猪”，在生产端管好“一块肉”，在物流端结好“一张网”，在销售端端出“一道菜”，在循环利用端下好“一盘棋”，真正做到了全产业链开发、全智能化生产、全过程可追溯、全资源可循环。产业发展从税收少、污染大走向税收贡献大、环境无污染，供应链价值链从低端的饲料原料、养殖育肥走向高端的精深加工、品牌打造，实现了营业税收额、科技净含量、市场美誉度的三个跃升。先后成为全国首批屠宰标准化示范厂、粤港澳大湾区“菜篮子”产品加工认证企业，拥有湖北省唯一获得猪肉食品供港资质的企业。2021 年产业链总产值达到 100 亿元。

1. 正大襄阳生猪全产业链项目意义

（1）正大襄阳全产业链模式是全国生猪产业化发展的标杆与典范。该项目借助襄阳作为省域副中心城市的优势，利用国内资源和国外技术，采用“四位一体”模式，即“政府 + 银行 + 农民合作社 + 企业”，是正大集团在全球投资的第一个规模最大、智能化程度最高、产业集群融合度最好的生猪全产业链模式，简称“四全”——全产业链开发、全智能化生产、全过程可追溯、全资源可循环，在全省乃至全国都有较强的示范引领作用。

（2）该项目是对整个农业现代化、规模化生产进行的积极探索与成功实施。既能解决就业问题，又能解决农民收入问题，带动畜牧业的升级换代，改变了传统的养殖和加工方式，通过市场把千家万户的小生产和千变万化的大市场结合，化解农民进入市场的风险。

（3）该项目是农牧食品业绿色可持续发展的样板。项目利用粪肥资源化利用、种养结合方式积极探索土壤改良、种植结构调整、农产品加工与市场化运作等种植关键环节的闭环运作模式，订单种植、农产品品牌化运作，从根本上解决农民种植增收难的问题，推进传统种植业向规模化、产业化方向提档升级，从市场端这个根本上保障了绿色发展。

（4）该项目是对农业项目升级为工商业项目的大胆尝试。该项目已经从养殖项目成功升级为工业项目，并通过食品加工、物流园区、终端销售、服务平台的不断扩展，延伸到商业、服务业，同时解决“三农”问题和“菜篮子”问题，上升为产业集群更加有利于支持其快速裂变、迅猛扩展。

2. 正大襄阳生猪全产业链项目三大创新

（1）创新“四位一体”投融资模式，解决发展资金筹措的难题

政府注资。襄州区政府独立注资 1.5 亿元，成立襄州正兴现代生猪养殖专业合作社，参与正大襄阳百万头生猪项目猪源建设，并提供全程全额贴息贷款，同时，合作社与符合正大代养育肥场建设标准的代养户签订扶持协议，为代养场建设提供扶持资金。通过政府扶持和产业链封闭运作，可以充分放大资本金要素潜力，发挥政府财政资金“四两拨千斤”杠杆作用。

农户出地。项目所在地村民将土地经营权以入股方式加入合作社，合作社采取“土地租金 + 固定收益”的方式为猪场所在村村委会和村民分配收益。

银行贷款。银行创新“租约质押 + 租金兜底”新思路，向合作社种猪场项目提供贷款。合作社以与正大签订 20 年不可撤销的租赁合同作为质押物，向银行贷款建设年出栏 30 万头的种猪场。

企业投资。正大投资建设饲料厂、食品厂以及养殖经营公司，负责租赁经营合作社投资建设的种猪场，签订 20 年长期不可撤销的租赁协议。

（2）创新“公司＋家庭农场”“公司＋合作社”的共享共赢经营模式，解决集约化发展的难题

公司供应饲料。为了配合生猪全产业链项目建设，正大建成了智能化程度世界最高、人均产能世界最高、设备自动化程度全国最高、投入产出全国最高的现代化饲料厂，为生猪养殖提供低成本、高品质的饲料来源。

种猪场租赁。正大租赁合作社所有的种猪场，签订20年不可撤销的租赁合同，每年按照投资总额的10%支付租金，保证合作社获得稳定收益，种猪饲养完全交由正大负责生产经营与承担市场风险。

育肥场代养。配套育肥场由社会上有资金实力和养殖条件的业主按照正大设计要求建造标准化猪场，合作社给予其建场扶持资金，正大与其签订长期代养协议并统一提供仔猪、饲料、饲养管理等，由农户代为养殖，根据饲养成绩获得养殖报酬，不承担市场风险。

企业负责销售。正大按照猪源一流、工艺一流、设备一流、环境一流的高标准建设屠宰与食品加工厂，精深加工提高产品附加值。通过打造健康生活体验馆，产品进社区、进驻农贸市场，为异质性消费者提供多元服务，推动产品进入一线市场。

（3）创新“政府税收＋银行利息＋农户收益＋企业盈利”互利互惠的分配模式，解决了持续发展难的问题

政府获得税收收益。项目运营20年期内，政府可从整个生猪全产业链项目中获得税收收益。另外，政府投入给合作社的资本金不仅可全额回收同时充分发挥了杠杆作用和造血功能，扶持农业产业发展，促进新农村建设。

银行获得利息收益。企业通过贷款银行租金收入专户支付合作社的租金，优先用于偿还银行贷款本息。“租约质押”的贷款模式以企业履约能力为担保，确保银行获得稳定的利息回报。

合作社及农民多元化受益。加入合作社的农民，打破了单一的务农收入渠道。一方面，以土地入股猪场建设的农民，每年可获得固定土地租金，项目所在村可获得固定收益分红。另一方面，加入合作社育肥猪代养体系的农民，可获得合作社提供的项目扶持资金，用于建设标准化育肥猪场，猪场建成后，可获得稳定的代养报酬，不承担市场风险。

企业获得投资综合效益。正大获得了稳定、安全、可控的品质猪源，建成全程安全可追溯的猪肉食品产业链，每年可以创造超过 100 亿元产值。

目前，正大襄阳生猪全产业链项目带动直接就业 2482 人，带动农户近 11 万人，增加农民收益 2.3 亿元。

正大集团还因地制宜，探索出其他不同类型的产业扶贫模式，如正大慈溪现代农业生态产业园模式，四川梓潼 50 万头生猪种养结合、生态循环“1+5”产业扶贫模式，庆阳新农业（农业 4.0）暨产业扶贫综合示范项目“331+”产业扶贫模式等。

案例 6：正大慈溪现代农业生态产业园

正大慈溪现代农业生态产业园位于慈溪市现代农业开发区，依托正大集团丰富的产业资源和现代农业产业园区的建设经验，经过 12 年的发展，现已成为浙江省集中连片规模最大的现代农业综合区、重要的粮食功能区，同时也是正大集团在全球涵盖产业最多的综合性园区，总占地约 4 万亩，入驻企业 32 家，带动农民就业 1.4 万余人。

园区以现代科技农业为核心，探索一二三产业融合发展模式，构建新技术、新业态、新商业模式下的多业态复合型农村产业融合发展生态圈，促进农业增效、农民增收；入选“首批 20 个国家现代农业产业园”（浙江省唯一）、“第二批国家农村产业融合发展示范园”、“国家农业科技园区”、“全国新型职业农民培育示范基地”。

1. 优化产业结构，发展高效农业

正大慈溪园区历时 5 年，将 4 万亩盐碱地改造成包含良田、果园、休闲园等综合性现代农业产业园。2011 年，正大慈溪园区打破行业纪录，实现盐碱地种植水稻“当年种植，当年年产超 800 斤”；2016 年，“稻渔共生”模式为慈溪每年增收百万元；2017 年，正大机电产业园落户园区，打造中国现代农牧机电示范基地；2018 年，全球领先的正大食品研发中心总部正式试运行；2020 年，利用自有种植基地，从源头到终端开发“正大红”酒业系列产品；2021 年，正大安心猪在“浙”启动贸易销售，世界级农业硅谷正在崛起……如今，畜禽养殖、果蔬种植、食品研发、机械制造等多个领域特色产业项目在正大慈溪园区陆续实施，园区 3 万亩水稻种植、1 万亩蔬菜种植、400 亩畜禽养殖等规模化农业产业布局基本形成，成为集农业种植、养殖、高端农牧机电设备研发制造、食品研发、生态农旅观光、电子商务、产业投资基金、康养、科技创新、业态集聚、休闲养生、教学培训、酒店服务等产业于一体的综合性产业园区。

2. 农旅融合，打造休闲农业

正大慈溪园区规划发展现代农业休闲观光项目，该项目依托“新慈湖”开发，建成后新慈湖将成为集水功能、水生态、水景观和实用性、生态性于一体的水资源集纳地和市民观光休闲的好去处，园区绿地、丛林与湖面相呼应，增强了区域内生态旅游价值，提高了整体的旅游影响力。万亩水稻、油菜花海、滩涂风车、湖泊骑行、休闲采摘……届时，新慈湖畔将成为集农业观光、休闲度假、高端游艇等项目于一体的“新慈湖－蓝色新航湾”旅游区。

3. 引领战略布局，加码“智造农业”

近年来，正大慈溪园区不断加快“智造农业”战略布局，建设舒适的创业创新环境，引入高端的人才和企业，为产城融合发展培植驱动力。

投入使用的正大园区管理服务中心二期项目是正大慈溪园区的核心功能集聚中心，项目涵盖办公、住宿、餐饮、健身、医疗等功能，是园区优化管理、升级服务的重要保障，也是正大集团立足长三角一体化发展的长远布局，借助慈溪区位优势和资源优势构建长三角地区的“栖凤地”和“智库”。

“智造农业”是正大集团引领现代农业发展的战略布局，近年来源源不断地将人才、技术、项目、企业等要素引入慈溪。正大食品研发中心是正大集团中国区食品研发中心总部，拥有食品加工领域最先进的设备、最顶尖的人才，每年承担着100多个研发项目，目前慈溪正大农业硅谷（智创湾）项目进入实质性启动阶段。

当前，正大集团中国区的研发总部、电商总部、种植板块等5大产业总部汇聚慈溪，园区拥有员工超2000人，高层次人才占较大比例。多种业态布局、优质资源集聚和向好发展态势，吸引了美国爱科集团、托尼洛·兰博基尼集团、中集集团等实力强劲的行业龙头企业，和正大集团携手打造农业现代化发展的标杆。

4. 助力乡村振兴，促进共同富裕

正大慈溪园区秉承正大集团“三利”原则，坚持“以农聚力、以旅兴城”发展慈溪模式，结合企业及农民资源带动乡村振兴，创新合作模式、农业科技。十多年来，引入科研单位10余家，引入国家高层次研发人才300余人，提高了当地农业现代化水平，提升了扶贫帮扶成效，带领了当地农民共同致富，推动了慈溪市农业强市建设。

案例7：四川梓潼50万头生猪全产业链项目

2014年，正大集团与四川省梓潼县政府合作，联合打造集生猪养殖、饲料、屠宰、深加工于一体的正大（梓潼）50万头生猪全产业链项目。2016年，为帮助更多的农民走向致富之路，正大集团与梓潼县政府将“正大（梓潼）50万头生猪全产业链项目”与精准扶贫相结合，创新性地提出“产业带动、精准扶贫”的发展理念，将项目中原有的正大集团与梓潼农户稳健成熟的生猪代养模式，升级为受惠全县贫困户的种养结合、生态循环“1+5”产业扶贫新模式。

正大梓潼“1+5”产业扶贫模式：“1”代表政府，“5”分别代表龙头企业、金融机构、扶贫合作社、农场主和贫困户。该模式中，县委、县政府是产业扶贫的组织者，通过制定规划、搭建平台、整合项目、落实政策，做到产业扶贫精准发力；正大集团作为龙头企业，充分发挥自身的技术、管理、品牌、市场等优势，引进先进养殖技术，制定生猪养殖标准，与扶贫合作社签订代养协议，实现了生猪扶贫产业转型升级；金融部门为贫困户提供扶贫小额信贷，由政府贴息，破解了扶贫筹资难题；扶贫合作社由贫困户及村集体投资入股，成为产业扶贫的主体，负责构建利益分配机制，选择经理人经营管理；农场主通过流转土地，连片种植果园，消纳生猪粪便，实现种养结合，生态循环；贫困户用扶贫小额信贷及量化到户的项目补助资金，贫困村集体用扶贫周转金，折股入社，按股分红。

四川省梓潼县总人口 38.5 万人，农业人口 30.5 力人，占全县人口的 79.2%，共有 29 个贫困村，2014 年精准识别贫困户 6687 户、19964 人。梓潼县政府以股份合作的形式组建扶贫专业合作社，把所有贫困户整体纳入合作社范围，把扶贫政策、项目、资金和贫困群众现有资源资本化、产业化，贫困户用政府补贴款和扶贫贷款入股，集体经济组织用扶贫周转金入股，合作社依据贫困户多少修建正大“1100”生猪代养场，按每 30 户左右一栋的比例修建，收入由集体经济组织和贫困户按股分成。

正大集团与扶贫合作社签订代养协议，合作社承担代养场水电等日常费用以及雇用人工费用；正大集团则提供仔猪、饲料、防疫药品、养殖管理指导以及流动资金，并根据协议约定，按照猪只的增重重量向合作社支付代养费用；合作社代养的生猪不与生猪市场价格挂钩，市场风险由正大集团承担，确保了贫困户收入稳定、无风险。

一栋正大“1100”生猪代养场需投资 140 万元，其中，水、电、路等基础设施建设费 30 万元，生猪代养场建设费用 110 万元。通过整合扶贫、水利、林业、交通、供电等涉农资金项目，政府无偿解决基础设施建设费用。同时，县财政给每栋正大“1100”生猪代养场补助 40 万元，其中，无偿补助 20 万元量化为贫困户的股本金；周转扶持金 20 万元量化为集体经济组织的股本金，五年内逐年归还。此外，贫困户向农商行贷款 70 万元（户均 2 万～4 万元，由财政担保贴息）量化为贫困户的股本金，确保贫困户无资金也能成为代养场股东，搭上了致富快车。

该模式让贫困农户一步跨入现代农业，一年实现脱贫，五年还清贷款，年年收入持续稳定，逐步实现增收致富。据测算，每栋正大“1100”生猪代养场每年纯收入在 30 万元左右，前五年，贫困户每年可以人均分得 2000 元左右、户均 4000 元左右，集体每年可分得 2 万元左右。五年后，贫困户每年人均分得 3000 元左右、户均分得 8000 元左右，集体每年可分得 4 万元左右，实现了持久脱贫，长期增收。

通过正大集团数年的努力，扶贫专项资金（包括金融贷款）投入已超过 3000 余万元。截至 2022 年 10 月，梓潼全县建立贫困专业合作社 46 个，已建成投产“1100”正大扶贫代养场 65 栋、正在建设 6 栋；正在修建基础设施（水、电、路）代养场 2 栋；直接带动贫困户 780 户、1500 人参与。2022 年上半年，户均实现增收 2800 元以上。

正大梓潼“1+5”产业扶贫模式走出了一条产业扶贫的可持续发展之路。脱贫攻坚，关键要解决“贫困户如何脱贫”和“脱贫后如何不返贫”两大问题。为了保证贫困户长期稳定收益，该项目践行共享理念，坚持发展为了人民、发展依靠人民、发展成果由人民共享。首先，坚持项目收益向农户倾斜。该项目中，扶贫专业合作社的收益除逐年归还农户贷款和扶贫周转金外，全部用于贫困户和集体分配，在贷款和周转金未还完前，集体适当少得。其次，提高村集体的扶贫能力。该项目中，村集体参股扶贫合作社，适当分利，解决了“空壳村”问题。最后，正大集团主动让利，微利经营，把盈利点放在产品深加工、品牌溢价、规模经营等环节。通过建立合理的利益分配机制，入社贫困户可以实现永久脱贫，新的贫困户由乡镇和村“两委”集体收入解决脱贫问题，使扶贫工作形成了收入稳定、良性循环、防止返贫的良好局面。

正大梓潼“1+5”产业扶贫模式走出了一条产业扶贫的创新发展之路。传统养殖业往往技术含量低、投入分散、周期长、见效慢、受市场波动影响较大，难以承载产业扶贫的重任。该项目充分依托正大集团在技术、管理、运营等方面的优势，通过引进先进工艺和先进技术，发展现代农业，为产业扶贫奠定了坚实的基础。该项目按欧美标准修建全国一流、世界先进的生猪养殖场，使生猪养殖实现标准化、精确化、自动化、智能化，做到了用现代养殖业扶贫。同时项目瞄准生猪养殖先进技术，配套建设的种猪场采用美国和丹麦技术与设备，使梓潼生猪养殖水平达到了世界先进水准，大力提升了梓潼县的农业现代化水平。此外，该项目还聘请职业经理人管理运营，实现了股权和经营权分离，不需要贫困户参与管理和运营，贫困户按期分成，有效解决了老弱病残等有心无力的贫困户脱贫问题。由于技术先进，一栋正大“1100”生猪代养场只需一个劳动力进行运营管理。合作社通过引进有文化、懂技术、责任心强的职业经理人，按照正大公司的标准、规范和要求从事生猪养殖，使生猪养殖场的管理水平得到极大提高，确保了预期收益。同时，贫困户的富余劳动力被解放出来，可就地在与之配套的种植园务工或外出务工等，加快了贫困户脱贫致富的步伐。

正大梓潼“1+5”产业扶贫模式走出了一条产业扶贫的绿色发展之路。“绿水青山就是金山银山”。正大集团和梓潼县政府把生态循环理念根植在“1+5”产业扶贫的各个环节，统一规划50万头生猪全产业链与20万亩蜜柚基地配套发展生态循环农业，明确规定建设一栋正大“1100”生猪代养场必须按照5头猪1亩地的比例，通过农场主流转土地等方式建设260亩规模以上的果园与之配套。这样既消纳了生猪粪便、改良土壤，使养殖废弃物变废为宝，又降低了种植业的肥料成本，减少了果园化肥农药的用量，生产出绿色优质的农产品，真正做到了养殖场零排放、环境零污染，实现了农业生态可循环、可持续发展。

通过把扶贫政策、项目、资金和贫困群众的现有资源资本化、产业化，创新推广股份合作、所有权与经营权分离的利益兜底、二次分红等产业发展新机制，充分发挥正大集团在产业发展中的辐射带动作用，促进了贫困农户持续稳定增收脱贫奔小康。该模式从产权引入、产业发展等方面探索产业扶贫、精准扶贫的新路径，为打赢脱贫攻坚战提供了“正大梓潼”样本。

2017年1月，2016年四川十大改革转型发展案例揭晓，正大梓潼“1+5”产业扶贫模式成功入选。2017年12月，正大集团“梓潼1+5产业扶贫”项目被授予2017中国外商投资企业履行社会责任优秀案例“发展战略贡献奖”。同时，正大集团“梓潼1+5

产业扶贫”项目还入编《2017 中国外商投资企业履行社会责任案例》。

案例 8：甘肃庆阳新农业（农业 4.0）暨产业扶贫综合示范项目

2018 年，庆阳市委、市人民政府与正大集团达成战略合作协议，双方同意以猪产业为主导产业，在庆阳市建立正大新农业（农业 4.0）暨产业扶贫综合示范项目，积极探索建立适合庆阳黄土高原地区特殊条件下的猪肉食品全产业链生产经营体系与“产业扶贫、精准扶贫”有机融合发展的综合示范工程。

该项目主要包括：（1）50 万头生猪全产业链项目，其中商品养殖正大集团自投自建 30 万头生猪全产业链项目，以“公司 + 农户（合作社）”的模式扶贫养殖 20 万头；（2）5 万亩种植项目，包括 2 万亩蔬果基地和 3 万亩饲用玉米基地，实现 50 万头生猪养殖所产生的粪水全部作为有机肥还田，发展绿色种植；（3）20 万吨专业化猪饲料加工厂；（4）50 万头专业化生猪屠宰加工厂和食品深加工厂；（5）有机肥料厂；（6）完整配套的上下游专业化仓储物流体系；（7）300 家“正大优鲜”安全优质食品新零售网络。

以上建设项目综合投资规模 25 亿元，其中：正大集团自投自建项目 15 亿元，“公司 + 农户（合作社）”项目 10 亿元。庆阳市政府在扶贫政策、贷款贴息、土地流转、建设用地、配套设施、沼气处理、政策补贴等方面为项目提供政策支持。

目前，25 万头生猪养殖项目（正大自建 15 万头，“公司 + 农户”10 万头）已全部建成投产运营，项目已经初见成效。10 万头

“公司 + 农户”养殖项目以 550 头存栏为基本规模，建成生猪育肥基地 13 处 100 个单元，存栏规模 5.5 万头。项目严格按照正大标准建设，由正大提供猪苗、饲料、药品、全部的生产要素和系统技术指导服务，并按订单 100% 回收健康仔猪。其他规划项目正在顺利建设之中。已建成及在建项目总投资 4.1 亿元。

该项目通过“公司 + 农户”的扶贫模式整合资源，促进“三变”改革与产业发展相融合，不断拓展“企业 + 基地 + 农户”发展路径，引导养殖专业合作社向“331+”产业扶贫模式转型。

“331+”产业扶贫模式：第一个“3”是组建“龙头企业 + 合作社 + 贫困户”的三方产业联合体，创新农业组织形式和经营机制。第二个“3”是推进“资源变资产、资金变股金、农民变股东”的“三变”改革，创新资源配置和经营方式。“1”是建立统一科学的品牌化质量管理体系，创新扶贫产业发展方式。“+”包括：“+ 党建”，即为了确保党的路线方针政策、决策部署贯彻落实，选派优秀党员干部担任龙头企业、合作社党建指导员；“+ 村集体经济”，即在发展扶贫产业的同时，运用股份合作办法，发展壮大集体经济，持久提升村级组织服务群众的能力。

该项目鼓励有带动能力、经营能力、服务能力的企业或技术人才、能人大户按照村社合一、能人牵头的方式组建合作社，并采取“331+”产业扶贫模式，将贫困农户产业扶贫资金入股合作社，采取保底分红与效益分红相结合的方式，带动贫困农户实现产业脱贫。目前，庆阳市 15 个贫困村、82 个非贫困村建办正大“331+”生猪养殖合作社 100 个，实现了所有行政村“331+”合作社全覆盖。庆阳地区形成了依托正大集团发展生猪产业，实现产业扶贫脱贫，动员农户参与生猪养殖，引导合作社建办标准化生猪养殖场的热潮。

截至 2021 年底，该项目头均实现利润 1080 元，实现净收益 1500 万元；农民通过土地流转获得年租金收益 80 多万元；正大项目建设用工 300 余人，养殖场区务工人员稳定在 130 人左右，实现贫困农民务工年均收入 4 万元以上。以上综合扶贫年收益超过 2000 万元，带动扶贫农户 7300 户，每户当年收益增加约 3000 元。

从早期的“公司 + 农户”模式，到近几年的“四位一体”模式等，正大集团将企业发展与贫困户的可持续脱贫相结合、与区域经济的可持续发展相结合，这不但促进了中国农业产业化、现代化发展，区域经济产业化、科学化发展，而且通过这种产业扶贫模式，让贫困户成为扶贫产业的股东，拥有了可实现持久脱贫、长期增收的自有产业，真正实现了“从被动输血向主动造血”的转变，为乡村产业发展和经济发展提供了“内生动力”，实现了产业扶贫、产业带动的可持续。

正大集团总结出了可复制、可持续的精准帮扶、产业振兴的发展模式，为中国的脱贫攻坚、乡村振兴提供了正大样本，不仅连续多年荣获中国商务部中国外商投资企业协会颁发的履行社会责任优秀案例，入选国务院企业精准扶贫 50 佳案例、外企扶贫优秀案例等，还多次入选哈佛大学教学案例。

三、参与公益慈善重要活动及成效

正大集团弘扬“爱是正大无私的奉献”的主旋律，在实现企业发展的同时，也不忘积极践行社会责任和使命担当，广泛参与扶贫济困、灾害救助、教育支持、体育发展、儿童关爱等各类社会公益事业。据不完全统计，进入中国 40 多年来，正大集团中国区各事业板块参与公益慈善和捐助捐赠总额已超过 18.8 亿元。

在重大灾害暴发的时刻，在祖（籍）国最需要的时刻，总是不乏正大人的爱心身影。面对突发的自然灾害和公共卫生事件，正大集团第一时间启动援助行动，帮助当地群众渡过难关，重建美好家园。2003 年非典，正大集团捐赠 1000 万元；2008 年汶川地震，累计捐款捐物超过 3000 万元；2010 年青海玉树地震，累计捐款捐物 377 万元；2013 年四川雅安地震，捐款 2000 万元。2020 年新冠疫情时期，正大集团就是最早驰援中国的外资企业之一。疫情之初，谢国民集团资深董事长和谢吉人集团董事长就作出了驰援中国的指示，并决定捐赠 5000 万元。目前，正大集团已累计捐款捐物 7924 万元，并减租让利超过 3 亿元，为全国 29 个省区提供了爱心援助，共计收到来自政府、医院等受赠方的感谢信、感谢锦旗等 109 件。正大集团被授予“全国侨联系统抗击新冠肺炎疫情先进集体”“2020 广东省外资企业抗击新冠肺炎疫情重大贡献奖”“2020 抗疫杰出贡献企业”等荣誉；16 套抗疫相关物品被中国华侨历史博物馆收藏并展出。

正大集团长期关注和支持教育事业发展。早在 1995 年，正大集团就捐赠 221 万美元，并提供 1100 万元无息贷款，支持北京大学正大国际中心建设。此外，正大集团还捐资 3000 万元，用于新建复旦大学正大体育馆；为中国农业大学、浙江农业大学、华南农业大学等捐赠建立肉鸡饲养中心、培训中心，2011 年至今累计给清华大学捐资 1.45 亿元，用于支持涉农等学科的建设和发展，为中国农牧业等各类人才的培养作出了重要的贡献。

作为农牧龙头企业，正大集团积极支持和参与中国的农村建设，除了产业带动外，还通过公益帮扶的形式，改善贫困农户、低收入群体的生活，帮助他们渡过难关。特别是党的十八大以来，正大集团积极响应脱贫攻坚战略，捐款捐物支持湖北保康、河南孟津、云南易门、内蒙古乌兰察布等贫困地区，持续为贫困群众提供精准帮扶、精准救助，使他们拥有了更多的获得感和幸福感，为打赢脱贫攻坚战、为实现小康目标作出了重要贡献。

在文体事业上，自 2006 年起，正大集团所属企业正大畜牧投资（北京）有限公司便成为国家体育总局训练局食品供应商。时至今日，双方已携手走过十七载。十七年来，正大集团坚持始终如一的品质保障与亘古不变的食品安全承诺，坚守“品质第一”，为驻训练局国家队运动员参加奥运会提供备战保障，助力他们创造佳绩。2021 年，正大集团成为“中国国家队合作伙伴”，集团猪肉产品同时被列为“中国国家队专用（猪肉）（保障）产品”；并且 CP 正大食品成为“WTT 世界乒联中国赛事官方指定农副产品赞助商”及“WTT 世界乒联中国赛事官方合作伙伴”。为支持办好 2022 年北京冬奥会，2020 年，正大集团又捐资 2000 万元捐建华侨冰雪博物馆，为推广冰雪运动、传播冬奥文化、同圆共享中国梦贡献了力量。

儿童是祖国的未来，也是民族的希望。正大集团始终关心关爱儿童成长，不仅为他们提供安全、营养、美味的餐食，还通过改善教学环境、设立奖学金、提供公益实习岗位、助养困境儿童等形式，让他们感受到社会的关爱，助力少年儿童成长成才。

除此之外，进入中国 40 多年来，正大集团还积极参与文物保护、环境保护、动物保护、医疗援助、“献血日”、助老助残、关爱环卫工等各类公益活动，以传递爱心的实际善举，播撒爱的温暖和希望，奏响了“爱是正大无私的奉献”的动人乐章。

2015 年，正大集团在北京发起成立了正大慈善基金会，作为中国区域所有慈善活动的统一窗口和平台，更好地统筹和发挥正大集团的正能量，更有效地做好公益慈善事业，服务社会、奉献社会。

正大集团的爱心善举得到了社会各界的广泛肯定和赞誉，被授予中国公益慈善领域最高政府奖项“中华慈善奖”、北京慈善界最高奖项“首都慈善奖”以及“中国民生行动先锋”、奥运会“突出贡献奖”、“扶贫典范奖”、“抗疫杰出贡献企业”等。

未来，正大集团将持续为中国公益事业发展作出自己的努力，为实现共同富裕目标贡献力量。

（本文的基础素材由正大集团北京总部可持续发展部、西昌正大酒业有限公司、正大集团云南区、北京正大蛋业有限公司、正大食品（衡水）有限公司、正大集团湖北区、正大（慈溪）现代农业建设有限公司、成都正大农牧食品有限公司、兰州正大食品有限公司等提供。经正大慈善基金会秘书处统稿、整理而成，执笔：宋静。）

百年正大再起航

薛增一

故事 100

正大集团创办于1921年，2021年正值百年华诞。

正大集团的第一代核心领导人是谢易初先生，还有谢少飞先生，他是谢易初先生的三弟。

正大集团的第二代核心领导人是谢国民，历任正大集团总裁、正大集团董事长，现任正大集团资深董事长。还有谢国民先生的三位兄长，他们分别是现任正大集团永远荣誉董事长谢正民先生、正大集团永远荣誉董事长谢大民先生、正大集团 Advisory 董事长谢中民先生。

正大集团的第三代核心领导人是谢吉人先生，他是谢国民先生的长子，现任正大集团董事长。还有谢镕仁先生，现任正大集团CEO，他是谢国民先生的三子。谢吉人先生，1964年3月13日出生于泰国，第三代泰籍华裔，毕业于美国纽约大学商业及公共管理学院。谢镕仁先生，1967年3月24日出生于泰国，毕业于美国波士顿大学，主修财务管理。

正大集团第一代核心领导人谢易初（前排居中）与第二代领导人谢正民（右二）、谢大民（左二）、谢中民（右一）、谢国民（左一）合影（照片由正大集团北京总部宣传中心提供）

正大集团第二代核心领导人谢国民，现任正大集团资深董事长（照片由正大集团北京总部宣传中心提供）

正大集团第三代核心领导人谢吉人，现任正大集团董事长（照片由正大集团北京总部宣传中心提供）

正大集团第三代领导人谢镕仁，现任正大集团 CEO（照片由正大集团北京总部宣传中心提供）

2017 年，经谢国民先生提议，正大集团董事会决议，谢国民先生任正大集团资深董事长，由谢吉人先生出任正大集团董事长、谢镕仁先生出任正大集团总裁，这标志着在正大集团的最高领导层中新一代接班人已经站在了第一线，正大集团的最高领导人将顺利地从第二代过渡到第三代，为正大集团稳步迈进第二个一百年的发展历程在组织领导层做好了准备，正大集团必将迎来一个更加美好的明天。

今日的世界，正处于百年未有之大变局。人类正经历着一次改变发展轨迹的大波动，未来的世界充满了严峻的挑战，但同时也充满了新的机遇和光明的前途。

由于现代科技的发展，我们的世界正在进入先进的 4.0 工业革命时代，5G 乃至 6G、7G 的到来，人工智能和机器人，量子计算机，数字经济，太空开发与利用，等等，变幻莫测、日新月异的新鲜事物令人眼花缭乱，应接不暇，人类社会的经济形态和生活方式必将彻底颠覆传统的既往，迎来崭新的明天。

我们正大人将一以贯之地坚守正大集团六条价值观，坚守“利国利民利企业”的经营宗旨，即做有利于投资所在国家的事情、做有利于投资所在国家人民的事情、做有利于企业自身发展的事情，以人类既往的知识积累和不断刷新的高新技术为基础，做好迎接危机和机会的一切准备，始终如一地追求为全球所有的消费者所企望的人类美好生活，创造更多更美更有价值的产品和服务，造福国家、造福社会、造福消费者。

变革创新，与时俱进；持续发展，永无止境！

后　记

日月星辰、百转千回。回首谢易初先生自 1921 年 6 月在泰国曼谷创办正大集团以来的一百年，真是岁月峥嵘、波澜壮阔。

我们感恩第一代创始人谢易初先生及谢少飞先生，他们筚路蓝缕、栉风沐雨为正大集团开创了宏伟基业。特别是集团第一代核心领导人谢易初先生，为我们集团筑立的“爱国爱乡”“为国为民”“正大中国”“正大光明”“品质第一”“正直诚信”的坚厚基石，铸就了我们集团百年发展的定海神针，厚德载物、彪炳千秋。

我们感恩第二代创业人谢正民先生、谢大民先生、谢中民先生、谢国民先生，他们继承和创新壮大了父辈开创的家业，更传承和发扬光大了父辈树立的文化精髓和经营理念。特别是集团第二代核心领导人谢国民先生，为我们制定的以“利国利民利企业”“三利原则”为核心的“六条价值观”，指引着我们无论到哪个国家去投资首先要考虑的是对这个国家有利，其次是对这个国家的人民有利，最后才是对我们集团有利，以及快速优质、化繁为简、接受变革、不断创新、正直诚信；教导着我们要具备六个懂得“懂得感恩、懂得给予、懂得吃亏、懂得原谅、懂得牺牲、懂得刻苦耐劳”的高尚品德与行为作风，带领正大集团从一家小小的“正大庄种籽行”，发展壮大成为世界级著名的跨国企业集团，从泰国走向世界。

进入新的历史阶段，从2022年起，正大集团开始了第二个百年的发展历程。在谢国民集团资深董事长、谢吉人集团董事长的领导下，我们正在积极地开启新一轮的变革创新，迎接4.0高科技、智能化、数字化时代的新挑战，再创集团事业的新发展、新辉煌。

2019年4月至2021年9月，在筹备正大集团一百周年华诞庆祝活动的时节，我极其荣幸地创作了《谢易初先生传》一书，向正大集团创始人谢易初先生致敬，向正大集团成立一百周年献礼。与此同时的2021年3月，在谢毅先生的指导下，我策划、发起了以庆祝正大集团百年华诞为主题的100个有关正大集团发展历史故事的征稿倡议。倡议发出后，承蒙各位作者和有关单位的积极响应和投稿，经过我们编委的努力工作，这100个故事终于在2023年6月全部定稿并汇集成书。这100个故事，有各位作者所经历的，或知道的，或感悟的，或了解、收集、采访的正大集团百年发展史上有历史意义和纪念意义的精彩故事，从集团重要人物、重大事件、重要创新、重大贡献、重点项目，以及产业扶贫、公益慈善等多层面多视角，彰显着集团“六条价值观”的文化真谛，弘扬着集团“利国利民利企业”的经营宗旨，唱响着集团“爱是正大无私的奉献”的主旋律，内容广泛、感情真挚、积极向上。我们衷心地企望这本书能够成为庆祝正大集团一百周年华诞的一份珍贵的礼物。

由于我们集团已有100年的历史，2021年在全球有员工45万人，年营业额840亿美元，业务遍及全球100多个国家和地区，特别是集团进入中国大陆也逾 40 多年了，在中国的公司已经超过 600 家，员工近 9 万人，有十几个不同领域的业务板块，事业遍布中国各个省、自治区、直辖市，时间跨度、空间跨度、业务范围和规模、公司和员工数量都很大，有大量珍贵的历史事件、里程碑事件、激动人心的时刻、感人至深的故事，等等。因此本书所收集的 100 个故事，还仅仅是在集团这座万紫千红的大花园里采撷到的 100 朵鲜花，还远远不能代表集团的全部和全貌，加之由于我们编委的水平有限，不尽之处在所难免，还望读者海涵、赐教，我们将继续改进和提高。

1979 年，谢国民资深董事长以爱国爱乡的博大情怀、盛视中国发展前途的远见卓识，领导正大集团紧跟中国改革开放步伐，投资创办了改革开放后中国大陆第一家外商投资企业。40 多年来，正大集团为中国的改革开放事业作出了历史性的贡献，名垂青史。

进入新的历史发展阶段，让我们齐心协力，传承光荣，创新务实，开拓奋进，以再创正大集团第二个百年的新辉煌，为新时代中国更高质量更高水平的经济建设和社会发展作出新的历史性贡献。

感恩国家、感恩社会、感恩合作伙伴、感恩消费者。

薛增一

2023 年 7 月 27 日